KB260569

재일동포 연구총서 3
재일 동포문학과 디아스포라 3

전북대학교 재일동포연구소 편

Publishing Corporation

※ 본 저서는 2004년도 한국학술진흥재단의 지원에 의해 연구된 성과물로 발간되었음
(KRF-2004-072-AS3026)

　이번에 출간되는 <재일 동포문학과 디아스포라(전3권)>은 한국 학술진흥재단의 지원아래 재일 동포문학 연구자들이 3년 동안 연구해 온 성과물을 단행본으로 펴낸 것이다.

　재일 동포문학이란 일본에서 우리 동포들이 일본어로 쓴 문학을 지칭하는 말로서, 현재 일본문단에는 4명의 아쿠타가와(芥川)상 수상 작가를 비롯한 많은 동포작가들이 문학활동을 하고 있다. 이들 작가들은 일본 내 많은 독자들을 확보하고 있으며 이들 작품에 대한 연구도 평론가들에 의해 이루어지고 있다. 이에 비해 국내에는 몇몇 유명작가의 작품만이 번역 소개되고 있을 뿐 학계에서의 연구는 아직 부진한 형편이다. 그 이유는 여러 가지 있지만, 이들 문학이 일본어로 발표되었기에 우리 문학권 밖으로 방치해 왔나는 점을 가장 큰 이유로 들 수 있다.

　그러나 재일 동포문학은 우리 동포가 쓴 문학으로 민족성을 주제로 조선의 색채를 띠고 있다는 점에서 우리 문학의 성격을 가지고 있으며 연구해야할 가치가 있다. 특히 현재는 많은 작가들이 이미 작고했으며 자료들도 유실되어가고 있어 더 이상 방치하면 재일 동포문학은 그 존재가 사라질 위기에 처해있기에 이들 문학 연구가 더욱 절실하고 시급하다고 할 수가 있다.

　다행이 최근 학계에 소수 민족 문제나 디아스포라에 대한 관심이 높아짐에 따라 동포문학에 대한 연구가 이루어지고 있으나 대부분의 연구가 일부 작가들의 개별적이고 단편적인 연구에서 그치고 있을 뿐, 제대로 된 입문서나 문학사조차 나오고 있지 못한 것이 현재의 실정이다.

　이에 국내에서 재일 동포문학 연구자들이 그동안 연구의 문제점을 반성하고 새로운 방향의 연구를 모색하게 되었다. 그리하여 지난 2004년에서 2007년까지 3년에 걸쳐 공동 연구를 수행하였으며, 연구를 시작할 때 연구방향을

구체적으로 다음과 같이 정하였다

1) 자료를 발굴, 수집, 정리하여 목록으로 작성하고 연구자에게 연구정보를 제공한다. 2) 소외된 작가군을 발굴하여 재일 한국인 문학의 영역을 확대함과 동시에 문학사를 완성하여 재일 동포문학의 위상을 정립한다. 3) 공동연구를 수행함으로써 연구자들 사이의 네트워크를 형성하고, 연구보조원들을 신진 연구자로 양성한다. 4) 한일 공동세미나를 개최하여 재일 동포문학에 대한 양국 연구자들의 시점을 확인하고 나아가 연구원들 간의 본격적인 교류를 꾀한다.

그러나 시작할 때 의욕은 좋았지만 3년간의 공동연구를 마친 시점에서 반성을 해볼 때 부족한 점이 너무 많아 용두사미로 그치고 만 것을 고백하지 않을 수가 없다. 우선 자료 발굴 정리하여 목록으로 발간하여 연구정보로 제공한다는 계획은 미완으로 남길 수밖에 없었다. 소외된 작가군을 발굴하고 문학사를 완성하여 재일 동포문학의 위상을 정립한다는 계획도 후일을 기약하기로 했다. 그나마 작가에 대한 연구 성과 38편을 단행본 3권으로 묶어 재일 동포문학의 입문서 및 연구 자료로 제공할 수 있게 된 것이 다행이라고 할 수 있지만, 이 역시 대다수가 주요작가에 대한 연구로서, 소외 받아온 작가는 물론 마땅히 다루었어야 할 주요 작가들도 대다수가 누락되었다는 아쉬움이 남게 되었다. 다만 위안으로 삼는 것은 공동연구를 통하여 연구자 간의 네트워크를 형성하고 공동연구에 참여한 연구 보조원 중에 박사 학위자를 포함한 다수의 후속 연구 인력을 배출하였다는 점이다. 또 한국과 일본에서 열린 3차례의 국제 세미나를 통해 동포 문인 및 일본인 연구자들과 교류의 폭을 넓혔다는 것도 값진 수확이라고 할 수 있게 되었다.

우리 연구자들은 3년간의 공동연구의 성과물이 재일동포 문학을 이해하고 연구하는데 도움이 되기를 기대하며, 미완으로 남아 있는 과제는 다음 연구를 통하여 해결할 것을 약속하며 이만 펜을 거둔다.

2008년 7월 30일
연구자 일동을 대신하여
이 한창

차례

1. 변모와 계승

〈재일〉문학 60년

이소가이 지로 磯貝治良

1 서 론

재일조선인의 일본어문학은 해방 후=전후에 시작되어 60년을 넘어섰다. 일세시내에도 조선인의 일본어 작품은 많이 쓰였지만, 약간의 예외를 제외하면 그것은 「식민지문학」이라고 불려야 할 것이다. 식민지 지지배의 배경아래서 이른바 일본어로 강요된 문학이기 때문이다.

재일조선인문학은 60년을 거쳐 가며 크게 변화해 가고 있다. 문학이 〈외부세계〉와의 갈등관계에서 성립하는 이상, 재일조선인문학만이 변화를 겪어오지 않았을 리가 없다. 게다가 재일조선인 문학은 조국·민족과의 연계나 정치상황, 사회·생활, 세대교체 같은 변화를 무엇보다도 직접적으로 반영하고 있다고 생각된다. 이것은 재일조선인문학이 〈외부세계〉와의 긴장관계를 강요당하면서도, 꿈같이 덧없는 이야기를 허용하지 않는 〈리얼리즘〉을 문학적 배경으로 했다는 점에 기인한다.

재일조선인문학의 변천을 조감하는 데에는, 몇 가지로 시기를 구분해두는 편이 이해하기가 쉬울 것이다. 제 1기는 해방 후=전후에서

1960년대 중반에 걸친, 식민지 체험 극복과 정치적인 계절의 시대. 제2기는 1960년대 중반부터 1980년대 후반에 걸친, <재일지향>을 배경으로 하는 민족주체 회복의 시대. 제 3기는 1980년대 말기부터 현재에 이르는 새로운 인물들의 등장과 다양한 아이덴티티 탐구의 시대라고 할 수 있다.

각각의 시기는 제1문학세대, 제2문학세대, 제3문학세대의 활동과 대응된다. 단, 여기에서 말하는 문학세대는 출생에 따라 구분되는 재일 1세대, 2세대, 3세대와는 미묘하게 다르다. 또한 위에서 말한 문학상의 시대구분은 어디까지나 편의상 나눈 것이다. 제1기의 작가 · 시인 중에는 제2기, 3기에 활동한 사람도 있고, 제2기 작가 · 시인 중에는 지금도 활약하고 있는 사람이 적지 않다. 따라서 위의 구분은 재일조선인문학의 흐름에서 나타나는 특징적인 변화 양상에 주목한 것에 지나지 않는다.

2 식민지체험의 극복과 정치의 계절
– 1945~1960년대 전반

해방 후=전후 재일조선인문학은, 1946년 3월에 창간된 잡지 『민주조선』에서 시작되었다. 여기에는 김달수, 허남기, 이은직, 장두식, 강순 등 재일조선인문학의 초창기를 짊어졌던 작가, 시인들이 얼굴을 나란히 하고 있다.

그들은 모두 1910년대에 태어나 일제시대에 소년기 · 청년기를 보내면서 인격을 형성한 사람들이다. 다들 종주국 일본의 언어를 익히는 과정에서 문학에 눈뜨고 마침내 창작을 시작하게 된 사람들인 것이다. 일본어가 충분히 숙달되고 나서 문학 활동을 시작한 사람들과는 느낌을 달리 하고 있다. 김달수는 일본어도 제대로 익히지 못한 채 10살에 일본으로 건너가서 넝마주이 등으로 일하며 모은 『소년구락부』나 『立川문고』로 문자를 배워, 독서에 눈을 떴다. 이은직도 어린 시절부터 잔심부름꾼 같은 일을 하며 일본어를 습득하고 이야기의 세계에 매료되었다. 뒤늦게 대학에 들어가기는 했지만 제1문학세대의 작가·시인들은 이러한 경험을 바탕으로 터득한 일본어로써 문학 창조를 시작했던 것이다.

식민지체험의 극복과 정치의 계절이었던 제1기의 시대배경을 간략하게 돌이켜보면, 일본 패전 직후에 결성된 재일본조선인연맹(조련, 45년 10월 15일)에서 재일조선민주주의통일전선(민전, 51년 1월 9일)을 거쳐 재일본조선인총연합회(조총련, 55년 5월 25일)에 이르는 민속조직 변천의 시기이다. 그것은 단체등의 규정령(조련해산명령), 민족학교 폐쇄령(한신교육탄압사건 등)등에서 보이는 아메리카 점령군과 일본정부의 압제에 맞서 싸운, 민족운동의 고양기였다. 재일조선인사회는 생활 전체가 정치의 소용돌이 속에 놓여있었다.

그 기간에 포함되는, 1948년에는 남쪽에 대한민국, 북쪽에 조선민주주의인민공화국으로 분단국가가 세워지고, 50년 6월 25일에는 6·25(조선전쟁)가 발발한다. 그리고 59년 12월 14일부터 북조선(공화국)으로의 귀국사업이 시작되었으며, 1965년에는 한일조약이 체결되어 한국과 일본 사이에 국교가 맺어진다.

제1문학세대의 작가·시인들은 이와 같은 시대를 견디고 살아가며 문학작품을 썼다. 식민 치하의 백성으로서 인격 형성을 이룬 그들 개개인의 경험은 각각 다르다고 할지라도 그 개인적 체험을 바탕으로 조국과 민족이 짊어진 거대한 이야기를 그려내어, 일그러진 자신들의 모습을 올바르게 복원하고자 한 시도는 공통적이다. 그것이 이 시기 문학의 특징이라고 할 수 있다.

김달수의 『현해탄』(筑摩書房)이 『신일본문학』에 연재되었던 것은 1952년 1월호부터 53년 11월호까지이다. 작품이 어느 정도 완성된 상태로 연재가 시작된 것은 아니다. 매월 마감에 쫓기며 계속 써 나갔다. 즉 6·25전쟁이 한창일 때, 미군의 전투기가 일본 기지에서 부모와 조상의 땅을 폭격하기 위해 날아오른 깊은 밤, 머리 위에서 계속 들려오는 폭음을 들으며 써내려간 것이다.

그렇다고 해서 『현해탄』이 6·25전쟁을 소재로 하고 있는 것은 아니다. 일제시대 1943년경 서울을 무대로 식민지 통치 하를 살아가는 두 청년 주인공의 「인격형성」과 「자기변혁」의 과정을 더듬어간다. 국가, 민족, 정치라는 거대한 역사의 소용돌이에 말려든 인물들의 고뇌, 저항, 배신, 좌절, 투쟁, 사랑이 전체 소설 속에 그려져 있다. 실로 전쟁과 레지스탕스, 혁명과 반혁명이라는 20세기의 실존적인 역사극이, 동아시아의 반도를 무대로 추구된 것이다.

해방 후=전후, 6·25전쟁이 한창일 때 식민지체험이 소설화되었던 사실을 가지고 재일조선인 문학의 출발이 선언되었다. 두 개의 시간대가 계속해서 이어져 있는 것이다.

6·25전쟁이 휴전된 후 5개월 뒤에 쓴 『현해탄』 후기에서 김달수는 다음과 같이 말하고 있다.

> 조선인의 이 같은 (일본 제국주의에 의해 단련된=필자) 에너지를 발산하는 곳은 어디인가, 그것은 결코 우연한 것이 아니라고 하는 역사적 뒷

받침이 조금이라도 되었으면 하는 마음에 이것을 쓰기 시작했다. 깊은 밤에 머리 위를 날아가는 미군 항공기의 폭음을 들으며 끙끙 신음하는 듯한 기분으로 써 나갔다. (중략) 그리고 이것을 직접 받아들이는 일본인에게 민족의 독립을 잃은 제국주의 치하의 식민지라는 것이 어떤 것인가를 보여줄 생각이었다. (중략) 내가 지금까지 일본어로 이야기를 써온 거의 대부분은, 이 두 가지와 관계가 있다.

또 시인 허남기는 1952년 7월에 쓴 『화승총의 노래(火縄銃のうた)』후기에서 창작 동기를 다음과 같이 서술하고 있다.

> 식민지의 백성, 망국 백성의 괴로운 시련을 일본보다 먼저 거쳐 온 조선백성의 한사람으로서, 조국 조선이 일본 제국주의의 독아에 걸려 조국의 독립을 완전히 상실해가는 과정을 일본의 독자 여러분에게 알려야 할 의무에 가까운 기분을 느꼈다. (후략)

두 작가·시인의 말은 재일조선인의 문학이 일본어로 쓰여지기 시작한 경위를 보여주고 있다. 허남기나 강순 등은 조선어로도 시를 쓰고, 그것을 스스로 일본어로 번역하는 작업을 했다. 이들 외에도 조선어만으로 작품을 발표한 사람도 적지 않다. 지금은 일본어로 작품을 쓰는 것이 문제시 되는 일이 거의 없지만, 당시는 일본어로 작품을 쓰는 것은 「정통」이 아니라고 여겨져서 민족조직으로부터 강한 비판을 받았다. 일본에서의 생활은 「임시 생활」이며, 일본어로 창작하는 것은 문학적 아이덴티티를 손상시키는 것이다, 라는 견해가 있었기 때문이다. 그러므로 조선반도 태생인 사람들에 의한 일본어 문학이었다고 해도 「재일조선인문학」이라는 호칭은 거의 사용되지 않았던 듯싶다. 김달수 등이 출판 저널리즘의 무대의 정면에 등장했지만 그것은 어디까지나 일본어로 쓴 「민족문학」혹은 「조선문학」의 한 분야로서 인식되었다. 또한 한국에서는 최근까지도 일본어로 쓰였으니 「한국문학」이 아니라 「일본문학」이라는 정의가 일반적이었다.

재일조선인 문학자 쪽에서 일본어로 문학표현을 하는 것을 주체적으로 수용하기 시작한 것은 1960년대 후반 무렵부터일 것이다. 김달수나 허남기는 일본인에게 전달하기 위해서 작품을 일본어로 쓰는 것이라고 하는데 그렇다면 조선인의 주체는 어찌되는가, 라고 시인 오림준은 문제를 제기했다. 일본어를 강제로 사용해야 했던 일제시대와는 달리, 해방 후에도 계속 일본어를 사용해서 창작활동을 한 것은 그 자신이 주체적으로 일본어를 선택한 것이다, 라는 것이 오림준의 주장이었다.

일본어로 문학을 표현하는 것에 대한 문제는 또한 김석범, 김시종, 종추월, 원수일이라는 작가·시인에게도 이어져, 이들은 재일조선인문학에 고유한 일본어문체를 창조했다. 일찍이 지배자의 나랏말이었던 일본어로 쓴다는 것은, 재일조선인의 문학이 깊숙이 안고 있는 근원적인 모순이었다. 그 모순과의 싸움 속에서 독자적인 일본어 문체가 탄생했다.

일본어는 근대국민국가를 형성하는 과정에서 식민지에 대해, 더 나아가 아시아·남태평양 전역을 향한 침략의 언어=제국언어로써의 기능을 했다. 일본어가 아닌 일본어라고 평가되는 재일조선인문학의 문체는 「아름다운 일본어」에 저항하고 제국언어에 순응하지 않는 언어의 세계를 체현한 것이었다.

제1문학 세대의 주요 작가·시인들을 정리해 둔다. 열거하는 작품 중 몇 편은, 제2기, 제3기에 발표되었다.

가장 활발한 활동을 펼친 김달수의 대표작품은 『낙조』『후예의 거리』『현해탄』『태백산맥』의 연작을 들 수 있을 것이다. 또한 해방 후 아메리카 군정 하의 저항운동을 배경으로 혁명적 민중상을 형상화한

『박달의 재판』도 대표작에 포함해야 한다. 그는『고국의 사람)』『일본의 겨울』『밀항자』에 나타난 것처럼 장편에 능한 작가였지만「후지가 보이는 마을에서」등의 중·단편도 왕성하게 썼다. 김달수의 문학작품은『김달수 소설전집』(筑摩書房) 전7권과『소설 재일조선인사』(創樹社) 상·하권에『행기의 시대』(朝日新聞社),『고국까지』(河出書房新社)를 합하면 대략의 전모를 알 수 있다.

이은직의 대표작은 해방 전후를 시대배경으로 청춘의 심리와 행동을 묘사한 장편『탁류』(新興書房) 전3권일 것이다. 97년에 자선소설의 집성이라 부를만한『조선의 여명을 바라며(朝鮮の夜明けを求めて)』(明石書店) 전5권을 간행했다. 그 외에『어느 재일 조선인의 기록』(同成社),『운명의 사람들』(同成社) 의 장두식,『살아있는 포로』(新興書房)의 강위당,『38도선(三十八度線)』(早川書房)의 윤자원,『민족의 노래』(東方社),『고국조국』(創生社)의 정귀문 등이 있다. 일세시내에「아귀도(餓鬼道)」를 발표하고 해방 후에노『아 소선(嗚呼朝鮮)』(新潮社)등을 계속 써나간 장혁주,『아리랑 고개』(第二書房)의 김문집도 덧붙일 수 있을 것이다.

시 분야에서는 우선 가장 먼저 허남기를 거론하지 않을 수 없다. 장편시『화승총의 노래』는 어머니가 아들에게 이야기하는 수법으로 조선민족의 수난과 저항의 역사를 상징하는 3개의 시대-갑오농민봉기(1894년)과 3·1독립운동(1919년)과 6·25전쟁(1950년)의 3대에 걸친 싸움을 서사적으로 노래했다. 그리고 앞서 말한 바와 같이 6·25전쟁 한창 중에 발표되었다. 허남기는『조선의 겨울 이야기(朝鮮冬物語)』(朝日書房),『일본시사시집(日本時事詩集)』(朝日書房),『거제도』(理論社),『조선해협』(國文社) 등 50년대에 많은 시집을 남겼다.

허남기와 나란히, 중요한 시인으로는『되는대로(なるなり)』(思潮

社), 『단장(斷章)』(書肆カリオン)의 강순, 『사로 잡힌 거리(囚われの 街)』(書肆ユリイカ)의 김태중 등이 있다.

제1문학세대의 작가·시인으로는 1920년대 생의 김석범, 정승박, 오림준, 김시종, 김태생, 김하일 등도 있는데, 왕성한 창작활동을 펼쳐 저작물로 간행한 것은 1970년대 이후의 일이다.

3 민족주체의 탐구에서 고양기로
– 1960년대 후반~1980년대

1965년의 한일조약체결 이후 조선민주주의인민공화국으로 귀국하는 사람들이 적어졌다. 일본사회의 고도경제성장·대중사회화의 영향으로, 재일조선인사회의 생활실태와 가치관에 변화의 조짐이 나타났다. 일본인사회와의 경제격차나 차별과 억압의 구조가 해소되지는 않았지만, 제2세대로의 세대교체와 더불어 재일의식이 변화했다. 정착화 지향의 시초이다. 60년대 말부터 시작된 <출입국관리법개악반대투쟁>, <히타치취직차별철회투쟁>, <재일한국인정치범(양심수)구원활동> 등 제2세대를 중심으로 대두된 인권투쟁은, 일본에 정착하는 것을 전제로 한 새로운 민족운동이었다. 그 의식과 가치관은 1980년대에 <지문강제날인거부투쟁>을 통해 압도적으로 표현되었다.

그 때 마침 등장한 사람이 1966년 문예상 「얼어붙는 입」의 김학영, 1969군상신인문학상 「다시 또 이 길을(またふたたびの道)」의 이회성이다. 그 후, 『밤이 시대의 걸음을 어둡게 할 때』(筑摩書房)의 고사명

등을 포함하여 제2문학세대의 무대가 펼쳐진다. 제2문학세대는 1930년 대에 태어나 전쟁 시기에 청춘을 보낸 사람들이다. 재일조선인의 역사와 현재의 불우성에 입각하여, 민족과 자아의 갈등 속에서 주체의 탐구를 실존적으로 주제화 했다. 제1문학세대처럼 식민지체험이나 해방 후 조국의 운명과 직접적으로 얽매이지 않았다고는 해도, 개인과 민족의 접점이라 할 수 있는 <재일>이라는 난관과 격렬하게 분투했다.

제2문학세대의 등장과 연이어서 김석범, 김시종, 오림준, 김태생, 정승박 등 1920년대생의 작가·시인이 왕성한 창작활동을 펼친다.

재일조선인의 일본어문학이 일본어 문학권의 새로운 분파 혹은 조직으로 여겨져서 「재일조선인문학」이라는 호칭으로 일반화되는 것은, 고양기가 시작되는 1960년대 말부터 70년대에 걸친 바로 이 시기였다고 생각한다.

김석범이 1948년 제주도 4·3봉기를 필생의 사업으로 하여 헤아릴 수 없을 정도로 왕성한 창작활동을 계속해 온 것은 널리 알려진 바와 같다. 명작 『까마귀의 죽음』나 「간수 박서방」을 발표한 것은 1957년에 나온 『문예수도(文藝首都)』였지만 『만덕유령기담』(講談社)을 필두로 한 작가생활은 70년대부터 시작된다. 4·3봉기는 장편 『화산도』(문예춘추)전7권으로 결실을 맺고, 그 뒤에도『바다 속에서 땅 속에서(海の底から地の底から)』(講談社), 『만월』(講談社), 『땅속의 태양』(集英社) 등 집필활동을 계속 하고 있다. 물론 김석범은 「4·3봉기」를 주제로 한 작품 외에도 많은 장·중·단편을 발표하여 전쟁 전후의 조선인 역사를 둘러싼 정치와 인간의 항쟁을 그렸다.

정승박은 대표작인 『벌거벗은 포로』(文藝春秋)에서 댐 공사현장에서의 노동과 중국인 포로와의 교류, 수용소로부터의 탈주를 그려내, 72년 상반기 아쿠타가와상 후보에 올랐다. 그 외에도 단편을 중심으로

소년시절에 겪은 식민지체험과 일본에 건너온 후의 노동체험을 자유로운 필치로 현실감 있게 묘사했다. 『정승박 저작집』(新幹社)은 전6권으로 집성되어있다.

김태생도 『문예수도』에 「동화」를 발표한 것은 58년이지만, 소설집 『골편』(創樹社)으로 시작, 『나의 일본지도』(未來社), 『나의 인간지도』(青弓社), 『나그네 전설』(記錄社), 『붉은 꽃』(埼玉文學學校出版部) 등 단행본을 간행한 것은 70년대 후반 이후였다. 단정한 일본어에 의한 밝고 맑은 관찰력으로 서민사회에서 살아가는 동포의 삶과 죽음을 증언해나갔다. 특히 재일조선인문학의 남성작가들이 여성에 대해서는 주로 모친상을 그려냈던 것에 비해, 김태생은 이름 없는 여성의 처지에 대해 많이 썼다.

김시종은 시인으로서 이미 50년대에 『지평선』(ヂンダレ刊行會), 『일본 풍토기』(國文社)를 출간한 상태였지만, 60년대에는 민족조직과의 갈등을 거쳐, 70년대에 간행한 장편시집 『니가타(新潟)』(構造社) 이후부터 거리낌 없이 시를 발표하기 시작했다. 그러한 성과는 이들 시집들에다가 『이카이노 시집(猪飼野詩集)』(東京新聞), 『광주시편』(福武書店)을 합하여 집대성한 『황무지의 시(原野の詩)』(立風書房)으로 정리되었으며, 그 뒤에도 『화석의 여름』(海風社)등이 이어진다. 일본어를 부정적 매개로하여 만들어 낸 시들은 반일본적 서정의 시어와 리듬을 창조하여 응축된 표현의 가능성을 나타내고 있다. 평론활동도 활발하여, 본국의 생활 모습을 그대로 모방하며 사는 것이 아닌 <재일> 고유의 실존을 가장 먼저 주장하여 재일세대에게 영향을 주고 있다.

오림준의 시집은 『바다와 얼굴』(新興書房, 이후 평론집 『끊어지지 않는 가교』에 수록), 장편 서사시를 편집하여 만든 『해협』(風媒社) 두 권이지만, 난해한 문체를 사용하여 일본어 표현의 새로운 장을 개척했다. 『기록없는 죄수』(三一書房) 『조선인 속의 일본인』(三省堂), 『조선인의 빛과 그림자』(合同出版), 『조선인 속의 ＜천황＞』(辺境社) 등, 73년에 세상을 뜨기 전 수년간의 집필 활동은 눈이 휘둥그레질 정도다.

지금까지 소개하지 않은 제2기에 활동한 제1문학세대의 작가·시인을 열거해 둔다. 『산하애호(山河哀号)』(集英社)의 여라, 『어머니의 단지』(彩流社)의 성윤식, 『노란 게』(新幹社)의 최석의, 『계간 삼천리』에 계속 시를 실었던 이철, 『전화봉집』(経済時報社)의 전화봉, 시집 『당나귀의 콧노래』(詩學社) 『고양이에 대한 이야기』(花神社)등의 최화국, 같은 『기억 속의 하늘』(昭森社)의 이기동, 시문집 『낭림기(狼林記)』(皓星社)의 신유인, 가집 『무궁화』(光風社) 『황토』(短歌新聞社)의 김하일 등이 있다.

제2문학세대는 김학영의 등장으로 시작된다. 그는 민족문제와 자의식 사이에서 흔들리는 내면의 불안을 줄곧 응시하며, 돌이킬 수 없는 운명의 갈림길에서 인간의 실존과 맞서 나갔다. 『향수는 끝나고, 그리고 우리들은―』(新潮社)로 인해 모처럼 문학이 정치적으로 흔들렸지만, 김학영이 애써 부딪쳤던 아이덴티티의 난제는, 이후 이어지는 재일세대의 공감을 불러일으켰다. 1985년에 자살한 이후의 작품은 『김학영작품집성』(作品社)에 정리되어있다.

이윽고 이회성이 뒤이어 등장한다. 출생지 사할린에서의 체험에서 시작한 그의 문학은 『우리들 청춘의 도상에서』(講談社)등의 청춘소설로 자아와의 갈등을 그려내면서 민족주체의 회복을 추구하며, 한국의 민주화운동을 배경으로 『다 하지 못한 꿈(見果てぬ夢)』(講談社) 5부작, 『죽은 자와 살아있는 자의 시장』(文藝春秋)를 썼다. 그리고 해방 전후를 배경으로 한 가족과 그 주변 사람들의 사할린 탈출기를 쓴 것

이 장편 『백 년 동안의 나그네』(新潮社)이다. 이 대표작은 역사 속을 살아가는 인간 실존의 근원으로 눈길을 돌려서 표현하고 있다. 또한 자전소설 『지상 생활자』(講談社)1·2부가 발표되었고, 현재도 제3부가 『群像』에 연재되고 있다.

고사명은 『밤이 시대의 걸음을 어둡게 할 때』(筑摩書房) 『산다는 것의 의미』(筑摩書房)등을 썼으며, 신란(親鸞)에게 지도받아 인간의 생사와 세계에 관한 이치를 터득한다. 소설과는 동떨어진 세상에 살면서도, 이미 발표했던 자전적 3부작을 20년에 걸쳐 완성시켰는데, 일본 공산당체험을 배경으로 전후를 살아가는 재일청년의 인격형성을 그린 최근작 『어둠을 먹다』(角川書店)2부작이 그것이다.

현재 가장 왕성하게 집필활동을 하면서도 재일조선인문학에서는 드물게 꾸준한 판매고를 올리고 있는 작가가 양석일이다. 그는 청년시절인 50년대부터 시를 쓰기 시작하여 80년에 간행한 시집 『몽마의 저편으로(夢魔の彼方へ)』(梨花書房)로 출발했으며, 소설은 단편집 『광조곡(狂躁曲)』(筑摩書房)로 데뷔했다. 이후 이십여년 간에 걸쳐 최근작인 『뉴욕 지상 공화국』(講談社)상하권을 비롯하여 화제작 『피와 뼈』(幻冬舍)을 필두로 많은 소설과 에세이집을 내놓았다.

그 외 제2문학세대의 작가·시인을 열거해둔다.

옛일본군에 의한 성노예 문제를 둘러싼 순애소설 『봉선화 노래』(河出書房新社), 주인공의 과거와 현재를 바탕으로 〈재일〉의 전후사를 그려낸 『현해탄』(創樹社)등의 김재남, 『시마가의 사람들』(河出書房新社)의 박수남, 『개의 감찰』(靑弓社) 『미오기(澪木)』(靑弓社)의 박중호, 『민주문학』 등에 작품을 발표한 이춘목, 『푸른 해협』(新風社)의 신영호, 『나의 학교』(新風社)의 강일생, 재일문예 『민도(民濤)』에 작품을 발표한 양순우, 조남두, 류광석, 동화문학 분야의 개척자적 존재인 한구용 등이 있다.

시에는 『감상주파』(七月堂)의 정인, 『구과(毬果)』(昭森社)의 최현석, 『한』(土曜美術社出版販賣)의 한억수, 『멈춰서서』(書肆山田)의 이우환, 『불과 물의 어법』(皓星社)의 김석만과 한글로 많은 시를 발표하고 한일문학자의 교류에 공헌한 김윤이 있다. 단가에는 『양의 노래』(櫻桃書林)의 한무부, 단가 잡지 『핵』에서 활약했던 리카·키요시, 하이쿠에 『신세타령』(石風社)의 강기동 등이 있다. 평론에는 『김사랑』(岩波書店) 등 뛰어난 번역활동을 한 안우식, 『황야에서 부르는 소리』(柘植書房)의 김학현이 있다. 르포르타주에는 『불의 통곡-재일조선인 광부의 생활사』(田畑書店)등의 작품으로 <재일>의 기록문학을 개척한 김찬정이 있다.

4 여성작가·시인의 등장과 새로운 이야기

재일조선인문학은 남성작가·시인들에 의해 출발하여 「남성중심문학」이 1960년대 말까지 이어졌다. 여성으로는 이른바 「고마쓰가와(小松川)사건」의 사형수 이진우와의 교류로 주목을 받았으며, 편저 『죄와 죽음과 사랑과』(三一書房) 『이진우서간집』(三一書房)를 출간한 박수남이 기억되고 있는 정도이다. 박수남의 집필 작업은 『조선·히로시마·반일본인』(三省堂) 『또 하나의 히로시마』(舍廊房出版部)로 이어진다.

재일조선인사회의 밑바닥에 깔려있는 유교적 가치관가 풍습의 산물인 남존여비라는 제약이, 여성들이 지적생활로 나아갈 수 있는 경로를 차단하고 있었다. 더불어 일본사회의 극심한 차별과 빈곤 속에서, 제1세대 여성들은 가족의 생활을 지탱하는 노동 담당자로서, 「밥이 곧 하늘」이던 생활 속에서 생존하는 것 외에는 언어로 자기 자기표현을 할 수 있는 여지가 없었다. 자신들을 둘러싼 환경과 생계에 쫓기는 나날 속에서 여성은 교육의 기회나 지적관심, 문화·예술 등에서 소외되어 왔다. 간략하게 말하자면 그것이 여성문학이 늦어진 이유일 것이다.

하지만 본질적으로 그녀들이야말로 재일조선인사회를 지탱하는 생활력과 민중의 지혜를 구현하고 있었다. 문화·예술·문학이 권위화되기 이전에, 민중문화의 기층을 체현하고 있었다고 할 수 있다.

제1세대의 노고와 삶에 대한 강인한 의지가 제2세대의 생존기반이 되어, 일본사회의 고도경제성장과 함께 점차 <재일>사회의 경제적 안정을 불러왔다. 이와 동시에 정착지향과 더불어, 민족의 뜻을 거스르지 않으면서 <재일>의 독자적인 아이덴티티를 모색하기 시작한다. 그것이 <재일>사회 전체뿐만 아니라 여성의 생활 스타일과 의식상태, 사고방식에도 변화를 불러왔다. 그리고 자아의 확인과 자립으로의 지향이 언어표현으로 화했다. 70년대의 여성작가·시인의 등장은 이른바 제1세대 여성들의 진통을 거쳐 실현된 것이다.

70년대에 들어서서 시인인 종추월, 소설가인 성율자가 등장한다.

종추월의 『종추월시집』(編集工房 ノア)은 71년에 출판되어 현대시가 빠져있던 폐쇄감에 충격을 주었다. 어머니의 신세타령과 아버지의 넋두리에 시인 자신의 성장 과정을 덧대어 표현하였다. 육체를 통해 표현되는 파롤(parole)[1]의 리듬이 삶 속의 활력과 유머를 발산시켜, 에크리튜르의 세계를 마음껏 변화시킨다. 이 제1시집에 새로운 시를

---

1) 프랑스 어. 특정한 개인에 의하여 특정한 장소에서 실제로 발음되는 언어의 측면. 스위스의 언어학자 소쉬르가 사용한 용어이다.

합하여 84년에 『이카이노·여자·사랑·노래)』(ブレーンセンター-)를 출판한다. 여자의 자립을 향한 집착을 드높이고, 고국에 대한 친화감을 바탕으로 하여, 성차별의 속박에서 <자아>를 해방시키려 했다. 산문집 『이카이노 타령』(思想の科學社), 『사랑해』(影書房)에서 그 궤적을 읽을 수 있다. 소설로는 『재일문예 민도』에 발표한 「이카이노의 느긋한 안경」이 있다.

　성율자의 작품으로는 『이국의 청춘』(蟠龍社), 『이국으로의 여행』(創樹社), 『하얀 꽃 그림자』(創樹社)가 있는데, 유교적 가치관에 억압받는 여성의 불우함에 저항하면서, 이국에서의 사랑과 민족적 갈등, 각성을 묘사했다.

　70년대 말에 등장한 시인으로 『어머나 어머니에게』(銀河書房, 이후 創映出版)의 이명숙, 『내 이름』(コリア評論社)의 최일혜가 있다.

　1980년대에 들어서, 이양지가 「나비타령」을 내놓으면서 재일조선인 여성작가로서는 최초로 일본 문단 저널리즘에 등장했다. 소설집 『해녀(かずきめ)』에서 가족의 불화를 배경으로 <재일>의 우울함을 그렸으며 마지막에는 조국의 얼을 갈구하여 정신의 순례를 떠난다.

　또한 한국에서의 체험을 무대로 한 『각』『내의』『유희』를 통해 민족과의 거리와 삶·성의 폐쇄감 사이에서 격렬히 싸우며 <나>를 계속 쫓는다. 92년에 37세로 급사했을 때 남긴 작품이, 미완성 장편 『돌의 소리』였다. 작가가 계속 추구했던 언어표현(소설)과 신체표현(무용)을 주제화하여, 방법적으로도 사고실험과 리얼리즘을 중층적으로 구축하려한 작품이며, 완성되었다면 주제와 방법적인 면에 있어서 작가의 집대성이 될 만한 유작(遺作)이었다. 이양지의 작품은 『이양지 전집』(講談社)에 수록되어있다.

김창생은 그녀의 청춘의 자화상이라고도 할 수 있는『나의 이카이노』(風媒社)로 출발하였다. 「일본인」으로서 살았던 그녀가 반쪽바리(반일본인)로서 고뇌에 부딪치고, 마침내 인생을 향한 과감한 도전을 통해 자신의 민족과 상봉해 간다는 그 자립의 과정이 선명하게 서술되어있다. 소설은『붉은 꽃』(行路社)에 정리되어 있으며, 최근작으로『돼지 새끼』(『땅에 배를 저어라(地に舟をこげ)』창간호)가 있다. 동포여성에 대한 친화감이 작품의 근간을 이루고 있다. 그 외에『이카이노 발 코리안 가루타(イカイノ發コリアン歌留多)』(新幹社)등이 있다.

빼어난 소년소녀문학으로는, 원정미의『우리 학교의 치마 바람』(ほるぷ出版)을 꼽을 수 있다. 축구시합을 배경으로 조선초급학교 아이들과 일본소학교 아이들의 철없는 대립과 우정을 그려내고 있다. 아동문학 분야에서는『할아버지의 담배통』(ブレーンセンタ-) 의 고정자 등이 있다.

시 분야에서는 가야마 스에코(香山末子)의 등장이 우리들을 놀라게 했다. 한센병과 싸우며 꿋꿋이 살아나가 74세로 세상을 뜰 때 까지 4권의 시집을 남겼다.『구사쓰 아리랑』(梨花書房)『꾀꼬리가 우는 지옥계곡』『파란 안경)』『에프런의 노래』(모두 皓星社)이 바로 그것이다. 원초적인 언어를 통한 이야기 시법(詩法)이 때때로 유머와 함께 인간의 정겨움에 감응한다. 눈먼 시인의 언어 하나하나가 '시(詩)란 마음의 눈으로 쓰는 것이다'라고 재차 당부해 온다.

유묘달의 시상과 언어는 대조적으로, 조선을 향한 동경과 <재일>의 처지를 「근대시」의 소양이 뒷받침된 세련된 시법으로 노래했다. 시집으로 『이조추초(李朝秋草)』(檸檬社), 『이조백자』(求龍堂), 『청춘윤무』(創風社)가 있다.

80년대에 단가 가인 이정자가 등장한 것도 주목할 수 있을 것이다. 일본적 서정의 대명사처럼 일컬어지는 단가의 세계에서, 소녀시절의 차별 체험과 <재일>의 애환, 일본인 남성을 향한 사모와 갈등을 노래한 연애시, 조부모·부모·자식 등 혈연을 향한 마음, 그리고 조국을 향한 동경과 접근, 일본사회에 대한 지탄 등의 주제가 단가 특유의 서정과 조율을 거쳐 깊이 있는 표현이 되고 있다.

80년대에 등장한 사람들을 살펴보자. 시에서는 『수프)』(紫陽社)의 박경미, 『고향이 둘』(ポエトリセンタ-)의 미쿠모 도시코(みくも年子), 『어린 친구』(鳥語社)의 하기 루이코(萩ルイ子), 논픽션 분야에서 『아빠·KOREA(父·KOREA)』(長征社)의 곽조묘, 『동포들의 풍경』(亞紀書房)의 성미자, 공저『바다를 건넌 조선인 해녀』(新宿書房)의 김영과 양징자, 『猪飼野 路地裏通りゃんせ』(風媒社)의 김향도자(金香都子)등이 있다.

여성작가, 시인, 논픽션작가들의 새로운 면을 간략히 말하자면, 민족적이든 정치적이든 간에 남성작가들이 짊어져왔던 이데올로기나 이념의 「큰 이야기」에 의거하지 않고 가족·자신·삶=성을 둘러싼 이야기를 자아냄으로써 자립과 해방을 향한 방향을 추구하였다는 점이다. 80년대까지의 그것은 민족의 뜻과 함께 하며 만들어졌다. 지금까지 소개한 인물들 대부분은 지금도 창작활동을 계속하며 저작을 내고 있다.

5 재일조선인문학으로부터 <재일>문학으로
- 1990년대 이후

1980년대 말 무렵부터 90년대 이후, 재일조선인사회의 가치관 다양화는 한층 더 현저해졌다. 제3세대의 대두가 있고, 85년에 일본의 국적법이 부계주의에서 부모양계주의로 개정되어 일본국적 취득자가 증가하였으며, 그에 따라 전세대를 포함한 생활·의식상태의 변화가 더욱 빠르게 진행되었다. 그런 사회적 변화를 배경으로, 조국지향을 바라는 마음이 사그라지는 한편, 일본사회와의 동질화가 진행되어 「재일을 살아간다」는 생각도 자리 잡는다. <재일>사회가 자리를 잡아가는 한편, 의식이나 가치관이 커다란 에너지를 품고 있는 카오스적 양상을 드러낸다. 그런 전형기를 맞아 활로를 찾으면서 다양한 아이덴티티의 모색이 시작된다. 민족의 뜻을 존재의 근거로 삼은 사람, 일본사회의 시민으로서 자기정립을 꾀하려는 사람, 새로운 존재로서의 대안을 찾는 사람-등이다. 「민족을 뛰어 넘는다」라는 말이 등장하는 것도 이 시기이며, 「상상의 공동체」=국민국가를 거부하는 보더리스(*borderless-무국경)를 지향하거나 <개인의 자아>의 절대성에 활로를 찾아내려는 사고방식도 나타난다.

이와 같은 <재일>사회의 변화가 반영되어 문학도 변모한다. 조선반도를 뿌리로 하는 작가·시인이 쓴, 자신의 출신 내력과 <재일>을 주제로 한 문학에는 변함이 없지만, 「재일조선인문학」이라는 호칭으로는 묶을 수 없는 다양한 양상이 나타났다. 나는 그것을 과도기의 별칭으로써 「<재일>문학」이라고 부르고 있다. 재일을 묶는 < >안에는 그 역사성과 존재성이 담겨 있기 때문이다.

이 제3기의 <재일>문학의 특징을 대략적으로 들어보자면, 여성작가·시인이 라인업의 주요한 위치를 점유하고 있는 점, 일본 이름 (일본국적 취득자)의 작가·시인이 이 시기에 자신의 출신내력에 관한 작품을 쓰기 시작했다는 점, 전세대의 벽을 뛰어넘어 이른바 엔터테인먼트적인 성격을 띤 내용이나 한국체험 혹은 해외를 무대로 한 작품을 쓰기 시작한 점, 그리고 「새로운 인물」의 등장 등이 있을 것이다. 이 시기에 거론하는 작가・시인이 반드시 출생의 문제로 제3세대와 일치하지는 않는다는 것을 미리 일러두겠다. 제3세대는 前 세대의 인물도 포함하여 80년대 후반부터 90년대 이후에 작품을 발표한 사람들이다.

원수일은 『계간삼천리』80년 봄호에 단편을 발표하며 등장, 87년에 소설집 『이카이노 이야기』(草風館)에 정리하여 데뷔했다. 일본 속의 조선인으로 바위처럼 굳건히 자리 잡고 살아가는 1세대 아주머니들의 희로애락을 묘사하여 이목을 끌었다. 독특한 이카이노 언어 표현이 「일본어」를 변화시켜 <재일>문학의 가능성을 생각하게 했다. 후에 장편 『AV・오디세이(AV・オデッセイ)』(新幹社), 『올나이트 블루스』(新幹社)로 문학적 전략을 바꿨다. 미스테리 수법을 구사해서 6・25전쟁 등 「민족의 비극」이나 심각한 <재일> 이야기를 신랄하게 패러디하여, 재일조선인문학의 「전통」에서 새로운 경지를 개척하려 하고 있다.

이기승이 85년에 『제로항(ゼロはん)』(講談社)으로 데뷔한 것도 부각되었다. 재일세대의 자아탐색 이야기를 우울한 심상과 날카로운 의사로 직접적으로 묘사하여, 새로운 세대의 아이덴티티라는 난제를 추구하였다. 그 박진력은 『바람이 달리다』(講談社) 『상냥함은 바다』(群像 93년 11월호)까지 이어지지만, 그 이후에 발표되는 작품은 다소 정체되고 있다.

두 사람 외에, 83년에 젊은 세대에 의해 발행된 잡지 『나그네』에서 시작하여 『재일문예민도』 『우리생활』 『호르몬 문화』 등에 소설을 발표하고 있는 정윤희, 영화 「윤의 거리」의 시나리오작가이며 「불가사리」(在日文藝民濤 88년 봄호)를 쓴 김수길, 『기억의 화장(記憶の火葬)』(影書房)의 황영치, 『이쿠노아리랑』(図書出版濟州文化)의 김길호 등이 있다.

이 시기에 주목할 만한 것은 김중명, 현월, 가네시로 가즈키(金城一紀)라는 「새로운 인물」의 등장이다.

김중명은 90년에 『환상의 대국수』(新幹社)로 데뷔했다. 조선의 장기와 일본의 장기라는 독특한 제재를 취하여 일제시대 말기와 80년대 중반의 두 시대를 교차시키는 탄탄한 구성으로 역사와 현재를 묘사했다. 또한 『산학무예장(算學武芸帳)』(朝日新聞社) 『술진산학전기(戌辰算學戰記)』(朝日新聞社)등 특이한 장편을 발표하여 재일조선인문학에 새로운 역사소설 분야를 개척한다. 대표작 『바다의 백성들(皐の民)』(講談社)에서는 해상왕으로 이름을 떨친 역사상의 인물인 장보고와 신라왕조의 항쟁을 배경으로 장대하고도 기개 넘치는 로망을 그려냈다. 이 작품으로 김중명은 <조선>이라는 범주에서 이탈하지 않고, 국경 없는 바다위의 실크로드를 무대로 국민국가를 초월하는 법을 실험한다.

현월도 마찬가지로 가공의 재일코리안 공동체를 소설의 근간으로 삼아 줄곧 작품을 썼다. 장편 『이물(異物)』(講談社)에서는 이르러 일본에 정착한 <재일>과 뉴 커머(New Comer)의 갈등을 그려내, <재일>사회의 새로운 난제에 도전하고 있다. 『GO』(講談社)의 가네시로 가즈키는 「코리안·재패니즈」를 중심점으로 하여, 김중명과는 완전히 다른 전략으로 보더리스(무국경)를 지향하고 있다. 『하드 로만티카(ハードロマンチカ-)』(角川春樹事務所)의 구수연도 <재일>문학의 새로운 엔터테인먼트 작가이다.

시인으로는, 조남철이 『바람의 조선』, 『나무의 부락』(모두 れんが書房新社), 『따뜻한 물』(花神社)등에서 민족을 향한 강한 의사를 표출함과 동시에 자연을 향한 온화한 시선을 보인다. 세계를 포착하는 비평성 속에 시적 메타포를 달성시키고 있다.

최용원은 『새는 노래했다』(花神社), 『유행(遊行)』(書肆靑樹社)로

산천이나 토지에 민족의 마음을 이입하는 조선시의 전통을 이어, 자연과 생명의 융화를 시상으로 하고 있다. 조남철의 시와 함께 에콜로지의 시점을 시에 도입하기 시작한 것은 <재일>시의 혁신적인 부분일 것이다.

『서울』(新幹社)의 이용해는 「추상의 조국」을 향한 갈망과 어긋남이라는 복잡한 의식의 모습을 지니면서도 블랙 유머와 아이러니에 특이한 재능을 표출하고 있다.

시 분야에 「새로운 사람」의 정장이 있다. 정장은 『마음의 소리』(新幹社), 『활보하는 재일』(新幹社)등의 시집에서 「재일사람」을 키워드로 재일세계의 새로운 존재의식을 노래하고 있다. 그 외에 제3기에 등장한 남성시인들을 꼽아보자. 노진용은 『붉은 달』(學習硏究社), 『コウベドリーム』(東方出版), 장편서사시 『소생기 – 아직 보지 못한 내 자식에게』(近代文芸社)로 한신·아와지(阪神·淡路) 지방의 대지진을 선명하게 노래했다. 『버려진 백성(棄民)』(靑磁社)의 신종생, 『μ의 기적(μの奇蹟)』(新幹社)의 윤민철, 『브룩클린』(靑土社)로 나카하라 츄야(中原中也)상을 받은 송민호, 동인잡지에 작품을 발표하여 조국통일을 노래했으며 시의 리듬에 자질을 드러낸 김홍일도 있다.

제3기에도 여성의 문학은 활발하다. 특히 시 활동이 왕성하다. 소설에서는 우선 후카사와 가이(深澤夏衣)와 김 마스미(金眞須美)가 있다.

후카사와 가이는 제2세대 사람이지만, 92년에 신일본문학상 특별상을 수상한 『밤의 아이』(講談社)로 데뷔했다. 이 작품에서 작가는 「조국」, 「민족」이라는 「공적인 정의」와 「나」 혹은 「개인」과의 갈등을 그려, 「일본 국적자」의 아이덴티티 정립을 예리하게 추구했다. 그런 의미에서 이는 훌륭한 현대적인 주제이며, 단정한 문체와 사리를 갖춘 내면의 탐구에는 소설의 힘이 엿보인다. 『밤의 아이』다음으로 「미드나

이트·콜」(新日本文學 93년 봄호), 「언니의 사랑」(新日本文學 97년 9월호), 「팔자타령」(群像 98년 9월호) 「戀歌」(『地に舟をこげ』창간호)를 발표했다.

김 마스미는 95년에 문예상우수작 『메소드(メソッド)』(河出書房新社)로 데뷔했으며, 사고적, 구축적인 구성을 가진 소설을 발표하여 주목을 받았다. 햄릿 극단을 무대로 연극적인 구조를 살려, 누나의 재일판 「아빠 살해 이야기」와 동생이 현실을 향해 여행을 떠나는 <재일>의 해방을 메타포로 추구했다. 연기술의 메소드와 <재일>의 해방을 둘러싼 메소드를 다층화하여 소설화 한 그 수법이 이지적이다. 김 마스미는 무대를 로스앤젤레스로 옮긴다. 「불타는 초가」(新潮 97년 12월호), 「로스앤젤레스의 하늘」(新潮 01년 3월호), 「로스앤젤러스 축제의 큰북」으로 <재일>신세대의 아이덴티티를 모색하고 있다.

유미리는 처음으로 민족적 출신을 주제로 한 『돌에서 헤엄치는 물고기』(新潮社)가 작품 속 모델의 명예훼손 문제에 부딪혀 출판금지재판 결과 개정판을 간행할 수 없게 되었다. 하지만 일제 시대의 역사에 외할아버지를 모델로 한 일족의 역사를 오버랩 시켜 그려낸 장편 『8월의 저편에』(新潮社)는 경탄할만한 작품이었다.

그 외의 소설가로는, 부락해방문학상을 받은 「소나기」를 발표하는 등 착실하게 창작활동을 하고 있는 김계자, 「언제나 바다는 펼쳐져 있다」(群像 95년 8월호)의 박경미, 판타지의 김연화 등이 있다. 소설 이외에는, 『극히 보통의 재일한국인』(朝日文庫)의 강신자, 『목숨마저 잊어버리지 않으면』(岩波書店)의 박경남을 꼽을 수 있다.

시 분야에서는, 77년에 일본에 와 시집 외에 장편소설·번역서 등 다수의 출판물을 낸 왕수영, 『갈비집 번창기』(土曜美術社出版販賣)의 이미자, 『하얀 저고리(白いチョゴリ)』(國際印刷出版)의 이방세, 『프레파라트의 고동(プレパラートの鼓動)』(交野が原發行所)의 나츠야마 나오미(夏山直美), 『불의 냄새』(石の詩會)의 김리자, 『제주도 여자』(土曜美術社出版販賣)의 김수선, 『우리 말』(紫陽社)의 전미혜, 『지나간 세월을 벗어버리고』(書肆靑樹社)의 이승순, 『풀의 집』(土曜美術社出版販賣)의 나카무라 준(中村純)등을 들 수 있다. 단가에는 『신세타령』(砂子屋書房)의 박정화, 『사랑해』(文學の森)의 김영자 등이 있다.

여성작가·시인의 대두를 배경으로 2006년 11월, 재일여성문학『땅에 배를 저어라』(在日女性文芸協會發行·社會評論社發賣)가 창간되었다.

일본 이름의 작가·시인들도 살펴보자.

제1문학세대에서 『쓰루기가 사키(劍ケ崎)』(新潮社), 『겨울의 추억거리(冬のかたみ)』(新潮社)의 다치하라 마사아키(立原正秋), 『가이몬산(開聞岳)』(集英社), 『서울의 위패』(集英社)의 이오 겐시(飯尾憲士), 제2문학세대에서 『호포기(虎砲記)』(新潮社)의 미야모토 도쿠조(宮本德藏), 『들장미 길(野薔薇の道)』(下野新聞社)의 마쓰모토 도미오(松本富生), 『자유의 땅은 어디에』(河出書房新社)의 기타 에이치(北影一)등이 앞서 활동한다. 지금까지 출신 내력이나 <재일>을 둘러싼 내용을 주제로 삼지 않았던 작가들이, 그런 문제에 대하여 쓰기 시작한 것도 80년대 말부터 90년대 이후의 시대적 특징에 이유가 있기 때문이다.

쓰카 코우헤이(つかこうへい)는 『딸에게 말하는 조국』(光文社) 이후 『히로시마에 원폭을 떨어뜨리는 날』(角川書店)을 출간하였고, 이슈인 시즈카(伊集院靜)는 『해협』, 『춘뢰(春雷)』, 『곶에(岬へ)』(모두 新潮社)의 삼부작에서 성장과정에서부터 가족의 모습을 담았다. 사기사와 메구무(鷺澤萠)는 서울에서 유학한 후 『개나리도 꽃, 벚꽃도 꽃』

(新潮社), 『너는 이 나라를 좋아하는가』(新潮社)를 썼고, 2002년에는 『나의 이야기』(河出書房新社)를 발표해서 차츰 그녀의 코리아·영역을 확장시켰으나 2004년에 자살했다. 그 외에 『도쿄 아열대』(福武書店)의 오쓰루 기탄(大鶴義丹), 평론으로는 다케다 세이지(竹田青嗣)가 『<재일>이라고 하는 근거』(國文社)에서 김석범, 이회승, 김학영에 대해 논하여 반향을 불러일으켰다.

시 분야에서는 『달의 다리』(紫陽社) 외에 한국어시집, 번역 등 많은 저술활동을 펼친 竹久昌夫(다케히사 마사오, 본명 강수중), 『무사시노』(思潮社)의 안토시아키(安俊暉), 『화장(化粧)』(行路社)의 시마 히로미(嶋博美), 『대구에』(土曜美術社出版販賣)의 아라이 도요키치(新井豊吉) 등이 있다.

이상, 해방 후=전후 60년의 변천을 살펴보았다. 그 흐름을 한마디로 말하자면, 재일조선인문학에서 <재일>문학으로 변해왔다고 표현할 수 있다. 물론 제1문학세대인 김석범, 제2문학세대인 이회성, 양석일 등이 현재도 왕성한 집필활동을 펼치고 있어, 다양한 색깔을 가진 작품세계가 형성되고 있다. 더불어 재일조선인문학 혹은 <재일>문학이라고 불리는 장르가 성립하는가, 라는 의문이 제기되고 있으며, 그 범주 안에 포함되는 것을 납득하지 않는 필자들도 늘어나고 있다.

나 역시 장르나 범주를 선험적으로 파악하지는 않는다. 하지만 문학이 하나하나 각기 다른 행위에 의해 만들어지는 것이라는 것을 전제로 한 상태에서 작품이 탄생하기 위해서는 동기가 부여된 토양이 있어야 하고, 작품들은 그 「그늘」 혹은 「제약」 속에서부터 등장할 터이다.

재일조선인문학 혹은 <재일>문학에 비추어본다면, 출신 내력과 <재일>이라는 존재성이 그 토양일 것이다. 예를 들어 유미리의 『8월의 저편』는 그 토양 없이는 태어나지 않았을 것이다. 이처럼 작품 하나하나, 작가 개개인이 독립성을 지키면서, 또 한편으로는 작품 전체로써 독자적인 문학 <세계>를 형성한다. 장르나 테두리가 앞서 존재하는 것이 아니라, 개개인 표현자의 행위와 작품의 주제가 공유된 영역이 형성되고 그러한 <세계>를 부각시킨다. 그 <세계>를 임시로 재일조선인문학 혹은 <재일>문학이라고 부르는 것은 가능할 것이다. 문학을 낮게 평가하거나 작가·시인의 독자성을 약탈할 수는 없을 것이다.

또 재일조선인문학 혹은 <재일>문학을 「디아스포라 문학」이라고 규정하는 견해도 있지만, <재일>은 대를 거듭하여 「뿌리를 내린」 존재이기에 문학도 그와 무관하지 않다. <재일>문학의 새로운 양상을 「해체개념」(탈구축)으로서 파악하는 견해도 있지만 이는 「변용개념」으로써 파악해야 할 것이다. 제3문학세대는 전세대 이상으로 아이덴티티 발견을 향해 격렬하게 싸우고 있다. <재일>문학은 변화와 계승의 항쟁 속에서 사라지지 않는다고 나는 낙관적으로 관측하는 바이다.

2. 재일시의 크레올(*cleole)성을 둘러싸고

사가와 아키 佐川亜紀

 재일시의 크레올성이란 무엇인가

- 이 혹성은 혼욕이다 「중립원인(中立猿人)」
  일봉(一峰)시집 『미아 방송(迷子放送)』에서

최근에 크레올 문학에 대한 관심이 높아지고 있다. 재일 문학을 크레올 문학으로 파악하는 주장도 새롭게 등장하고 있으나, 여기서는 재일문학이 주체이므로 크레올적인 시각은 보다 풍부하게 읽는 법, 새롭게 평가하는 시점에서 파악하고자 한다. 크레올적인 시각은 자기·언어·문화인식 자체를 근본적으로 변혁시키려는 사상이다. 그래서 21세기의 중요한 사조로 그 위상이 격상되어 있으며, 종래 재일문학의 파악방법에도 충격을 줄 수 있는 양면성을 갖고 있기에 다면적인 검토가 필요하다고 생각된다.

『크레올 예찬』을 주창한 카리브해의 작가 패트릭 샤모와조(patrick chamoiseau)가 1953년생이고, 라파엘 콘빠니아(raphael confiant)가

1951년생으로 비교적 젊은 편인데, 해방 후에 태어난 재일 2세 작가, 시인들과 대체로 연령대가 비슷하다는 것은 매우 흥미로운 일이다. 혼합성을 중요시 하는 관점에서 보면, 재일 2, 3세의 문학이야말로 본격적인 크레올 문학이라는 규정이 가능하다.

재일문학의 크레올성을 논한 것으로는 재일 2세 작가 원수일(1950년~)의 「포스트 콜로니얼로써의 재일문학 – 크레올화의 흐름(ポストコロニアルとしての在日文學 – クレオール化の水流)」[1]이 있다. 여기에서 그는 앞에서 말한 샤모와조나 콩빠니아의 『크레올 예찬』을 인용하여 <나는 내 자신의 창작 방법론, 존재론으로써 '크레올성'에 전적으로 찬동한다>라고 기술하고, 자신의 저서인 『이카이노 이야기(猪飼野の物語)』의 방법론은 다언어주의이며, <이카이노어라고도 할 수 있는 크레올적인 대화법>이라고 기술했다.

가와무라 미나토(川村湊)는 이 방법을 지지하면서 일본어도 크레올화할 것이다, 라고 논했다[2]. 원수일은 김석범, 김달수의 소설작품을 통해서 생각해 볼 때 언어의 다원성에 그치지 않고 감성이나 지성의 다원성, 예를 들면 웃음의 독이 적은 일본문학에 「홍소(哄笑)의 독을 담는다」라고 지적했는데 이 점은 주목할 만하다. <그런데 크레올성이란, 바꿔 말하면 홍소라는 독이라고도 할 수 있다.> 분명 크레올어로 쓴 작품이 크레올 문학이기는 하지만, 『크레올 예찬』에서도 언어적 측면으로만 그치는 것이 아니라고 서술하고 있다. <따라서 우리들의 크레올성은, 이 예측할 수 없는 혼용에서 탄생하는 것이다. 사람들이 크레올성을 언어적 측면이나 구성요소의 하나로 한정하는 것은 너무 성급하다.> <우리들은 용인과 거절 속에서, 즉 더할 나위 없이 복잡한 양

---

1) 『관서대학동서학술연구소연구총간16 포스트콜로니얼문학연구』 2001년
2) 『한국·조선·재일을 읽다』 가와무라 미나토 인팩트출판회 2003년

면성과 친밀한 관계를 유지하면서 일체의 환원, 순수성, 빈곤화의 밖에서, 그리고 부단한 문제제기 속에서 크레올성을 단련해 왔다.>[3]

먼저, 크레올이란 무엇인지에 대해서 살펴보자. 유럽인, 특히 프랑스인이 카리브해 지역을 식민지로써 경영한 결과 생겨난, 노동과 생활을 위해 만들어진 언어가 피진이다. 식민지에서 태어난 다음 세대들의 생활 전반을 포괄할 만큼, 피진은 발전해 왔는데, 이것을 크레올이라고 부르고 있다[4]. 그리고 종래 열등 언어로써 여기던 크레올을 새로운 창조물로 파악, 복합문화의 적극적 산물로 평가하고, 나아가서는 아메리카나 유럽은 물론이고 일본에서도 모든 문화는 크레올 문화라고 칭할 만큼 이론을 발전시킨 것이 문화 인류학자인 이마후쿠 류타(今福龍太, 1955년~) 등도 주장하고 있는「크레올 주의」라고 할 수 있다. <언어와 같은 확고한 문화적 체계조차도 접촉과 융합의 결과로써 전통이나 일관성에서 벗어나「원형」을 환원시키려는 힘에 늘 노출되어 있다는 점을 중시하고 있나. 즉 이 크레올화 된 힘은 토착 문화와 보국어의 정통성을 기반으로 해서 구축해온 모든 제도와 지식과 논리를 새로운 비제도적인 논리로써 완전히 무력화시켜, 인간을 인간의 내면에서부터 갱신하고 혁신하려는 비전을 창출하는 전략의 가능성을 내포하고 있다고 할 수 있다.[5]>

아래 표는 도식적이기는 하지만 단일 문화주의와 크레올 문화주의의 차이를 나타낸다.

---

3)『크레올 예찬』장 베르나베、패트릭 샤모와조、라파엘 콘빠니아 쓰네가와 쿠니오역』 평범사 1997년
4)『크레올이란 무엇인가』「역자 서문」니시다니 오사무역 평범사 2004年
5)『크레올 주의』이마후쿠 류타, 치쿠마 학예문고 2003년

단일 문화주의	크레올 문화주의
순수 혈통 중시 순수화 단일 언어 우위 아버지 기원 회귀 전통적 과거	혼혈 중시 혼합화 다언어 우위 어머니 · 아이 생성 유동 가변적 현재

원수일이 말한 바와 같이 재일문학도 크레올 문학으로 고찰할 수 있을 뿐만 아니라 세계적인 가치부여가 가능하다.

① 조선어인가 일본어인가, 조선문학인가 일본문학인가라는 이항대립의 차원을 뛰어넘는다. 세간의 크레올 문학의 하나로써 생각한다. 조선과 일본의 관계에만 국한하지 않고, 세계적 관점으로 확장한다.

② 누더기 언어, 불완전한 언어라고 멸시해오던 언어를 도리어 새로운 창조물로 생각한다. 종래의 비판에서는 표현 방법론에 대한 언급이 부족했는데, 언어 표현을 더욱 적극적으로 신중하게 살펴본다.

③ 언어뿐만 아니라 모든 면의 혼혈성, 다종성을 플러스적 요소로 파악하고, 보다 전략적으로 방법화한다.

④ 일본어 · 일본문화 자체, 조선어 · 조선 문화 자체, 또한 언어나 문화도 잡종이며 크레올이라는 문화의 기본 구조로 전환한다.

여기서 필자가 크레올 작품이라고 생각하는 관점을 다언어적인 표현뿐만 아니라 조선적인 요소와 일본적 요소(미국이나 중국 등의 타문화적 요소)와의 <혼합과 위화감>으로써 살펴보고 싶다. 재일 시는 단순한 혼합이 아니다. 조선어와도 일본어와도 일체화 할 수 없고, 위화감을 느끼면서도 양자의 요소를 포함한 새로운 표현으로써 성립해왔다. 그래서 <혼합과 위화감>은 크레올 문학의 공통 요소일 것이다.

미쿠모 도시코(みくも年子, 1941년~)가
<고향／둘／핏줄로 이어진 고향과／피를 채워준 고향／고향／둘／사실은 이제 바꿀 수도 없는／말로서 아무리 갈라놓으려 해도／마음 속에서 엉켜버린 증오와 사랑>(「고향 둘」)이라고 쓴 증오와 사랑이다.
크레올 문학의 기본인 <장소로서의 자기>와 <창조성>은 김시종(1929년~)이 종래부터 제창해온 <'한일'의 틈새를 살아간다> <재일을 주체적으로 살아간다≫와 공통되는 점이 있다.

> 우리들은 너무 가볍게 손쉬운 성냥성에 의존하여 「민족 주체성」이라는 불분명한 조국에 대해 근거를 두는 것 이외에는 "재일"의 실존을 가늠할 수 없었습니다. 당연한 일이지만, 이러한 발상의 토대로는 <재일>을 주체적으로 살아간다는 사상이 생겨날 리가 없습니다. 왜냐하면 그것은 본국을 흉내 내며 살아가는 재일의 의태에 불과하기 때문입니다. (중략)
> 이것은 결코 애매모호한 주체성이 아니며, 재일을 살아가는 대응력으로써 오히려 재인식 되어야하는 재일의 특색이라고도 할 수 있습니다. 만약 거기에 <재일>을 살아간다는 필연성과 전망이 부여된다면, 이 다루기 어려운 우유부단함은 분명 조국통일의 전망에 일정 수준 이상의 역할을 담당하는 <재일인>의 자질이 되기도 하겠죠 일찍이 조국에 없었던 것, <재일>에서 배양된 의식·발상·언어들을 하나로 섞은 생활 감각을 가지고서 살아가는 이 <재일>의 주체를 어떻게 되살릴 것인가. 그 위에 어떻게 <재일>의 주체성을 만들어 가느냐에 따라 "민족차별"은 우리들을 멸시하고 모욕하기 보다는 일본인 자신의 초라한 치부로써 당사자인 일본인을 움츠러들게 하겠죠6).

아득바득 몸에 익힌 타산적인 일본어의 아집을 어떻게 하면 떨쳐낼 수 있을까. 더듬거리는 일본어에 철저히 파고들지만, 숙달된 일본어에 친숙해지지 않는 자신. 그것이 내가 품고 있는 나의 일본어를 향한 나의 보복입니다[7].

<더듬거리는 일본어>라는, 일본어의 이질감으로써 일본어에 보복하는 것. 이에 대해 프랑스문학 사상가인 우카이 사토시(鵜飼哲, 1955년~)는 <김시종의 시는 일본어를 그 유한성으로 일찍이 아무도 시도하지 않았던 방법으로 맞서고 있는 것이다> <철저한 파괴인 것이며, '일본어'라는 고유한 이름의 역사적 함의에 이미 어울리지 않을 아슬아슬한 한계까지 이 언어를 억지로 끌어간다. 그리고 그렇게 함으로써 이 언어의 '사후의 삶'을 들여다보게 한다.> 라고 지적한다. 사계절에 대해서도 상이한 감각과 사실(史實)을 대비시키고 있다고 예증하고 있다[8]. 이를 통해 김시종이 재일이 일본에서 살아간다는 점을 주체적으로 파악하면서 언어나 감성은 단순한 혼합이 아니며, 일본어와 일본의 감성을 이화시키고 있다는 것을 알 수 있다. 자의식에 대해서도 「재일」의 삶을 적극적으로 긍정함과 동시에 조선에서도 일본에서도 이질화된 자율적인 존재로서 <일찍이 조국에 없었던 것>을 창조한다고 터득한다. <'한일'의 틈새를 살아간다>는 것은 두 개의 요소를 끊임없이 의식하면서 그 어느 쪽과도 동화하지 않고 상황을 플러스로 전환시키는 길을 찾으려는 자세일 것이다.

이쯤에서 김시종 이외의 재일시인에게서 나타나는 크레올성을 살펴보도록 하자. 이 경우 원수일도 김석범 등이 생각한 것처럼 이카이노

---

6) 『재일의 틈새에서』 김시종 입풍서방 1986년
7) 『나의 삶과 시』김시종 암파서점, 2004년
8) 『언어국가주의란 무엇인가』미우라 노부타까, 등원서점 2000년

어와 같은 다언어성만으로 한정하지 않는다.

모든 재일시인을 고찰하는 것은 불가능하므로 자세한 것은『재일코리안 시선집(在日コリアン詩選集)』1916년 ～ 2004년(모리타 스스무(森田進)・사가와 아키(佐川亞紀)編, 2005년, 土曜美術社出版販賣)과 『＜재일＞문학전집(在日文學全集)』제 2, 5, 17, 18권(이소가이 지로(磯貝治良)・구로코 가즈오(黑古一夫)編, 2006년, 勉誠出版)을 참고 하기를 바란다.

허남기(1918년 ～ 1988년)는 후에 조선어로 작품을 쓰게 되었지만 초기에 일본어로 쓴 시는 크레올성을 띠고 있다. 작품「상처투성이 시에 바치는 노래(傷だらけの詩にあたえる歌)」에서 ＜누더기 투성이＞라며 혼합성을 의식하지만, 비탄에 빠지기보다는 그 언어를 통해 자기 회복을 꾀하려는 의지가 느껴진다. (허남기는 초기 국제적 계급연대의 외국어로써 일본어를 사용한다고 『민주조선(民主朝鮮)』에서 말한 적이 있다. 문법적으로도「시들(詩たち)」처럼 조선어에서 흔히 쓰이는 복수형을 구사하고 있는 것이 주목을 끈다. 또「화승총의 노래(火繩銃のうた)」등의 시에서도 문절 간에 한 글자 띄어쓰기를 한 곳이 많다. 이것은 띄어쓰기를 하는 조선어의 영향일지도 모르지만 어떤 리듬을 만들어내고 있다. 또한 조선어라면 띄어쓰기를 하더라도 소리 내어 읽을 때는 계속 이어서 읽게 되지만 그것이 일본어일 경우는 글자 그대로 읽으면 통상 한국어에서 간격을 두고 끊어 읽는 것과는 사뭇 달라진다. 즉, 일본어도 아니고 조선어도 아닌 독자적인 리듬이 생겨나는 것이다. 참고로, 방법적으로 단어나 문절을 흩뜨려서 표기하는 것은 재일이 아닌 일본시인도 사용하고 있으나 조선어와의 관계는 없다.

시 속에서 피진이라는 말을 나타낸 것은 신유인(1914년 ∼ 1994년)이었다.

> <식민지의 '노예어'를/언어학자는 (Pidgin)이라고 칭한다./비참한 현실을 살아가기 위한/말의 누더기가 '피진'이고/'말하는 가축'의 일상어가 되었지만/그 아이들에게는/'신성한 모어(母語)'였다./태어나는 아이를/그 어머니가 고르지 않듯이/어머니의 말도 고르지 않았다./어머니에게서 흘러나오는/젖과 언어는/인간이라는 증거가 되어/그 마음과 육체를 키운다./지금 일본에는/70만 조선인이 있지만/그 주류는 재일 3, 4세로/대부분 조선어를 모른다./조선어는 그들의 모국어이기는 하지만/모어는 아니다./그들의 모어는/정확히 조선어도 일본어도 아니다/'누더기'의 '이카이노어'였다./일본 현대사가/이 신생일본어 앞에 번민하다 쓰러지지 않는 것은 어째서일까?> (「언어의 후불(後拂)」)

이 시의 마지막 부분처럼, 카리브해 문학이나 프랑스 문학 경유가 아닌 「이카이노어」로써 다문화주의를 보편화 할 수 없었던 일본 현대사의 단일문화를 보여준다고도 할 수 있다.

한국, 일본, 미국으로 삶의 터전을 옮겨 다닌 최화국(1915년∼1997년)의 크레올성에 대해서는 시인이며 비평가인 아라카와 요지(荒川洋治, 1949년∼)가 「일곱 색깔의 말」, 이바라기 노리코(茨木のり子)가 「다섯가지 맛」이라고 평했을 정도로, 한국어, 영어, 일본어, 게다가 거친 말투에서 격조 높은 표현까지 여러 종류를 다양하게 사용한 국제적 다언어성의 좋은 예이다.

> <뭐든지 다 중국인, 일본인만이/황색인종이라는 듯한데/아시아에서는 말이지, 가장 아시아다운/짓밟혀도 짓밟혀도 움츠러들지 않는/슬퍼도 슬

퍼도 울지 않는/죽여도 죽여도 죽지 않는/삶아도 태워도 잡아먹히지 않는/'코리 팬즈'라는 종족이 있다는/것을 알아야지, 어이!9)>

「코리 팬즈」의 출처는 중국인이 한국인을 멸시할 때 쓰는데서 나왔다고 하는데, 다민족국가 아메리카에서의 아시아인 간의 차별의식을 나타내는 말이다. 이 같은 현실조차도 다채로운 언어로 그려냈다.

종추월(宗秋月, 1944년~   )은 훨씬 이전부터 자각적으로 이카이노어를 사용했다. 재일 여성시인들은 2세대에 많이 개화했기 때문에 이들의 시에는 크레올성이 더욱 강하게 표현되어 있다.

닝고*

종추월

사과의 과육을 깨물면
뚝뚝 떨어지는 피
참으로 투명한 것

사과 링고를 닝고
라고 말하는 어머니의
나무아미타불
남무(南無)
나무아무타불
목 가득히 침투하는 불경
여운을 혀에 얽히게 휘감아서
마디가 충분하지 못한 위 주머니에
녹아떨어지는 일본어의 맛

---

9) 『최화국시집』 토요미술사 1989년

먼지가 끓어오르는 하천가
장이 끓어오르는 길 위의
차양 아래 물건을 팔고 있는 어머니
쪼그리고 앉은 가슴
사과
한 무더기 백 엔

사가세요[10]

크레올어「닝고」와「나무아무타불」. 서양 사과와 달리 조선의 산야에 자생하는 작은 알을 가진 능금을 그리워하는「닝고」. <투명하고 격정적인 맛>에 대한 애착. 종추월은 그것들을 재일 특유의 말과 맛으로써 음미하며 가치를 부여했다. 한국의 연구자 김훈아는『재일 조선인 여성문학론(在日朝鮮人女性文學論)』(2004년, 作品社)에서「생활 속의 구체적인 민중언어」의 풍미와 힘을 퍼 올리고 있다며 종추월의 표현을 높이 평가했다.

「나무아무타불」을 더욱 구체적으로 방법화한 것이 윤민철(1952년–)이 관동대지진에서 사망한 사람들의 목소리를 표현한「지진재난(5) 영(靈) 2」이다.

<들려옵니다／마지막 중얼거림[11]＊／6천 명의／숨 끊어지는 그 애절함>.

관동대지진이 일어났을 때 일본인들은 일본어의 탁음 발음을 재대

---

10) ‘사가세요’라는 일본어 ‘갓테구레나이카’를 ‘고텐카’로 혀에 얽히게 휘감아서 발음했다– 역주.
11) ‘마지막 중얼거림’의 일본어 발음은 ‘사이고노 츠부야키’이지만, 이 시에서는 ‘사이코노 츠푸야키’라고 말을 비틀어서 썼다– 역주.

로 할 수 있는지 없는지에 따라 조선인들을 선별했다. 유명한 쓰보이 시게지(壺井繁治)의 작품「주고엔고짓센(十五円五十錢)」에도 나오지만 여러 탁음이 섞인「주고엔고짓센」을 발음시켜서 조선인을 가려내 연행, 학살했던 것이다. 윤민철은 그것을 역이용하여 당시 조선인들이 발음하던 <사이코노 츠푸야키>라고 새겨 넣는다. 크레올어는 구어가 주체이며, 식민지의 학살과 폭압의 역사를 배경으로 하고 있음을 능숙하게 표현하고 있다. 말의 발음에 의한 선별은 구약성서의「시보레테」와「쉬보레테」의 차이에 따른 에프라임인 학살에서도 나타난다. 홀로코스트에서 살아남아 독일어로 시를 쓰며 살다가 자살한 유대인 시인 파울 체란(paul celan, 1920년 ~ 1970년)에 대해서 프랑스의 유대계 철학자인 잭 데리다(jacques derrida, 1930년 ~ 2004년)는『시보레트』에서 다음과 같이 논하고 있다. <우리로서는 언어의 국경선에 따라 즉, 주지하는 바와 같이, 그곳을 통행할 수 있는 권리, 실제로는 생존을 향한 권리를 손에 넣기 위해 실로 "시보레트"라고 말할 수밖에 없는 그런 장소에서-오랜 기간 동안 사고한 채로 멈춰 서 있어야 할 것이다.12)>

전미혜(1955년~)도 한국어, 영어, 일본어를 상당부분 섞어서 썼고, 또한「지금」이라는 시간과「여기」라는 장소를 중시하고 있다.

<드럼이 울린다…장구와 얼마만큼…기타가 튕겨진다…가야금과 얼마만큼…> (1985·아카사카(赤坂) 'MUGEN'에서), <~라고 쓰면 되겠죠, '여기'는/~라고 시를 쓸 때의 나는/나는 그때만 재일교포인지도 모릅니다./내 마음은 '여기'에만 있는 것인지도 모릅니다.>

---

12)『시보레트』잭 데리다, 이이요시미츠오외역, 암파서점, 1990년

(「나는 ? 라고 시를 쓸 때의 나」)

박경미(1956년~)는 미국의 작가·시인인 가토르드 스타인(gertrude stein, 1874년 ~ 1946년)의 흑인 영어에 눈을 떠, 그의 영어가 표준영어에서 벗어나 있는 점에서 오히려 보편을 향한 통로를 찾아낸다. 즉, 반드시 <그 장소, 그 시대의 화법이나 생활 스타일에 구애 받지 않는 낯선 정신의 작용, 감정의 움직임이 존재하는 것이다. 13)> 실제 작품에서도 시집 『고양이가 고양이새끼를 입에 물고 온다』 등에서 보이는 표현 그 자체에 새로운 영역을 열어가고 있다.

송민호(1963년~)도 세계 속의 모든 언어, 모든 문화를 상대화하며 세련된 지성으로 탈구축한다. <체코사람이 마음에 두는 독일 자동차나 일본식품이 흘러나온다/그래서 뭔데, 라는 공용어> (「최초의 공용어」)

하지만 혼혈의 괴로움이나 갈등은 결코 작은 것이 아니다. 하기(萩)루이코(1950년~)는

<호랑이와/채찍을 든 조련사가/늑골의 짐승우리 속에서/보여주는 격투/호랑이가 조선이고/조련사는 일본일까> <호랑이와 조련사는/나의 절반씩의 분신인거에요//피골이 상접한 호랑이는/채찍에 맞아/우리를 부셔버리고/울부짖는다> (「봄을 되돌리기 위해」)로 내면에서의 싸움을 기술하고 있다.

시마 히로미(嶋博美, 1950년~)는 어머니가 조선인이라는 것을 숨

---

13) 『언제나 새는 날고 있다』박경미 오류서원 2004년

기고 살아야만 했다.

<울퉁불퉁 옹이 박힌 손바닥이나／느릿느릿 굼뜬 말투를 가진 사람을 만날 때마다／나는 남에게 숨겨온 어머니가 그리웠다>(「어머니와 나」)

이명숙(1932년~)은 귀화해도 <일본인이 되면／일본인이 고용해준다／고 듣고／귀화했지만／조선인은／조선인／이라고 거절당하고> 틈새를 살아갈 생존권마저 허용하지 않는 일본사회를 부각시켰다.

최용원(1952년~)은 <아아 일본인과 조선인에게 피 중／어느 쪽이 떠 쓰고 더 떫은지／그런 어리석은 질문을 나는 내게／계속 묻지 않으면 안 된다> (「앨리지」)라고 노래하면서, <자, 돌아가자／자, 돌아가자 모두 하나였던 때로> (「해변에서」)라고 기원한다.

아라이 토요키치(新井豊吉, 1955년~)는 유년시절, 심한 술주정을 가진 아버지가 두려워 도망쳤지만 아버지의 사후 그의 고향인 대구에 가서 혈연관계를 확인한다.

<가계도를 보며 태어나서 일본국적을 가진／자식들은 기뻐했다／덧붙이는 것도 찬성했다／뭐가 어떻게 바뀔까／연할까 진할까／피는 소란스러웠다> (「핏줄」)

하지만 김리자(1951년~)의 시에서 나타나는 것처럼 자신의 고향을 실감하지 못하는 것도 재일 2세들의 현실이다.

<발에 친숙해지지 않는 고무신을／그래도／신으려고 생각할 때／혼은 아버지의 고향을 찾는다／／추운 겨울에／내가 그리워할 고향은

어디일까> (「흰 고무신」) 아버지나 어머니가 살아온 인생을 더듬는 것이 자신의 고향을 찾아가는 여행인 것이다.

이미자(1943년~)는 도쿄 출생으로 조선고등학교를 다녔고, 대학은 영문과를 졸업했다. 도쿄 카와사키의 타마가와 인근은 많은 재일조선인들이 모여 살던 곳이다. 「제방 아래 조선」, 「갈비가게 번창기」 등 재일 조선인의 생활을 명확한 필치로 그려냈는데, 일본어로 토를 단 조선어도 들어가 있지만 종추월이나 원수일만큼 다언어적이지는 않다. 안정감 있는 은근한 유머도 들어 있어 깊은 맛을 자아내고 있다. 그들이 살고 있는 오사카와 도쿄는 언어나 기풍에서 차이가 있을 것이다.

다언어성이 두드러지는 표현만이 크레올성을 지녔다고 한정할 수는 없다. 세련된 표현으로 조선과 일본의 감성을 동시에 나타내는 일도 가능하다.

최현석(1935년~)은 시집 『둥근 과일(毬果)』한·일·영어 3판을 2006년에 출판하였는데, 작품 집필은 1955년으로 기록되어 있다. 20세 무렵의 작품이라고는 생각할 수 없을 만큼 높은 수준의 표현과 수려한 일본어로 쓰였는데, 한국판 서문을 쓴 시인 서정주가 기술한 바와 같이 조선의 불굴의 의지를 느끼게 한다. 산 것을 먹을 때의 살생에 관해서는 이시가키 린(石垣りん, 1920년 ~ 2004년)의 「바지락」이라는 유명한 시가 있다. 그 시에서 먹는 사람을 「마귀할멈」이라고 하여 죄의식과 생의 조건을 느끼게 하지만 바지락은 움직이지 않는다. 하지만 최현석의 「뱀」은 새끼를 밴 살무사를 그리고 있는데 살해당한 어미 살무사도 갓 태어난 새끼 살무사도, 자신을 죽이려는 가해자에게 저항을 하고, 가해자도 살무사의 맹렬한 적의를 칭송한다는 내용이다.

뱀

목이 잘려나간 후에도
꿈틀거리는 새끼 밴 살모사의
배를 갈라
끄집어 내는 순간
베어서 죽였건만
胎속의 살모사는 살아 있어서
입을 벌이고
자기를 끄집어낸 칼 든 손을
물어뜯으려 했던 것이다
이 熾烈하고
명확한 敵意를 찬양하며
본받기 위해 讚辭를 되뇌고 나서
불에 구워 먹었다

조남철(1955년~)은 제1시집 『바람의 조선』에서 조선의 역사를 상징적 사건으로 전개했다. 또한 제2시집 『나무의 부락』에서 <조선인 아버지와／조선인 어머니의 배에서／이국의 조선인 부락에서／태어났다는 것을／잊어서는 안돼> 라며 자신의 뿌리를 확실히 파악하고 있다. 그는 조선어도 능하고 일본어도 정확하다. 다언어성을 띠고 있지는 않지만 강하게 조선을 나타내고 있다.

조선어로도 시를 쓰는 시인에는 이방세, 노진용 등이 있다.
이방세(1949년~)는 할매(조모)라는 한국 경상도의 방언을 쓰거나 「하하하구짱」 등 조선어와 일본어 의태어의 음이 같고 뜻이 다른 말을 이용하여 한 낱말에 여러 뜻을 나타내는 등 기교적인 표현의 독특한 언어유희를 사용하여 쉽게 친숙해진다. 다언어성이 있는 그의 아동시는 귀중한 자료이다.

노진용(1952년~)은 고베의 한신대지진 때 재일조선인이 입은 피해를 고발하기 위해 처음으로 일본어로 시를 썼다고 한다. 누구를 향해서 쓸 것인가, 독자를 의식하는 문제도 언어를 선택하는 조건에 들어갈 것이다.

재일 3세인 정장(1968년~)은 표현론 뿐만 아니라 사회사상적으로도 재일의 언어를 의식화하고 「재일 사람의 말」이라는 새로운 용어를 제기했다.

<재일 사람의 말, 그것은 / 결코 돌아갈 리가 없는 일본어와 / 아무리 해도 도달하지 못하는 우리말이고 / 자아내는 / 새로운 말 / / 일본어라도 일본어가 아니고 / 일본어에서는 비어져 나와 있어 / 일본어로써 파악하려 해도 / 파악할 수 없는 / 사람의 일본어 / / 우리말이라도 우리말이 아닌 / 사람의 우리말은 / 우리말을 높이 올려다보고 / 아득히 멀리 바라보면 볼수록 / 낮고도 가까운 / 발밑의 뿌리 깊은 곳에서 / 싹터 자란다 / 새로운 이변종 / 비록 밉고 못났어도 / 뿌리 강한 우리말 / / 일본어의 / 돌연변이 / 인 우리말 / / 그것이야 말로 / 사람의 말이다 / 잠자코 있어서는 안 된다 / 잠자코 있는 중에도 / 이 일본어의 열도나 / 저 우리말의 한반도에서 / 정체를 알 수 없는 강대한 힘의 손 / 사람에게 잽싸게 뻗쳐 와 / 우두둑 / 쥐고 부숴버리거나 / 그들의 그늘까지 / 그대로 / 끌려들어가버린다 / / 사람답게 살기 위해 / 대치하고 막을 수가 없다 / 사람 말이야말로 / 힘이다 / 자아내자>

일본어도 아니고 우리말도 아닌 재일 사람의 말(*在日サラムマル)은 실로 선언적인 작품이다. 이것을 다언어적 측면에서도, 내부의 재일

사람의 측면에서도 발전시켜 나갈 것을 기대한다.

쿼터인 나카무라 준(中村純, 1970년~)은 호적이나 국가에서 자유롭고 싶어 조부의 역사를 더듬어가며 한국어를 배웠다는 점이 독자적이다. 한국어의 받침에 대한 이해도 독특함이 엿보인다.

<받침은 어머니를 기다리는 아이／혼자라고／목구멍 속에서 작게 우물거린다, 의지할 곳 없는 자음／달려오는 어머니를 향해／튕기듯이 세상으로 나간다／내게도 어머니가 있었다는 것을 깨닫고／어머니의 입술 모양을 떠올리고 있다> (「받침」)

그보다 더 젊은 1978년생으로, 어머니가 일본인이고 재일조선인 3세인 시인 일봉(一峰)은 우주인적인 감각으로 지구를 본다. 일봉은 국경이 없는 것이 아니라 자신의 존재가 국경이라고 생각한다. 우주에서 떠올린 것은 모든 민족의 혼혈을 연결하고 있는 어떤 「우주적 인종」의 탄생이라는 비전을 품었던 러시아 아방가르드 시인 프레이브니코프 (khlebnikov Velimir, 1885년 ~ 1922년)[14]이다. 우주적 사고가 요구되는 시대인데도 지구의 도처에서 국경 분쟁은 끊이지 않는다. 일봉은 런던유학 중에 연극, 무용까지 공부했으며, 배우임과 동시에 스스로를 시연가(詩演家)라고 칭한다. 시의 개념을 넓히는 것과 동시에 지구성과 고독, 역사와 현재를 동시에 느끼고, 「우리들의 독백」을 지향한다.

<어머니인 별을 비단으로 장식하자／저 반도의 한가운데를 목표로 해서／우주선에서 몸을 달렸다／／나는 광속으로 타오르면서／38도선 위에 떨어졌다／내 형태 그대로 국경에 처박혔다／／머리는 북쪽

---

14) 『소생하는 프레이브니코프』 가네아마 후미오 정문사 1989년

에／다리는 남쪽에／온몸에 이 별의 기억이 처박혔다／내 위를 바람이 달린다／내 아래에서 과거가 소리친다／／자신의 피가 실개천이 되어／지구에 스미는 것을 보았다／／안녕하세요／북측의 국경 경비대 여러분／안녕하세요／남측의 국경 경비대 여러분／／나는 망명자가 아닙니다／나는 당신들의 국경입니다／하늘에서 내려온／그냥 재일교포입니다／／위를 향해 나뒹굴고 있는데／태양이 웃고 있다／／저건 북쪽 태양인가／아니면 남쪽 태양인가〉 (「개선(凱旋)비행」)

2 크레올 주의를 향한 비판

크레올 주의에 가장 큰 비판을 가한것은 종래 민족주의 문학의 관점에서였다. 예를 들어 아마 마자마(Ama Mazama, 서인도 제도 출신 언어학자)는 「『크레올 성을 기린다』비판」을 통해 아프리카 중심주의 입장에서 비판하고 있다[15]. 기본적으로는 유럽 중심의 수법인 포스트 모던을 보완하는 것에 불과하며, 사회정치적 현실을 향한 접근 방법도 경망스러워, 사회 인류학적 관점에서도 근거가 분명하지 않다고 고발한다.

「그렇긴 하지만, 우선 무엇보다도 동화에 대한 저항인 네그리튜드(흑인성)의 출현을 필요로 한 여러 상황이 어떤 점에서 변화되었는가가 설명되어 있지 않다. 첫 번째로 이 5, 60년 사이의 역사를 소상하게 검토해 봐도 크레올에서 말하는 무언가 단절 현상을 발견할 수가 없는 것이다. 그 반대로 우리들이 역사를 통해 볼 수 있는 것은 근본적으로 인종주의

---

15) 『현대사상 특집 · 크레올』1997년 1월호 청토사 p137

와 유사한 동화 정책이 계속되고 있을 뿐 아니라 더욱 강화되고 있다는 점이다.」「우리들이 무엇인가 어수룩한 크레올성 속에 모두 연결되어 있다고 선언하고, 프랑스어가 우리들에게 강요되었고 또 그 강요가 계속되고 있음에도 이 언어를 정복했다고 선언하는 것이 과연 우리들의 상황을 개선하고 더불어 우리들을 해방하는 가장 좋은 방법일 것인가는 심히 의심스럽다.16)」

재일문학과 관련해서 내 나름대로 생각해 본 첫 번째 비판은, 현실의 언어·문화의 지배관계에 너무 낙관적인 것이 아닌가 하는 것이다. 다언어의 장이라고는 해도 언어가 평화공존하고 있을 리가 없다. 김시종이, 재일을 긍정하고 근거로 삼으면서 조선어 교사로서 조선어 보급을 강렬하게 원했던 것 또한 그러한 이유에서이다. 그건 고사하고 재일 가정의 핵가족화, 싱글화가 진행되어 구전을 통해 조선어나 조선문화 그리고 재일 크레올어가 전승될 가능성도 희박해졌다. 일본어의 크레올화는 종주국이라고 할 수 있는 미국 쪽에서 시작되었기 때문에, 그 실태를 보면 일본식 영어인 피진어가 지나치게 만연하여 관공서에서도 일본어로 바꾸라며 변환표가 나왔을 정도이다. 단순한 혼합어라면 J(일본)팝스나 K(한국)팝스와 같이 볼 수 있는 영어와의 혼합이 훨씬 많다.

일본어 파괴표현이라면 최근에는 컴퓨터에서 점점 더 빈번하게 이루어지고 있기 때문에, 인터넷도 포함하면 단어와 문장의 변화는 어마어마하게 많다. 문제는 소수언어, 마이너리티문화인 것이다. 원수일은 크레올성은 포스트 콜로니얼(탈식민주의)과 이중나선구조라고 하였다. 그 말대로 크레올의 근원인 콜로니얼이라는 식민지성의 구조가 세계적으로 굳어져 있으며, 오히려 9·11이후 한층 더 노골적으로 드러난 것은 아닐까. 머지않아 중국어가 아시아언어로써 크게 대두될 추세이니

---

16) 상게서 p138

한자 문화권인 조선어, 일본어도 다른 혼합형으로 변할지도 모르겠으나, 중국어의 측면에서 생각해보면 당연히 일본어의 표기는 지금 상태로도 크레올어인 것이다.

두 번째로, 현재성. 현장성은 일정한 시기, 일정한 지역에만 한정되는 것이 아닐까. 따라서 「이카이노어」는, 어느 한 시기의 고유한 장소에서 사용되는 언어에 지나지 않는 것이다. 역설적이지만, 크레올성을 스스로 인정한 원수일의 작품만큼 지금까지 조선어를 가타카나로 나타내며 많이 섞어서 사용한 작품은 없었다. 그때까지도 일본인 독자들이 조선어에 대한 차별의식을 가지고 있던 것이 사실인데, 그렇게 생생하게 도입한 것은 획기적이다. 하지만 후속세대도 그렇게 조선어를 자유롭게 사용할 수 있을지는 의문이다.

세 번째는, 모든 문화를 상대화하는 것은 조선적인 면을 상대화하고, 역사도 상대화하며, 확장을 조장시키는 것이 아닐까하는 점이다. 문화의 상대화는 마이너리티 문화에 불리한 것일 수 있다.

네 번째로, 너무 가변성을 강조하는 것은 실제 현실적인 면에서는 일반적인 문학으로 해소되어, 결국은 개성을 잃어 간다는 것이다. 게다가 혈연적으로는 재일이라고 해도 재일문학이 아니라 다만 일반적인 의미로써의 문학이고 싶어 하는 창작자가 있다는 것을 부정할 수 없다.

다섯 번째로, 좁은 의미의 크레올어 사용만을 지향하는 것은 일본어나, 조선어로만 사용하겠다는 것과 같은 생각이 된다는 것이다. 크레올어도 집단 언어임에는 틀림없기 때문이다. 살고 있는 곳이나 생육환경에 의해 혼합하는 어원이나 그 정도가 다르다. 정확한 일본어나 정확한 조선어를 통해서 내면에 혼재하는 갈등을 쓸 수 있다.

재일시에서 두드러지는 혼합어가 적은 것은, 기록성, 증언성이 강했던 것도 큰 원인이라고 생각한다. 일본어를 도구로써 사용한 것이다.

어떻게 일본 땅에서 살아왔는지, 부모의 역사도 포함하여 과거와 현재의 고난을 새기고, 일본인에게 호소하며, 동포에게 남기고 싶다는 마음이 창작 동기인 경우가 많다. 이것은 재일시사(在日詩史)와의 관계에서 생각하지 않으면 안 된다. 또한 해방 전의 시의 역사에서는 모더니즘 시가 상당히 많이 나왔던 데 비해 해방 후에는 리얼리즘(구체적으로는 사회주의 리얼리즘)이 우세했던 이유도 분석할 필요가 있다. 전사(前史)가 유복한 명문가 출신의 유학생 중심이었다면, 해방 후에는 거의 대부분이 생활고에 시달렸다는 사회적 조건도 고려 사항에 포함될 것이다.

비판할 내용은 이외에도 더 있으며, 검토도 필요할 것이다. 하지만 앞에서 거론한 것처럼 복합 문화성, 다언어 문화성의 창조력은 이후에도 상당히 유효할 것이며, 재일 시인외에도 그것들을 방법으로 도입하여 시를 짓는 자들이 있다. 세계적으로 보더라도 노벨문학상을 수상한 카리브 해 세인트 루샤 출신의 데릭 월코트(Derek Walcdtt, 1930년~), 아일랜드의 세이머스히니(Seamus Heaney, 1939년~) 등 크레올성을 도입하여 빼어난 시를 쓴 시인들을 일일이 꼽자면 헤아릴 수 없을 정도이다. 크레올성은 21세기 문화의 중심 테마 중 하나라고 말할 수 있다. 구체적인 방법적 측면에서도 더욱 다양한 실험이 가능하다. 재일문학의 크레올성에 대해서는 앞으로도 계속 논의 될 것이다.

젊은 재일 시인이 말했던 「재일 사람말」, 자유와 역사성, 「우리들의 독백」 등 모순을 품고 있으면서도 근본적인 혼합성을 제기하는 언어에 기대를 걸고 싶다. 갈등의 틈새에서 써 나가는 것이 현재의, 미래의 지구적 차원의 문학으로 통하는 길일 것이다.

3. 재일 동포문학에 나타난 부자간의 갈등과 화해
1, 2세 작가의 작품을 중심으로

이한창

1 서 론

문학에 있어 부자간의 갈등문제는 주요한 주제의 하나로 동서양을 막론하고 근대문학 작품에는 작중 인물과 아비지와의 갈등을 그린 작품이 많이 나타나고 있다. 동포문학에 있어서도 마찬가지인데, 실제 고사명, 김태생, 이회성, 김학영, 양석일 등 대다수 동포 작가들은 그들의 작품 속에 이들 문제를 주요 소재로 다루고 있다.

이러한 사실은 동포 작가인 김학영의 다음과 같은 고백에서도 확인할 수가 있다. 즉 김학영은 「한마리 양(一匹の羊)」에서

> 나의 내부에 드리운 아버지의 그림자의 크기에 내심 놀라지 않을 수가 없다. --중략-- 나는 앞으로도 아버지에 대해 계속해서 써나갈 것이다. 이 세상 어느 누구보다 나에게 많은 영향을 준 인물이기 때문이다.[1]

---

1) 金鶴泳, 「一匹の羊」, 『金鶴泳作品集成』, 作品社, 1987, p.435

라고 자신의 문학에 있어 아버지가 얼마나 큰 비중을 차지하고 있는가를 밝히고 아울러 그의 작품 속에 나오는 부친의 폭력은 자신의 원체험에서 나온 것이라고 고백하고 있다.

물론 부자간의 갈등 문제는 재일 동포문학뿐만이 아니라 우리 한국문학과 일본문학에서도 많이 등장하고 있다[2]. 그러나 동포문학 작품에는 아버지가 커다란 비중을 차지하고 있는데 반하여 어머니를 다루고 있는 작품은 거의 나타나고 있지 않은 점이 특이하다.[3] 이처럼 동포문학에서 아버지가 압도적으로 비중 있게 등장하는 것은 이례적인 일로써 거기에는 다음과 같은 이유가 있다고 생각한다.

먼저 이들 작품은 대다수가 자전적인 작품으로, 작가 자신들의 성장 과정을 다루고 있는 이들 소설에서 어렸을 때 세상과 소통하는 거의 유일한 창구인 아버지가 주요 인물로서 등장하는 것은 당연하다고 할 수가 있다. 특히 어린 시절을 어머니 없는 결손 가정에서 보내야 했던 김태생, 고사명, 이회성의 경우에는 더욱 그러하다고 생각된다. 다음으로 이들의 아버지는 조선의 전통적 가부장 제도에서 자란 봉건적 윤리관의 소유자로서, 합리적 의식을 가진 주인공들과 세대 간의 갈등이 나타나는 것은 필연적인 일로서 그들 소설에 아버지가 많이 등장하는 것이다. 마지막으로 가난과 일본 사회의 차별 속에서 이중고를 겪으며 살아가는 소위 「재일을 산다」는 동포들의 삶은 무척 척박했었다. 그런데 척박한 삶의 최첨단에서 살아야 하는 아버지들의 한이 부성이 부재

---

2) 한국문학에서 서구화 과정에서 몰락해가는 집안에서 세대간의 갈등을 그린 염상섭의 『삼대』, 채만식의 『태평천하』와 같은 작품이나 일본문학에서 자신의 출생문제를 둘러싸고 부자간의 갈등이 표출되는 島崎藤村(시마자키 도송)의 『新生』, 志賀直哉(시가 나오야)의 『暗夜行路』 등에는 부자간의 갈등 문제가 많이 등장하고 있다.

3) 어머니를 다루고 있는 동포 작가들의 작품은 극히 적은 편으로 이회성의 『다듬이질하는 여인』, 양석일의 『雷鳴』, 그리고 김태생의 초기 작품만이 어머니를 다루고 있다고 할 수 있을 정도이다.

한 가정에서 폭력의 형태로 표출하게 되어 주인공들에게 상처로 남는데 그 상처가 작품 속에 등장하게 된다는 점이다.

본 연구는 부자간의 갈등을 다루고 있는 연구로써 먼저 동포작가의 작품에 아버지가 어떠한 모습으로 그려져 있으며 주인공과의 부자간의 갈등이 어떻게 전개되고 있는가를 살펴보려고 한다. 다음으로 이들 부자간의 갈등이 주인공의 성장과정을 거치면서 화해에 성공하거나 실패하기까지의 양상을 살펴보고 그 원인을 전통적인 조선의 가족관계에 비추어 분석하려고 한다.

다만 본 연구에서는 연구의 대상으로 고사명, 김태생, 이회성, 김학영, 양석일 등 1,2세대 작가의 작품 속에 나오는 아버지로 한정했는데 그 이유는 이양지와 유미리 등 신세대의 작품 속에 등장하는 아버지는 전통적인 조선의 아버지상과는 너무 이질적이어서 다음 기회로 미루었기 때문이다. 본 논문에서 인용된 부분의 번역은 필자가 했으며 원문의 인용은 지면 관계상 생략하였음을 밝혀둔다.

2 작품 속에 나타난 아버지의 모습

동포 작가들은 그들의 작품에 해방 후 일본사회의 맨 밑바닥에서 고달픈 인생을 힘들게 살아가는 아버지의 모습을 잘 그려내고 있다. 그들은 가난한 노동자로서, 무지하고 감정표현이 직선적이고 거친 편이며, 솔직하고 꾸밈이 없고 순박한 사람들이지만 가부장제의 군주와 같은 모습을하고 있으며 폭력성을 띠고 있다는 공통점을 가지고 있다.

어린시절 우리의 주위에서 보아왔던 극히 평범한 전형적인 한국인으로 그려져 있는데 이들의 모습을 구체적으로 살펴보면 다음과 같다.

1) 김태생의 아버지는 가족에 대해서 무척이나 무책임한 사람이다. 그는 결혼 후 처자식을 두고 돈을 벌러 일본에 건너간 후 소식을 끊어 버렸다(동화) 기다림에 지친 어머니가 개가를 한 후, 어린 김태생은 아버지를 찾아 일본으로 건너간다. 그러나 일본에서 생후 처음으로 만난 아버지는 별다른 기술 없이 힘든 일도 싫어하며 일정한 직업없이 한 곳에 오래 정착하지 못한 채 아는 친지들의 신세를 지며 이곳저곳을 떠돌며 지내는 무능력자이다. 주인공을 맡아 키울 형편이 되지 않자 친척에게 맡겨 버린 채 돌보지 않고 방치해 버린다. 그리고 주인공을 맡겨둔 친척집에 들러 금품을 훔쳐 도망치는 사람이었다. 뿐 만 아니라 어린 나이에 생활전선에 뛰어든 주인공이 공장에서 일하면서 학교에 가기 위해 모은 등록금을 아버지에게 맡겨두자 그는 어린 자식의 돈을 가지고 달아난다. 또 축농증 수술을 받으려는 주인공을 병원에 데리고 간다고 교토에 데려가서는 길거리에 내버려두고 어린 주인공이 오랫동안 모은 수술비를 가지고 도망가서 유흥비로 탕진을 하는 극단적인 이기심의 소유자이다. 주인공은 이러한 아버지를 죽은 사람으로 생각하고 자신에게 아버지가 없다고 아버지의 존재를 강하게 부인하고 있다. 다만 김태생의 아버지는 다른 아버지와는 달리 자식에게 폭력을 휘두르는 장면은 거의 나오고 있지 않은데 이는 자식을 귀찮게 여겨 남에게 맡기고 같이 생활할 기회가 거의 없었기 때문이라고 생각된다.

2) 고사명의 아버지는 상처를 한 후 가난 속에서 어미 없는 두 자식을 양육하고 있는 헌신적인 아버지이다. 탄광에서 하루 종일 중노동을 하고 난후 집에 돌아와서 어린 자식들을 위하여 저녁밥을 지어야하는

생활을 자식들이 장성할 때까지 계속해야 한다. 일본말만 사용하는 자식들과 별다른 대화도 없이 아내가 없는 텅 빈 집에서 침묵 속에서 살면서도 재혼을 하지 않고 묵묵히 살아가는 아버지의 모습을 고사명은 다음과 같이 그리고 있다.

> 아버지는 원래 말수가 없는 사람이었습니다만 하루 종일 노동에 지쳐 창문도 없는 공동주택의 긴 방에서 아내도 없는 말도 통하지 않는 어린 자식들을 두고 무슨 말을 할 수 가 있었겠습니까. 아버지는 자신에게 덮쳐오는 슬픔을 오로지 침묵만으로 견디어 냈습니다. 필시 깊은 침묵 속으로 빠지는 일밖에는 달리 견딜만한 도리가 없었겠지요.[4]

아버지의 헌신적인 모습은 자식이 복어찌게를 먹다가 화상을 입자 즐기던 복어 국을 평생 입에 대지도 않았다든가, 큰 아들의 진학이 좌절된 후 남몰래 소리 없이 울기도 하고, 가출한 자식을 기다리며 밥을 퍼놓는 모습에서 읽을 수가 있다. 특히 그는 어린 자식들과 후처사이에 갈등이 일자 홀아비로 자식들을 키우기로 결심을 한다. 그리하여 「종이 한 장이라도 얻어오지 말 것」, 「못 한 개라도 주워오지 말 것」이라는 엄격한 윤리관을 가지고 거짓말과 도둑질은 물론이고 고자질이나 싸우다 울고 오는 것도 용서하지 않고 회초리를 드는데 어린 자식은 처음에는 엄한 교육 방침에 반항을 하지만 장성한 후에 이러한 아버지의 매를 사랑의 매로 알고 감사하게 된다.

3) 이회성의 아버지는 술을 좋아하고, 질투가 심하며, 굉장히 난폭한 사람이었다. 술심부름을 시키고는 돈이 없어 곤란해 하는 새어머니에게 네년 밑구멍이라도 팔아서 사오라고 눈을 부릅뜨거나, 질투 때문에

---

4) 高史明, 『生きていることの意味』, 筑摩書房, 1986, p.18

어머니의 머리칼을 부여잡고 눈을 부라리다가 식칼을 들고 밖으로 뛰쳐나가는 사람이었다. 또 어린 주인공에게 삿포로 시내에서 돼지 먹이를 운반하는 힘든 일을 시키면서도 월사금을 제때에 주지 못해 재촉을 하면 '내가 돈이라도 열리는 나무로 보이느냐. 걸핏하면 돈만 달라고 조르게.(「人面の大岩」 p.80)하고 쏘아 붙일 정도로 무섭고도 매정한 이기적인 아버지였다.

그러나 막상 주인공이 학교를 그만 두고 가출하려고 했을 때에는 울면서 어린자식에게 매달리며 가출을 만류하기도 한다.

> 학교를 그만 두진 말아라. 제발 계속해서 다녀다오. 우리는 하늘 천, 따지도 배우지 못했다. 아버지가 셋째 자식은 글공부 따위는 필요 없다고 서당에 보내주지 않은 것이 요 모양이다. 월사금 걱정은 시키지 않을 테니 제발 끝까지 다녀다오5)

이런 아버지의 눈물어린 호소로 주인공은 집을 몇 번이나 뛰쳐 나가려고 결심했으나 고등학교를 졸업할 때 까지 가출을 실행하지 못하고 만다. 이처럼 자식에 대한 그의 태도는 이기적인 모습과 헌신적인 모습이 혼재하고 있다. 그는 자식에 대한 기대가 컸으며 자신의 기대에 따라주지 못하는 자식들을 오히려 불만스럽게 생각하는 사람이다. 누구보다 인생을 오래 살아온 부모가 자식들에게 나쁜 일을 시킬 리가 없는데도 자식들은 부모의 마음을 모르고 반항만 한다고 생각하는 것이다. 자식들의 능력이나 심리에는 전혀 관심이 없이 매사를 자기중심적으로 생각하는 유아독존적인 사람으로 자식들의 반발을 샀던 사람이었다.

4) 김학영은 데뷔작인 『얼어붙은 입』에서 주인공의 친구인 이소가이

---

5) 李恢成, 「人面の大岩」, 『砧をうつ女』, 文藝春秋, 昭和17, p.82

의 아버지를 폭력을 휘두르는 사람으로 등장시킨 이래 「도상(途上)」,
「완충용액(緩衝溶液)」, 「유리층(遊離層)」, 「혼미(昏迷)」, 「끌(鑿)」,
「알코올램프」 등을 비롯하여 유고작인 「흙의 슬픔(土の悲しみ)」에 이
르기 까지 아버지의 폭력 문제를 다루고 있다. 「도상」에서 주인공이 어
린 시절 친구들과 놀다가 저녁이 되면 아버지에 대한 두려움에 떨면서
집으로 돌아가고, 「혼미」에서는 주인공이 아버지에게 대들다가 실컷 두
들겨 맞고 절망의 벽을 느끼게 되는 것도 아버지의 폭력 때문이었다.

그의 아버지의 폭력은 대게 저녁밥상에서 반찬이라든가 집안 청소
등 극히 하찮은 것에서부터 시작되어 어머니에 대한 무차별 폭행으로
바뀌어 간다.

> 「이런 것 밖에 못하나」 그러면서 갑자기 팔을 뻗쳐 우리가 먹고 있는
> 반찬이 들어있는 식기들을 아무 말도 없이 하나씩하나씩 천천히 단호한
> 기세로 마루 바닥에 내던지기 시작하는 것입니다. 밥주발이 부서지는 무
> 섭고도 음울한 소리가 주위에 라기보다는 내 마음속에 박혀 들어오는 것
> 만 같았습니다.[6]

어린 주인공은 하얗게 질린 채 누이동생과 오들오들 떨면서 어머니
가 한대씩 맞을 때마다 어머니의 몸이 아니라 자기의 마음이 한대씩
얻어맞는 기분으로 한밤까지 계속되는 싸움을 지켜봐야만 했다. 그러
나 이러한 폭력에도 불구하고 김학영의 아버지는 가족에게는 헌신적인
사람이었다. 열두 살의 어린나이에 밥벌이를 시작하여 열네 살 때 할
머니가 자살을 한 후에는 가장이 되어야만 했다. 그는 어린 시절의 쓰
라린 체험 때문에 가족을 가난에 허덕이게 해서는 절대로 안된다는 신

---

6) 金鶴泳, 「土の悲しみ」, 『金鶴泳作品集成』, 作品社, 1987, p.406

넘으로 노력한 끝에 가정을 경제적으로 넉넉하게 꾸려 왔다. 또 결핵
에 걸렸던 동생을 지극히 간호한다든가, 주인공을 대학, 대학원까지 뒷
받침해 줄 정도로 가족에 대한 책임감과 애정이 지극한 사람이었다.

　5) 양석일의 아버지도 폭력적이며 지극히 이기적이고 자기중심적인
사람이다. 그는 전쟁 중에는 시골로 피난을 가서 노름을 하거나 색시
를 찾아 나서느라 어린 주인공을 혼자 깊은 산중에 열흘이고 보름이고
내팽개치는 극단적으로 무책임한 사람이다. 금전에는 대단히 인색하여
어묵공장 경영과 고리대금으로 큰돈을 벌고 첩살림을 하면서도, 가족
들을 전혀 돌아보지 않아 어린 주인공 남매는 새벽부터 암시장으로 행
상을 나서서 생활비를 벌어야 했다.

　양석일은 우회적으로 친구의 아버지를 등장시켜 가정 폭력의 문제
를 막연하고 추상적으로 그려낸 단편 「운하(運河)」에서 다음과 같이
회상하고 있다.

> 내 몸속에 흐르고 있는 6리터의 피가 모든 한국어를 표현하고 있다고
> 내가 이 나이가 되도록 아버지에게 매일 얻어맞으면서 듣게 된 한국어는
> 죽인다. 때린다. 죽어라의 세 가지였어.[7]

　이후에도 그는 계속해서 아버지의 폭력을 노골적으로 그려내고 있
는데, 『족보의 끝(族譜の果て)』에서는 사업에 실패를 한 주인공과 자
식을 경찰서에 끌고 가 고소를 하는 아버지가 금전 때문에 처절한 격
투를 벌이는 추악한 모습이 등장하고 있다. 『피와 뼈(血と骨)』에서 아
버지는 야쿠자 무리와 사생결단을 다반사로 벌일 정도로 담력이 있고
포악한 성격의 소유자로 인공 남매들은 밤마다 아버지가 휘두르는 폭

---

7) 梁石日, 「運河」, 『狂躁曲』, 筑摩書房, 1981, p.106

력에 두려움에 떨면서 증오심을 키워가야만 했다. 양석일 역시 자전 기록인 『수라를 산다(修羅を生きる)』에서 밤마다 아버지가 휘두르는 폭력에 떨면서 증오심을 키워가는 어린 주인공 남매의 모습을 그려내고 있다.

　이상 살펴본 것과 같이 동포 작품 속에 등장하는 아버지는 빈곤과 일본사회에서의 차별과 같은 어려움 속에서 자식을 키우며 살아가는 존재로 그려져 있다. 그런데 이회성, 고사명, 김학영의 아버지 상에서는 내 가족은 내가 지킨다 하는 자신을 희생하고 아버지란 역할을 하고 있는 모습을 볼 수가 있다. 이에 반해 김태생, 양석일의 아버지는 가족을 전혀 돌보지 않는 이기적인 모습을 하고 있는데, 여기에는 不治家産이라고 선비들은 집안 살림을 돌보지 않는다는 전통의식과 두 사람 모두 남자가 귀해 집안일을 여자에게 맡겼던 제주도 출신이라는 점에서 그 이유를 찾아볼 수가 있다. 특히 김학영과 양석일의 경우에 폭력문제가 심각한 문제로서 처음에는 두 사람 모두 아버지의 폭력을 우회적이고 추상적으로 그리고 있으나 후에는 노골적으로 고발하고 있는데, 이에는 부부싸움은 칼로 물 베기라고 하여 가정 내의 폭력에 관대했던 전통적인 의식이 자리하고 있다고 생각이 된다.

　이러한 작품속의 아버지들은 한결같이 가부장적인 조선인의 아버지 상을 보여주고 있다. 즉 자신이 가장 도덕적으로 선하고 훌륭하며, 가족과 자식은 자신의 의도한 대로 움직여져야 한다는 생각과, 부인을 포함한 자식들은 모두 자신의 소유라고 여기고 있다. 이러한 모습은 베이컨이 동굴 속의 우상을 말했던 동굴 속에서 오만과 독선에 가득 찬 황제의 모습을 하고 있다.[8] 전인권은 우리의 전통적인 가족 관계는 자신은 없고 다중의 인격만이 존재하고 있다고 말하고 많은 한국의 아버지들이 아버지라는 신분에 얽매인 채 아버지의 역할을 강요당해 왔다[9]고 말하고 있는데 작품에 나타난 아버지상에서 그러한 모습을 찾아볼 수가 있다.

3 아버지에 대한 갈등과 화해의 모습

작품 속에 나타나는 아버지들은 대부분 자식에 대한 지나친 관심과 기대를 가지고 있고 폭력에 의지하여 가정을 다스리려고 하며, 이 때문에 그들은 모두 어린 자식들의 불만과 반발을 초래하여 부자사이의 갈등을 빚어내고 있다. 성장하는 동안에 주인공에 따라 아버지와의 갈등을 해소하여 화해에 이르거나 갈등해소와 화해에 실패하는 대조적인 모습을 보여주고 있는데 이를 살펴보면 다음과 같다.

1) 김태생의 경우: 어린 주인공은 자신이 의지하고자 일본에까지 찾아간 아버지가 그를 혼자 버려둔 채 사라져 버린 후 아버지에 대한 불신감을 드러내고 있다. 이후 몇 차례 아버지를 만나지만 그때마다 커다란 상처를 입게 되자 주인공은 아예 아버지의 존재를 인정하지 않는다. 그래서 이모로부터 이모 집에 버려두고 나간 아버지가 오랜만에 자신을 찾아왔다는 얘기를 듣고는 자신에게는 아버지 같은 것은 없다고 대답하면서 통쾌한 감정을 느낀다. 경찰서 면회실에서 아버지를 만

---

8) 전인권, 『남자의 탄생』, 푸른숲, 2003, pp.127-146(6장 동굴속의 황제)참조
9) 전인권, 전계서 pp.81-100
   전인권은 전통적인 한국 사회와 가족 간의 역학관계에서 신분과 권위를 중요한 요소로 지적하고 그 대표적인 예로써 한국의 아버지는 책임과 의무감만을 강조하던 아버지의 기분에서 벗어날 수가 없었다고 설명하고 있다.

났을 때 군대에 간다는 주인공에게 편지를 보내겠다는 제의에 그럴 필요가 없다고 냉정하게 거절하며 돌아서면서 주인공은 아버지에 대해 자기가 지은 죄는 자신이 책임을 져야한다는 생각을 한다. 이처럼 주인공은 무책임하고 이기적인 아버지에 대해 처음에는 극도의 거부감과 혐오감을 드러내지만 아버지가 갇혀 있다는 형무소 담장을 보고 눈물을 떨구거나 경찰서에 면회하러 가서 너무나도 무기력하게 보인 아버지를 보고 차츰 아버지에 대한 연민의 감정을 느끼게 된다. 특히 임종을 앞둔 숙부의 부탁에 내키지 않는 발걸음으로 아버지를 찾아 나섰다가 경찰의 사건 기록부 속에 이원, 이본, 이산 따위로 열거되어 있는 창씨개명 된 조선인들의 이름을 대하고 충격을 받고 범죄자로 전락할 수밖에 없는 조선인들의 처지를 이해하게 된다. 그리고 형무소에서 죽은 뒤 화장된 아버지의 유골상자를 받고 연민과 동정을 느끼게 된다.

> 용민은 창을 닫고 다시 자리에 앉아 오른 손으로 안주머니에 넣어둔 뼈조각을 만져 보았다. 그의 체온이 어리자 그것은 겨우 손에 느껴질 정도였지만 따뜻해졌다. 그리고 용민의 가슴에 달라붙기라도 할 듯이 조금씩 전해져와 심장박동에 맞춰 움직이기 시작했다.10)

이처럼 화장된 아버지의 뼛조각을 만지며 가벼운 무게만큼이나 의미없이 살다간 조선인으로서의 삶과 고난의 의미를 생각하며 아버지의 존재를 거부해오던 주인공은 비로소 아버지에 대한 화해를 하게 되는 것이다.

2) 고사명의 경우: 어머니가 없는 가난한 홀아비 가정에서 자란 주인공은 학교에서도 조선인이라고 아이들에게 놀림을 받자 일부러 규칙

---

10) 磯貝治良・黑古一夫, 「骨片」, 『在日文學全集』9, 勉誠出版, 2006, p.80

을 지키지 않고 반항을 하고 말썽만 일으킨다. 문제아로 커가는 자식에 대해 아버지는 오직 전통적인 봉건윤리만 신봉하여 매로 다스리려 하고 주인공은 이에 반발을 하는 것이다. 학교에 입학하던 날, 싸움을 하고 돌아온 날, 회초리를 든 아버지에게 어린 주인공은 죽어버린다고 집을 뛰쳐나가기도 하고, 아버지의 반대 때문에 중학교 진학을 단념하고 가출하는 형과 같이 아버지를 비난하며 부자간의 갈등을 겪는다. 그러나 성장하는 동안에 가난한 판자 집에 사는 사람들이 모두 조센진이라는 사실을 알고 왜 조선인은 가난하게 사는가에 대해 의문을 품게 되며, 모처럼 학교 참관일에 왔다가 뒷모습만 보이고 돌아서는 아버지의 쓸쓸한 뒷모습을 보며 아버지의 슬픔과 고난을 이해하게 된다. 특히 초등학교 4학년 때에 담임선생님에 의해 민족적 각성을 하여, 본명을 쓰게 된 후부터 태극기를 자랑스레 말해주고, 우리말을 고집하며, 학교에서 일본식 이름으로 창씨개명을 강요해도 한국식 이름을 고집하던 아버지를 다시 바라보게 된다. 특히 전쟁 막바지에 조선인 압박에 대한 탈출구로써 자살특공 대원이 되려고 했던 주인공은 일본의 패전을 맞이하여 자신에 대한 반성과 혐오감에 빠져드는데, 이때 조선인으로서의 자신을 고집해온 아버지의 모습이 진정한 한국인의 모습으로 다가온다. 아버지의 지난날을 회상하며 그는 다음과 같이 고백하고 있다.

> 무명의 아버지가 나에게 남겨준 것은 인류 역사상 나타난 수많은 작가나 사상가, 학자들의 남겨준 것만큼이나 소중한 것입니다. 나는 아버지와 형의 도움을 받아 혼돈 속에서 밖으로 나오는 첫발을 내딛었던 것입니다. -- 중략-- 내가 거칠고 퉁명스러운 아버지의 모습 속에 감춰져 있는 따뜻한 마음을 이해하게 된 것은 혼돈 속에서 출발하여 살아간다는 의미를 스스로 추구하기 시작하고 나서 부터였습니다.11)

즉 언어가 통하지 않아 자식과 멀어져 간다는 아픔에 실감하면서도 한사코 우리말과 우리 이름을 고집하며 조선인으로써 굴복함 없이 살아온 아버지를 주인공은 민족의식을 심어준 선생으로서 기억하게 되는 것이다. 이처럼 고사명은 왜소한 아버지의 모습에서 그의 고난을 이해하고 교육적이고 헌신적인 추억에서 인생의 스승으로 기억하게 됨으로써 어린시절 아버지와의 갈등문제를 해소하게 된다.

3) 이회성의 경우: 이회성의 아버지 역시 매사를 자기중심적으로 생각하는 유아독존적인 태도 때문에 자식들의 불만과 반항을 초래하여 자식들에게 따돌림을 당하게 된다. 즉 주인공은 어렸을 때부터 아버지에 대한 두려움과 경멸감과 혐오감을 가지게 된다. 씨름판에서 아버지의 기대에 따르지 못하여 못마땅하게 생각하는 아버지의 눈초리에 전전긍긍하는가 하면, 가장 아끼던 누렁이라는 개를 아버지가 동네사람들과 잡아먹었을 때는,

> 아귀와 같은 사람이라고 생각한 적이 있다. 뒈져버려라. 죽여버리고 싶을 정도였다. 부모란 말이 무서운 인간이라는 뜻으로 마음에 새겨 질 정도로 되었다.12)

고 부친에 대해 막연하나마 살의까지 품게 될 정도였다. 그러나 막상 주인공이 학교를 그만 두고 가출하려고 했을 때에는 울며 가출을 만류하는 아버지의 하소연을 듣고는 어렸을 때 이해하지 못했던 부친의 기대와 일본에서 살아가는 아버지의 고난을 읽게 된다. 즉 양돈을 하고 소거간꾼 노릇을 하며 병아리를 사다가 키우는 등 노력을 해도 제때에

---

11) 高史明, 『生きていることの意味』, 筑摩書房, 1986, pp.238-239
12) 李恢成, 「人面の大岩」, 『砧をうつ女』, 文藝春秋, 昭和47, p.57

월사금을 내지 못 할 정도로 가난한 아버지의 생활과 고난을 이해하고, 가난이 아버지의 잘못이 아니라 사회의 구조적인 모순이라는 것을 깨닫는 것이다. 그리고 평소에 조선인에 대한 불평등과 차별을 서툰 일본어로 설명하며 학교를 그만두고 가출 하려던 주인공을 울며 만류하던 아버지의 모습에서 조선인으로서 그의 한과 자식에 대한 기대감과 교육에 집착하는 이유를 알게 된다.

이는 화해의 첫 걸음으로, 본격적인 화해는 주인공이 아버지를 두려워하지 않을 정도로 성장하면서 비로소 가능하게 된다. 즉 대학 졸업식과 결혼식에서 쩔쩔매던 아버지의 태도를 보고 주인공은 시대에 뒤떨어진 그 왜소한 모습에 동정과 안타까움을 느끼게 되는 것이다. 이러한 연민의 정과 아버지의 고난과 한을 깨닫게 된 사실이 주인공으로 하여금 아버지와의 화해를 가능하게 하는 것이다. 그리고 이러한 화해에 의해 비로소 삼십대 후반에 있던 주인공은

> 아버지의 광폭을 키워온 짐승과 통하는 아버지의 배후에 있는 坑道의 어두움 속에 자신이 조선인으로서 아버지의 말을 이해하려고 할 때 햇빛이 비치는 것 같이 느끼게 되었다.13)

라는 그의 고백처럼 아버지의 일생을 희로애락의 감정이 풍부했던 평범한 생애로 바라보게끔 되는 것이다.

4) 김학영은 아버지의 폭력을 이해하게 되나 화해에는 실패하고 만다. 그는 어린시절부터 어머니에 대해 폭력을 휘두르는 아버지에게 공포심과 강렬한 증오감만을 품게 된다. 「끌」에서 주인공이 연장통에서 끄집어낸 끌을 기둥에 던지면서 살의를 달래야 했던 것도 아버지의 폭

---

13) 李恢成, 「人面の大岩」, 『砧をうつ女』, 文藝春秋, 昭和47, p.103

력 때문이었다. 그러나 폭력으로 자식들의 마음에 상처를 주던 「얼어붙은 입」이나 「혼미」 같은 초기작품과는 달리 후기의 작품으로 갈수록 폭력을 휘두르던 아버지의 모습은 유화적으로 그려지고 있다. 특히 「흙의 슬픔」에서는 어린나이에 일본에 건너가 가족에 대한 책임감이 없는 할아버지를 대신하여 열두 살에 동생과 자기의 밥벌이를 시작했다는 아버지, 열네 살 때 철도 자살을 한 할머니에 이어 지극한 정성에도 결핵으로 삼촌을 잃고 나서 성깔이 사나와졌다는 아버지에 대한 동정과 깊은 이해가 나타나 있다. 또 완력으로 집의 질서를 유지하려고 하는 아버지에 대하여 괴로움을 뚝심으로 깔아뭉개려고 폭력을 휘두른다고 생각하고 그것을 못 배운 아버지의 권리라고 이해하고 있다. 그리하여 폭력을 휘두르는 아버지에게 맞서나 그의 체력이 약하고 비틀거리며 위축되어 있는 것을 발견하고 죄책감을 느끼게 된다.

> 나는 자신이 저지르려고 하는 일을 문득 깨달았다. 아버지의 몸을 잡고 있는 내손이 갑자기 무척이나 죄많은 손처럼 느껴졌다. 이미 마른 고목과 같은 느낌을 자아내고 있는 아버지의 육체, 나는 그 팔뚝을 잡고 있으면서 거기에서 아버지의 역사를 느꼈다. 그 묵직한 역사의 무게가 팔을 잡고 있는 나의 주제넘은 비판 같은 것을 용납하지 않는 것처럼 보였다.」14)

이처럼 후기작품에는 아버지를 가족에 대하여 지극히 헌신적인 아버지로 이해하고, 아버지의 폭력을 유화적으로 그리고 있음에도 불구하고 그는 결국 아버지와의 화해에 실패하고 자살하고 만다. 그것도 자기의 집이 아니라 아버지의 집에서 「얼어붙은 입」의 주인공인 이소가이와 똑같은 모습으로 자살을 하고 만다.

---

14) 金鶴泳, 「錯迷」, 『金鶴泳作品集成』, 作品社, 1987, p.217

그런데 그가 자살, 특히 작품속의 주인공과 같은 모습으로 자살을 하게 된 것은 작품속의 주인공이 그러했던 것처럼 김학영 역시 자신의 몸속에 흐르는 폭력성에 대한 절망감에서 이유를 찾을 수 있다. 김학영이 일부러 아버지 집에 찾아가서 죽은 것은 아버지에게 받은 것을 받은 그대로 되돌려준다는 의미로써, 그의 자살은 아버지의 폭력을 이해했으면서도 끝내 화해에는 실패를 한 아버지에 대한 그의 복수였던 것이다.

5) 양석일은 처음부터 끝까지 시종일관 아버지와 화해를 거부하고 있다. 그의 아버지는 가족에 극히 인색하고 의심이 많았는데 생활비를 가지고도 어머니를 의심하고 터무니없는 꼬투리를 잡아 어머니에게 폭력을 휘둘렀다. 그런 아버지에 대한 주인공의 강한 적대감은 다음 글에서도 잘 드러나 있다.

> 그러한 생각이 또 내속에서 아버지에 대한 증오를 증폭시키는 것이었다. 인간의 마음속에 자리 잡은 <미움>이라는 감정은 내가 가장 혐오하는 감정이었다. 그 증오의 감정을 매일매일 증폭시켜가는 내 자신이 무섭게 조차 느껴졌다. 아버지에 대한 증오는 이미 살의의 영역에 까지 도달하고 있었다.15)

이러한 적대감은 양석일이 장성한 후에도 계속되어 나타나고 있다. 그의 아버지는 만년에 중풍으로 자리보전을 하게 되자 일본인 후처에게 배반을 당한다. 이에 할 수 없이 남은 재산을 정리하여 이복동생인 어린 자식들을 데리고 북한으로 귀국을 한 후 소식이 끊긴다. 오랜 세월이 흐른 후 주인공은 신문을 통해 아버지의 죽음과 이복동생들의 근황을 알게 되고 기사를 보도한 신문사로부터 이복동생들이 자신을 찾는다는 편지를 받고서 당혹감을 느끼고 있다.

---

15) 梁石日, 『修羅を生きる』, 講談社現代新書, 1995, p.37

(그 편지를 받고) 성한을 우울하게 만든 것은 육친이라고 하는 인과관
계이다. 단절된 줄만 알았던 인연이 고리가 되어 언제까지나 연면하게 이
어지는 육친이라고 하는 인간관계였던 것이다.[16]

이처럼 아버지의 죽음으로 끝난 줄 알았던 아버지와의 관계가 북에
있는 이복동생들을 통해서 계속되려는데 대하여 망연자실하고 있는 주
인공의 모습에서 끝내 아버지와의 화해에 실패를 하고만 양석일의 모
습을 살펴 볼 수 있다.

이상 살펴본 것처럼 동포 문학에 나타나는 부자관계를 살펴보면 아
버지들은 한결같이 집안의 권력자로서 폭력으로서 동굴의 황제처럼 가
정 안에 군림하고 있다. 이 때문에 이기적이었던 김태생, 양석일의 아
버지는 물론 가족에게 극히 헌신적이었던 김학영, 고사명의 아버지 경
우에도 주인공들은 어린 시절 한결같이 아버지에 대하여 저대적인 감
정을 가지고 있으며 반발을 하고 있다. 이는 주인공 부자 사이의 대화
가 일방적인 지시로서 의사소통이 거의 없기에 일어난 결과였다[17]. 그
러나 주인공들은 아버지에게 반항하고 갈등을 빚고 가출하면서 성장하
여 가는 동안에 어렸을 적에 절대군주와 같았던 강하기만 했던 아버지
의 모습이 어느덧 자신들이 보호해야 할 정도로 연약한 존재로 다가오
는 것을 보게 된다. 이렇게 약한 모습을 보면서 주인공들은 대부분 고
난에 찬 아버지의 삶과 그의 폭력을 이해하게 된다. 그러나 이해와 화
해는 별개의 것으로, 고사명, 이회성, 김태생의 경우 아버지를 이해함

---

16) 梁石日, 『血と骨』, 幻冬舍, 1998, p.512
17) 한국의 아버지가 그러하듯 작품 속 주인공의 아버지들은 자신들의 의무와 책임만을
　　생각할 뿐 가족들과 사귀는 방법을 모르고 있었다. 아버지는 자식들이 사회로 나가
　　는 유일한 통로라고 하지만 동포문학 작품에 나타난 주인공들의 부자간에는 의사소
　　통이 이루어지지 않아 가족들로부터 소외 당하고 있다.

에 따라 화해에 성공한다. 이에 반해 김학영의 경우처럼 아버지를 이해하지만 화해에 실패하기도 하며 양석일처럼 이해하는데도 화해하는데 모두 실패하는 경우도 있다.

 ## 4 화해의 성공과 실패의 원인

앞장에서 어린 시절 아버지와 갈등을 겪던 주인공들이 성장하면서 부자간의 갈등을 해소하여 화해하거나 갈등해소와 화해에 실패하는 모습을 살펴보았다. 이들이 화해에 성공하고 실패하는 원인을 알기위하여 작품 속에 나타난 작가의 모습을 통하여 살펴보기로 한다.

1) 먼저 어린 시절 가난한 삶의 체험의 차이를 들 수가 있다. 고사명, 이회성의 경우 그들은 부친과 함께 일본 사회에서 재일 조선인이라는 어려운 삶을 살아왔다. 즉 고사명은 아버지의 침묵을 통해 홀아버지로 어린 자식들을 키워야하는 아버지의 고난과 자식에 대한 애정을 이해하게 된다. 이회성 역시 열심히 일을 하지만 가난하게 살아야한다는 아버지의 가난한 삶을 통해 당시 조선인들의 모순된 삶을 깨닫게 되는 것이다. 그리고 이러한 시각으로 다시 아버지를 바라봄으로써 그들의 어두운 삶의 실체와 자식에 대한 지나친 기대감을 갖고 살 수밖에 없는 입장을 깨닫게 된다. 그런데 아버지에게 버림을 받고 친척집과 공장들을 전전해야 했던 김태생이나 가족을 돌보지 않아 어린 남매가 암시장에서 새벽부터 장사에 나서야 했던 양석일은 아버지의 고난과 삶을 이해할만한 체험을 함께하지 못했다. 이 점은 아버지가 자

수성가를 하여 경제적인 기반을 닦아놓은 덕분으로 별다른 고초를 겪지 못했던 김학영의 경우도 마찬가지이다. 그 역시 아버지의 과거 얘기를 들어서 알고는 있지만 직접 아버지와 같이 어려움을 체험한 일이 없기에 아버지의 고난에 찬 생을 머리로는 이해할 수 있어도 가슴으로 실감할 수가 없었던 것이다.

2) 다음으로 민족의식의 차이를 들 수가 있다. 고사명, 이회성은 어려운 조선인의 생활속에서 자라나면서 열심히 일을 하지만 가난하게 살아야하는 아버지의 삶을 통해 세상 구조의 모순이나 차별에 눈 떠가면서 당시 사회의 모순과 조선인의 입장을 깨닫고 이러한 정치적인 현실을 통해 민족적인 각성을 하게 되는 것이다. 이에 반해 김태생과 양석일의 아버지는 여자에게 빠져 자신의 가족도 돌보지 않을 정도로 이기적인 사람들로써 민족이나 정치에는 전혀 무관심했기에 주인공들 역시 전혀 정치에 관심을 가질 수가 없었다. 정치에 관한 무관심은 김학영도 마찬가지로, 아버지 덕분에 일찍부터 일본사회에 편입된 경제적으로 유복한 가정에서 살게 된 그에게 조선인의 삶이나 민족에 대한 의식이 생겨 날 수가 없었다. 특히 동맹의 지부장으로 활동하며 가정에서 폭력을 휘두르며 자신이 신봉하는 정치노선을 강요하는 아버지의 정치관에 대해 반발하며 그 결과 정치에 대해 무관심하게 된다.18) 김학영은 그의 작품 도처에 민족문제나 정치에 무관심하고 빠져들 수 없는 자신의 냉담한 모습을 드러내며, 외부현실의 문제를 내면의 문제만큼이나 실감할 수 없다고 고백하고 있다.

---

18) 김학영의 민족의식 부재와 부친의 폭력에 대해서는 졸고 「소외감과 내향적인 김학영의 문학세계」, 『일본학보』제37집, 1996.11, p.381 참조 바람

> 많은 일본인이 한국인을 편견의 눈으로 보고 있는 것처럼, 나도 내 내
> 부의 한국인을 편견의 눈으로 보고 있었습니다. 한국인과 일본인의 낙차
> 라고 할 수 있는 것을 느끼고 있었습니다.[19]

그의 고백처럼 한국인이라는 사실을 수치로 여기게 될 정도로 민족
의식을 가지고 있지 않고 있다. 이회성과 고사명은 아버지를 민족의식
을 키워준 교사로서 바라봄으로써 아버지와 화해에 이르지만 김태생,
양석일과 김학영은 그러지 못했던 것이다.

3)세번째로 아버지의 만년의 모습으로, 김태생, 고사명, 이회성의 아
버지는 연약한 모습을 자식들에게 보이지만, 김학영, 양석일 아버지는
너무 강인한 사람들이었다. 즉 김태생, 고사명과 이회성은 어린시절에
는 아버지에게 반발하지만 성장한 후에 나약해진 모습을 보고 화해를
할 수 있게 된다. 김태생은 형무소에서 화장되어 재로 남은 아버지의
유골상자를 대하고 나서야 아버지를 받아들이고, 고사명은 아버지의
눈물과 침묵을 통하여 가난 속에서 어린 형제를 키워온 아버지의 고난
을 이해하게 된다. 이회성도 기출하려고 할 때, 울며 만류하던 아버지
의 모습이나 성인이 되어 시대에 뒤떨어진 아버지의 왜소한 모습을 보
고 연민의 정을 느끼게 된다.

특히 이들 작품은 결혼 후에, 죽은 아버지들을 회상하여 쓴 작품들
이다. 이회성이 그의 작품에서

> 최근에 들어서 나는 아버지를 회상하는 일이 많아졌다. 소년시절 그토
> 록 무서웠던 아버지에 대한 감정은 이젠 세월이 현명하게 도태시켜 준
> 것이다.[20]

---

19) 金鶴泳, 「土の悲しみ」, 『金鶴泳作品集成』, 作品社, 1987, p.402
20) 李恢成, 「人面の大岩」, 『砧をうつ女』, 文藝春秋, 昭和47, p.103

라고 회고하는 것처럼 아버지에 대한 기억은 회한의 기억들만 남았을 뿐 증오와 경멸 등, 모든 감정들이 세월 저편으로 사라져 버렸던 것이다.

이에 반해 양석일과 김학영의 아버지는 건장하게 당당한 만년의 모습을 보여준다. 김학영은 폭력을 휘두르는 아버지의 체력이 약하고 비틀거리며 위축되어 있는 모습에 죄책감을 느끼기도 한다. 그의 아버지는 김학영의 자살 직후 문상객을 맞이하는 모습이 조금도 흐트러짐이 없을 정도로 당당한 사람이었으며, 양석일의 아버지도 병든 노년에는 일본인 후처에게 버림받고 북으로 귀국하지만 많은 재산을 가지고 있었기에 자식에게 약한 모습을 보이지 않는다.

어렸을 때 자식에게 아버지는 절대적인 존재로서 자식은 아버지에 의지하려 하지만 성장하면서 자식은 아버지와 맞서려하는 경쟁의 상대로 대립적인 관계를 유지하다가 늙은 아버지를 보호의 대상으로 여기게 되는 것이 인간의 통상적인 부자관계라고 한다. 고사명, 이회성에게 강하게 여겼던 아버지가 나약해진 약자의 모습으로 나타났을 때, 이제는 자신이 돌보아야 하는 대상으로 깨닫게 되었다. 반면에 김학영과 양석일에게 너무 강인했던 아버지의 존재는 대결의식만을 불러일으켰으며, 그 결과 갈등관계를 해소하지 못하고 화해에 실패하게 되는 것이다.

4) 네 번째는 주인공들의 성격을 들 수가 있다. 고사명, 김태생은 어려운 가난한 생활 때문에 그리고 김태생과 양석일은 아버지의 무관심 속에서 어릴 때부터 생활전선에 나서거나 학교를 다니면서도 집안일을 거들어야만 했다. 이들은 잡초처럼 자라면서 자립심을 기르며 강인한 성격의 소유자로 성장할 수가 있었기에 아버지에게 떳떳할 수 있었다. 그러나 김학영은 대학과 대학원은 물론, 결혼 후까지 아버지에게 경제적인 도움을 받았기에 항상 아버지에 대하여 열등의식을 가지고 있었다. 「혼미」라는 작품에서

「대학을 졸업하자 대학원에 진학했다. --중략-- 아버지가 보내주는 학비를 받을 때마다 나는 그 충돌사건이 생각났다. 생각하면 할수록 자조에 빠졌다. 아버지를 미워해도, 아버지에게 반항을 해도 이 아버지의 원조가 없으면 나는 공부는커녕 살아가기조차 힘든 것이다.21)

라고 말하고 있다. 작품속의 주인공과 마찬가지로 심약하고 도덕적 결벽성이 있는 김학영도 어릴 때부터 두려워하고 도덕적으로 비난해 온 부친에게 성인이 되어서 까지 도움을 받아야 했던 자괴감과 패배감 때문에 견딜 수 없었을 것이다. 그런데 문제는 이처럼 상처받기 쉽고 내성적이며 나약한 성격을 갖게 된 것을 아버지 덕분에 누렸던 비교적 경제적으로 안정된 생활 탓이라고 믿고 있는 것이다. 특히 그의 거의 모든 작품에는 말을 더듬기 때문에 남에게 소외당하고 있다는 자의식에 괴로워하는 주인공이 나타나고 있는데, 이는 바로 김학영 자신의 모습으로 그는 말더듬이의 원인도 부친의 폭력에서 찾고 있다. 이처럼 김학영은 자신의 성격과 말더듬이 그리고 민족성 부재의 원인을 아버지의 경제력과 폭력에서 찾으려 했기 때문에 아버지와의 화해에 실패했다고 생각된다.

다시 말하면 김태생, 이회성, 고사명은 강인한 성격의 소유자로 아버지에게 받은 어린시절의 상처를 일회성의 상처로 극복할 수 있었지만 김학영은 아버지의 폭력으로 입은 상처를 극복하지 못하고 다른 제2, 제3의 상처의 원인으로 인식하고 있는 유약한 성격 때문에 화해에 실패하게 된 것이다.22)

---

21) 金鶴泳, 「錯迷」, 『金鶴泳作品集成』, 作品社, 1987, p.101
22) 이처럼 부친의 폭력으로 인해 야기되는 말더듬이의 고통, 민족의식의 부재, 나약한 성격 등의 제2의 상처에 대한 문제는 졸고(「소외감과 내향적인 김학영의 문학세계」, 『일본학보』제37집,1996.11), pp.380-386 참조 바람

5) 다섯 번째로 작품 속에 보이는 주인공과 어머니와 누이들을 중심으로 한 모성가족의 파괴 문제를 생각할 수가 있다. 전인권은 전통적인 한국가정에는 아버지를 중심으로 하는 공식적 가족과, 자식들과 어머니를 중심으로 하는 비공식적 모성가족의 둘로 분리 되어 있다고 한다. 그런데 아버지와 자식이 어머니를 두고 경쟁을 하는 과정에서 자식과 어머니와의 연애관계가 생기면서 아버지는 자식들에게 따돌림을 당하게 된다는 것이다.[23] 이는 우리가 어린시절에 경험했던 아버지가 부재한 채 자식들이 어머니를 중심으로 이루어졌던 가족 내의 상황을 잘 설명해주고 있다.

이러한 가족 간의 역학관계는 동포 작가인 김학영과 양석일의 작품에도 그대로 나타나고 있다. 이들 두 작가의 작품에는 아버지의 폭력의 가장 큰 제물이 되는 어머니와 어머니에게 폭력을 가하는 모습을 오들오들 떨면서 함께 지켜보던 어린 누이동생에 대한 한없는 동정심과 연민의 정을 그리는 장면이 자주 나온다. 특히 양석일은 주인공과 어머니, 누이동생으로 구성된 모성가정이 폭력을 휘두르는 아버지 때문에 위협을 받을 때 아버지에 대한 적대감을 다음과 같이 그리고 있다.

> 아버지가 없다면 얼마나 행복할까 하고 생각했다. 아버지가 계속 집을 비우고 있었기 때문에 이대로 계속 집에 돌아오지 않으면 좋겠다고 생각했다. 확실히 말하자면 아버지가 어디서 객사라도 하기를 은근히 바라고 있었다.[24]

---

23) 전인권, 『남자의 탄생』, 푸른숲, 2003, pp.89-100
   전인권에 의하면 전통적인 한국의 가정에서는, 자식이 아버지의 눈치를 본다는 오디푸스 신화와는 반대로 아버지가 아이들의 눈치를 보게 되며 그 결과 가장의 영역과 권위로 형성된 아버지의 공간에 대항하여 어머니와 자녀들을 중심으로 하는 모성공간이 성립한다고 설명하고 있다.
24) 梁石日, 『修羅を生きる』, 講談社現代新書, 1995, p.14

이렇게 아버지를 따돌리고 어머니와 누이동생과 애틋하게 유지되어 온 모성가족이 끝내는 아버지에 의해서 파괴되고 만 것이다. 김학영은 누이동생이 북송사업을 통해 북으로 귀국 하게 된 것은 아버지의 폭력에서 벗어나기 위해서라고 믿고 있으며, 양석일 역시 시집을 갔던 누이가 목을 매어 자살 했을 때 자살의 원인을 남편과의 갈등에서 보다 누이를 그런 시집으로 내몬 아버지의 폭력이라고 생각하고 있기에 아버지에 대한 분노를 더욱 크게 나타내고 있다. 김학영, 이회성의 경우에는 아버지의 폭력으로 말미암아 어머니와 자식들을 중심으로 모자관계가 파괴되었는데 이 역시 부자간의 화해에 실패하게 된 주요 원인이 되었다고 생각이 된다.25)

6) 마지막으로 중요하고 근본 적인 이유로 아버지의 폭력문제로 이 문제가 주인공 부자간의 갈등을 해소하고 화해하는데 중요한 요인으로 생각할 수가 있다. 이 점은 화해에 성공한 김태생, 고사명, 이회성의 작품에는 아버지의 폭력문제가 그다지 심각하게 등장하고 있지 않으나 화해에 실패한 김학영과 양석일의 작품에는 어린 시절 폭력을 휘두르던 아버지를 줄기차게 그리고 있다는 점에서 알 수 있다. 주목할 만한 것은 전자의 작품에서 주인공들이 아버지에게 받은 폭력을 일회성의 상처로 이내 치유될 수 있는 것으로 그리고 있는 반면 후자의 작품에서는 영원히 치유 받을 수 없을 뿐만 아니라 이차적인 상처를 재생산 하고 있다는 점이다. 즉 김학영은 자신의 연약한 성격이나 민족성의 부재를 아버지의 폭력 탓으로 돌리고 있으며 주인공의 모성가정을 파괴한 것 역시 아버지의 폭력에서 찾고 있는 것이다. 더욱 심각한 것은 김학영

---

25) 실제로 모성공간의 파괴는 부친과의 화해에 중요한 역할을 한 것으로 김학영, 양석일의 경우와는 달리 친 어머니가 없었던 결손가정에서 자란 김태생, 고사명, 이회성의 작품에는 이러한 파괴된 모성공간이 나타나지 않고 있다.

은 가정 폭력의 문제를 아버지의 한 세대에 그치지 않고 대를 이어 전해오는 유전적인 문제로 작품에 묘사하고 있다는 점이다. 데뷔작인 『얼어붙은 입』에서 친구인 이소가이가 '내 몸속에 흐르는 저주스러운 피를 느꼈네'라는 유서를 남기고 자살하는 장면이 나오고, 유고작인 『흙의 슬픔』에서는 할머니를 자살로 몰고 간 할아버지의 폭력이 다시 아버지에 의해 어머니에게 되풀이 되는 폭력의 유전성을 그리고 있다.26)

특히 『처마 등이 없는 집』의 서두는

> 그가 점심 전에 집을 나올 때 그는 처의 모습을 보고 처가 오늘 가출을 할지도 모른다는 것을 느꼈다. 그는 이전에도 이런 일이 있었던 것처럼 느꼈다. 그러나 생각해보니 그것은 자기 부부의 일이 아니라 옛날 부모에 대한 기억이었던 것이다. 밤에 아버지가 노여움을 폭발시켜 커다란 싸움이 일어났던 다음날이면 어머니는 몇 번인가 아버지가 일터로 나간 다음 어린 그와 누이를 데리고 살그머니 집을 나간 것이다. 그때의 어머니처럼 처도 오늘 그런 일을 한 것일까27)

라는 글로 시작하고 있다. 옛날 아버지의 폭력이 있었던 다음 날이면 어머니가 외출을 했는데, 이제는 아내가 외출을 시작했다는 장면은 주인공 즉 김학영 자신의 가정폭력에 대한 고백인 것이다. 일반적으로 아버지가 아들의 유일한 모델로서 아버지에게 폭력을 당한 아들은 다른 사람에게 폭력을 구사할 가능성이 높다고 한다. 싸우면서 닮는다는 말처럼 아버지의 폭력에 오랫동안 길들여진 김학영도 경제적인 문제나 작품 활동 때문에 겪어야 했던 절망감이나 분노를 가족에게 폭력을 휘두름으로써 해소하려 했던 것은 아닐까. 다시 말하면 부친의 폭력의

---

26) 김학영의 폭력에 대한 유전성에 대해서서는 졸고 「소외감과 내향적인 김학영의 문학세계」,(『일본학보』제37집,1996.11,), p.388 참조 바람
27) 金鶴泳,「軒燈のない家」, 『凍える口』, クレイン, 2004. p.289

가장 큰 피해자였으면서도 가정폭력을 휘두르게 되었던 그는 폭력의 피내림을 저주하며 자살한 것으로 생각된다. 결국 아버지의 폭력은 주인공 부자간의 갈등을 해소하고 화해하는데 가장 큰 장애요인이 되었던 것이다.

5 결 론

이상 재일동포 1,2세 작가들의 작품 속에 나타난 아버지 상과 부자간의 갈등과 화해의 양상들을 살펴보았는데 이를 간단하게 요약하면 다음과 같다.

먼저 작품 속에 나타나는 아버지들은 모두 어려운 고난 속에서 살아가고 있다. 봉건적인 윤리관과 민족의식을 가지고 자식을 키워가는 고사명의 아버지도, 유아독존격인 성격으로 무섭고 매정하지만 자식에 대한 기대와 자식교육에 대한 집착이 크던 이회성의 아버지도, 자수성가한 사람으로서 가족을 지키려는 집념이 강한 김학영의 아버지도 자신을 희생하며 헌신적으로 자식을 키워 가고 있다. 이에 반에 김태생과 양석일의 아버지는 술과 여자에 빠져 가족을 전혀 돌보지 않는 이기적인 모습을 보이고 있다. 이러한 주인공들의 아버지들은 아버지라는 신분에 얽매인 채 전통적인 부자간의 역할을 고집하고 가족들에게 독선적이고 억압적인 태도를 보이고 있다. 특히 가정폭력 문제는 심각한 문제로 김학영과 양석일은 작품 속에서 노골적으로 아버지의 폭력을 고발하고 있다.

이러한 부친의 폭력과 삶의 방식에 대하여 주인공들은 어린 시절부터 한결같이 두려움을 느낌과 동시에 반발하여 부자간의 갈등을 빚어내고 만다. 김태생은 자식을 돌보지 않는 아버지에 대한 존재를 부정하고, 고사명-은 엄격한 윤리관과 조선식 생활을 고집하는 아버지에 대하여 반발하고 이회성도 난폭하고 무섭고 자기중심적인 아버지와 갈등을 빚어낸다. 그러나 주인공들은 아버지에게 반항하고 갈등을 빚고 가출하면서 성장하여 가는 동안에 어렸을 적에 절대군주와 같았던 강하기만 했던 아버지의 모습이 연약한 존재로 다가오는 것을 보게 된다. 그리하여 김태생, 고사명, 이회성 등은 아버지의 고난에 찬 삶과 그의 헌신적인 희생 그리고 조선인으로써 살아온 아버지의 모습을 발견하고 자신이 보호해야 할 대상으로 인식함으로 아버지와의 갈등을 해소하고 화해를 하게 된다.

이에 반해 김학영과 양석일은 아버지와의 갈등을 해소하지 못하고 화해에도 실패하고 만다. 양석일은 처음부터 아버지에게 적대감을 드러내지만, 아버지의 폭력과 삶을 이해하고 있던 김학영 역시 아버지의 폭력은 말더듬이 현상과 정치현실에 대한 무관심내지 혐오감이라는 깊은 상처를 주었기 때문에 화해에 실패하고 자살하고 만다.

이처럼 김태생, 고사명, 이회성의 경우 성장한 후 아버지를 이해하고 갈등관계를 해소하였는데 김학영, 양석일의 경우엔 부자관계의 화해에 실패하여 갈등이 해소하지 못하는데, 그 이유는 다음과 같은 점에서 찾아볼 수가 있다.

먼저 고사명, 이회성의 경우는 부친과 같이 겪었던 어린 시절의 고난이 아버지를 이해하고 민족의 각성을 가져왔으며 부친과의 화해에도 성공에 이르게되나 양석일, 김학영은 부친의 고난을 몸으로 체험할 기회를 상실하였다는 점을 들 수 있다. 다음으로 고사명과 이회성의 경우 사후 부친의 약한 모습을 보고 부자간의 화해할 수 있었으나 당당한 아버지를 가졌던 김학영과 양석일은 약한 자신들 앞에 건재하고 있는 강한 아버지의 모습이 심적 부담이 되어 아버지와의 긴장관계를 해소하지 못하는 것이다. 또한 고사명, 김태생, 이회성의 아버지들은 가정 폭력이 덜했으나 김학영, 이회성의 경우에는 아버지의 폭력이 심했으며 이로 말미암아 어머니와 자식들을 중심으로한 모자관계가 파괴되었는데 이 역시 부자간의 화해에 실패하게 된 주요 원인이 되었다. 특히 김학영의 경우 아버지의 폭력이 자신의 유약한 성격과 말더듬이 및 민족의식 부재의 원인으로 여기고 경제적인 도움을 받아온 심적 부담과 아버지의 폭력이 자신에게까지 대물림 되었다는 점에서 절망하고 자살을 하는데 이는 부친에 대한 복수로 볼 수 있다.

4. 在日朝鮮人文學 硏究
第1世代 文學的 特徵과 高史明文學

추석민

1 서 론

일본문단에는 「在日朝鮮人文學」이란 용어가 아직 정착되어 있지 않은 듯하다. 『戰後史大事典』[1]에는 「在日文學」라는 표제어로 다음과 같이 설명되어 있다. '「在日韓國・朝鮮人」에 의한 문학을 말한다. 과거 일본의 조선 통치, 병합에 의해, 많은 조선인들이 일본에 정착하게 되었다. 그 문학은 민족적 아이덴티티 위기 속에서, 그들의 고뇌와 저항을 강하게 나타내고 있다. 『빛 속으로』를 쓴 김사량이 그 최초 주자였다고 할 수 있다.'라고 말하고 '「在日作家」로서 金達壽, 金石範, 金時種, 金泰生, 李恢成, 高史明, 李良枝' 등의 이름을 들고 있다.[2]

이어서 川村는 林浩治의 『在日朝鮮人日本語文學論』에서 말한 「在日朝鮮人日本語文學」이란 말의 어색함을 지적하면서, 在일조선인이라는 말 자체가 재일한국, 조선인 재일코리언, 혹은 신조어 재일조선

---

1) 1991 三省堂. 竹田靑嗣가 執筆.
2) 川村湊 『戰後文學を問う ―その体驗と理念―』(岩波新書)에서 引用.

인이란 이름의 범위 안에서 생겨난 것으로 볼 때 「在日朝鮮人文學」이란 용어가 아직 일본문단에서 정착되어 있지 않았음을 역설하고 있다.

본 논문에서는 金史良, 金達壽, 金泰生 즉 재일조선인 제1세대문학의 특징과 제2세대와 과도기적 문학이라 할 수 있는 高史明 문학에 대하여 살펴보고 「在日朝鮮人文學」의 세대별 문학적 특징과 推移에 대하여 개관해 보고자 한다.

2 第1世代 文學

해방 전 근대 일본문단에 재일조선인 작가들이 등장하기 시작한 것은 프로레타리아 계열의 정연규, 김희명, 김용제 등 시인들을 들 수가 있다. 하지만 그들은 일본문단에서 별로 주목을 받지 못하였다. 1932년 4월 張赫宙의 「餓鬼道」가 『改造』 현상에 당선되면서 일본문단에서 조선인 문학자 이름이 서서히 거론되기 시작하였다고 볼 수 있다. 「餓鬼道」는 지주계급과 일본제국주의의 착취에 신음하는 식민지 조선 농민들을 그리며, 일제와 가해자를 정면으로 고발하는 분노의 문학이기도 하다. 그는 일본어로 일본문단에 데뷔하게 된 동기를 「조선어 보다는 번역되는 기회」가 많이 있기 때문이라고 하였다.

이후 1940년 2월 金史良의 「빛 속으로」가 芥川償 후보에 오르면서 조선인의 일본어 작품들이 일본문단에서 주목을 받기 시작하였다. 金史良 또한 일본어 창작 동기를 식민지 <조선의 현실>을 일본과 보다 넓은 세계에 알리기 위함이었다고 밝히고 있다.

이들은 당시 강요당하는 일본어와 모국어인 조선어로서도 창작을 할 수 있었던 세대였으며, 또한 강요당한 일본어를 때로는 역으로 조국의 현실을 알리기 위한 도구로서 사용하기도 하였다.

그럼 제1세대 재일조선인 문학의 선두 주자였던 金史良文學에 대하여 살펴보기로 하자.3)

1) 金史良 文學4)

金史良은 1914년 조선의 평안남도의 부유한 가정의 차남으로 태어났다. 1928년 평양고등보통학교에 입학하였으며 5학년에 재학 중 해주, 평양, 신의주중학교에서 거의 같은 시기에 데모가 일어났다. 이 데모는 각 학교의 배속장교 및 일본인 교사와 그들에게 아부하는 조선인 교사들을 배척한다는 명목이였지만 사실은 광주학생운동(반일학생운동) 이주년을 기념하여 조직된 운동이였다. 金史良은 이 운동의 주모자의 한 사람으로 지목되어 학교로부터 퇴학을 당하고 일제에 쫓기는 신세가 된다. 1931년 12월 위급함을 느낀 그는 형 詩明의 도움으로 동지사대학의 제복 제모 그리고 학생증까지 갖추고 도일하였다.

1932년 구제좌하고등학교문과에 입학하게 되고 2학년때 <자신이 없어 책상 속 깊이 묻어 두었다고>하는 「土城廊」을 일본어로 창작하였다. 1936년 동경제국대학문학부 독일문학과에 입학하여, 친구들과 「堤防」동인을 만들어 활발한 창작활동을 하기 시작하였다.

일제의 문화적 침략, 언어말살정책과 일본어 강요 정책 등이 조선의

---

3) 장혁주가 김사량보다 먼저 일본문단에 데뷔하여 활동을 하였으나, 후일 귀화한 작가이므로 본 논문에서는 다루지 않기로 함.
4) 拙著 『金史良文學の硏究 ―その文學的生涯と作品世界をめぐって―』2001.5. 제이앤씨. 參照.

문학자들에게 어떠한 영향을 미쳤으며 또한 피압박민족의 문학자들의 고뇌와 갈등은 무엇이었냐는 것이다. 즉 모국어와 모국의 독자가 있으면서도 일본어로서 창작을 하지 않으면 안 되었던 그들의 심경, 문학, 입장 즉 문학적 모럴과 내셔널리즘에 고뇌하는 작가들의 모습이라는 문학적 배경 하에 김사량 문학의 출발이 있었다.

이러한 조선 문학자들의 군상들 중에 金史良은 강요된 언어 즉 일본어로 창작을 하였지만 민족주의 작가로 불리 우고 있는 것이다. 말하자면 일제의 <언어말살정책>에 협력한 작가이면서도 민족주의 작가로 불리 우는 아이러니컬한 모순을 갖고 있다. 그것은 金史良이 일본어로서의 창작이 일본어를 아는 독자와 일본어를 모국어로 하는 일본인에게 식민지 <조선의 현실>을 알린다는 명확한 동기와 목적이 있었기 때문이다. 시대가 시대였던 만큼 이러한 金史良의 일본어 창작도 오래가지는 못하였다. 두 번에 걸친 구금도 그의 창작에 많은 변화를 가져오기도 하였다. 즉 아무리 강요된 언어로서의 창작이긴 하지만 일제의 감시는 점점 심해지고 또한 김사량 자신도 검열을 의식하지 않을 수 없게 되었다. 뿐만 아니라 문학정책에의 협력을 끊임없이 강요당하는 입장이 되었던 것이다.

강요된 언어를 역이용하여 식민지조선의 비참한 현실을 그리면서 일제의 만행을 고발하려던 그의 창작도 일제하의 혹독한 현실에 무릎을 꿇지 않을 수 없게 되었다.

마침내 그는 모국어로서 조국의 젊은이들을 일제의 침략전쟁의 전장으로 내보내는 말하자면 일제의 정책문학에 가담하게 된다.

2) 金達壽 文學[5]

　金史良 張赫宙와 더불어 제1세대 재일조선인문학자이며, 일본문단
에서도 그의 문학적 활동 과 위치를 높이 평가하고 있는 작가이다.

　그는 1920년1월17일 경상남도 창원군, 김병옥과 손복남의 三男으로
태어났다. 1930년10월11일 만10살의 나이로 일본어는 물론이고 일본문
자도 모른 체 일본으로 건너갔다. 도일하기 2년 전에 아버지가 돌아가
신 그는 일본에 건너가 곧 바로 낫토를 팔며 집안의 생계에 한몫을 해
야만 했다. 생계를 이어나가기 조차도 힘든 상황에서도 큰형은 조선인
들만 다니던 야간학교에서 일본인들이 다니는 초등학교로 그를 편입학
시켰다. 그는 여기서 처음으로 자신이 조선인이라는 것과 일본사회에
서 조선인의 위치를 자각하는 한편 조선인이라 놀리는 학생들과 싸움
도 그칠 날이 없었다. 다행히 일본인 친구도 사귀게 되고 일본어도 어
느 정도 읽을 수 있게 되면서 그는 당시의 少年雜誌『少年俱樂部』
「立川文庫」 등을 읽으며 문학 소년으로 성장하며 소설가로서의 꿈을
키우기도 하였다. 한편 그의 후기 문학 활동의 중심이 된 <日本속의
朝鮮文化> 즉 고대사 연구의 계기도 이 초등학교 5학년 때 배운『小
學國史』의 내용에 대한 의문에서 비롯된 것이었다. 이후 그는 중학교
반년 그리고 대학3년이라는 학교생활을 마쳤으며, 영사기사보조 넝마
장수 등 온갖 고생과 수모를 겪으면서도 소설가의 꿈을 버리지 않았으
며 이러한 그의 생활 즉 일본사회에서의 조선인으로서 살아온 그의 삶
이 곧 작품이 되었다. 다시 말하면 그의 생활과 삶이 문학이었으며 또
한 그의 문학을 통해 金達壽의 삶, 재일조선인과 조선인의 삶, 나아가

---

5) 拙論「金達壽의 文學 生涯 −창작활동을 중심으로−」『日本語文學』第29輯 日本語
　　文學會 2005.5.

당시의 조선과 일본의 관계를 엿볼 수가 있다.

그의 파란 만장한 생활과 창작활동은 해방을 전후로 많은 변화가 있음을 알 수가 있다.

해방 전 그의 창작은 일본제국주의에 저항하며 일본사회에서 힘겹게 살아가는 재일조선인의 생활을 배경으로 한 재일조선인의 생활상과 그들의 일본사회에서의 사회적 위치를 그리는 것이었다. 또한 그의 창작은 일본인과 조선인의 모순된 인간관계를 <人間적인 것으로 바꾸고, 人間化하는 것>이었으며, 일본인들의 <人間적인 眞實에 呼訴>하는 것이었다. 이런 문학적 동기와 목적으로 문학적 출발을 보인 그는 해방을 맞이하면서 재일조선인 조직 활동에 깊이 관여하게 되고 그의 저항의 대상도 일제에서 미군정과 이승만 정권으로 바뀌게 된다. 즉 사회주의자의 입장에서 문학 활동을 시작하게 된 것이다. 사회주의 혁명만이 조국을 통일할 수 있다는 강한 신념에서 비롯된 창작활동이었다. 이러한 그의 믿음도 일본공산당 분열과 재일조선인 조직사회(조총련)와 마찰 및 내부 갈등 등으로 조직에 대해 실망과 회의를 느끼게 되고 그는 또 다시 문학의 방향을 전환하게 된다. 즉 <日本속의 朝鮮文化> 연구를 통한 발굴과 저서에 온 정성과 정열을 쏟게 된다.

그는 10살 때 1930년 고향을 떠나 43년에서 44년 까지 경성에서의 고국체험을 통해 그는 <民族을 發見하였다>라고 하였다. 그리고 37년만인 1981년 다시 고국을 방문하고 그는 북한·남한의 <民衆을 發見하였다>라고 말하며 <나의 故國인 朝鮮·韓國을 그리고 논하며, 우선 「民衆이라는 것」을 알지 못하면 안 되었다. 혹은 알지 않으면 안 된다, 라는 것을 통감하였다. (중략) 민족의 실체인 민중은 도대체 무엇을 어떻게 생각하고 있는가 하는 것이다. 모든 것을 민중을 근본으로 해서 생각하지 않으면 안 된다>라고 하였다.

『太白山脈』 속편을 쓰지 못한 이유로, 해방 후 조국 체험을 통한 <民衆>의 실제의 모습과 生活을 보지 못하였기 때문이라는 磯貝씨의 주장이 설득력을 가지는 것도 이러한 金達壽의 문학적 성향을 파악하고 있었기 때문일 것이다.

해방 전 그는 일본속의 재일조선인과 그 사회를 그리며 <民族의 實體>인 민중을 발견하려 하였으며, 해방 후에는 재일조선인 조직사회 활동 더불어 사회주의 입장에서의 민중을 발견하려 하였고, 만년에는 <日本속의 朝鮮 文化>를 통하여 민중을 발견하려 하였던 것이다. 민족주의자에서 사회주의자로 사상적 전환 그리고 문학자에서 역사가로서 전환은 과도기적 시대적 정황과 상황의 변화에 따른 입장의 차이일 뿐 그의 전 생애에 걸친 일관된 문학적 사명에는 변화가 없었다. 즉 <民族의 正體性>을 찾는다는 일관성으로 이어졌으며 또한 그의 문학적 사명과 숙명으로 받아들이고 있었기 때문인 것이다.

金泰生은 1924년 11월1일 제주도에서 태어나 5살 때 혼자 渡日하여 大阪 猪飼野의 삼촌 부부와 함께 생활하였다. 그는 다른 재일조선인과 마찬가지로 어릴 때부터 공장 등에서 일을 하며 열악한 환경에서 생활하며 지냈다.

그의 도일 과정을 살펴보자면 먼저 어머니와의 이별 얘기를 하는 것이 순서일 것 같다. 金泰生의 불행은 어머니와의 이별에서 비롯된 것이라 할 수 있다. 어린 시절의 어머니와의 이별은 평생 제주도와 어머니에 대한 그리움으로 승화되어 많은 작품들 속에 투영되어 있다. 일제하의 대부분의 민중들이 궁핍하였듯이 金泰生의 양친도 생활고를 견디지 못하고 일본에 돈벌이를 나갔다가 일단 함께 돌아왔지만 아버지는 어머니만 남기고 다시 도일하게 된다. 4년 후 아버지로부터 소식이 끊기고 어머니는 金泰生을 남기고 재혼을 하게 된다. 그리고 만 5살 때 김태생은 도일하여 오사카 재일조선인 부락 이카이노에서 생활.

그는 제주도에서 태어나 5살 때 어머니와 이별하고 어린 나이로 일본에 건너가 말도 통하지 않는 일본사회에서 삼촌 부부 밑에서 숙모를 어머니처럼 생각하며 성장한다. 14살 때 그는 그녀의 죽음을 지켜보아야 만 했다. 어머니와의 이별, 叔母의 투병과 죽음, 아버지와의 갈등 등 이 모두가 어린 金泰生에게 있어서 크나큰 충격이었다. 이러한 그의 성장과정의 체험들은 곧 작품의 제재가 되었다. 즉 「나의 人間地圖」, 「童話」, 「少年」, 「骨片」, 「가래 통」 등이 바로 그의 체험들은 바탕으로 하여 쓰여 진 자서전적인 작품들이다.

1948년 제주도에서 소위 「濟州道四三抗爭」이 일어나고 고향의 일가 친척들이 몰살당하는 사건을 접하며 이 사건을 제재로 한 「나의 日本地圖」, 「스다치」, 「후예」 등의 작품을 창작하였다. 林浩治 씨의 평처럼 金泰生은 <실제의 殘酷함과 極惡無道함도 그리지 않았으며 대단히 섬세하면서 아름다운 文體>로 그리고 있다는 그의 문학적 경향과 특징이 잘 나타나고 있다.

金泰生의 문학에는 많은 작품들에서 <죽음>을 제재로 하고 있는데 이는 숙모의 죽음을 가까이서 지켜보고 실제 그 자신도 <죽음>을 가까이하면서 살았기 때문이기도 하다. 숙모의 투병과 죽음을 제재로 한 작품으로는 「어느 여인의 生涯」, 「가래 통」, 「나의 人間地圖」이가 있다.

또한 요양소를 무대로 그의 투병생활과 일본인 결핵환자들의 <죽음>을 제재로 한 작품으로는 「E級患者」, 「童話속의 사람」, 「爬蟲類가 있는 風景」이 있다.

金泰生이 다룬 <죽음>은 주로 아버지, 숙모, 재일조선인들 즉 자신과 가장 가까운 사람들의 <죽음>을 그려왔으나 이들 作品들에서는 요양소에서 만난 일본인들의 <죽음>을 다루고 있다는 사실이다. 그가 일본인들의 <죽음>을 그렸다는 것은 일본과 일본인을 인간적인 사랑으로 마음에서 진심으로 받아들인 결과이며 또한 그들을 이해하고 사랑하게 되었기 때문이다.

요양소 바깥세상과 격리된 병실에서 늘 <삶>과 <죽음>, 그리고 <조선>과 <일본>의 경계에서 소외된 삶을 살아온 그가 이제는 마음의 벽을 허물고 <내 눈에 비치는 모든 것 중 어느 하나도 소중하다는 생각이 든다. 살아있다는 것은 멋진 일이다.>[6]라는 作中의 독백처럼 휴머니즘적 사랑을 문학으로 승화시키고 삶에 대한 관조와 여유, 그리고 환희를 발견하였다. 그가 추구한 문학적 동기와 테마가 만년에 이르러 하나의 도달점으로 나타났던 것이다. 그러나 <죽음>을 휴머니즘적 사랑으로 승화시킨 그의 문학을 안타깝게도 더 이상 볼 수 없게 되었다. 김태생은 예견된 자신의 운명 앞에 62살이라는 나이로 생을 마감하였다.

3 第2世代 文學

재일조선인문학의 범주 문제에 있어서의 「作家」, 「用語」, 「主題」라는 3가지 문제를 두고 거론해 왔다. 즉 <누가, 무슨 언어로, 무엇을> 창작하였느냐의 문제이며, 序에서 언급하였듯이 <재일조선인이, 일본어로, 민족적 아이덴티티 위기 속에서 그들의 고뇌와 저항>을 표현한

---

6) 「童話속의 사람 メルヘンの人」 p.91. 『旅人傳說』,1985.8. 記錄社,

문학이라고 말할 수 있다. 본장에서 언급할 高史明은 재일조선인 2세이며 또한 재일조선인문학에 있어서도 제2세대 문학으로 보고 있다.

제2세대 문학의 특징이라면 시간을 축으로 한 시대적 배경 하에서 모국 체험이 제1세대에 비해 비교적 짧은 이유 등으로 모국어 구사능력이 1세대에 비해 현저히 떨어진다는 점이며, 모국어 창작능력이 있으면서도 주체적으로 일본어를 창작 언어로 사용하였다는 점이다. 주제에 있어서도 제1세대와는 차이가 있다. 즉 제1세대 문학이 <民族的 아이덴티티>의 위기 속에서 작가적 고뇌와 저항을 그려왔는데 반해 제2세대 문학은 <自己 正體性>에 대한 고뇌와 저항들을 많이 그리고 다는 것을 알 수 있다.

본장에서는 高史明 문학에 나타난 <자기 正體性>에 대한 고뇌와 저항은 무엇인지를 살펴보고 제2세대 문학적 특징에 대해 살펴보기로 한다.

1) 高史明의 成長과 作品

高史明의 성장과정, 고뇌, 투쟁은 자서전적인 소설『산다는 것에 대한 의미 -어느 소년의 성장과정-』7)에 잘 나타나 있다.

머리말의 끝부분에 그는

이 책은, 재일조선인의 한 사람인 내가 여러 가지 문제들과 부딪치며 어떻게든 살아 보려고 한 발자취의 기록입니다. 나는 조선인과 일본인의 보다 깊은 교류와 다정한 마음들을 간구하는 마음으로 펜을 들었습니다.8)

---

7) ちくま文庫, 1986. 高史明의 自傳的 소설. 불량소년이 되어 소년 형무소까지 가게 된 자신을 역사 속에서 檢正하고 응시해나가는 내용이다. 일본인 처와 사이에 태어난 사랑하는 자식에게. 조선과 일본의 架橋가 되어 주길 바라는 메시지가 담겨져 있다.

라고 말하며, 한·일간의 교류와 우호를 바라는 작가 자신의 진솔한
심경을 토로하고있다.
　그의 가족 그리고 그들의 일본에서의 생활을

　　아버지는 석탄 하역 노무자였다. 지금으로부터 사십 몇 년 전의 일입
　니다. 金善辰이 그 이름입니다. 모난 이마에 다부진 턱에 겉모습만 보아
　도 완고하고 고집이 세게 생겼는데 실제로 대단히 완고한 사람입니다. 아
　버지는 저를 <삼아->라고 불렀습니다. <삼아->는 저의 이름의 중의
　하나인 <三>이라는 글자에서 나온 것입니다. 金天三이라는 이름이 저
　의 本名입니다. (略) <삼아-> <명아-> 그 소리는 어두침침한 연립 쪽
　방 종이 천정이 찢어질듯 한 목소리였다. 그때마다 쪽방천정 위에 있는
　쥐들이 놀라 날뛰었다. 아버지 고함소리에 쥐들도 놀라 연립 쪽방 여기저
　기를 마구 뛰어다니며 야단법석을 떨었다. (略) 우리는 3인 가족이었다.
　어머니는 내가 세살 때 돌아가셨다. 아버지는 어린 우리들을 데리고 어머
　니의 무덤을 자주 찾았다. 무덤 앞에 세워진 墓標에는 裵景順之墓라는
　글자가 먹으로 쓰여 져 있었다. (略) 우리 집에는 안타깝게도 어머니의
　사진 한 장, 어머니의 빗 하나, 옷 하나도 남아 있지 않았습니다. 어머니
　는 아무것도 남겨주지 않았습니다. 아니 처음부터 遺品이 될 만한 물건
　은 아무것도 없었던 것입니다. 아버지와 결혼하면서 결혼사진 한 장 찍을
　돈이 없었다고 하는데 어찌 遺品이 될 만한 물건을 살 수 있었을까요?
　어머니는 결혼식을 평상복 차림으로 올렸습니다. 아버지와 같이 석탄 하
　역 인부였습니다. 새까맣게 되어 일하는 어머니는 작업복 외에는 옷 하나
　없었던 것입니다. <pp.14-16>

라고 서술하고 있다. 高史明의 본명은 金天三이며 金善辰과 裵景順
사이에 1932년 1월 11일 차남으로 태어났으며 형의 이름은 春明이었
다. 어머니는 세살 때 돌아가셨다는 내용과 渡來 조선인 가족의 일본

---

8) 필자 역. 이하 인용문 同.

에서의 어려운 생활들을 인용문을 통해 짐작할 수가 있다.

이어서 고사명은 그들이 일본에 오게 된 이유와 한·일 관계에 대해 「왜 日本에 왔는가?」, 「强制로 끌려 온 朝鮮人」, 「빼앗긴 朝鮮語」, 「갖가지 抵抗運動」으로 나누어 그의 생각을 적었다.

<韓日合邦> 이전 790명밖에 안되었던 재일조선인이 1945년 일본 패전 직후에는 236만 5천명에 달하였다는 통계자료를 보고 高史明은 그 이유를 두 가지로 설명하고 있다. 하나는 일본 정부 주도하에 시행 된 <土地調査事業>과 <太平洋戰爭>이라고 말하고 있다. 전쟁이 激化 되면서, 조선인을 강제로 연행한 것이 급증한 이유의 하나로 들고 있다.

또 <土地調査事業>에 대하여 그는

> 「한마디로 말하면 토지 소유권을 확실히 하여 일본 토지로 만들어 가는 사업이라 할 수 있다. 조선 농민은 이 사업 덕분에 오랫동안 경작해 오던 토지를 잃어버리고 만다. 왜냐하면 조선의 농촌에서는 토지는 부락 사람 모두의 것이라는 강하였고, 개인의 소유가 확실치 않는 경우도 관습에 의해 보장을 하는 것이 많았다. 또한 많은 토지가 지주의 소유였고 실제 경작하는 농민의 것이 아니라는 사정이 꽤나 일반적인 것으로 보였다는 점이다. 토지조사사업은 이러한 조선의 사정을 일절 무시하며 추진되었다. 많은 농민들이 소유권을 신고하면 오히려 토지를 빼앗기지는 않을까하는 의심, 이러한 의심에서 신고를 하지 않았다고 한다. 그 때문에 農民들의 토지도 가차 없이 빼앗기게 되었다. 이리하여 엄청난 수의 流民들이 생겨나게 되었다. 우리 아버지는 이러한 流民의 한 사람입니다. 어머니도 그렇습니다.」 <pp.20-21>

라고 밝히고 있다. 유민이 된 아버지 어머니는 일본에 건너와 재일조선인으로서의 일본생활이 시작된다. 그들이 모여 사는 부락의 모습을 高史明은

　　나의 기억 속에 확실한 모습으로 떠오르는 것은 이것으로부터 시작된
다. 下關市彦島江의 浦町에 있는 조선인 부락에 관한 것입니다. 아버지
와 우리 형제들은 어머니가 돌아가시고 한참 있다가 그 부락으로 이사를
하였습니다. 그 부락은 七輪9)町이라고 부르고 있었다. 江 浦町에 있어
서 江浦町이라고 불러도 좋을 것 같은데 七輪町입니다. 이렇게 부르는
데는 이유가 있습니다. 이 부락 근처에 石炭 하치장이 있습니다. 부락의
어른들 거의 대부분은 石炭 荷置場에서 일하는 石炭 荷役夫입니다. 어
른들은 일을 마치고 집에 돌아올 때 石炭 부스러기들을 주워 옵니다. 저
녁이 되면 이 석탄을 태우는 七輪이 하수구를 따라 골목길에 죽 늘어섭
니다. 모든 七輪에는 광대의 고깔모자 같은 굴뚝이 달려있고 이 굴뚝에
서 연기가 폭폭 올라옵니다. 이렇게 죽 눌어선 七輪 때문에 부락 이름도
七輪町이 되었다고 합니다. <p.33>

라고 서술하고 있다. 제1세대 이주 조선인들의 사회적 위치와 일본에
서의 생활이 어떠하였는지를 짐작케 하는 문장이다. 인용문에서 나타
난 제일조선인의 열악한 환경은 다음의 인용문에서 더욱 명확히 그려
져 있다.

　　우리 집은 몇 번이나 말하였듯이 하모니카 연립주택의 일곽에 있었습
니다. 하모니카 연립주택이란 것은 한 채의 집을 벽으로 칸막이를 하여
여러 가구가 살 수 있게 만든 집입니다. (略) 이 연립주택 방에는 창문이
없습니다. 입구가 창문입니다. (略) 사각 진 방 三面에는 판자로 벽을 만
들어 놓았습니다. 판자벽은 10센티 정도의 간격을 두고 세워져 있고 그
판자 틈 사이에는 헌 신문지나 옛날 잡지 발라 두었습니다. (略) 그런데
우리 집 천정도 벽과 같이 종이였습니다. (略) 그렇지만 이 천정 안은 굶
주린 쥐들의 소굴이었습니다. 이 쥐떼가 일제히 뛰기 시작하면 대단히 시
끄럽습니다. 얇은 종이 천정이 당장 찢어질듯합니다. 그 중에는 진짜 떨어

---

9) 음식을 익히는데 7厘 정도의 숯으로 족하였다는 데서 유래되었으며, 흙으로 만든 값
　 싼 風爐.

지는 쥐도 있습니다. (略) 그리고 우리들은 먼지떨이를 들고 떨어지는 쥐를 기다리기도 하였습니다. 태어나면서부터 쥐들과 함께 자란 우리들은 쥐들을 전혀 무서워하지 않았습니다. 그렇지만 그것은 너무나 어처구니없는 생각이었습니다. 쥐는 역시 겁이 많고 비겁하고 탐욕스럽고 잔인한 동물입니다. 어느 날 천정에서 떨어진 쥐가 갑자기 동생을 물어 죽였습니다.

쥐는 쿵하고 천정에서 떨어지자 곧 바로 동생에게 돌진하여, 바로 눈앞에서 동생을 물어 죽였습니다. 눈 깜짝할 사이에 벌어진 일입니다.

<pp.46-47>

연립주택이라기보다는 그냥 칸막이만 한 쪽방에서 살아가려는 재일조선인들의 열악한 삶과 또한 그들이 살아가야만 했던 환경들이 선명히 그려지는 문장이다. 고사명이 성장한 이러한 환경들은 거의 대부분의 재일조선인 1세대와 2세대가 겪어야만 했던 생활환경이었다. 그러나 열악한 환경 속에서도 대부분의 재일조선인들은 현실에 굴하지 않고 꿋꿋이 살아갔다. 이러한 그들의 모습들은 2장에서 언급한 제1세대 문학에서도 흔히 볼 수가 있다.

고사명은 이러한 재일조선인 1세대의 모습을 다음과 같이 서술하고 있다. 이웃 집 아저씨로부터 조금의 용돈을 받은 형제들에게 아버지는 돈을 준 사람을 찾아가

「이 돈은 뭐야! 우리 아들은 거지가 아니야. 우리 아들이 돈을 달라고 했나!」 고함치는 소리를 듣고 이번에는 그 아저씨가 화를 내기 시작하였습니다. 그 아저씨는 아버지와 같이 石炭 하치장에서 같이 일하는 동료입니다. 우리들에게 용돈을 주고는 아주 기분 좋을 때 고함소리를 들었는데 화를 내는 것도 당연합니다. 처음에는 아버지를 달래려 하였는데, 갑자기 아저씨도 고함을 지르기 시작하였습니다. 「도대체 내가 뭘 했나. 이 답답한 영감아! 그 돌대가리 좀 두들겨 패 줄 까!」 이렇게 되자 더욱 격렬한 싸움이 되었다. 쪽방 사람들이 다 나왔다. (略) 싸움은 오랫동안 계

속되었다. 목이 타자 물을 마시고 오기도 합니다. 그 사이 잠시 휴전이 됩니다. 움츠리고 앉아 곰방대 담배를 한대 피우는 경우도 있습니다. 느긋하게 담배를 피우기 시작해서 싸움이 끝이 났다고 생각했는데 갑자기 앞보다도 더욱 격렬히 싸웁니다. (略) 성장하여 알게 되었지만 조선 어른들 싸움에는 한 가지 규칙이 있습니다. 고함소리는 크고 무섭지만 그 대신에 갑자기 칼 같은 것으로 상대방을 찌르지는 않습니다. 서로 힘껏 고함을 지르는 것은 부락민들을 불러 모아 부락민들로부터 누구의 주장이 옳은지 판단을 받기 위해서입니다. 이것은 조선의 농민이 대지를 상대로 일하면서 오랜 세월에 걸쳐 길러진 생활 습관 중에 자연스럽게 몸에 밴 朝鮮式 싸움이라고 말할 수 있습니다. 이 때 부락민들은 아버지의 패배를 인정하였습니다. 아버지의 기분을 모르는 것은 아니지만 너무 偏屈하다는 판단을 내렸습니다. 실제로 아버지는 偏屈하였습니다. 偏屈한 영감이라는 별명이 그 후 오랫동안 따라 다녔습니다. 그렇지만 아버지의 편굴함이 우리들을 지켜왔습니다. 아버지는 어머니가 없는 우리들이 비뚤어져서는 안 된다고 생각하니 편굴할 수밖에 없었던 것입니다. 그리고 그것이 아버지를 이끌어주는 지팡이였습니다. (略)

종이 한 장 가져오지 마라

젓가락 하나 받지 마라

못 하나 주워 오지 마라

이것은 아버지가 항상 말씀하시던 鐵則입니다. 우리들이 비참하게 된다든지 비뚤어지지 않게 하려는 아버지의 바람이 바로 철칙이 된 것입니다. 그 외에도 자주 말하던 가르침이 있습니다.

사람을 때린 者는 몸을 움츠리고 자지만, 맞은 자는 팔 다리를 뻗고 잘 수가 있다. 우리들은 어릴 적부터 이 말을 항상 들으며 자랐습니다. (略) 그리고 아버지는 이 철칙을 자신도 철저히 지키며 살았습니다. 가난한 조선인인 아버지가 조선인의 긍지를 갖고 인간답게 살아가려는 자세의 發露였다고 생각합니다. <pp.53-56>

인용이 길어졌지만, 재일조선인 2세가 일본사회 속에서 강인하게 살아가는 아버지의 삶 즉 재일조선인 1세들의 삶을 통해 조선의 풍속 민족적 근성과 아이덴티티를 발견하고 있다는 것을 알 수 있는 문장이라 하겠다.

이어서 조선어를 모국어로 하며 일본 사회 속에서 살아가는 재일조선인 1세와 일본어 사회 속에서 일본어 생활을 하며 지내야 하는 2세들의 고민과 문제를 다음과 같이 말하고 있다.

> 어린 내가 우리 집이 가난하다는 것을 알기 시작한 것은 七輪町을 나와 외부세계를 알게 되면서 부터다. 초등학교가 역시 나에게는 처음으로 대한 외부세계라 할 수 있다. (略) 내 명찰은 전날 밤 형이 적어 준 것이었다. 아버지는 글자를 몰랐습니다. 나의 명찰에는 <기노시타다케오>라는 이름이 적혀져 있었다. (略) 나는 이 <기노시타다케오>라는 이름표를 붙이고 완전히 기가 죽어 있었다. 학교에서 일어난 여러 가지 일들, 우리 집이 있는 七輪町 생활이 얼마나 빈곤한 것인지를 가르쳐 주었다. 게다가 나에게 <기노시타다케오>라는 이름이 이상하게도 잘 어울리지 않았다. 나는 학교에 오기까지 삼아- 라든지 삼이라고 불렸고 한번도 <다케오>라고 불렸던 적은 없었다. 그것은 형이 명찰을 적을 때 자기의 이름이 마사오라고 통하고 있었던 관계로 그와 비슷한 이름으로 하려고 멋대로 붙였던 것이다.
>
> 사람에게 있어서 대단히 중요한 이름조차도 그렇게 하였던 정도니까 즐거워야 만 할 입학식이 나에게는 괴롭고 왠지 모르게 무섭게 느껴졌다. (略) 이리하여 나는 七輪町 생활과 외부 세계와의 차이를 입학식 날부터 알게 되었다. <pp.63-65>
>
> 아버지와 우리들은 서로 별로 얘기를 하지 않는 관계는 그 후 우리 부자들 사이에 더욱 심각한 불행을 초래하게 되었다. 이렇게 얘기를 별로 나누지 않는 생활이 계속되는 사이에 우리 형제들은 일본어만을 몸에 익히게 되고 아버지가 조선어로 말을 할 때 알아들을 수가 없게 되었기 때문이다. 부자지간에 서로의 기분을 전할 수 있는 말이 알아들을 수 없다는 것은 정말로 불행한 일입니다.
>
> 우리들이 뭔가 심각하고 중요한 일을 일본어로 얘기를 하면 갑자기 아

　　버지는 「朝鮮語로 말 해」라고 고함지르는 아버지의 목소리에는 화 보다
는 어떤 비애를 느끼는 것 같았다. <pp.70-71>

　　조선인 부락에서 조선인으로서 불편함을 모르고 살아가다 일본 사
회에 나가 일본어를 기본 언어로 살아가야 하는 재일조선인 2세의 현
실과 재일조선인들의 사회적 위치를 인용문을 통해 알 수 가 있다. 또
한 조선어를 모국어로 살아가는 재일조선인 1세대와 일본어를 기본 생
활 언어로 살아가야만 하는 2세대 간의 언어적 갈등과 가족 붕괴의 위
기, 말하자면 재일조선인 사회가 안고 있는 보편적인 세대 간의 갈등
구조를 알 수 있기도 하다. 이러한 세대 간의 언어적 갈등과 그 원인
에 대해 여러 작품에서 언급하고 있다.

　　특히 최근에 발간된 『세상이 安穩하길』10)에서 더욱 명쾌히 밝히고
있다. 만약에 지금 일본에서 모든 일본어를 추방해 버리는 사태가 일
어난다면 어떤 일들이 일어날까 라는 가정을 히며 특히 부모 자식 간
에 일어날 수 있는 결과에 대해 <아버지가 아들의 말을 정확히 이해
못하듯이 아들이 아버지의 말을 이해 못하는 사태가 생기면, 그때 아
버지는 절망한 나머지 분에 못 이겨 죽게 될 것이고 닻줄이 끊어져 버
린 자식은 영원한 방랑자가 되어 버릴 것이다> 라고 말하고 있다.

　　이어서 그는 <이러한 무서운 가정이 실제로 조선과 일본 사이에서
는 현실이었으며, 불행한 사실이었다. 일본의 과거 위정자는 조선인의
≪행복을 지향하며≫라고 칭하며, 조선인으로부터 그 성명과 함께 언
어까지 빼앗으려 하였다>라고 말하며 실제 아버지와 자신 사이에 있
었던 문제들을 다음과 같이 적고 있다.

---

10) 「世の中安穏なれ 『歎異抄』いま再び」 平凡社 2006. 3.

왜 나는 조선어를 모르는 것일까? 예를 들어 어머니가 없었다 하더라도 아버지는 조선어를 쓰고 있었는데 도대체 나에게 조선어는 어떻게 된 것인가? (略) 내 기억속의 아버지는 일본어를 사용하지 않았다. 그렇다면 왜 나에게 傳承되지 않았나? (略) 말하자면 아버지는 좀 체로 말을 하지 않았다. (略) 실제 장래에 대한 아무런 희망도 없이 그날의 일에 지친 홀아비가 6살 3살 된 아이에게 무슨 말을 할까요. 아버지가 얘기하고 싶은 憤痛을 어린 우리들이 이해 할 리가 없었던 것이다. 깊은 슬픔에 빠진 남자가 뭔가를 얘기하려고 하다보면 역으로 더욱 깊은 침묵의 세계로 빠져버리는 숙명인 지도 모른다.

(略) 아침에 일어나면 아침밥을 준비하고 저녁 절룩거리며 지쳐 돌아와서는 또 저녁 준비를 하여 우리들에게 밥을 먹이고는 아버지는 소주를 1, 2홉 마시고는 말없이 곯아떨어진다. 아무 말 없이 아무 것도 생각하지 않으려는 것만이 유일한 낙이었다. 그래서 잠 못 드는 밤이 되면 가난한 조선 노동자들이 여는 賭博場에 나가서는 어린 아들들을 볼 때마다 느끼는 고통과 절망으로부터 잊어 보려고 애를 썼던 것이다. 그래서 우리 부모 자식 사이에는 뭔가 두서가 있는 얘기를 나눈 적이 거의 없었다. 이리하여 우리는 아버지로부터 배우는 朝鮮語 어휘는 그야말로 한정된 몇 마디 뿐 으로 살아가는데 필요한 최소한의 말, 말하자면 물이라든지 집이라는 단어 정도였다. 집이라는 단어를 알더라도 지붕이라는 말은 가르쳐 주지는 않았다. 말없는 아버지가, <밥>이라는 한 단어로 밥과 관련된 모든 말들이 통하게 하였으므로, 형용사나 동사가 없는 명사만으로 조선어를 배웠다. 따라서 배울 수 있었던 조선어는 극히 한정 된 것이었다.

어느 날 아버지는 살아있다는 것이 가장 괴롭게 느껴지는 술이 깨는 순간, 이미 학교에 다니는 아들은 朝鮮語 세계와는 완전히 단절 된 세계에 있다는 것을 발견한다. 술이 깨면서 물을 마시고 싶어 조선어로 <물>을 달라고 큰소리로 말하자, 자식은 <미즈 데스까!>라는 일본어로 대답 事態에 直面한다.

<아니, 물!> 이라고 말해도 이미 늦었다. 벌써 아이는 <다카라 미즈 데쇼>라는 답 밖에 할 수 없는 것이다. 이리하여 아버지의 절망감은 더욱 커지고 <日本語말고, 朝鮮語로 말해>라고 화를 내게 된다. 이러한 일이 우리 아버지만의 경우는 아니다. 主體性이 부정되고 있었던 시대를

살지 않으면 안 되었던 시대 많은 조선의 부모는 아이들에게 조선어를 쓰도록 할 때 그렇게 화가 났었던 것이다. <pp.13-15>

조선에서 건너간 석탄 하역작업을 하며 고되게 하루하루 살아가는 아버지의 삶 그 자체가 당시 일본사회를 살아가는 재일조선인 1세들의 보편적인 삶의 유형이었다. 이러한 일본사회의 밑바닥에서 힘겹게 살아가는 재일조선인 1세들의 삶과 그 모습들은 金史良, 金達壽 작품11)들에서도 흔히 볼 수 있다.

인용문에서 특히 주목하고 싶은 것은 재일조선인 2세의 눈에 비친 1세대들의 모습과 그들의 가족 관계에 있어서 특히 언어적 갈등과 그 양상이 무엇인지를 구체적인 문제로서 언급하고 있다는 사실이다. 인용문은 고사명 눈에 비친 아버지의 모습과 아버지와의 언어적 갈등과 문제 등 실제 체험을 적은 글이지만 이러한 문제들은 결코 그 자신의 문제만은 아니었던 것이다. 물론 인용문에서는 주체성이 상실 된 시내라는 전제가 있긴 하지만 이미 균열되기 시작한 세대 간 언어적 갈등과 벽은 현재까지도 지속되고 되고 있는 재일동포 사회가 안고 있는 문제이기도 하다.

강요된 언어를 거부하며 민족적 주체성을 잃지 않고 살아가려는 재일조선인 1세대의 위축된 삶과 노력에 대해 고사명은 다음과 같이 말하고 있다.

---

11) 金史良의 在日朝鮮人 社會를 배경으로 한 작품 「無窮一家」, 「虫」, 「곱사 두목」 등이 있다. 金達壽의 작품으로는 「쓰레기」, 「야노츠 고개」, 「孫令監」등이 있으며, 이들 작품들은 日本社會를 배경으로 힘겹게 살아가면서도 민족적 정서를 잃지 않고 꿋꿋이 살아가려는 在日朝鮮人들의 모습을 虛構를 통해 생생히 기록하고 있다. 拙著 『金史良文學研究 ーその文學的生涯と作品世界をめぐってー』(2001.5.J&C), 參照.

萬國旗가 달린 줄에는 다른 나라의 더 멋있는 국기가 있어도 역시 일본 국기가 최고 멋있다고 하는 것이 남자라는 태도라고 생각하고 있었다. <그런 國旗가 있을 리가. 가장 멋있는 것은 역시 日章旗야!> 라고 나는 말한다. <아니냐. 있어!>라고 말하며 아버지는 진지한 표정이었다. <어느 나라 국기야! 어떤 모양인데?> (略) <네가 보고 온 만국기에는 틀림없이 없었을 거야!> (略) <당연히 朝鮮 國旗지> <朝鮮 國旗라니?> 나는 놀라서 말했다. 조선 국기라는 아버지의 말이 묘하게 여운이 남았다.

조선에 국기라는 것이 있다는 것을 과거에 들은 적이 없었다. <조선에도, 국기가 있나! 일장기가, 조선의 국기가 아닌가?> 순간 아버지는 갑자기 뻣뻣하게 경직되더니 어두운 표정이 되었다. <웅> 한참 있다 아버지는 낮은 목소리로 끄덕였다. 그러나 아버지는 좌우를 둘러보고는 잠긴 목소리로 엄하게 말씀하셨다. <이 얘기는 이제 그만하자. 조선에 국기가 있다든지 없다든지 다른 사람에게 말하면 안 돼. 이 얘기는 잊어버려.> 나는 아버지의 엄한 말씀에 입을 닫았다. 그때 아버지 눈빛에는 恐怖를 느끼고 있었으며 나에게도 뭔가 무시무시하다는 느낌이 들게 하였다.

<pp.109-111>

조국의 국기 태극기가 있으면서도 자식에게 떳떳이 얘기를 못하는 재일조선인 1세의 심경과 모습은 나라를 잃은 조선 민중의 심경과 모습이며 또한 일제는 민족 주체성 말살정책을 얼마나 철저히 행해지고 있었나를 부자간의 대화를 통하여 알 수 있고 또한 이런 정책들이 조선民衆들에게 얼마나 많은 공포를 안겨 주었는지를 짐작하게 하는 문장이다.

이러한 시대적 상황하에서 민족의 주체성과 정체성이 제1세대에서 2세대라는 시간의 흐름과 더불어 퇴색되고 붕괴되어 간다는 것을 인용문에서 알 수가 있다.

일본사회에서의 생활에 지친 아버지 자신과 주체성을 잃어가는 자식들을 보며 아버지는 아이들을 데리고 고국 고향 김해를 찾게 된다. 조상의 墓들을 둘러보고 다시 일본에 돌아오게 되는 父子의 고향 방문에 대해

<잘 보세요. 애들이 손자입니다. 저의 아들들입니다. 부디 손자들을 잘 돌봐 주십시오> (略) 아버지는 우리들이 묘 앞에 설 때마다 묘에 묻힌 사람과 우리들과의 관계를 설명하였지만, 일상생활에서 그다지 쓰지 않는 말이 나오면 말을 알아들을 수가 없었다. 내가 지금도 확실히 기억하고 있는 것은 할아버지 묘가 있었던 것과 省墓가 끝난 뒤 아버지가 우리들에게 한 말입니다. (略) 이 산은 아버지가 태어났을 때 우리 金家들 산 이었다> 우리들은 省墓를 끝내고 일주일을 정도 지나 다시 七輪町으로 돌아왔다. 이번 여행은 省墓가 목적이었습니다. (略) 어쩌면 아버지는 우리들과 같이 고향 조선에 돌아가 거기서 새롭고 시작해보려고 생각한 것입니다. 조선은 아버지의 고향입니다. 그렇지만 아버지는 틀림없이 그 고향에서 자기가 있을 만한 곳을 찾지 못하였던 것입니다. 만약 그렇나고 한다면 다시 七輪町으로 놀아오는 아버지의 심정은 얼마나 슬펐을까요? (略) 내 머릿속 바닥에는 아버지의 그 슬픔을 말하는 기억이 있습니다. <pp.106-107>

라고 말하고 있다. 민족적 주체성과 정체성 잃어가는 2세대들을 데리고 고향을 찾아가 조상의 묘를 돌아보며 자신들의 뿌리와 정체성을 찾아 주려는 재일조선인 1세대의 고뇌가 인용문에서 잘 나타나고 있다. 또한 일본사회에서의 생활에 지쳐버린 재일조선인 1세대가 다시 고향 조선에 돌아가 생활을 해 보려 하지만 이미 고향에서조차 있을 곳이 없는 身世가 되어 있는 자신을 발견하는 재일조선인의 군상을 인용문을 통해 알 수가 있다.

일본에서의 생활에 지칠 대로 지쳐 쉴 수 있는 고향을 찾았으나 역

시 그가 있을 만한 곳은 없다는 자각과 동시에 고향을 잃어버린 절망
감에 드디어 아버지는 천정에 목을 매어 자살을 시도하게 되는데 내용
은 다음과 같다.

> 아버지 목에 감겨 있던 전깃줄이 드디어 삼중으로 되었다. 아버지는
> 전깃줄을 더욱 꽁꽁 묶었다. 우리들은 너무 무서워 목소리도 나오지 않았
> 다. 울면서 말을 계속하였다. <싫어! 죽으면 싫어!> 아버지는 갑자기 양
> 손을 벌렸습니다. 그리고는 꽉 껴안았습니다. <불쌍한 우리 아들들. 엄마
> 도 죽고, 아버지도 죽어버리면 너희들만 남게 되는데, 너희들을 누가 도
> 와 줄 런지. 불쌍해서, 누가 너희들을 도와 줄 런지……> 무서운 아버지
> 의 눈에는 눈물이 가득 고여 있었습니다. (略) 아버지는 우리들을 안은
> 채 엉덩방아를 찧었습니다. 전깃줄을 묶어 두었던 못에 아버지의 목이 매
> 달렸던 것입니다. 쿵하는 소리와 함께 천정이 내려앉았고, 내려앉은 천정
> 밑에서 서로의 눈을 쳐다보며 큰 소리로 울었습니다. 우리는 마음껏 울면
> 서 가슴속에는 뭔가 새롭게 상쾌한 기분이 들었습니다. 우리들은 살아있
> 는 것과 서로 겹쳐있는 죽음과, 죽음과 겹쳐있는 생의 기쁨을 동시에 體
> 驗하였습니다. <p.117>

일제에 토지를 빼앗기고 유민이 되어 지배자의 나라 일본에 건너가
열악한 환경과 조건 속에서 민족적 주체성을 잃지 않고 꿋꿋이 살아가
던 재일조선인 1세대인 아버지가 현실의 고난과 고향에서도 있을 곳을
찾지 못한 자신의 신세와 조국의 현실에 대한 절망감에서 스스로 파멸
하는 패배자의 모습으로 나타나고 있다.

金史良과 金達壽의 작품들에서 볼 수 있는 재일조선인, 말하자면
어려운 환경과 조건들 속에서도 인내하며 강인한 생활력과 생명력으로
일제에 저항하며 꿋꿋이 살아가는 재일조선인들의 모습과는 사뭇 다른
모습으로 나타나고 있다.

그는 1971년 발표한 『밤이 시간의 발자취를 어둡게 할 때』[12] 後記에서 다음과 같이 말하고 있다.

> 나는 분열된 인간이다. 그것도 2개로 분열된 것이 아니라 3, 4개로 쪼개진 인간입니다. 나는 朝鮮人이지만 나의 조선은 두 개로 분열되어 있고 뿐 만 아니라 인간의 증거인 말과 생각은 일본어로 합니다. (略) 따라서 나 자신 앞에 확실히 정해두지 않으면 안 되는 테마는, 너무 확실히 정해 두고 있다고 할 수 있다. 말하자면 나 자신의 統一을 회복하는 일이다. 조선의 통일이 회복되고 나아가 조선과 일본 관계가 인간의 자유와 행복을 기초로 하여 正常化되었을 때 나는 나 자신의 생활방침을 다시 선택할 수가 있을 것이라 생각한다. 그때까지 나는 이렇게 분열 된 나 자신을 계속 開示해 나감으로서 불가능으로 刻印된 자신의 통일을 겨냥해 나아갈 것이다. (略) 나는 당시에 나를 충분히 파악하지 못하고 나의 문학을 파악하지도 못하고 있었다. (略) 따라서 이 작품이 나의 첫 작품이라 할 수 있다. 그런데 이 작품은 어둡다. 나 자신은 결코 이런 어둠을 좋아하진 않지만 이렇게 될 수밖에 없었디. 그것은 또한 나의 큰 테마에 접근해 나가는 길을 찾다 지쳐버린 것과도 밀접하게 對應하고 있기 때문이기도 하다. 나는 비틀비틀 한다. 그렇지만 비틀거리는 발걸음이지만 나의 길을 가려고 한다. 그것이 나의 존재를 찾는 것이니까. (밑줄 筆者)

지금까지 살펴 본 몇몇 작품들에서 보아 온 내용들이 곧 그의 문학적 동기와 목적이 <분열된 나 자신의 開示>하는 것이었으며 <자신의 통일>과 <존재>를 찾기 위한 허구들이었다는 것 알 수가 있다.

즉 작가 자신의 유, 소년기의 체험과 삶 아버지의 삶과 생활의 기록들이 문학으로 남았으며 이러한 문학적 작업이 곧 민족과 재일조선인

---

12) 1971년 9월 築摩書房 高史明 자신이 스스로 작가적 출발하였다는 작품. 季刊雜誌 『人間으로서』에 編集同人 高橋和己의 推薦으로 창간호(1970년 3월)에서 4호(1970년 12월)까지 連載하였던 소설. 黨의 방침에 목숨을 걸어온 젊은이들에게 六全協(日本共産黨 제6회 전국협의회)은 무엇이었나 하는 고뇌를 필치로 한 소설.

1, 2세대의 정체성을 찾는 것이며 나아가 고사명 <자신>의 정체성을 찾는 것이었다.

2) 高史明 文學

鶴見俊輔는『산다는 것에 대한 의미』의 해설에

> 저자의 자화상인 동시에 아버지의 전기(略) 또한 戰前 일본에 건너온 재일조선인 1세들의 삶의 기록이기도 하다. (略) 현대 일본사를 조명하는 하나의 光源이 되어 있기도 하다. (略) 이 책과 같이 윤곽이 확실한 작품을 이후에는 쓰지 않았다. 이 책을 발표하고 저자의 외아들이 12살로 자살을 하고, 그 사건이 저자를 瓦解시켜 버렸다. 그의 체험은 길도 없는 곳에서 깜깜한 손으로 더듬어 그리고 그는 암중모색 탐구를 하고 있다. 아버지와 자식 이미 이 세상에 없는 육친을 다시 만날 길을 구하며 저자는 새로운 여행길에 올라있다. 이런 고난이 새로운 계시와 만나는 행운이 있길 기도 한다.

라고 쓰고 있다. 초기 고사명 문학을 잘 설명한 글이라 하겠다. 고사명의 작가적 출발은 1971년 9월에 29살에 발표한『밤이 시간의 흐름을 어둡게 할 때』이다. 季刊雜誌『인간으로서 人間として』에 1970년 3월 창간호에서 同年 12월 4호 까지 연재한 소설을 단행본으로 출간한 작품이다. 일본공산당의 방침에 목숨을 걸어온 젊은이들에게 일본공산당 제6회 전국협의회13)는 무엇이었나 하는 고뇌를 쓴 소설로 고사명 자신의 경험을 적은 작품이다. 일본공산당에 있어서 민족문제와 조선인

---

13) 1955年7月、일본공산당은 六全協(第六回全國協議會)을 열고、그때까지 武裝鬪爭方針을 「極左冒險主義」였다고 自己批判을 하고、갑자기 穩健 路線으로 전향한 회의.

문제를 생각하게 하는 작품이기도 하다.

1973년에는『저기에 빛을 구하며』를 築摩書房에서 출간하고 이듬해에는『산다는 것에 대한 의미』를 출판하게 된다.

그러나 이러한 고사명의 의욕에 넘친 창작활동에 변화를 가져오게 되는데 바로 1975년 장남 岡眞史의 자살이었다.

이듬해 부인 岡百合子와 공동편집으로『나는 12살』이라는 강진사 시집을 출간하고 아들에 관한 작품들을 창작하게 된다. 1981년 白樹社에서 출간한『밤하늘에 별이 빛나는 한 -O・M에게 편지-』, 徑書房으로부터 아내와 共著『生命의 行方 -인간이란 무엇인가』라는 작품들이 있다.

아들 자살 사건 이후 그의 창작에는 또 하나 다른 테마의 작품들을 창간하게 되는데 즉 歎異抄[14]와의 만남을 계기로 생명, 인생에 관한 제반 문제를 종교적인 차원에서 접근하려 한 작품들이다.

작품들을 살펴보면 다음과 같은 작품들이다. 1977년 每日新聞社로부터『한 방울의 눈물을 안고 -歎異抄와의 만남-』, 1983년 徑書房에서 출간한『소년의 어둠』,『靑春無明 -歎異抄와의 만남 제2부-』, 85년『슬픔의 바다에 -歎異抄와의 만남 제3부-』, 1993년 NHK출판으로부터『歎異抄의 마음』, 2003년에는『현대에 되살아나는 歎異抄』를, 2003년 法藏館으로부터『高史明親鸞論集』第1券-3券, 2005년 本願寺로부터『슬픔의 바다는 깊고』, 2006년에는 平凡社로부터 출판한『세상이 安穩하길』등 이다.

이상이 고사명 문학의 흐름을 크게 개관한 그의 작품세계이다. 고사명에 관한 상세한 연보는 아직 발표되지 않고 있으며 필자는 다행히

---

14) 鎌倉時代後期에 쓰여진 日本 仏敎書籍親. 親鸞의 弟子인 唯円에 의해 쓰여 졌다고 한다.

고사명씨와 직접 연락을 하여 연보를 입수할 수 있었다. 본 논문에서 는 附記를 통해 轉記하고자 한다.

4 결 론

제2장에서는 재일조선인 제1세대문학의 대표적인 작가 金史良, 金達壽, 金泰生 문학에 대하여 간략히 살펴보았으며, 제3장에서는 고사명의 성장과 작품 그리고 고사명의 작품세계에 대하여 살펴보았다. 근대 일본문단에 조선의 문학자들이 일본어로서 활동을 하기 시작한 것은 1925년 이후이다. 프롤레타리아 계열의 작가들이 주로 활동을 하였으나 별로 주목을 받지 못하였으며, 1932년 張赫宙의 「餓鬼道」가 『改造』 현상에 당선되면서 일본문단에 조선인 이름이 거론되기 시작하였다. 이어서 1940년 김사량의 「빛 속으로」가 芥川償 후보에 오르면서 재일조선인의 제1세대 문학이 일본문단에서 그 활동을 본격적으로 시작하게 된다.

金史良은 강요된 언어를 역이용하여 식민지 <조선의 현실> 알리려 하였으나 끝내는 일제의 정책문학에 가담하는 오점을 남기기도 하였다. 같은 제1세대 작가 김달수는 1930년 10살의 나이로 도일하여 문학을 통하여 일본인과 조선인의 모순된 인간관계를 <인간적인 것으로 바꾸고, 인간화하려고> 노력하였으며, 해방 후에는 사회주의자 입장에서 문학 활동을 재개하였으나, 재일조직사회에 대한 실망과 회의를 느끼고 다시 문학의 방향을 전환하게 된다. 즉 <일본속의 조선 문화>

연구를 통한 발굴과 저서에 정열을 쏟게 된다. 민족주의자에서 사회주의자로 문학자에서 역사연구자로서의 전환은 시대적 정황과 상황에 따른 입장의 차이일 뿐 문학을 통해 <민족의 정체성> 찾는다는 그의 문학적 일관성에는 변화가 없었음을 알 수가 있다.

제2장 3절에서는 같은 제1세대 작가이면서 그다지 국내에 알려지지 않은 작가로 金泰生에 관하여 언급하였다. 金泰生 또한 5살 때 제주도에서 도일하여 오사카 조선인 부락 이카이노에서 생활하며 아버지, 숙모 부부 등 재일조선인들의 생활과 자신의 체험들을 작품으로 남기며 일본사회에서의 재일조선인의 위치와 생활들을 상세히 그려놓았다. 그는 <조선>과 <일본>의 경계에서 소외된 삶을 살아온 晚年에는 일본인 또한 휴머니즘적 사랑으로 응시하는 승화된 문학을 보여주었다.

제3장에서는 제2세대 문학과 고사명에 대하여 살펴보았다. 고사명은 일본에서 태어나 現存하는 제2세대 작가이다.

그는 일본으로 건너간 조선인 석탄 하역 노무자의 아들로 시모노세키에서 태어나 세살 때 어머니가 돌아가시고 한때 새 엄마와 잠깐 생활하기도 하지만 주로 아버지, 형과 같이 조선인 부락에서 생활하며 지냈다.

그는 아버지의 도일 과정, 생활, 강인성, 나약함, 고국방문, 패배 등을 통하여 재일조선인 제1세대의 渡日의 역사적 배경, 일본 사회에서의 위치, 편견과 차별, 그리고 나라를 잃은 재일조선인들이 겪어야만 했던 시련과 고통 등을 허구를 통하여 밝혀내고 있다.

또한 재일조선인 제2세대인 자신의 존재에 대한 의구심에서 시작된 문학적 작업이 바로 <자기 존재>와 <민족의 주체성> 나아가 <자기의 정체성>을 찾아가는 하나의 과정이었다.

아들 자살사건 이후 정신적 방황과 동요 그리고 종교적인 차원에서의 문학적 접근이라는 테마의 변화는 있었지만 재일조선인의 <존재>, <민족적 주체성> 그리고 <자기의 정체성>을 찾기 위한 문학적 작업들은 계속되고 있다는 것을 그의 연보를 통해서도 알 수가 있다.

5. 김달수 문학의 사상적 배경

「반란군叛亂軍」을 중심으로

김학동

 ## 1 서 론 - 김사량과 김달수

　재일조선인 문학의 효시는 김달수(金達壽, 1919~1997)라 할 수 있지만 선배격인 장혁주와 김사량을 포함시켜 논하는 경우가 많다. 실제로 재일조선인이라는 용어를 해방 이후에도 고국에 돌아가지 못하고 현지에 정착한 조선인으로 규정하는 경우, 이 두 작가를 포함시켜 논하는 것은 적절하지 못한 면이 있다. 그러나 근대 일본문단의 재일조선인 문학을 언급함에 있어 장혁주와 김사량을 제외시킨 채 김달수를 효시로 규정해버리는 것은 문학의 형성과 발전과정을 고려하지 않은 단편적인 시대구분에 지나지 않는다 하겠다.

　장혁주(張赫宙)[1]는 일본의 문단에서 활약한 최초의 조선인 작가라 할 수 있다. 그는 1932년에 「아귀도(餓鬼道)」를 일본의 문예잡지『개조(改造)』에 투고하여 2등(당시에 1등 작은 없었음)으로 입선하면서

---

1) 張赫宙 : 1905~1997, 일본명 ; 노구치 미노루(野口稔), 필명 ; 노구치 가쿠추(野口赫宙)

일본문단의 주목을 받기 시작하였다. 「아귀도」는 "식민지 조선의 농민을 중층적으로 착취하는 지주계급과 일본제국주의를 정면에서 고발한 분노의 문학"2)이라는 평가를 통해서도 알 수 있듯이, 일본인들에게 일본어로 식민지 민족의 비참하고도 부당한 실상을 고발하는 내용을 담고 있다. 이후에도 「쫓기는 사람들(追われる人々)」「奮起하는 者(奮い起つ者)」와 같은 동반자적인 작품을 발표하여 「아귀도」의 작품 성향을 이어가는 듯 보였다. 그러나 일제의 본격적인 중국침략과 태평양 전쟁의 발발로 제국주의적 강압체제가 강화되자 장혁주는 결국 시국에 편승한 어용작가로 변절하고 만다. 이 시기의 대표적인 작품집으로는 『이와모토 지원병(岩本志願兵)』(1944,1)을 들 수 있는데, 대부분 적극적인 친일협력적 작품을 수록하고 있다. 이와 같은 장혁주의 작가적 행적에 대하여 한국에서는 임종국이 『친일문학론』(1966)을 통해 친일 문학가로, 일본에서는 임전혜와 하야시 고지(林 浩治) 등이 시국에 영합하여 변절한 작가라는 비판을 하였다.

김사량(金史良)3) 역시 일제말기에 친일적 색채를 풍기는 작품을 집필하기도 하였으나 이후의 항일독립운동부대에 합류하는 등의 행적으로 뒷받침 되듯이, 그의 작품에는 민족의 혼에 손상을 입히는 내용을 담고 있지 않다는 것이 특징이라 할 수 있다.

김사량이 자신의 민족의식을 바탕으로 활발한 작품 활동을 했던 기간은 「빛 속으로(光の中に)」를 완성한 1939년 4월부터 사상범 예방법에 의해 구금되기 이전의 1941년 12월 초까지로 2년 6개월 남짓한 시간에 불과하다. 이렇게 짧은 활동기간 역시 일제가 내선일체 정책에 의

---

2) 任展慧『日本における朝鮮人の文學の歷史－1945年まで-』, 法政大學出版局, 1994, p.202
3) 金史良 : 1914~1950년 실종, 본명 ; 金時昌

한 황국신민화에 박차를 가하고 있던 시점이었기에 그의 작품은 당시의 시대적 어두운 그림자를 고스란히 반영하고 있다 하겠다. 이 시기의 작품들은 대부분 멸망해가는 조선의 현실에 대한 안타까움을 상징적으로 표현한 것이거나, 일본에 거주하는 조선인들의 비참한 생활을 다룬 것이 많은데, 그 중에는 「빛 속으로」와 같이 민족차별의 심각성을 그려냄으로써 일제의 내선일체 정책의 허구를 비판하는 작품도 있다.

뜻하지 않던 구금으로 고초를 겪던 김사량은 1942년 1월 29일 김달수를 비롯한 지인들의 도움으로 겨우 석방되자, 허겁지겁 조선으로 돌아와 폐간되고 얼마 남지 않은 친일 잡지나 신문 등에 마지못해 글을 실으며 중국탈출을 계획하고 있었다. 이때의 대표적인 작품으로는 『태백산맥(太白山脈)』(1943.2~10)과 『바다의 노래』(1943.12.14~1944. 10월초) 등이 있고, 르포로는 「해군행(海軍行)」(1943.10.10~10.23)이 있다. 그러나 일부 친일협력의 색채를 띤 김사량의 문학에 대해서도 임종국은 "시국적 설교와 어릿광대 같은 일본정신의 선전에 급급하던 작가 일파들이 본받았어야 할 작가가 김사량이었다"[4]고 결론짓고, 친일 협력적인 것처럼 보이는 작품이라 할지라도 시국적 선동은 거의 하지 않고 있는 작가라고 단정한다. 김달수도 "김사량은 『바다의 노래』와 같은 선전소설을 써 보임으로 해서 朝鮮軍의 報道班員이 될 수 있었고, '皇軍의 慰問'이라는 이름으로 중국대륙으로 건너가는 데 성공했던 것이다"[5]라는 말로 김사량의 글쓰기가 위장 협력에 의한 것이었음을 강조하고 있다.

이상과 같이 일본문단에서 일찍부터 활약했던 장혁주보다는 김사량의 문학에 대해 높게 평가하고 있는 것이 일반적이라 하겠다. 일본문

---

4) 林鐘國 『親日文學論』, 평화출판사, 1966. 기념본-민족문제연구소, 2002, p.203
5) 金達壽 「金史良·人と作品」, 金達壽編 『金史良作品集』,理論社 1954, p.323

단에 본격적으로 등단한 조선인 문인으로서 식민지 조선의 모습과 민족적 차별을 호소하여 주목을 받았다는 점에는 차이가 없으나, 식민지 말기에 제각기 일제에 대한 협력과 저항의 길로 그 행로를 달리하면서, 해방 이후의 민족문학으로 계승 발전되는 재일조선인 제1세대 문학의 정체성에 큰 영향을 미치게 된다. 재일조선인 문학의 효시로 불리는 김달수는 물론이고, 이보다 조금 늦게 <제주 4·3 사건>을 형상화하여 일본문단에 충격을 던져준 김석범(金石範)과 같이 재일조선인 문학의 중심을 이루는 작가는 모두 김사량의 영향을 크게 받았다고 할 수 있다. 그 중에서도 김달수의 경우는 김사량과 직접적인 친분관계를 가지고 있었으며 선배작가로서 존경의 마음을 지니고 있었다.

김달수는 기회 있을 때마다 김사량에 대한 그리움을 담은 회고의 글을 써왔는데, 그 중에서도 비교적 소상히 두 작가의 관계를 밝히고 있는 것은 『신일본문학(新日本文學)』(1952,12)에 실린 「전사한 김사량(戰死した金史良)」과, 김사량을 추모하는 의미로 자신이 편집 출판한 『김사량작품집(金史良作品集)』(1954)의 해설로 쓴 「김사량·사람과 작품(金史良·人と作品)」이라 할 수 있다. 여기에서 그는 김사량의 작품 중에 호평을 받았던 작품 「토성랑(土城廊)」, 「기자림(箕子林)」 등에 대해 "억눌린 조선의 최하층민의 신음소리가 바로 귓전을 때리듯이 묘사되었다"6)며 극찬하고 있을 뿐만 아니라, 「바다가 보인다」와 같이 부정적인 평가를 받고 있는 작품에 대해서도 '從軍記·記錄'의 형식으로 집필되었다는 점을 고려할 필요가 있으며, 일본의 입장에서 볼 때 "이면(裏面)인 조선 측에 입각하여 이정도로 집필된 작품은 현재까지 없다"7)는 말로 일방적인 비판에 경계의 목소리를 높인다. 그리고

---

6) 주(5) 『金史良作品集』 理論社, 1954, p.320
7) 주(5) 『金史良作品集』 理論社, 1954, p.327

인민군의 종군작가로 활동하던 김사량이 미군의 인천상륙으로 긴박한 후퇴를 거듭하던 와중에 심장병으로 낙오된 채 소식이 끊겼다[8]는 이야기를 전해 들었을 때의 충격을 회상한다. "나는 가슴이 막히고 눈두덩이 뜨거워져 벌떡 그 자리에서 일어났다", "참으로 비통한 심정을 억제할 수 없었다"[9]는 말로 김사량에 대한 신의의 감정을 표출한다. 그리고 "'호랑이는 죽어서 가죽을 남긴다'는 말이 있는데 김사량은 우리들에게 작품을 남겼다. 그런 의미에서 그의 생명은 영원히 살아있는 것이다"는 말로 김사량에 대한 존경의 마음과 함께 그의 문학에 대한 평가를 담아낸다.

김달수가 김사량을 처음 만난 것은 1941년 『문예수도(文芸首都)』의 동인 모임에 참석했을 때였지만, "김사량의 이름이 일본에 알려지기 시작한 이후 나는 줄곧 그의 동정을 지켜보고 있었다"[10]는 말에서 알 수 있듯이, 작가를 지망하던 김달수에게 김사량은 선망이 대상이었다. 이후에 여러 차례 친근한 만남이 지속되자 김사량은 김달수에게 "김 형이야말로 (일본거주 조선인의–필자) 생활감정, 나아가 우리들의 생활감정을 훌륭한 소설로 써주시오. 김 형은 써낼 수 있습니다"[11]와 같은 격려의 서신을 보내기도 하였는데, 이것이 김달수에게 많은 용기와 희망을 주었다. 김달수가 문학에 관심을 가지고 나름의 글쓰기를 시작한 것은 김사량이 일본문단에 데뷔하기 이전인 1936년에 장두식과 함께 만든 등사판 잡지 『오타케비(雄叫び)』를 통해서였다. 그러므

---

8) 강원도 원주 부근에 이르렀을 때 김사량은 심장병으로 온몸이 부어올라 한 발자국도 움직일 수 없게 되자, 가족에게 전해달라는 편지와 만년필을 지인에게 건네주고 낙오되었다 한다. (「再刊のよろこび」『金史良作品集』)
9) 金達壽 「再刊のよろこび」, 金達壽編 『金史良作品集』, 理論社, 1954, p.331
10) 金達壽 「戰死した金史良」 『新日本文學』1952年 12月号, p.48
11) 주(10) 『新日本文學』 p.51

로 김달수가 작가를 지망하게된 것이 김사량의 영향으로 보기는 어렵지만, 최초의 단편 「위치(位置)」를 『예술과(芸術科)』에 발표할 무렵인 1940년 8월경에는 이미 유명해진 김사량의 존재를 의식하고 그를 선망의 대상으로 여기고 있었던 것은 사실이라 하겠다.

그러나 같은 선배 작가라 하더라도 김사량 보다 먼저 일본문단에 등단하여 맹활약을 펼치고 있던 장혁주에 대해서는 "그 轉落을 점차 확실히 보여주고 있던 장혁주도 집필을 계속하고 있었다"와 같이 본받아서는 안 될 작가의 한사람으로 평가하고 있다. 이와 같은 장혁주에 대한 입장은 김달수의 뒤를 이어 민족문학으로서의 재일조선인 문학을 이끌어 온 김석범과 이회성의 태도에서도 거의 대등하게 엿보인다. 김석범은 내선일체와 황민화의 압력 속에서도 민족적인 것을 지탱하며 끝까지 저항한 김사량이야말로 "실로 조선적인 작가"12)였다고 단정하고, 민족적인 것을 잃어가는 재일조선인 사회에 김사량을 대비시키는 것은 "그 자체가 재일조선인 작가에 대해서 하나의 빛을 비추는 것"13)이 된다는 말로 김사량의 민족문학적 성과가 재일조선인 사회와 작가에게 미치는 영향의 지대함을 역설한다. 이회성 역시 "문학가로서의 김사량의 인간성은 그 작품 하나하나에 묻어나서는 사라질 줄 모른다. 작가는 죽어도 작품은 남아서 작가 김사량은 계속 살아 있다"14)며 김사량의 작가로서의 삶에 깊은 존경을 표시한다. 그러나 장혁주의 문학에 대해서는 일체 언급하지 않고 않는데, 본받아서는 안 될 작가로 인식하고 있음을 미루어 짐작할 수 있다.

이상의 고찰을 통해 확인해본 바와 같이, 재일조선인의 민족회복과

---

12) 金石範 「金史良について」 『文學』, 1972, 2, vol.40, p.75
13) 주(12) 『文學』 p.75
14) 李恢成 「作家は生きつづける」 『文芸』, 河出書房新社, 1971, 5, p.184

권익보호를 형상화한 김달수 문학의 사상적 토대야말로 식민지 말기에 민족적 저항을 문학으로 실천한 김사량의 영향을 크게 받아 형성되었다 하겠다. 따라서 두 작가 사이에 이루어졌던 신의 있는 교류는 김달수 문학의 근간을 이루고 있다고 해도 좋을 것이다.

2 김달수의 작가적 여정과 「반란군」

김달수는 1919년 경남 창원에서 몰락해가던 中農의 3남으로 태어났다. 작가의 나이 5세 되던 해에 집안의 가세가 더욱 기울자 양친은 장남 성수(聲壽)와 장녀 명수를 데리고 일본으로 건너갔다. 이후 얼마 지나지 않아 둘째 형인 양수(良壽)가 죽었고 일본에 갔던 부친의 사망 소식도 전해졌다. 작가가 10세 되던 해 큰 형 성수를 따라 일본으로 건너 갈 때까지 할머니의 손에 자랐다. 이듬해인 11세 때 오이(大井) 야간학교에 다니며 일본어 공부를 시작하였다. 낮에는 폐품 수집, 전구 염색 공장, 공중 욕탕 등의 일을 하면서도 『소년구락부(少年俱樂部)』를 빌려 탐독하였다. 16세 때에는 장두식을 만나 등사판 잡지 『오타케비』를 만들기도 하였으며, 17세 되는 해부터는 고물상을 그만두고 폐품분류업자로 변신하여 경제적인 여유가 생기자 본격적인 공부를 시작했다. 19세에 日本大學 專門部 藝術科에 입학하였고, 20세가 되던 1940년에 처녀작이라 할 수 있는 「위치」를 『예술과』에 발표하였다. 1941년에는 『문예수도』의 동인으로 김사량을 만나게 된다. 1942년에 가나가와(神奈川) 신문사의 기자로 취직하였다가, 이듬해인 1943년에 이를 그만두고 서울의 京城日報社에 입사하여 사회부기자로 일하게 된다. 1944년에는 京城日報社를 그만두고 일본으로 돌아와 다시 가나가와 신문사에 입사한 뒤『후예의 거리(後裔の街)』의 집필을 시작한다. 일본이 패전하자 바로 재일조선인 연맹(朝連)에 참가하여 왕성한 활동을 펼친다. 1946년에는 朝連의 후원으로『민주조선(民主朝鮮)』의 창간을 주도하여 스스로 편집을 맡게 되면서부터 본격적인 작품활동에 들어간다.

이후의 김달수의 대표적인 작품으로는 식민지배 아래에서 신음하는 지식인의 갈등을 그린『후예의 거리』(『民主朝鮮』1946.4~1947.5), 조국해방의 꿈을 그린『현해탄(玄海灘)』(『新日本文学』1952.1~1953.11), 좌우 분열과 외세의 개입이라는 상황 속에서 조국의 진정한 독립을 모색한 작품으로「박달의 재판(朴達の裁判)」(『新日本文学』1958.11~1959,4)과『太白山脈』(『문화평론(文化評論)』1964.9~1968.9) 등을 들 수 있다.

그런데 장기간에 걸친『태백산맥』의 집필을 종료하고부터는 소설 창작과 거리를 두게 된다. 1970년 이후에 집필된 장편소설은 귀화인의 후예로서 8세기에 민중불교를 외치던 승려 행기(行基)의 생애를 다룬『行基의 時代』1편만을 남기고 있는데, 이 소설 역시 이전의 조국의 현실적인 문제를 다루던 작품들과는 그 성격을 크게 달리한다. 그 대신『일본속의 조선문화유적』과 같이 고대 한반도와의 교류를 토대로 형성된 문화에 대한 답사와 역사자료에 입각한 많은 저서를 남겼다. 이러한 작가적 태도의 변화는 조국 통일의 주체세력으로 생각하고 있던 북한의 공산주의 정권에 대한 회의에서 비롯된 창작의욕의 약화와 교조주의적 태도로 작가를 압박하던 조총련과의 관계 악화에 그 원인이 있다 하겠다.15)

그런데 해방 이후의 김달수 문학을 논하는데 있어『후예의 거리』를 그 출발점에 위치하는 작품으로 간주하는 경우가 많다. 재일조선인 문학 연구자인 이소가이 지로(磯貝治良) 역시『후예의 거리』가『현해탄』의 전편에 해당되는 작품이며 재일조선인 문학의 출발점이 되었다는 주장16)을 하고 있지만 이는 사실과 거리가 있다. 특히『현해탄』의 전편이라는 주장은『현해탄』의 속편으로 집필된 것이 확실한『태백산맥』의 전편이라는 의미도 갖게 되어 김달수 문학의 원점에 위치하는 작품으로 자리매김하는 결과를 초래한다.

그러나『후예의 거리』는 집필 시기 및 작품 속에 담아내고 있는 내용과 사상에서『현해탄』이나『태백산맥』의 그것과는 많은 차이를 보이고 있다 하겠다. 해방 이후의 김달수의 작품은 대부분 재일조선인의 정체성 확보와 북한의 공산정권이 중심이 된 민족의 통일이라는 두개의 목표를 선명히 하고 있는데 반해,『후예의 거리』에는 후자의 주장이 전혀 보이지 않고 있기 때문이다. 하야시 고지는『후예의 거리』와『현해탄』에 대해 "일본제국주의에 의한 식민지배하의 조선의 독립운동을 배경으로 소시민적 출세와 민족운동과의 사이에서 방황하는 지식인 청년의 번민을 그려낸 수작"17)이라는 일반적인 평가를 내리면서도,『현해탄』에 다시 주목하여 "김달수가 김일성을 확고하게 지지하고 있었다는 것은 이 소설을 읽어보면 알 수 있다"18)는 언급과 함께 작품 속에 등장하는 김일성 찬양 내용을 소개하고 있다. 하야시는 확실하게 비교하여 말하고 있는 것은 아니지만『현해탄』이『후예의 거리』와 그 사상적 배경에서 서로 다르다는 것을 짐작하고 있었던 것으로 보인다.

---

15) 金達壽外4人「『朝鮮新報』の批判に答える」『三千里』10호, 1977.

16) 이소가이 지로(磯貝治良)『＜在日＞文學論』, 新幹社, 2004, p.115

17) 辛基秀編著『金達壽ルネサンス』, 解放出版社, 2002, p.39

18) 주(17)『金達壽ルネサンス』p.43

이와 같은 변화를 좀 더 깊이 있게 연구하여 언급하고 있는 연구자로 최효선이 있다. 그는 『후예의 거리』에 대해 "김달수는 주인공 고창린을 민족의식에 눈을 떠가는 청년으로 묘사하고 있지만 그는 공산주의자는 아니었다"[19]면서, 작품의 다른 등장인물 중에서도 공산주의의 색채를 띠고 있는 사람은 없다는 말을 한다.

> 그러나 『후예의 거리』 이후 8년 뒤에 발표된 『현해탄』에서 김달수는 주인공 백성오를 특고계 형사 이승원에 의해 공산당원으로 교육받는 인물로 그려냈다. 속편인 『태백산맥』에서는 스토리의 전개에 있어서 사상적으로 명확하게 방향이 설정된다. 즉, 민족의식에 눈떠가는 주인공들로 하여금 조국인 조선이 나아갈 길은 공산주의라는 것을 믿게 만들고 사상 관념이 투철한 공산주의자로 묘사하고 있다. 틀림없이 김달수는 공산주의자가 되어 있었다.[20]

최효선은 김달수가 민족주의자에서 공산주의자로 변신한 것은 1949년 5, 6월경이고, 이를 반영한 첫 작품이 1949년 8월에 발표한 「반란군」이라는 견해를 밝힌다.[21] 최효선의 언급처럼 김달수가 완전한 공산주의자로 변신했다는 주장에는 전적으로 동의하기 어렵지만, 그의 작품 성향이 「반란군」에서부터 이전과는 사뭇 다르게 변해갔다는 것은 인정하지 않을 수 없다. 하야시가 『현해탄』을 평가하면서 김일성에 대한 찬양이 뚜렷이 드러난 작품이라 말한 것도 최효선이 주장하는 내용을 뒷받침하는 것으로 볼 수 있다. 그러나 『후예의 거리』는 『현해탄』과 마찬가지로 식민지배하의 조선을 그려냈다 하더라도 공산주의적 색채를 전혀 띠지 않고 있을 뿐만 아니라, 작품을 통해 전달하고자하는

---

19) 崔孝先 『海峽に立つ人』, 批評社, 1998, p.34
20) 주(19) 『海峽に立つ人』 p.35
21) 주(19) 『海峽に立つ人』 p.36

내용에도 많은 차이가 있는 것이 사실이다.

따라서 1950년대부터 1960년대까지 집필된『현해탄』「박달의 재판」『태백산맥』을 비롯한 많은 작품들은 정도의 차이는 있을지언정「반란군」에서 엿보이는 사회주의 사상을 반영하고 있다고 할 수 있다. 이런 점에서『후예의 거리』는 김달수의 처녀작은 될 수 있어도 모태가 될 수 있는 작품은 아니며,「반란군」이야말로 이들의 원점에 있는 작품으로 보아야할 것이다.

3 「반란군」과 민족통일 이념의 형상화

1) 작품의 사상적 배경

「반란군」은 작품의 두 주인공 추훈(秋薰)과 인규(仁奎)가 남한에서 발생한 <여수·순천 사건>의 투쟁 현장에 합류해 가는 과정을 그려내고 있는데, 집필 당시의 작가가 처해 있던 상황과 자라온 성장과정을 거의 사실대로 반영하고 있는 사소설적 작품이라 하겠다. 김달수 문학의 사상적 토대는「반란군」의 작품분석을 통해서도 검토되겠지만, 자전적 저서인『나의 문학과 생활(我が文學と生活)』등을 참고로 그 개략을 정리하면 다음과 같다.

첫째로, 어려운 환경 속에서 소년 시절을 보낸 작가의 성장배경과 무관하지 않다는 점이다. 작가의 부친은 친일적 지주들과 일본인 악덕 고리대금업자에게 조상 대대로 물려온 토지를 모두 빼앗기고 일본으로 건너갔다가 힘든 노동을 견뎌내지 못하고 이내 사망하게 된다. 이런 상황 속에서 일본으로 건너온 나이 어린 김달수의 생활은 살아남기 위한 투쟁의 연속이었다. 가혹한 환경 속에서도 나름대로 적응하며 공부를 게을리 하지 않던 김달수의 마음속에는 부당한 식민지배를 지속해온 일본제국주의에 대한 반발과, 조선민중의 노예적인 생활을 조장하고 일제에 협력한 친일 지주계층에 대한 분노가 자리하고 있었다.

둘째로, 조선이 비록 독립되었다고는 하지만 지배의 주체가 일본에서 미국으로 바뀌었을 뿐, 그 수법은 더욱 교묘해졌다는 인식을 가지고 있었다. 따라서 1948년 8월에 성립된 <대한민국>의 이승만 정권 역시 이러한 미국의 영향력 아래 있는 정권으로 인식하고 있었다.

셋째로, 김달수는 자신이 식민치하 말기에 총독부의 기관지 역할을 하던 京城日報의 사회부 기자로 일했던 것에 대해 죄책감을 지니고 있었는데, 이를 덜기 위한 방편으로 더욱 철저한 민족주의적인 작품활동에 몰두했던 것으로 보인다.

넷째로, 공산주의 사상을 신뢰하지는 않았지만 순수한 조선민족의 정권으로 생각한 북한의 공산주의체제에 대한 기대를 품고 있었다는 점이다. 재일조선인 사회는 8·15해방을 맞이하고 얼마 안 있어 재일조선인 연맹(朝連)을 발족시켰는데, 이 조직은 자연스럽게 북한의 공산주의정권과 깊은 관계를 맺게 되었으며, 김달수도 조직의 일에 적극적으로 관여하였다. 그가 이 조직에 몸담고 있었던 것은 사상적인 문제를 떠나서 미국의 사주를 받아 친일파를 용인한 남한의 정권을 타도하기 위해서라는 보다 현실적인 문제가 그 이면에 작용하고 있었다 하겠다.

「반란군」 집필 당시의 작가의 마음속에는 이상과 같은 생각으로 가득 차 있었기 때문에 작품의 주인공 추훈과 인규는 <여수·순천 사건>의 투쟁현장으로 떠날 수밖에 없었던 것이다.

2) 작가적 체험의 문학적 형상화

「반란군」은 1949년 『조류(潮流)』 8, 9월호에 발표되었다. 이 작품은 미국의 사진잡지 『라이프』가 특집으로 보도한 <여수·순천 사건>을 접한 재일조선인 청년들의 갈등을 중심으로 전개된다.

작품은 주인공인 추훈과 인규가 독립된 조국건설을 목표로 혁명투쟁을 실천하고 있는 지리산의 게릴라와 합류를 위해 떠난다는 것을 예고하면서 마무리 짓고 있다. 작가는 이 작품을 통해 조국의 혁명전선에 참여하고 싶다는 욕망과 갈등을 사소설적인 형식을 빌려 그려내고 있다. 추훈과 인규라는 두 주인공을 매개로 작가의 심리적 갈등과 당시의 시대정황을 잘 묘사해 내고 있는데, 이 두 주인공이 작가 자신과 그의 실존하는 친구를 모델로 삼고 있다는 점도 흥미롭다.

> 추훈은 우연하게 인규와 같은 남조선 경상남도, 게다가 군(郡)까지도 같은 고향에서 그는 열 살을 두해 넘겨 일본으로 건너왔기 때문에 소학교도 야간과 주간 등을 대략 2년 정도 밖에 다니지 못하고, (285, 286)[22]
> (김달수 자작 연보)[23]
> 1919년 11월 27일(舊曆) 경상남도 창원군 출생.
> 1930년 (10세) 데리러 온 형 성수를 따라 일본으로 도항.
> 1931년 (11세) 낫토(納豆)팔이, 폐지수집 등을 하면서 오이(大井)야간 소학교에 다님. 처음으로 일본어를 배움.

인용한 연보는 자작연보에서 필요한 부분만 발췌한 것인데, 두 사람

---

22) 텍스트는 「叛亂軍」『金達壽小說全集 一』, 筑摩書房, 1980. 을 사용했음. 인용문 뒤 () 안의 숫자는 텍스트 쪽 수임.

23) 김달수는 자작연보를 남겼는데, 본고에서 인용하는 연보는 김달수의 자작연보를 보다 충실하게 보완한 崔孝先의 『海峽に立つ人ー金達壽の文學と生涯』(批評社, 1998) 를 참고로 하였음. 이하의 인용에서는 '연보'라 함.

의 주인공 중에서도<추훈>을 작가 자신의 분신으로 그려내고 있음을 알 수 있다. 태어난 고향을 비롯하여 일본으로 건너온 시기[24], 그리고 형편이 어려운 가운데 소학교에 다닌 점 등은 작가 자신의 실제 체험을, 물론 창작 과정에서 조금씩 바뀌어 있는 경우도 있지만, 거의 그대로 투영시키고 있다. 이러한 시도는 앞으로 전개될 주인공의 행동과 그것을 뒷받침하는 사고방식 역시 작가 자신이 실제 경험했던 일을 반영하게 될 것임을 말해준다 하겠다.

그런데 또 한 사람의 주인공인 <인규>도 실존했던 인물인지 아니면 작품 속의 가공인물인지 관심을 끈다. 김달수의 자전적 작품『나의 문학과 생활』의 내용 중에는 이를 뒷받침할 만한 확실한 기록을 남겨 놓고 있다.

> 장두식 역시 나와 같은 경로를 밟아왔다. 나보다 세 살 나이가 많았던 그는, 소학교 무렵부터 신문배달이나 토목일 같은 것을 하면서 부모들과 함께 이곳저곳을 전전하였는데, 고물상, 그 중에서도 폐품을 분류하는 일은 처음인 것 같았다. 나는 나중에 장두식과 그 일가에 대해서「잡초와 같이」라는 단편에 쓰기도 하고, 그에 대해서는 다른 작품「거짓말하는 여자」,「반란軍」 등에도 형태를 바꾸어 등장시켰다.[25]

작가 스스로가 장두식을「반란군」에 등장시켰다고 확실히 언급하고 있으므로 추훈과 인규는 김달수 자신과 장두식임에 틀림이 없다.

이상과 같이 작품내용과 자작연보 등의 비교를 통해 추훈과 인규의 관계가 명확해졌을 뿐만 아니라, 이들이 가난한 생활을 꾸려가면서도 조선인으로서 받고 있던 차별로부터 탈피하기 위한 노력을 게을리 하

---

24) 자작 연보에는 10세 때로 되어있는데, 작품 속에서는 12세 때로 나옴.
25) 金達壽 『我が文學と生活』, 靑丘文化社, 1998년, p.55

지 않았음을 확인해 볼 수 있다. 그 노력이라는 것은 공부를 통해 차별이라는 어두운 터널에서 빠져나가야 한다는 것을 깨닫고 실천하는 것이었는데, 대학에 들어가야겠다고 마음을 먹은 추훈은 학력을 위조[26] 해가면서까지 그 목표를 달성하는 강인한 의지를 보여주기도 한다.

그런데 이러한 고학의 과정을 통해서 얻을 수 있었던 것은, 현실의 모순, 즉 나라를 잃은 피압박민족으로서 당하는 차별의 부당성을 근본적인 문제부터 해결해가야 한다는 깨달음이었으며, 이의 성취를 위해 행동으로 옮겨야 한다는 투쟁의식의 성립이었다. 작품 속에서도 그 실천을 위한 행동이 묘사되어 있다.

> 8·15 해방과 함께 떨쳐 일어난 추훈의 모습은 늠름하기 그지없었다. 조선인 연맹의 창립과 조직운동을 불러일으키고, (중략) 동포의 징용工員, 軍夫들에게 그들의 임금과 합당한 수당을 받게 하여 귀국시킨다는 투쟁도 벌였다. (292)

이 대목과 관련하여 김달수는 실제로 자신이 朝連에서 "게이힌(京浜) 공업지대와 요코스카(橫須賀)의 군수공장에 동원되었던 귀국 징용노동자들에게 수당과 위로금을 받아 주는 일 같은 것"[27]을 하고 있었다는 기록을 남겨 놓고 있다.

그런데 「반란군」에서는 주인공들이 조국의 완전한 해방과 통일을 위한 투쟁에 참여하기 위해 지리산으로 떠나는 장면으로 마무리 짓고 있지만, 현실에서의 작가 자신은 이를 실천할 수 없었으므로, 작품 속에는 이에 대한 안타까움이 곳곳에 담겨있다. 해방 직후 재일조선인 사회의 권익보호에 관한 업무로 매우 바쁜 나날을 보내고 있던 작가는

---

26) 주(25) 『我が文學と生活』 p.74
27) 주(25) 『我が文學と生活』 p.146

<여수·순천 사건>이 발생했다는 것을 알게 된다.

> (추훈이 朝連을 그만둔) 11월에는, 그들의 운동이 결국은, 그것과 결부되어 있는 남조선에 있어서는 10월 말, 전라도의 여수와 순천에서 이른바 국군의 반란이라는 큰 사건이 발생하여, 그들이 목표로 하는 조국의 혁명과 독립에 중요하고 새로운 단계를 보여주고 있을 때였다. (중략) (조선은 8·15로 해방을 맞이했으나) 바로 미국과 소련 두 나라의 군대에 점령당함으로써 파국을 맞았다. (293)

인용한 내용을 통해 알 수 있는 것은 추훈이 남한에서 일어난 <여수·순천 사건>을 통하여 조국통일의 꿈이 실현되었으면 좋겠다는 간절한 바람을 안고 있었다는 점이다. 그리고 이 사건에 대하여 "조국에 있어서의 혁명과 독립을 위한 이와 같은 정세가 일본에 있는 그들에게 직접적인 영향을 미치지 않을 리가 없었다"(294)는 표현에서 알 수 있듯이 일본에 거주하고 있는 추훈 역시 조국의 현실에 민감하게 반응하고 있었음을 나타내고 있다. 이로써 추훈과 인규가 <여수·순천 사건>의 현장으로 달려가 남한의 혁명군과 함께 싸움을 전개시켜가는 이유도 쉽게 짐작 할 수 있다.

1949년 「반란군」 집필 당시의 작가는 공산주의 노선에 입각한 한반도의 통일을 생각하고 있었으므로 朝連의 일에 열성적으로 참여하고 있었지만, 현실과의 괴리에 괴로워하는 모습이 작품에 투영되기도 한다.

> 인규가 시의 지부에서 현(縣)본부의 상임이 되었을 때, 추훈은 현본부에서 다음 중앙위원회를 기다렸다가, 중앙 총본부의 일을 하게 될 전국에서 뽑힌 몇 안 되는 사람 중의 하나로 예정되어 있었다. (중략) 그런데 추훈은 그 해 4월에 학교·교육문제를 강도 높게 비판하고부터는, (중략) 4년에 걸쳐 힘든 싸움을 지속해온 朝連을 그만두고 말았다. (293)

이때 이미 김달수는 북한 공산주의 정권의 일본 거점으로 재일조선인들에게 막대한 영향력을 행사하던 조직[28]과 마찰을 일으키고 있었음을 엿 볼 수 있다. 실제로 김달수는 25년간이나 조직과의 관계를 지속해 오면서 여러 차례에 걸쳐 그들의 강한 비판에 직면하였다. 결국은 1970년대에 들어서면서부터는 조직에서 완전히 이탈하게 되는데, 조직의 심한 비판에도 불구하고 관계를 지속해온 것에 대해 "조직은 재일조선인에 있어 조국과도 같은 것"[29]었기 때문이라고 말한 바 있다. 이 말은 1949년 당시 작가가 조직과 연결된 북한의 공산주의 정권을 조국과 같은 것으로 느끼고 있었다는 뜻으로도 해석할 수 있다. 따라서 북한 공산정권의 주도에 의한 통일을 인정하고 있었던 것으로 보이지만, 그렇다고 공산주의 사상 자체에 몰입되어 갔다고 단정할 수는 없다. 추훈과 인규가 조국의 혁명투쟁에 동참하기 위해 지리산으로 떠나는 것도 '민족적 처녀성의 회복'이라는 당위성에 바탕을 두고 있을 뿐이다.

> 우리 조선에 있어서 노동자와 농민 이외의 사람들은 민족으로서 즉 조선인으로서 민족적인 처녀성을 잃어버렸다는 것이다. 그리고 그것이 누구란 말인가. 그게 바로 우리들이다. (중략) 38도선에 의한 분할이라는 이 현실에 의해서 우리들에게는 투쟁이 주어졌다. 희생이다. 우리들은 새로운 우리의 민족을 위해 희생함으로 해서 점차 잃어버린 민족적 처녀성을 되찾게 될 수 있을지도 모른다. (중략) 우리들이 우리들의 조선으로 지금 돌아간다고 한다면 그것은 지리산이외에는 없지 않겠는가. (316)

---

28) 재일조선인 조직은 조련(朝連=在日朝鮮人連盟, 1945년 10월 결성)으로 출발하여, 민전(民戰=在日朝鮮民主主義統一戰線, 1951년 1월 결성)을 거쳐, 조총련(朝總連=在日本朝鮮人總連合會, 1955년 5월 결성)에 이르고 있다.
29) 주(19) 『海峽に立つ人』 p.111

인용문에서 특히 눈에 띄는 곳은 '우리들은 처녀성을 잃어버렸다'라는 대목이다. 노동자와 농민 이외에는 모두가 그렇다고 말하고 있는데, 그것은 일제치하의 지식인들이 일제에 협력하는 원죄를 지은 것에 대한 반성을 촉구함과 동시에, 민족적인 것을 지켜내기 위해 억압에 맞서 싸웠던 민중이야말로 진정한 조선인이라는 것을 강조하고 있다 하겠다. 작가 스스로를 자책하는 마음이 생생하게 전해져오는 대목이라 하지 않을 수 없다.

작가는 이와 같이 조선의 현실을 방관하고 있는 자신을 자책하면서도, 현재 일본에서 추진하고 있는 일에 정당성을 부여하는 것으로 스스로의 존재가치를 찾고자 노력한다.

> 현재 일본에서 벌이고 있는 투쟁이 본질적으로는 하나로 연결되는 것이지만, (중략) 그것은 매일 매일 이 생활권에서 이루어지는 직접적인 싸움과, 그리고 또 하나는 앞으로 새로운 조국에 호응해서 사람들을 그 새로운 민족·인간으로 바꿔나가는 것이었다. 그리고 자기 자신도 바꿔가는 것이었다. 그리고 또 그들은 일본에 있는, 그 조국에 대한 인간의 의무로서, 그들은 그들에게 그 숙명의 적인 일본이라는 나라가 그들의 조국과 마찬가지로 새롭게 태어남으로 해서, 그 적이 되지 않기 위해 싸우는 인민들에 자진해서 가담하여 투쟁을 전개해 나가지 않으면 안 되었다. (298)

인용문은 작가가 당시의 상황 속에서 무엇을 해야만 하는가에 대한 스스로의 결론과 각오를 정리해 놓은 대목이라 할 수 있다. 그리고 일본의 의식 있는 민중들과 힘을 합쳐 함께 투쟁해 가야 한다는 인식도 내포되어 있다. 이는 김달수가 1946년 10월에 일본의 프로문학을 대표하는 나카노 시게하루(中野重治)와 평론가 오다기리 히데오(小田切秀雄)의 추천으로 『신일본문학회(新日本文學會)』의 회원이 된 뒤, 1949

년 5월에는 일본공산당에 입당한 것과 무관하지 않다. 「반란군」은 그가 일본공산당에 입당하고 얼마 지나지 않아 발표되었기 때문이다.

그런데 김달수가 북한공산정권의 일본 거점조직이라 할 수 있는 조직과의 관계를 지속해 온 것은 '재일조선인에 있어 조국과도 같은 것'으로 생각하고 있었기 때문이라는 것은 전술하였는데, 조직과의 관계를 적극적으로 유지해 가려는 심적 동기를 「반란군」에서는 다음과 같이 묘사하고 있다.

> 「그런데 인규, 내가 그렇게 열심히 싸우게 된 것은 언제부터지?」
> 「그건 8·15부터지」
> 「그거야, 그거란 말이야, 인규, 문제는. 그리고 그때까지 나는 무얼 하고 있었던 거야. 그때까지는 도대체 나는 무얼 하고 있었단 말인 가!」 (313)

> 인규는 이틀 전 밤에 주훈이 했던 말에 대해 생각했다. (주훈은) 그렇게 말하지만, 그렇다고 지금까지 싸워온 것을 포기해야 하는 것은 아니라고 생각했다. 오히려 자신들이 그러한 죄책감에 얽매여 있을수록 일본에서는 유일한 자신들의 조직이고 투쟁 기관인 朝連에 참가해서 적극적으로 이 싸움을 추진해가야 하지 않겠는가. (314)

인용문에는 재일조선인 제1세대를 대표하는 민족주의 작가 김달수로 하여금 평생을 떳떳하지 못한 마음으로 살게 했던 심적 갈등이 등장인물을 통해 잘 묘사되어 있다. '죄책감'이니 '8·15까지 무엇을 했는가'와 같이 반문하는 말들 속에는 해방 이전의 행적에 대한 자성과 질책의 목소리를 담고 있는 것이다. 이러한 자책감은 조선 총독부의 기관지 京城日報의 사회부 기자로 일했던 행적에서 비롯된 것이라 하겠는데, 민족주의 작가로서 알려지기 시작한 그에게는 커다란 부담이 되었던 것으로 보인다. 이와 관련된 작가 자신의 갈등 양상을 심도 있게 그려 내고 있는 소설이 『현해탄』과 『태백산맥』이라 할 수 있는데, 이 두 작품에는 작가의 분신인 西敬泰라는 京城日報 기자를 등장시켜 조국의 독립운동에 역행되는 일을 하고 있는 자화상을 잘 묘사 하고 있다.

이러한 자책감에 시달리던 김달수는 해방을 맞이하자 그 속박으로 부터 벗어나려는 듯이 재일조선인 조직의 일에 온 힘을 기울이게 된다. 또한 자신의 친일행적을 청산이라도 하려는 듯이 친일파를 용인하여 권력을 창출한 이승만 정권에 대해 강한 반감을 드러내는 작품으로 일관하게 된다. 「반란군」의 주인공 추훈과 인규로 하여금 지리산으로 들어가 조국혁명과 독립투쟁에 나서게 만드는 것 또한 과거의 친일행적에 대한 죄책감을 떨쳐내기 위한 방편으로 볼 수 있다.

그러나 1970년대에 들어서면서부터는 최효선의 언급처럼 "자유의사에 의한 심경의 변화"[30]를 일으켜 당시의 조총련 조직으로부터 완전히 이탈하게 된다. 이후에는 소설 창작을 거의 하지 않고 「일본 속의 조선문화」 연구로 방향을 선회하여 활동을 재개하게 된다. 김달수의 이러한 변화는 「반란군」의 주인공 추훈을 통해서 투영되던 좌절과 이를 극복하기 위한 투쟁의 정열이 한계에 부딪혔음을 말해주고 있다 하겠으나, 스스로가 밝힌 바 없어 정확히는 알 수가 없다. 그러나 공산주의체제에 대한 좌절과 조총련의 권위주의적인 조직체계에 염증을 느끼고 있었음을 짐작하기란 어렵지 않다.

이상과 같이 「반란군」의 분석과정에서 원작의 내용과 작가의 연보를 비교 검토한 것은, 조국의 혁명투쟁 대열에 참여하고자 하는 주인공들의 몸부림이 크면 클수록 그 주인공들의 본체인 작가 자신의 내면

---

30) 주(19) 『海峽に立つ人』 p.49

세계도 같이 몸부림 치고 있었다는 것을 고찰하기 위함이었다. 바꿔 말하면, 「반란군」을 집필하고 있던 김달수의 내면 깊숙한 곳에는 작가로서 나아가야 할 행보가 이미 결정되어 있었던 것이다. 이와 같은 배경에서 집필된 「반란군」은 김일성과 연계된 조국광복회 멤버들의 독립투쟁을 그려낸 『현해탄』을 비롯하여, 남북한 이데올로기의 첨예한 대립 속에서 반미제국주의자로 변신해가는 민중을 그려낸 「박달의 재판」, 그리고 미군정하에서 재기를 노리는 친일파의 움직임을 그려낸 『태백산맥』과 같은 작품으로 그 사상적 토대가 계승되고 있다 하겠다.

4 결 론

　김달수는 자신의 처녀작인 『후예의 거리』를 해방 후인 1947년 무렵에 발표하고부터 작가로서 세상에 알려지게 되었으며, 1950, 60년대에 발표한 『현해탄』「박달의 재판」『태백산맥』 등은 그의 대표작이라 하겠다.

　그런데 『후예의 거리』와 1950년대 이후에 발표한 작품들과는 그 성격을 달리한다. 『후예의 거리』는 식민지 조선의 지식인들이 고뇌 속에서 민족의 해방을 갈구하고는 있지만 조직적이고 적극적인 투쟁의 전개에는 이르지 못한다. 그러나 1952년에 집필을 시작한 『현해탄』에서는 『후예의 거리』와 마찬가지로 식민지 조선을 그려내면서도, 김일성을 배후에 둔 좌익이념이 적극적인 독립투쟁을 선도하는 것으로 그려내고 있다. 즉 작품 속에 좌우이념의 대립과 투쟁을 도입하고, 남한의 이승만 정권보다는 북한의 공산주의 정권에 정당성을 두려는 작품성향을 보이기 시작한 것이다. 이는 김달수가 공산주의 이념에 몰입해간 결과라기보다, 이승만 정권이 친일파들을 용인하여 권력의 발판으로 삼으려한 것에 대한 반발이라 할 수 있으며, 이러한 작품 경향은 『태백산맥』의 집필을 마치는 1960년대 후반까지 계속된다.

이와 같은 좌익성향을 가진 최초의 작품은 1949년에 발표된 「반란군」이라 할 수 있다. 이 작품은 주인공들이 <여수·순천 사건>에 합류하여 투쟁을 전개해간다는 내용을 그려냄으로써, 미국과 이승만 정부에 대해 본격적으로 대항하려는 의지를 표출하고 있으며, 작가 자신의 친일적 행적에 대한 번뇌와 함께 이를 정당화하려는 노력도 엿보이고 있는데, 이후의 김달수를 대표하는 대부분의 작품에서도 중요한 소재로 활용되고 있다 하겠다.

「반란군」은 이와 같이 1950, 60년대 재일조선인 문학의 주요 집필 동기로 작용했던 사상적 이념들, 즉 친일파를 척결하고 미국을 등에 업은 이승만 정권을 타도하여 자주적인 민족통일을 이룩해야 한다는 의지를 담아낸 김달수 문학의 原點에 위치하는 작품이라 하겠다.

6. 金石範의 『火山島』론
친일파와 공산주의자에 대한 인식을 중심으로

김학동

 서 론

　1925년 오사카(大阪)에서 태어난 김석범은 평생에 걸쳐서 <제주
4·3 사건>과 관련된 작품 집필에 힘을 쏟아왔다. 그의 나이 32세 때
인 1957년 8월에 「간수 박 서방(看守朴書房)」, 12월에는 「까마귀의
죽음(鴉の死)」을 『문예수도(文芸首都)』에 발표하였는데, 「까마귀의
죽음」이 문단의 주목을 받게 되면서 본격적인 문학 활동이 시작되었
다. 이 두 작품에 이어 집필된 「관덕정(觀德亭)」(1961), 한글 『화산
도』(1965~1967), 『만덕유령기담(万德幽靈奇譚)』(1970) 등도 <제주
4·3 사건>을 소재로 삼고 있는 작품이다. 이후 1976년 2월부터 『문
학계(文學界)』에 「해소(海嘯)」라는 제목으로 발표를 시작한 것이 대
작 『火山島』[1]의 첫걸음이었으며, 1995년 9월에 일단 집필을 종료하

---

1) 김석범의 작품 중에 일본어로 쓴 장편 『火山島』와 한글로 쓰다 중단한 『화산도』가
　있다. 일본어 작품은 원전의 제목 그대로 『火山島』로, 한글 작품은 『화산도』로 표기
　한다.

고, 1997년 9월에 전7권의 출간을 마쳤다. 이외에도 「남겨진 기억(遺された記憶)」(1975), 「속박의 세월(金縛りの歳月)」(1984), 「빛의 동굴(光の洞窟)」(1994), 『바다 속에서, 땅 속에서(海の底から,地の底から)』(1999), 『만월(滿月)』(2001) 등의 작품도 <제주 4・3 사건>을 소재로 삼고 있다. 김석범의 모든 작품이 <제주 4・3 사건>을 소재로 삼고 있는 것은 아니지만, 많은 작품들이 직・간접적으로 관련되어 있다 하겠다.

그런데 김석범은 최근까지도 『火山島』의 속편 집필을 계속하고 있다. 2005년 7월부터 2006년 7월까지 『스바루(すばる)』에 5차례에 걸쳐 연재한 내용을 『땅속의 태양(地底の太陽)』(2006,11)이라는 제목으로 출간하였으며, 『땅 속의 태양』 제2부를 집필하고 싶다는 생각을 밝히기도 하였다.[2]

이처럼 김석범의 문학을 대표하는 『火山島』는 "4・3은 나의 문학의 원천"[3]이라는 작가의 말이 상징하듯이 1948년의 <제주 4・3 사건>을 주요 배경으로 삼고 있다. 또한 "없었던 것으로 하려는 4・3을 둘러싼 현실의 부정에서 시작된 역사의 의지 표출"[4]로 작가 스스로 규정하고 있는 것처럼, 해방 이후의 역사를 복원하려는 의지는 정치적인 사건과 맞물리며 전개되던 당시의 혼란한 시대상황을 재현하는데 초점이 맞춰져 있다. 따라서 당시의 좌・우익과 중도세력에 대한 묘사에는 작가의 민족주의적 시각이 반영되어 있다 하겠다.

김석범 문학에 대한 연구[5]는 한・일 양국에서 활발히 진행되고 있

---

2) 金石範, 「あとがき」, 『地底の太陽』, 集英社, 2006, p.317
3) 金石範, 「かくも難しき韓國行」, 『虛日』, 講談社, 2002, p.75
4) 주(3), 『虛日』, p.74
5) ① 일본에서의 연구 : 쓰부라야 신고(圓谷眞護)의 『빛나는 거울―김석범의 세계(光る鏡―金石範の世界)』(論創社, 2005)가 대표적인 연구서라 할 수 있는데, 김석범의

는데, 본고에서는 김석범의 개략적인 작가적 행적을 살피고,『火山島』를 통해 표출되는 친일파와 공산주의자에 대한 비판적인 내용을 검토하여 작가의 민족의식을 확인해보고자 한다.

김석범의 민족적 자각과 <제주 4·3 사건>의 형상화

김석범은 오사카에서 태어난 관계로 재일조선인 2세로 분류되기도 한다. 그를 임신한 어머니가 제주도에서 오사카로 온 뒤 2, 3개월 만에 태어났기 때문인데, "나는 자신이 일본 태생이라는 것에, 그것이 내 탓도 아니지만, 일종의 열등감을 느껴왔다"6)며 작가 자신은 이러한 분류에 대해 그다지 탐탁지 않은 반응을 보이곤 하였다. 이는 한마디로 김석범 자신의 조국이며 고향으로 생각하는 제주도에서 태어났기를 바라는 소망을 잘 드러내고 있다 하겠다.

거의 모든 작품에 걸쳐서 작가론과 작품론을 통합한 형태로 논하고 있다. 이 외에도 오노 데이지로(小野悌次郎)의『존재의 원기 김석범 문학(存在の原基 金石範文學)』(新幹社, 1998)과, 나카무라 후쿠지(中村福治)의『김석범과「화산도」-제주4·3사건과 재일조선인 문학(金石範と「火山島」-濟洲4·3事件と在日朝鮮人文學)』(同時代社, 2001) 등이 있다. 이들의 대부분은 작품의 배경으로 그려진 한민족의 풍속과 정치적 사건들이 실제의 그것과 어떤 차이를 보이고 있는가에 대한 고찰을 시도하고 있다는 특징을 지닌다.

② 한국에서의 연구 : 유숙자의「1945년 이후 在日 한국인 소설에 나타난 민족적 정체성 연구」(고려대 박사학위논문, 1998)에서 김석범 문학을 다루고 있으나『火山島』이전의 문학을 주요 고찰대상으로 삼고 있으며, 정대성은「作家 金石範의 人生歷程, 作品世界, 思想과 行動-序論的인 素描로서-」(韓日民族問題研究, 제9호, 2005, 12)을 통해 김석범의 작가적 인생과 작품에 대한 종합적인 고찰을 시도하고 있다.

6) 金石範,『故國行』, 岩波書店, 1990, p.180

그러나 김석범이 조국에서 보낸 시간7)은 2년 남짓한 세월에 불과하다. 철이 들기 시작한 14세 때에 제주도에서 몇 개월의 시간을 보낸 적이 있는데, "제주도 생활이 나에게 미친 영향은 자신이 '일본국민', '황국신민'이 아니고, 조선인, 제주도 사람이라는 민족적 자각이었다"8)는 작가의 회상을 통해서도 알 수 있듯이 김석범의 작가적 인생에 절대적인 영향을 미쳤다.

18세 때인 1943년에는 다시 제주도로 건너가 채 일 년이 안 되는 기간이었지만 한라산 觀音寺 등에 머물며 한글 공부도 하고 의기투합한 청년들과 함께 조선의 독립에 대한 이야기도 나누었다. 20세가 되던 1945년 3월에는 중국으로 탈출하여 임시정부를 찾아간다는 계획을 세운 뒤, 조국에서 징병검사를 받겠다는 명목으로 서울에 들어와 禪學院에 머문다. 그러나 장티푸스에 걸려 죽을 고비를 넘긴 그는 해방이 임박했음을 알아차리지 못하고 초췌해진 몸을 이끌고 오사카로 돌아간다.

1945년 8월, 조국이 해방을 맞이하자 조국건설에 참여하겠다는 포부를 안고 같은 해 11월 다시 서울로 들어온 뒤, 이듬해인 1946년에 국문학자 鄭寅普 선생이 설립한 國學專門學校 국문과에 입학하였다. 그런데 여름이 되자 학비를 마련한다는 명목으로 오사카로 밀항한 뒤 돌아오지 않았다. 그 이유를 확실히 밝히고 있지는 않지만 여러 차례 밀항을 한다는 것이 쉬운 일이 아닐뿐더러, 서울에서의 생활비와 학비 등의 자금을 마련하기가 쉽지 않았던 것으로 보인다. 이후의 김석범은 1988년 한국을 다시 찾을 때까지 40년이 넘는 세월 동안 고국 땅을 밟지 못했다.

김석범이 <제주 4·3 사건>에 대해 적극적인 관심을 갖기 시작한

---

7) 본문의 조국(주로 제주도와 서울).
8) 주(6), 『故國行』, p.179

것은 제주도에서 밀항해 온 친척으로부터 제주 민중들의 참혹한 학살 소식을 접하면서부터이다. 그리고 이듬해인 1949년 이른 봄에는 제주 도의 학살을 피해 쓰시마(對馬)로 밀항해온 친척 아주머니 일행을 마중 갔다가, 동행한 젊은 여인이 유방을 도려내는 고문을 당했다는 말을 듣고 심한 충격에 휩싸인다.[9]

이후의 김석범은 온당하지 못한 권력에 의해 자행된 제주 양민 학살 사건의 역사적인 복원을 목표로 <제주 4·3 사건>의 문학적 형상화에 심혈을 기울이게 된다. 이는 소년 시절에 뿌리 내린 "작은 민족주의자"[10]로서의 자신의 정체성을 추구하는 하나의 방편이었으며, "고향 땅에서 발생한 학살과 투쟁의 사실은 나의 자기 확인을 역시 제주도에서, 그것도 4·3 사건 그 자체와 관계하는 것으로 이루어져야 한다고 결정했다"[11]는 회상을 통해서도 작가의 문학적 동기를 엿볼 수 있다.

그러나 김석범은 1988년에 다시 고국을 찾을 때까지 이데올로기 정권의 회유와 압박으로 많은 괴로움과 좌절을 겪어야 했다. 작가 자신은 조총련 조직과의 관계가 소원해졌음에도 불구하고, "북한과 일본이 국교정상화를 이룰 경우, (중략) 나는 북한의 국적을 취득하지 않을 겁니다. '조선'적 그대로 있을 겁니다. 한국적도 취득하지 않을 겁니다. 일본국적도 취득하지 않을 겁니다"[12]라는 주장을 결코 굽히지 않았기 때문이다. 따라서 한국정부는 김석범의 문학에 대해 부정적인 입장을

---

9) 金石範, 「わが虛構を支えるもの」, 『月刊エコノミスト』, 1974, 12월호 ; 『口ある ものは語れ』, 筑摩書房, 1975, p.157
10) 주(6), 『故國行』, p.179
11) 金石範, 「なぜ<濟州島>を書くか」, 『新編 「在日」の思想』, 講談社文芸文庫, 2001, p.220
12) 金石範, 「文化はいかに國境を越えるか」, 『立敎アメリカン・スタディーズ』, 제21 호 1999. ; 金石範, 『國境を越えるもの- 「在日」の文學と政治』, 文藝春秋, 2004, p.198

견지하였고, 작가는 스스로의 작품을 '망명문학'이라 규정하며 자신이 처한 입장을 토로하였다.

> 정치는 이런 식으로 내 작품의 '망명문학'성을 강조하게 된다. (중략)「까마귀의 죽음」에서 『火山島』에 이르기까지의 나의 작품은 내가 '在日'이 아니고 '在韓'이었다면 쓸 수 없었던 '망명문학'으로서 성립된 것이다. 나는 내 작품을 망명문학이라고 부른 적도 없고, 그것을 좋아하지 않지만, 작품의 현실은 망명문학에 다름이 아니다.13)

제주도를 고향으로 생각하고 조국의 진정한 통일과 미래를 위한 문학 활동 때문에 한국정부로부터 입국을 거부당하고 있다면, 자신의 문학이 '망명문학'이 아니고 무엇이겠는가라는 주장을 하고 있다. 자신이 한국에 살고 있었다면 그의 대표적인 작품 「까마귀의 죽음」과 『火山島』 같은 작품은 쓸 수 없었을 것이기 때문에 '망명문학'의 좋은 증거가 된다는 것이다.

이상과 같은 김석범 문학의 사상적 토대를 이루는 내용들은 주로 작가의 평론적 저술에 상세히 기술되어 있는데, 관념적인 사고의 틀을 현실에 적용시키고자 한다는 특징을 지니고 있다. 그의 작품 속 주인공들은 철저한 관념적 사고와 이의 실천을 통해 각각의 성격을 표출하고 있는 경우가 많은데, 역사적 사실의 복원이라는 기록적 가치와 함께 인간의 존재가치의 추구라는 문학적 사명을 완수할 수 있게 만든 원동력이라 하겠다.

---

13) 주(3), 『虛日』, 75, p.76

3 『火山島』와 정치적 이데올로기 비판

1) 작품의 시대 · 공간적 배경

『火山島』는 <제주 4 · 3 사건>이 발생하기 직전인 1948년 2월 말부터 이듬해인 1949년 6월 제주 빨치산들의 무장봉기가 완전히 진압될 때까지를 시대적 배경으로 한다. 그러나 등장인물들의 일제치하에서의 행적을 소상히 그려내고 있을 뿐만 아니라, 해방 직후의 미국과 소련의 동향 및 김구와 이승만 같은 국내 정치인들의 움직임도 작품의 배경으로 작용한다. 그러므로『火山島』의 시대적 배경은 일제의 식민통치 기간과 해방직후의 혼란한 정국을 포괄한다고 할 수 있다.

특히 작가가 심혈을 기울여 형상화하고 있는 것은 일제의 식민통치 기간을 거치면서 황국신민화에 협력하였고, 해방 이후에는 조국의 비극적인 운명을 초래하는데 결정적인 역할을 한 친일파 군상들의 모습이라 할 수 있다. 따라서 이들의 식민치하에서의 행적 역시 작품의 흐름에 많은 영향을 미치게 된다.

등장인물들의 활동무대는 제주도가 중심을 이루고 있으나, 오사카와 교토(京都) 및 도쿄(東京), 국내에서는 목포와 서울이 비중 있는 배경으로 등장한다. 등장인물의 활동무대가 일본으로 옮겨지는 것은 빨치산의 무장투쟁 자금을 마련하기 위한 것인데, 이를 통하여 그곳에 살고 있는 재일동포들의 실상 및 일본공산당과의 관계 등을 그려내려는 목적도 있었던 것으로 보인다. 오사카에는 주인공인 남승지의 어머니와 여동생이 어렵게 살고 있으며, 교토에서는 그의 사촌형이 고무공장을 경영하고 있다. 도쿄는 주인공 이방근의 친형 용근이 일본인으로 귀화하여 사는 곳이며, 장차 여동생 유원이 밀항하여 유학생활을 보낼 곳이기도 하다.

서울은 중앙일간지의 영업부장인 이방근의 당숙이 살고 있는 곳으로, 음악전문학교에 다니고 있는 여동생 이유원이 함께 기거하고 있으며, 이방근도 서울에 오면 꽤 오랜 시간을 머물다 가곤 한다. 목포는 서울과 제주도를 왕래하기 위해서는 반드시 거쳐 가야 하는 곳이므로 목포역과 항구, 그리고 주변 풍경 등을 그려내고 있다. 그리고 이러한 공간적 배경과는 약간 성격을 달리하는 것이지만 밀항선에 의한 위험한 항해와 선박에 승선한 밀항자들의 모습 또한 매우 섬세하고 사실적인 필치로 그려내고 있다.

그런데 이러한 공간적 배경의 공통점이라고 한다면, 작가 자신이 해방을 전후한 시기에 체류하였거나 왕래하면서 직접 눈으로 확인한 장소라는 점이다.

2) 〈제주 4·3 사건〉과 친일파

「까마귀의 죽음」의 이상근은 암시적으로 어떤 가능성만 제기했을 뿐 특별한 역할이 강조되지 않았던 인물이었으나, 『火山島』에서는 이방근으로 이름이 바뀌어 주인공으로 등장한다. 이방근은 소파에 앉아 끊임없이 사고하는데 그 범위는 현실을 벗어나 허무를 넘나든다. 그의 허무는 독립운동으로 구속되었다가 전향을 약속하고 병보석으로 출옥한 것에 기인된 것이지만, 정의라는 것이 사라진 듯한 현실에 대한 좌절감도 큰 영향을 미치고 있다.

일본군으로 징용되어 싱가폴 전선으로 갔다가 포로로 잡히는 바람에 1948년이 돼서야 돌아온 한대용은 이방근에게 말한다.

> 이 선배와 같이, 당연한 일이지만 일제시대부터의 애국자가 중요한 역할을 하고 있을 것이라 생각했어요. 그런데 이번 1월에 8년 만에 돌아왔더니 말이죠……(중략) 누구 할 것 없이 일제협력자 뿐이지 않겠습니까! 도대체가 이 나라는 일제협력자의 천국이란 말입니다.14)

고향 후배인 한대용은 이방근을 존경하고 따랐으며 후에는 살아남은 제주의 빨치산을 일본으로 밀항시키는 일에 적극 협력한다. 그만큼 서로 생각하는 바가 같았는데, 이방근과 한대용만이 아니라 당시의 많은 제주민들이 공감하고 있던 내용을 그려내고자 한 것으로 보인다.

또한 작가는 이방근이 신생 대한민국의 요직에 앉아 있는 사람들을 상대로 협력과 투쟁을 벌여나가는 것으로 묘사하고 있는데, 대부분 그들의 친일행적을 강조하려는 목적을 지니고 있다 하겠다. 이러한 우익적 인물 중에는 좌익세력 척결에 절대적인 존재로 군림하는 서북청년회 중앙총본부 사무국장 고영상도 포함되어 있다.

> 고영상은 자신이 일찍이 고등경찰이었던 것을 당당하게 말했는데, 그 과거의 경력이 현재의 반공투쟁에서 매우 귀중한 무기가 되어 있다는 것에 명분을 찾고 있을 뿐만 아니라, 반공의 국시에 충실한 애국자로서의 자부심도 엿보이고 있었다.15)

일제치하에서 민족말살에 앞장섰던 친일파들이 반공의 기치를 내걸고 독립된 조국의 새로운 주역으로 등장한 현실에 이방근은 절망한다.

---

14) 金石範, 『火山島 Ⅲ』, 文藝春秋, 1983, p.439
15) 주(14), 『火山島 Ⅲ』, p.427

그런데 간신히 국회를 통과한 반민족행위자 처벌법에 의해 수도경찰청 간부인 盧日培가 체포되자 대통령인 이승만은 "공산당 사냥에 뛰어난 기술자"16)를 처단하는 것은 공산당이나 하는 짓이라는 내용을 담은 담화를 발표하여 이방근을 분노하게 만든다. 또한 친일파들을 대거 기용하여 자신의 권력의 기반으로 삼으려 했던 이승만의 배후에 있는 미국의 실체를 미리 알아보지 못했다며 한탄하기도 한다.

> 항복문서의 조항 또는 미합중국 태평양방면 육군총사령관의 권한 아래 발포된 모든 포고와 명령 및 지시를 위반하는 자, 혹은 미국이나 미국 동맹국의 인민의 재산, 생명의 안전 또는 보존에 저촉되는 행위를 하는 자, 혹은 질서를 문란케 하거나, 사법 행정을 방해하거나, 연합군에 대하여 고의로 적대행위를 하는 자는 군사점령법정의 재판에 의하여 사형 혹은 그 법정이 결정하는 기타의 처벌을 당한다.17)

이방근은 2년 반이나 지난 시점에서 다시 미 점령군의 포고문 제2호를 읽어본 뒤, 미국은 남한을 소련과 대치하기 위한 전초기지로 활용하는데 알맞은 정권을 세우고자 하였으며, 이승만은 이의 꼭두각시로 자신의 지지 세력을 만들기 위해 친일파를 대거 기용하여 권력을 주었다는 것을 깨닫는다. 그의 허무는 해방이 되었음에도 불구하고 거대한 외세의 개입에 의해 조선민족의 의지와는 상관없이 또다시 불행한 역사가 시작되고 있으며, 친일파들의 이기주의적 행태로 조국통일의 희망이 멀어지고 있다는 인식에서 비롯된 것이라 할 수 있다.

일본의 침략에 의한 민족말살의 위기에서 겨우 벗어나자, 이데올로

---

16) 金石範, 『火山島 Ⅶ』, 文藝春秋, 1997, p.416
17) 김석범著, 이철호 · 김석희譯, 『火山島 1』, 실천문학사, 1988, 293, p.294 ; 1988년에 『火山島』 제1부 3권이 한글 번역본 전5권으로 출간되었다.

기 대립의 전초기지로 삼으려는 미국과 소련의 야욕으로 수많은 조선 민중이 희생되어 간다. 이방근은 현실에 대한 어쩔 수 없는 허무감 속에서도 친일파로서 또 다시 제주민중을 배반한 유달현과 정세용을 제거하기 위해 소파에서 몸을 일으킨다.

> 이방근은 시류에 편승한 유달현의 생활방식을 경멸했다. 일본의 지배체제가 그대로 유지되었다면, 유달현은 아마 조선총독부 기관 내에서 충실하고 유능한 관리가 되어있었을 것이다. 그걸 생각하면 소름이 끼칠 때가 있었다. 그런 유달현이 해방 후에는 애국전선 쪽에 붙어서 활동하고 있었다.[18]

> 정세용은 한마디로 말해서 권력 자체는 영원하다고 생각하는 인간이었다. (중략) 그는 이미 일제시대에 본토의 목포 경찰서에서 순사부장을 하고 있었다. 도쿄에서 고학을 하던 무렵 조선인 학우를 팔아서 그 지위를 얻었다는 소문도 있었지만, 사실인지 어떤지는 모른다. 그러나 그러한 과거가, 일본이 패망한 해방 직후는 어찌되었든, 그 후 경찰에서의 그의 입장에 유리하게 작용했다고도 할 수 있으리라.[19]

유달현과 정세용, 친일행적이 뚜렷했던 두 인물이 해방된 조국에서도 자신들의 영달을 위해 또 다시 민중을 탄압한다. 유달현은 제주읍 내 지하조직의 구성원 명단을 정세용에 넘겨주고 일본으로 밀항하려다 잡혔고, 정세용은 토벌대와 빨치산의 평화협상을 파괴한 장본인이었다. 이방근은 이들에 대한 보복의 당위성에 대해 "나 개인은 보복의 단순한 수단일 뿐이고, 보복의 의지는 제주도민 전원의 것이다. 제주도이건 세계이건 간에 나를 넘어서는 보편적인 것이다"[20]라는 논리를 전개한

---

18) 주(17), 『火山島 1』, p.147, p.148
19) 주(17), 『火山島 1』, p.174
20) 주(16), 『火山島 Ⅶ』, p.205

다. 그리고 자신의 친일파에 대한 분노에 대해 다음과 같이 자문한다.

> 친일파를 토대로 성립된 '신생독립국'의 추악한 면모. 나의 반일사상은
> 무엇인가. 친일파만을 용서할 수 없는 나의 사상적 근거는 무엇인가.[21]

일제의 식민지배하에서 독립된 신생국가라면 임시정부를 세워 친일파를 제거하는 것이 선결문제였고, 이후에 자본주의든 민족주의든 총의에 의한 새로운 정권을 만들어 갔어야 한다는 것이 인용문을 통해 전달하고자 하는 이방근의 생각이라 하겠다.

마침내 이방근은 친척이고 친구 사이였던 정세용과 유달현을 처단했다. 그리고는 그가 그렇게 갈망하던 자유를 잃었다. "진정으로 자유로운 인간은 타인을 죽이기 전에 자살한다"[22]는 자신의 소신을 깨뜨린 것이었다. 내면의 자유를 잃게 된 그는 자살을 선택했다. 그러나 그것은 현실의 허무로부터의 탈피를 의미하는 것이기도 했다.

3) 공산혁명투쟁의 한계

이방근은 파렴치한 친일파 집단들이 권력을 장악한 남한의 현실에 대한 강도 높은 비판과 함께, 북한의 공산주의 정권에 대해서도 깊은 의구심을 가진다. 공산당을 맹신하며 인간의 자유로운 사고를 부정하는 자들이 인민의 낙원 운운하며 민중을 선동하고 있지만, 실상은 인간을 혁명의 도구 정도로 생각하고 있음을 꿰뚫어 보고 있었던 것이다. 유달현은 그러한 부류의 선동적인 인물로 등장한다.

---

21) 주(16), 『火山島 Ⅶ』, p.508
22) 주(16), 『火山島 Ⅶ』, p.371

해방 직후, 좌익만능의 상황 속에서 입으로만 '혁명'을 외칠 뿐 아무것도 생각하지 않으려 하고, '혁명' 앞에 '反'자를 붙이는 것만으로 상대방을 단죄하고 자신의 입장을 절대화하려는 의식구조 자체를 이방근은 경멸했다. 그가 보기에도 유달현은 그런 부류의 한 사람이었다.[23]

그러나 이방근은 좌익세력인 빨치산이 중심이 되어 일어난 무장봉기의 타당성을 인정하고 이에 대한 지원에 나선다. 그는 이 싸움에서 빨치산이 이길 것이라는 생각을 한 것도 아니고, 공산혁명에 호감을 가지고 있었던 것도 아니다. 다만 조선 땅 제주에 사는 한 사람의 주민으로서 미국이라는 새로운 점령군을 등에 업은 친일파 세력과 서북청년단의 잔혹한 탄압에 저항하려는 민중의 편에 서고자 했던 것이다. 당시의 상황으로는 북한의 공산주의 세력 말고는 친일파 정권과 대적할 만한 존재가 없었기 때문에[24], 근본적인 잘못을 수정하기 위해서는 좌파세력이 하는 일을 적극적으로 반대하지는 못했지만 새로운 국가의 미래를 짊어질 수 있는 세력으로는 생각하지 않았던 것이다. 그렇기 때문에 작품에서는 여러 등장인물을 통해 공산주의자들을 비판한다.

（이방근의 독백） 혁명가니 활동가니 하는 자들의 어수룩한 낙천주의. 그 속에 숨어있는 자기 과시와 영웅주의. '노동자·농민'을, 그 관념을 신의 위치로 떠받들어 올리는 인텔리들의 관념주의. 물론 반공이 아니면 애국이 아니라는 서청과 나란히 놓을 수는 없지만, 공산당이 아니면 애국이 아니라는, 아니 인간이 아니라는 주장은 서청과 비슷하지 않은 것도 아니다.[25]

양준오는 공산당원이 아닌 자는 인간이 아니라는 독선적인 권위주의와

---

23) 주(17), 『火山島 1』, p.148
24) 金石範, 『火山島 Ⅵ』, 文藝春秋, 1997, p.96
25) 주(17), 『火山島 3』, p.284

낙천적인 敎條性, 그리고 당원은 애국자라는, 즉 당원인 것이 일종의 악세사리로 통용되는 풍조에 넌더리를 내고 있었다. 그가 유달현 같은 인간을 좋아하지 않는 것은 이방근과 마찬가지였다. 해방 직전까지 '天皇歸一' '皇國臣民' '內鮮一體' 따위를 부르짖던 추악한 조선 놈이 해방 후 공산당원으로 탈바꿈하여 위세 좋게 날뛰는 것을 차가운 눈으로 보고 있었다.26)

이유원이 다니던 음악학교의 교수인 하동명은 이상과 같은 정치적인 비판과는 달리 "예술성의 주장은 당의 위에 예술을 놓는 반동사상이고 예술주의라는 비판과 함께 매도된다"27)며 공산주의자들의 예술정책에 대해 강한 불만을 토로한다. 그는 또 "예술에 대한 정치적 통제는 죽음을 선고하는 것"28)이라는 말로 예술을 혁명의 수단 정도로 생각하는 공산주의자에 대한 불안감을 감추지 못한다.

『火山島』에는 빨치산의 보복성 양민살해에 대한 이방근의 분노가 곳곳에 표출된다. 무장봉기에 대한 당위성은 인정하던 그였지만, 인민을 위한 혁명이라는 공산주의 이론을 맹목적으로 추종하려는 세력에 의한 만행은 견디기 어려운 고통이었던 것이다.

반란군과 행동을 함께하는 좌익단체가 많은 주민을 뜻에 따르지 않는다고 해서 살해한다. 혁명세력이 말이다. (중략) 이곳 제주도에서도 빨치산이 주민을 살해한다. 용서 없는 탄압과 학살의 공포는 제주도민들로 하여금 빨치산을 떠나게 한다.29)

---

26) 주(17), 『火山島 4』, p.286
27) 주(24), 『火山島 Ⅵ』, p.322
28) 주(24), 『火山島 Ⅵ』, p.322
29) 주(16), 『火山島 Ⅶ』, p.134

이방근은 또 제주 빨치산들의 무계획적이고 무모한 혁명의 실천에 대해 "빨치산 사령관들의 탈출에서 알 수 있듯이 뒷수습을 하지 않는 무책임한 투쟁"30)이라는 비판을 가한다. 혁명가니 활동가니 하는 자들의 맹목적인 낙천주의가 수많은 민중을 희생시켰다는 것이다.

그런데 빨치산 투쟁이 궁지에 몰리게 되자, 도청에 근무하면서 비밀 당원으로 활동하던 양준오에게 조직으로부터 입산 명령이 떨어진다. 이방근은 한사코 반대하며 차라리 일본으로 밀항하도록 권고한다. 그러나 양준오는 사태가 불리하더라도 명령에 따르는 것이 조직원으로서의 임무라며 입산한다. 이후에 이방근은 입산한 양준오가 빨치산 지도부의 투쟁방침을 비판하다가 패배주의 분자로 낙인찍혀 사살되었다는 이야기를 듣게 된다. 이로써 이방근은 자신을 이해할 수 있었던 유일한 벗인 양준오마저도 허무하게 잃었다. 이때부터 이방근은 무슨 일이 있어도 남승지만은 살려야겠다는 생각을 굳히게 되었고, 결국은 그를 일본으로 밀항시키는 데 성공한다. 이러한 이방근의 행동은 빨치산의 맹목적인 투쟁방식으로부터 젊은 혁명투사를 보호하려는 최소한의 안전조치로서 강구된 마지막 투쟁이었던 것이다.

이상의 고찰을 통해 알 수 있는 것은 이방근이 친일파에 대한 강력한 척결의지를 표명하고 좌익세력의 도움으로 이를 실천에 옮기면서도, 교조주의적 공산주의 이론에 바탕을 두고 움직이는 빨치산의 투쟁에 대해 많은 비판을 가하고 있다는 점이다. 이는 이방근의 혁명투쟁에 대한 이해와 협조가 공산주의에 대한 긍정적인 입장을 반영한 것이 아니라, 새로운 조국 건설의 과정에서 권력을 움켜쥐고 민중을 탄압하는 친일파에 대한 저항의 일환으로 이루어졌다는 것을 의미한다 하겠다.

---

30) 주(24), 『火山島 Ⅵ』, p.425

이로써 작가는 해방 직후 조국의 통일혁명을 위해 싸웠던 조선의 민중들이 이상주의적 사상에 현혹된 맹목성은 비판받을지언정, 친일파와 같은 추악한 모습에서 출발한 것이 아니었음을 강조하고 있다 하겠다. 그러므로 작품에서는 공산주의니 자본주의니 하는 이념적인 문제가 아니라, 친일파들이 자신들의 영달을 위해 어떻게 일본에 충성을 바쳤으며, 해방된 조국에서는 자신들의 생존과 권익을 위해 얼마나 많은 민중을 탄압했는가에 하나의 초점을 맞춰 그려내고 있는 것이다.

4 『火山島』에 대한 비평적 고찰

『火山島』는 철저한 폭력적 탄압에 의해 역사에 기록되지 못한 채 사람들의 기억에서 사라져가던 <제주 4·3 사건>을 복원했다는 역사적 의의뿐만 아니라, 해방 정국의 혼란한 상황을 재조명하여 당시의 한민족이 처했던 난관을 되돌아보게 했다는 문학사적 의미도 크다 하겠다.

그러나『火山島』의 존재가치가 크면 클수록 작품이 미친 영향력과 파급효과가 어떤 것인지 검토해 볼 필요가 있다. 작품 집필의 목적인 역사적 사실의 복원과 이의 문학적 형상화가 조국의 통일과 민족의 화합에 어떻게 작용하고 있는가 하는 문제인데, 이에 대해서는 몇 가지 지적해야 할 사항들이 있다.

『火山島』에서 부각되는 민중성은 대부분 제주의 좌익계열 주민들에 국한된다. 제주 민중을 대표한다는 빨치산과 경찰을 포함한 토벌대의 죽고 죽이는 살육전의 전개 과정은 거의 빨치산과 이방근을 중심으로 그려내고 있음을 알 수 있다. 이방근의 부친인 이태수와 친일파 경찰인 정세용, 그리고 서북 제주 지부장 함병호 등에 대해서도 자세히 그려내고 있지만, 그 목적에 있어서는 뚜렷한 차이를 보인다. 즉 빨치산이 등장하는 장면에서는 대부분 민중성을 부각시키려는 의도가 작용하고 있지만, 친일파 경찰이나 서북에 대한 묘사는 이승만 정권의 부당성을 고발하기 위한 것이 많기 때문이다.

문제는 이러한 양측의 불균형적인 묘사로 인해 의도적인 감정의 대립을 조장하는 결과를 초래한다는 점에 있다. 빨치산 지도부와 그들을 따르는 제주 민중에 대해서는 자세히 묘사하면서, 경찰이나 토벌대, 그리고 서북에 소속된 민중들에 대해서는 전혀 묘사가 없다. 즉 이들이 어떠한 과정을 거쳐 경찰이나 토벌대, 그리고 서북청년단원이 되었으며, 빨치산과 좌익 활동을 바라보는 시각은 어떠하였는지에 대한 묘사를 찾아보기 어렵다. 그러므로 각자의 특수한 상황 아래에서 친일경찰이나 토벌대 지도부의 명령대로 움직일 수밖에 없었던 많은 민중들도 똑같이 비난받을 수밖에 없는 존재가 된다. 따라서 민족 전체를 포용하는 화합의 글쓰기를 했다는 평가를 받기에는 부족한 감이 없지 않다 하겠다.

민중성의 묘사는 빨치산을 따르던 제주민들 뿐만 아니라 경찰이 된 양민과 육지에서 건너온 일반 토벌대원들에게도 적용되어야 한다. 그리하여 그들이 어떻게 독재 권력의 지도부와 관계를 맺고 어떠한 심정으로 전투에 참여했는지를 함께 그려나갈 때, 양쪽 모두의 진정성을 작품 속에 반영하여 민족을 화합으로 이끄는 실질적인 역할을 했다고 평가 받을 수 있을 것이다.

이와 같이 편협된 민중성에 대한 묘사는 이방근과 사랑에 빠지는 문난설의 인물 설정을 통해서도 엿볼 수 있다. 평양에 살고 있던 문난설의 가족은 부친의 친일행적이 빌미가 되어 공산주의자들에 의해 처참하게 파괴되고 그녀만 간신히 서울로 빠져 나온다. 그런데 이러한 상황에 놓여 있는 그녀의 정체성에 대한 묘사를 비롯하여 이방근과 사랑에 빠지는 정황이 피상적이라는 느낌을 준다. 가족을 잃은 그녀의 슬픔과 공산주의자들에 대한 생각이 거의 묘사되지 않고 있을 뿐만 아니라, 그녀의 친척 오빠들이 서북청년단원의 간부가 되어 일하는 것에 대한 그녀의 반응도 찾아 볼 수가 없다.

서북청년단의 극단적인 반공 투쟁이 무엇을 의미하는지, 그리고 그들의 존재는 구체적으로 어떻게 형성되었으며, 그 배경에는 어떤 상황들이 작용하고 있는지가 보다 구체적으로 언급될 필요가 있었다 하겠다. 이러한 과정을 통해 그들 역시 격동하는 시대적 상황에 힘없이 휩쓸린 민중이라는 사실을 발견하게 될지도 모르기 때문이다. 서북청년단의 부정적인 측면을 강조하는 기술만으로는 그들에게 고초를 겪은 사람들의 공포스런 회상을 부각시킬 뿐이다. 문난설의 정체성에 대한 묘사의 결여는 민중으로서의 토벌대원과 하급경찰의 존재에 대한 무시와 일맥상통하는 면이 있으며, 주요 등장인물인 그녀의 역할이 이방근의 육체적 사랑의 대상만으로 한정되는 것은 작품의 완성도에 흠집을 내는 결과를 초래하고 있다 하겠다.

5 결 론

　김석범은 1951년의 「1949년 무렵의 일지에서」라는 기행문 형식의 감상문을 시작으로, 2006년 『火山島』의 속편으로 출간한 『땅속의 태양』에 이르기까지, <제주 4·3 사건>의 참상을 소재로 삼지 않은 작품은 거의 없다. 이것은 그의 몸이 비록 일본에 있으나 마음은 언제나 조국과 함께 있었다는 반증이라 할 수 있을 것이다. 『火山島』는 이와 같은 작가적 여정을 집대성한 장편으로, 해방 전후의 복잡하게 전개되던 좌우 이데올로기 대립의 결과로 발생한 <제주 4·3 사건>의 전말을 민족주의적인 시각에서 다룬 작품이다.

　본고에서는 김석범의 작가적 여정과, 『火山島』의 정치·사회적인 배경의 묘사를 통해 엿보이는 작가의 민족의식을 고찰하였다. 주인공 이방근의 4·3봉기에 대한 지원은 공산혁명을 꿈꾸는 인간들이 범하고 있는 사상적인 오류보다는, 조국을 팔아넘긴 친일파들이 해방된 조국을 또 다시 유린하고 있는 현상에 대한 분노와 적개심이 훨씬 큰 데서 비롯되었다고 할 수 있다.

　이러한 작품의 전개는 한반도의 이데올로기 대립이 친일파들의 정권욕으로 더욱 격화되었다는 작가의 인식을 엿볼 수 있게 하는 것이며, 친일파 척결의 당위성을 천명하려는 목적으로 집필하였음을 말해주는 것인데, 작가의 확고부동한 민족의식을 대변하는 것이라 하겠다.

<h1 style="text-align:center">7. 김학영 문학론</h1>

작가적 고뇌의 원질, 그로부터의 해방구 모색

김환기

1 서 론

　김학영 문학에서 빈번하게 등장하는 '말더듬' '아버지' '조선인' '조국' 과 같은 용어들은 절실한 작가적 고뇌와 밀접하게 얽혀있다. 이러한 용어들은 좁게는 김학영 개인 차원에서 머물기도 하지만 대부분은 조국과 민족의 역사성과 연계되면서 한층 가중된 형태로 작가적 고뇌를 재생산하고 있다. 그리고 재생산된 고뇌는 작품 활동이 거듭될수록 내향적 고뇌의 전형으로 형상화되면서 김학영 문학의 틀로 굳어지게 된다. 그의 대표작 『얼어붙은 입』에서 '나'의 말더듬에 대한 정신적 고통, 『유리층』의 귀영이 느끼는 차별의식, 『끌』에서 주종일이 취직에 실패하고 낙향한다는 현세대의 실질적인 '벽'의 개념은 그러한 김학영 문학의 전형이기에 충분하다. 이는 재일 1세대 작가들의 조국과 민족을 앞세운 반항과 향수, 3세대 작가들의 "개아(個我) 의식과 인간적 해방 의사에 의한 아이덴티티 확립"1)과 대별되는 2세대 김학영 문학만의 독창적인 세계이다.

그런데 재일 2세대가 절감할 수밖에 없는 이방인 의식은 민족적 또는 탈민족적 개념으로 정리되기 어려운 복잡성을 내포하고 있다. 이를 테면 조국과 일본 사이에서 현실적으로 완전한 탈피나 동화가 불가능한 세대로 민족적 글쓰기를 하기에는 청산하고픈 지난 역사의 잔재가 너무 컸고, 그렇다고 탈민족적 글쓰기를 하기에는 현실적 차별이 지나치게 냉혹했던 것이다. 이회성이 조선인의 생명력을 외향적 형태의 민족적 글쓰기로 얽어내고, 이양지가 민족의 전통소리를 찾아 조국에서 고뇌했던 것, 그리고 김학영이 개인적 고뇌의 원질을 일그러진 조국과 역사에서 찾고 있음은 재일 2세대만의 독특한 시·공간적 삶의 한계성을 그대로 대변하고 있다. 그러니까 이들 문학에는 민족적 탈민족적 글쓰기로 양분되기 어려운 중간 세대로서의 또 다른 고뇌가 자리할 수밖에 없었던 것인데2), 김학영 문학은 그러한 중간세대의 자기고뇌를 철저한 내향적 자기심화 형태로 형상화 하였다. 그리고 혹독한 내향적 채찍질을 통한 자기해방과 보편적 가치 추구, 그것이 김학영 문학의 화두였다.

따라서 본고에서는 김학영 문학의 작가적 고뇌의 원질을 개별적으로 검토해 보고 그로부터 해방구를 모색하는 작가의 '자기회복'을 위한 글쓰기의 의미를 고찰해 보고자 한다. 특히 현세대3)의 불안한 자의식

---

1) 磯貝治良 「'在日'文學の變容と繼承」(『季刊 靑丘』 13號, 1992 秋), 62쪽 부연하자면 재일3세대 작가들은 "조국과의 거리가 분명하고 민족적 아이덴티티를 조부모·부모세대로부터 직접적으로 계승하는 것이 어려워져 전혀 새로운 양상에서 그것을 탐구하게 된 세대들이다." "이른바 '정주'의식을 기정사실화하고 일본사회와의 관계가 여러 측면에서 깊어졌음을 의미하다. '재일'로서의 아이덴티티를 기존의 조국관념과 민족이념에 의해서가 아닌 개아의식과 인간적 해방의사에 의해 확립하고자 하는 방향이 선명해졌다."
2) 이러한 재일 2세대의 특수한 존재성과 고립감을 다케다 세이지(竹田靑嗣)는 '자기의 불우성', 하야시 고지(林浩治)는 '비공생성'이라는 용어로 표현하고 있다.
3) 본문에서 전세대는 조국에서 태어나 일본에서 정착한 세대를 말하며, 현세대는 전세

으로 표출되는 김학영 문학의 작가적 고뇌가 내향적 자기고뇌 형태로 일관되고 있음에 주목하고, 그러한 문학 행위가 갖는 '보편적 타자'화 작업의 한계성을 짚어보고자 한다.

 ## 2 작가적 고뇌의 원질, 그로부터의 해방구 모색

1) 내향적 고뇌의 주범 '말더듬'

김학영 문학은 작가적 고뇌의 주범인 '말더듬'에서부터 출발한다. 그리고 '말더듬'이라는 개인적인 문제는 점차 '가족' '민족'이라는 보편적 주제로 옮겨갔고, 그 과정에서 발생하는 외부세계와의 부조화를 형상화한 것이 그의 문학이다. 그만큼 작가 개인적으로나 문학적으로 말더듬은 절체절명의 과제였으며 화두였던 셈이다. 먼저 김학영의 일상과 대표작을 통해 작가적 고뇌의 주범인 '말더듬'의 실체에 다가서 보자.

> "뼈아프게 알고 있는 것은 말을 더듬는 것이 얼마나 불편하고 곤란한 일인지. 그리고 말더듬 때문에 얼마나 심각한 고민을 하게 되는가 하는 것 뿐이다. 사실 나는 지금까지 말더듬 때문에 얼마만큼 비웃음 받고 굴욕을 맛보아 왔는가. 얼마나 비참하고 쓸쓸한 기분으로 내동댕이쳐져 왔던가."[4]

대 밑에서 먹고 입고 교육받으면서 자란 세대를 일컫는다. 넓은 의미에서 3세대도 포함한다.

[4] 金鶴泳 『凍える口』, クレイン, 2004, 22쪽

"역시 가장 큰 장애는 말더듬이다."(『일기』)5)
"공허한 실험과의 격투, 말더듬과의 격투. 그것은 종종 내 스스로를 자포자기 기분으로 내모는 것."6)

인용문 전자는 『얼어붙은 입』에서 말더듬인 최규식이 말을 더듬는 자신의 고통과 비애를 극명하게 보여준 대목이고, 후자는 작가자신에게 말더듬과의 고투가 얼마나 치열한 삶의 투쟁이었는가를 보여준 대목이다. 하지만 일상의 개인적 고뇌를 문학적으로 승화시킴으로서 자기해방을 추구했던 작가로서는 목숨과 다름없는 글쓰기에서 외부세계와의 관계를 회복시키지 못한 채 스스로에게 포박되고 만다. 그리고 말더듬은 『얼어붙은 입』에서 규식이 느끼는 대학원 실험실 동료들과의 격리감, 「완충작용」에서 강한 민족의식을 피력하고 있는 동료들 사이로 뛰어들지 못하는 소외감과 같은 또 다른 형태의 고뇌를 낳는다. 말하자면 김학영 문학에서 내향적 고뇌의 심화형태는 문학적인 측면에서 이미지 확장작업이기도 한데, 사실 이러한 이미지 확장(강화)은 보다 근원적인 문제에서 출발하고 있다.

"좀이 쑤셔 안절부절 못하는 원인은 무엇인가. 역시 유년 시절부터 살았던 고향(新町)집 아랫방에서 전개된 '공포' 탓인 것인가. 나의 신경은 그 무렵에 이미 금이 가 버렸던 것인가. 그 결과 나는 말더듬이 되고 말았다"7)고 하는 일기문을 통해서도 확인할 수 있듯이, 김학영에게 있어 말더듬의 원질은 말더듬 그 자체에 있는 것이 아니다. '말더듬' 내면에는 자연스럽게 작가의 '가족'을 등장시키고 이야기 무대를 외부세계로 확장시키는 장치가 포함되어 있다. 그러니까 사실상 김학영 문

---

5) 金鶴泳 「日記」『凍える口』, クレイン, 2004, 495쪽(이하 일기문은 페이지만 표기)
6) 「日記」, 459쪽
7) 「日記」, 683쪽

학의 이미지 확장은 극히 개인적인 문제에서 출발하지만 철저한 자기 심화 형태를 거쳐 외부세계로 문학적 이미지가 확장된다는 점에서, 작가의 내향적 고뇌는 그의 문학을 한층 보편적 세계로 이끌기 위한 문학적 장치이기도 하다. 작가의 작품에 등장하는 '아버지'의 무자비한 폭력성과 어머니의 일방적인 희생과 같은 '가족'을 둘러싼 비루한 현세대의 추억들은 그러한 문학적 이미지 확장 과정에서 파생된 소재들이라 할 수 있다.

물론 김학영 문학에서 '말더듬'의 개념을 외부세계와의 단절과 '벽'이라는 측면에서 내향적 자기고뇌와 연계시키는 이유도 여기에 있다. 그렇다면 말더듬의 이미지 확장의 연장선에 있는 '가족'의 문학적 형상화는 어떠한 형태로 전개되고 있는가.

2) 내향적 자기고뇌의 표상 '가족'

앞서 살펴보았듯이, 김학영 문학에서 '말더듬'이 차지하는 비중은 절대적이었으며 '말더듬'으로부터 가족을 연상시킬 수밖에 없는 문학적 고리도 확인할 수 있다. 그렇다면 김학영 문학에서 '가족', 특히 실생활과 문학에서 절대적인 위치에 자리했던 전세대 '아버지'의 존재성은 어떠한가. 사실 김학영 문학에서 '아버지'가 등장하지 않는 작품은 거의 없다. 일기문은 물론이고, 대표작 『얼어붙은 입』, 유고작 『향수는 끝나고, 그리고 우리들은』에 이르기까지 '아버지'는 거의 모든 작품에서 등장하며 차지하는 비중도 절대적이다. 그리고 거부할 수 없는 운명적 존재로서 대단히 치열하면서도 집요하게 묘사된다. 그만큼 김학영 문학에서 '아버지'는 현세대의 치열한 삶의 한복판에 존재했었던 것이다.

그런데 문제는 김학영 문학에 등장하는 아버지상이 절대적 독선자로서 "가족을 괴롭히는 기계"로 존재한다는 사실이다. 가부장적 체제를 내세우며 '아버지'는 같은 전세대인 어머니를 동반자가 아닌 철저한 희생자로 내몰았고, 현세대에게도 자기본위적 삶을 내세워 지독하리만큼 차갑게 희생자 대열로 내몰았다. 물론 가족들은 절대적인 '아버지'의 위치를 거부할 수 없었고 벗어날 수도 없었다. 먼저 김학영의 일기문과 작품 『끝』에 나타난 현세대가 바라보는 아버지상에 주목해 보자.

> "이 집(신마치)은 어둡다. 그 어둠의 원인은 모두 아버지 때문이다. 어둠은 더더욱 지난 기억의 음산함까지 불러일으켜 나를 거의 강박관념증적 공포감으로 몰아넣고 나의 신경을 위협한다. 이러한 「아버지 문제」는 평생 나를 따라다닐지도 모른다. 아버지는 어찌하여 저리도 어리석단 말인가."[8]

> "이 놈! 애비를 깔보다니!"라고 고함치듯 내뱉으며 계속해서 때렸다. 경순(景淳)은 계속해 두들겨 맞고 있었는데도 아픔을 느끼지 못했다. 잠시 눈을 떠는 순간 또 한 차례 아버지의 주먹이 날아들었고, 그 순간 휙 하고 피가 눈앞으로 날리는 것을 볼 수 있었다. 그 저편에 아버지의 얼굴이 있었다. 그 모습은 경순이 지금까지 본적이 없는 도저히 아버지라고 생각할 수 없는 흉악한 얼굴이었다.[9]

이처럼 가족을 향한 '아버지'의 폭력적 광기는 김학영에게는 '어둡고 음산한 기억' '강박 관념적 공포감'으로서 일생을 따라다녔으며, 작품 속에서는 "흉악한 얼굴"로 표상되었다. 말하자면 '아버지'는 철저히 "가족을 괴롭히는 기계"였던 셈이다. 그러나 현세대에게는 '아버지'에

---

8) 「日記」, 479쪽
9) 金鶴泳 「鑿」 『金鶴泳作品集成』, 作品社, 1986, 359쪽

대한 증오심만큼이나 지독한 부자간의 엄연한 고리, 즉 냉엄한 현실이 존재한다는 사실을 수용할 수밖에 없었다. "아버지의 얼굴을 보는 것," 아버지의 "어리석기 짝이 없는 강요성 이야기를 듣는 것이 싫어 죽을 지경"10)이지만 현실적으로 생활비를 원조 받을 수밖에 없었기 때문이다. 현실적인 생활의 '벽'에 부딪친 절박한 상황에서 최소한의 삶을 보전해야만 했던 작가에게 "살 수 있을 것인가"의 문제는 "아버지로부터 탈출할 수 있을 것인가"의 문제와 다르지 않았다11). 때문에 운명처럼 결박된 부자간의 해체될 수 없는 고리는 김학영 문학의 암울함(현세대의 자살 내지 죽음으로 다가서는 형태)을 일찌감치 예견하고 있는 것인지도 모른다.12)

그렇다면 김학영 문학에서 절대적인 아버지상이라고 하는 가부장적 체계의 비현실성이 존속되어야만 하는 이유는 어디에 있는가. 그리고 절대적 아버지상을 내세우고 주변인의 상대적 희생을 강요하는 형태의 글쓰기가 갖는 문학적 의미는 무엇인가. 먼저 가부장적 형태의 가족상 재현, 즉 비현실적 부조화의 세계를 통한 재일 특유의 독창적 세계의 이미지를 살린다는 역설적 구도를 생각해 볼 수 있다. 현실과 동떨어진 비현실적 의식구도를 강력한 이미지로 재현함으로서 일본 속의 '이

---

10) 「日記」, 482쪽
11) 김학영은 일기에서 생활고를 호소했다. "돈을 어떻게 할 것인가. 돈이 필요하다." 번역 아르바이트를 해야만 했고, "능력이 있든 없든, 구원받든 구원받지 못하든 무엇보다도 돈을 위해서 쓰지 않으면 안 된다. 그것도 지금까지처럼 느린 페이스가 아닌 자꾸자꾸 써 대지 않으면 안 된다. 필경 나는 쓸 수밖에 없다. 쓸 수 없다면 죽는 수밖에 없다."(「日記」, 708쪽)
12) 실제로 김학영 소설에서는 자살이나 자살과 다름없는 현세대의 무기력이 끊임없이 노출되고 있다. 예컨대 『얼어붙은 입』에서 현세대 이소가이가 삶을 포기하고 자살했으며, 『겨울 빛』에서 어머니의 가출과 조모의 외로움, 망향, 자살과 함께 현세대 현길이 절망감에 선로의 빛 속으로 자신의 몸을 맡긴다. 그리고 『흙의 슬픔』에서 조모의 자살을 지켜보는 현세대의 암울함, 『유리층』에서 귀춘이 조선인으로서 현실적 '벽'을 극복하지 못하고 자살하는 장면이 그러하다.

방인'의 혹독한 현실 세계를 피력했다는 점이다. 실제로 재일의 삶은 주류 사회와 대등한 입장에서 형성되지 못했고 동일선상에 있지도 않다. 그들은 주류사회로부터 벗어난 소외된 사회와 집단 속의 개인으로 존재했었기에 그들에게 절대적인 아버지상과 일그러진 가족상은 비현실적 부조화의 세계만은 아니었다. 시대와 상반된 '장소', 즉 자본주의 한복판에서 저만치 비켜난 '장소'에서의 일그러진 일상은 모순된 사회 구조에서 운명적으로 형성될 수밖에 없는 조화의 세계로서의 불우성도 존재하기 마련이다.

한편 김학영 문학에서는 이러한 가부장적 체계의 운명적 불우성을 조부모의 한 맺힌 삶을 통해서도 리얼하게 그리고 있다. 『흙의 슬픔』에서 조모의 자살에 대한 언급이 그러한데, 화자인 현세대는 "조모의 자살에 대한 원인은 아버지도 잘 모르는 것 같은데 역시 술꾼인 조부의 난폭함에 견디지 못했던 것이 가장 큰 원인"이었다고 한다. 그리고 조부는 일만큼은 수완이 있어 "일거리를 놓고 종종 다른 그룹들과 충돌했을 정도"였다고 한다. 철로에서 자살한 조모의 시신을 못 찾아 철로 변 흙 한줌을 항아리에 담아 유골대신으로 모시는 완벽한 '無'의 삶을 '恨'의 상징처럼 담담하게 회상한다.

이처럼 김학영 문학에서 '기족'에 대한 표상은 어둡고 건조하며 회색빛으로 채색되어 있다. "말이라는 것이 전혀 오가지 않는 우리 집 저녁식사" 시간에 "제각기 한마디 건네는 일없이 묵묵히 식사를 하고 있는" 건조한 가정으로 그려지고 있다. 그리고 전세대와 현세대의 격심한 대립이 평행선을 달리면서 가족 구성원들은 찢어지고 흩어진 채로 내동댕이쳐져 있다. 어두운 재일의 일상이 세대간의 단절과 무미건조함으로 그려지고 있고, 어두운 가족상, 단절된 일상의 한복판에 가부장적 표상인 '아버지'가 존재했던 것이다.

3) 재일 현세대와 '벽'

김학영 문학에 등장하는 재일 현세대의 '벽'은 대단히 두텁고 단단하다. 이러한 현세대의 '벽'의 개념은 주로 다가설 수 없는 '조국'에 대한 '벽'과 현실 속에서 느끼는 '벽'으로 나누어 생각할 수 있는데, 어느 쪽이든 외부세계에 대한 현세대의 내면 의식은 대단히 절망적이다. 먼저 현세대가 느끼는 '조국'에 대한 '벽'의 성격부터 주목해 보자. '조국'은 김학영 문학에서 '가족'과 함께 대단히 비중 있게 거론되고 있으며 주로 현세대와 '조국' 사이의 거리감, 재일에게 '조국'이란 무엇인가와 같은 물음을 던지고 재일 특유의 위치성을 피력하는 형태로 그려진다. 그리고 '조국'에 대한 체험 세대와 미체험 세대의 의식차가 빚어내는 재일 생활에서의 한계와 부조화의 세계를 그리고 있다.

> 나는 조선인임에도 불구하고 조금도 조선인으로서 살고 있지 않다. 나는 조선인임에도 불구하고 조금도 조선인답게 살고 있지 않다. 이른바 나는 조선임임에도 불구하고 '조선'과는 동떨어진 곳에서 살아가고 있는 것이다. 나의 공허감은 거기에서 오는 것인지도 모른다. 하지만 내가 조선인으로서 살아가기 위해서는 한층 '조선'을 가깝게 느끼지 않으면 안 될 것이다. 그런데 아버지로부터 벗어나려고 했던 나는 어느새 여동생들과는 반대로 '조선' 그 자체로부터도 벗어나려 해 왔던 것 같다. 그러나 아무리 벗어나려고 해도 그것은 완전히 벗어날 수 있는 것이 아니다. 아버지를 뛰어넘을 수도 없고 나는 그 중간에서 어찌할 줄 모르고 우왕좌왕 방황하며 멈춰서있는 인간일 뿐이다. 나는 자신의 집의 불행조차도 구원할 수 없는 무능한 인간에 불과하다.[13]

---

13) 金鶴泳 「錯迷」 『金鶴泳作品集成』, 作品社, 1986, 222쪽

재일 현세대의 고뇌의 근원과 무기력함이 잘 드러난 대목인데 이러한 재일의 공허감은 그들만의 특유한 심리적 위축이며 한계이기도 하다. '조국' 앞에서 한없이 왜소해지고 멀게만 느껴지는 이방인 의식, 그것은 김학영 문학에 등장하는 현세대의 공통된 심리다. 조선인이면서 모국어를 알지 못하는 현세대에게 조선적인 것이 생소하고 민족의식이 희박한 것은 당연하다. 그리고 전철 속에서 '조선'과 관련한 책을 읽으면서 키우는 민족의식은 "애초부터 자신 속에 없었던 것을 눈뜨게 하고 육성시키는 것이기에 회복이라기보다 오히려 각성시킨다"는 표현이 어울릴지도 모른다.14) 말하자면 김학영이 김달수의 작품을 소설이라기보다 '학습'의 텍스트로 읽고 스스로에 대해 냉담하듯이 "국가에 대해서도 냉담하지 않을 수 없다"는 재일로서의 한계성에 대한 피력이다.15) 그만큼 현세대에게 '조국'은 피상적이었으며 거리감을 느낄 수밖에 없는 존재였다.

그러나 전세대의 '조국'관은 현세대와는 근본적으로 다르다. 체험했던 조국이기에 끊임없는 애정과 귀향의식이 일상에서 배어난다. 분단 조국의 일거수일투족에 대한 관심은 물론이고 자식들의 북조선행 귀국에 대한 의식도 분명하다.16) 해방이후 재일 사회의 이념적 편향을 대변하는 사회적 흐름이기도 하지만 전세대의 '조국'을 향한 귀향의식이 어느 정도였는지 가늠하기에 충분하다. 그리고 같은 차원에서 『흙의

---

14) 金鶴泳 「凍える口」 『金鶴泳作品集成』, 作品社, 1986, 29쪽
15) 「日記」, 490쪽
16) 『착미』에서 명자(明子)와 기자(紀子)의 귀국을 놓고 아버지는 "조국건설에 참가하는 애국자"가 집안에서 나왔다며 주변 S동맹계의 동포들에게 자랑스러워하지만, 현세대인 '나'는 동생들의 조국행을 조국애가 아닌 집안의 음울한 분위기를 탈출하기 위함이라며 아버지의 난폭함을 탓했다. 그리고 『알콜램프』에서 전세대와 현세대는 '북조선'에 대한 시각차를 좁히지 못하고 부딪쳤고 『유리층』에서는 전세대와 현세대 간에 자본주의에 대한 시각차를 놓고 부딪친다.

슬픔』에서 흙 한줌으로 돌아간 조모의 '無'의 삶을 통하여 재일 전세대의 '조국'과 고향에 얽힌 '한'을 조명할 수도 있다.

한편 김학영 문학에서 현세대가 현실 속에서 느끼는 '벽' 또한 대단히 견고하다. 그리고 견고한 일상의 '벽'인만큼 현세대가 운명적으로 수용하는 현실 또한 체념적이고 무기력하다. 대표적인 현세대의 현실 속의 '벽'의 이미지는 취직문제, 결혼문제, 귀화를 둘러싼 정체성 문제를 중심으로 거론된다. 하나같이 개인의 인생사에 있어 가장 큰 문제들이다. 취직과 관련된 재일 현세대의 체념적 시각은 『겨울 빛』의 현길과 『끝』의 경순을 통해 뚜렷이 확인할 수 있다. 이른바 현길은 창환이 도쿄의 유명사립대학을 졸업하고도 폐품장사를 할 수밖에 없었던 점과 고교선배 주종일이 유명대학 법학부를 졸업하고도 취직에 실패해 고향으로 돌아왔다는 소문에 불안해하는 경순의 모습이 그러하다. 대학 졸업 후 무한한 가능성으로 의기충천해야할 시기에 사회적 진출의 원천적 봉쇄에 속수무책인 현세대의 절망감, '벽', 그것은 김학영 문학에서 '말더듬', '음울한 가족', '아버지'의 존재만큼이나 극복하기 힘든 것이었다. 실제로 김학영는 일기에서 "연구실을 그만두고 퇴학하게 될지도 모른다. 이 길을 걷는다 해도 현재로서는 희망을 느낄 수 없다. 조선으로 귀국하지 않는 한 재일 조선인이 화학을 한들 별 볼일이 없단 생각이 든다"고 하면서 연구에 대한 공허감과 허탈감을 호소하기도 했다. 말하자면 재일 현세대의 현실적인 고민이 무엇인지 잘 일러주는 대목이다.

결혼 또한 마찬가지였다. 예를 들면, 『유리층』에서 귀영과 후미코(文子) 사이에 결혼 이야기가 불거졌을 때, 그녀로부터 '조선인'과 결혼하면 태어날 아이가 "혼혈아라는 것이 불쌍하다"는 말을 들어야 했던 귀영의 충격이다. 마치 『겨울 빛』과 『흙의 슬픔』에 등장하는 조모의 불행한 죽음이 현세대의 현실 속에서 그대로 되살아나는 느낌이다. 그러니까 '사랑'이란 더없이 소중한 의식의 중심에 과거 역사의 주박에 현실을 내주어야만 하는 현세대의 참담함이 내면 깊숙이 자리잡고 있다. 공허함과 철저한 무기력으로. 물론 이러한 현세대의 현실 속에서의 '벽'의 개념은 귀화문제를 둘러싸고도 리얼하게 펼쳐진다. 대체로 국적 문제로 인해 사업상 불이익을 받을 수밖에 없다는 불가피한 입장을 거론하고 있는데 현세대의 고뇌의 단면을 피력한 것이라 하겠다.

이상에서처럼, 김학영 문학의 고뇌는 말더듬, 가족, 현실 속의 '벽'[17]과 같은 극히 일상적인 주제에서 출발하고 있는데 그 종착지는 대단히 절망적이다. 현세대의 '외부세계'에 대한 인식은 철저한 내면적 성찰로 일관되고 거기에서 얻게 되는 결과물은 한층 심화된 무기력과 공허감 뿐이다. 극히 개인적인 고뇌가 '외부세계'와의 접촉을 강화하면 할수록 현세대의 내향적 자기심화 형태 또한 강화되는 형태로 이어졌다. 말하자면 말더듬, 가족, 조국, 현실 속의 '벽'의 개념들이 상호간의 고리로 뒤엉키면서 원죄격 고뇌의 거대한 덩어리를 낳았고 현세대는 그 덩어리에 짓눌려 헤어나지 못했던 것이다. 이렇게 김학영 문학의 '보편적 타자'[18]화는 외부세계로의 확장을 통해 고뇌의 고리해체로 출발하지만, 결국 그러한 고리의 해체작업이 민족적인 분노나 저항으로 표출되거나 민족적인 각성으로 나타나지 않고[19] 자기고뇌의 철저한 내향적 심화3

---

17) 졸고 「김학영 문학과 '벽'」, 『재일 한국인문학론』, 솔, 2001, 참조
18) 김학영은 자신의 「일기」에서 창작에서는 "'자신'이 나오는 것인 아닌 '보편적 타자'가 나오지 않으면 안 된다.(소설이든 에세이든) '자신'의 것을 쓸 경우에도 그 '자기'는 '보편적 타자'가 되지 않으면 안 된다"고 믿었고, "먼저 자신을 '끊는' 것, 자신을 끊지 않고서는 타인을 끊을 수 없다. 자신이 객관시 되지 않는 문장은 설득력이 없다"고 했다.
19) 이한창 「소외감과 내향적인 김학영의 문학세계」, 『日本學報』37, 韓國日本學會, 1996, 380쪽

형태로 이어지면서 자기회복, 자기해방이 시도되는 역설적인 측면이
적지 않다.

 **3** 자기회복 차원의 '보편적 타자'화 작업

　김학영의 작가적 고뇌는 내부적이건 외부적이건 근원적으로 벗어나
기 어려운 숙명적인 부분이 존재했다. 원죄격 '말더듬'은 근본적인 치
유가 불가능하기에 외부세계와의 접촉과 '보편적 타자'화를 통하여 극
복할 수밖에 없는 과제로 남았고, '불안의 근원'인 고향집(新町) '아버
지'와의 관계는 인위적인 청산이 불가능한 혈연적 고리로 결박되어 있
다. 그리고 재일의 현실적 '벽'은 차별과 억압이라는 형태로 현세대의
미래를 근원적으로 차단하였으며 체득하지 못한 '조국의 소리'는 항상
'이방인 의식'을 고조시켰다. 또한 가장 기대고 싶었던 '집'은 가장으로
서 철저한 자본주의와 윤리적 책임감 사이의 한계성을 각인시켰고 오
히려 작가 스스로를 사지로 내모는 역할을 담당했다.
　김학영에게 문학은 이러한 총체적 삶의 고뇌를 타개할 수 있는 유일
한 자기극복 수단이었으며 "자기 해방의 수단"이었다. 그리고 김학영에
게 문학은 수년간의 방황 끝에 선택한 길로서 "유일한 최대의 구원이며,
위안이며, 삶의 보람"[20]이자 "자기해방을 위한 영위"였으며, "자신을
짓누르고 있는 껍질을 부수고 자신을 해방시켜 가는 작업"으로서 '매미
의 탈각'과 같은 것이었다. 또한 문학이야말로 어린 시절 고향집에서 목

---

20) 「日記」, 466쪽

격했던 부모님의 '음참한 싸움'에 상처받고 비뚤어진 자신을 회복하는 작업이기도 했다.21) 그러니까 김학영 문학은 원죄격 고통인 현세대의 '말더듬'과 또 다른 원죄격 고뇌인 '아버지' '조국'과의 연계 고리, 그렇게 역사와 현실에 얽힌 온갖 고리를 해체하는 작업이었던 셈이다.

그러나 김학영은 문학을 통하여 그토록 갈망했던 '자기 해방'과 '탈각' 작업에 얼마나 충실히 다가설 수 있었는가. '말더듬' '아버지' '조국'의 연계 고리는 얼마만큼 해체시키고 있는가. "'자신'이 나오는 것인 아닌 '보편적 타자'가 나오지 않으면 안 된다.(소설이든 에세이든) '자신'의 것을 쓸 경우에도 그 '자기'는 '보편적 타자'가 되지 않으면 안 된다"고 믿었고, "먼저 자신을 '끊는' 것, 자신을 끊지 않고서는 타인을 끊을 수 없다. 자신이 객관시 되지 않는 문장은 설득력이 없다"고 믿었던 김학영은 진정 문학을 통하여 자신의 '탈각' 작업을 얼마나 형상화할 수 있었는가.

이런 질문을 던져놓고 그의 문학을 새삼 들여다보면 다양한 형태의 재일로서의 작가적 고뇌만큼이나 문학적 고리 또한 복잡성을 띠고 있음을 보게 된다. 말하자면 작품 속에서 작가의 분신이라 할 수 있는 현세대의 '자기해방'적 사고의 영역이 극히 한정되고 자의식의 분출구가 외향적이 아닌 오로지 내향적 심화일로로 전개되는 데서 오는 갑갑함 때문일 것이다. 어쩌면 작가적 고뇌의 원질이 근원적으로 치유되기 어려운 문제이기에 애초부터 작품 속 현세대에게 구원적 삶을 기대하기란 무리였는지도 모른다.

---

21) 「日記」, 686쪽

　‘자살’이란 말은 실제로 내게는 대단히 매력적인 말이었다. 나는 내 안
의 생각을 드러내지 않을 때, 항상 내 가슴 깊숙한 곳에 소리 없이 흐르
고 있는 투명한 물줄기 바닥에, 이 두 문자가 금색 광채를 띠며 조용히
깔려 있는 걸 보게 된다. 자살은 항상 내 가슴 속에 있었다. 지금까지 나
의 삶을 지탱해준 것은 언제든지 죽을 수 있다, 언제든지 숨통을 끊을 수
있다는 관념뿐이었다.[22]

　동네 동포들은 자주 ‘조선인은 일본의 대학을 나와도 결국 기노시타
(木下)씨처럼 될 수밖에 없다’고 하는 이야기를 하곤 한다. 이런 종류의
얘기가 들릴 때면, 현길은 언젠가 대학을 나와 같은 동네 동포들이 종사
하는 폐품수집, 노가다, 트럭 운전사, 혹은 곱창집과는 달리, 일본인처럼
튼실한 회사에 근무하면서 착실한 회사원이 되고 싶다고 막연하게나마
생각했던 자신의 앞길에, 왠지 어떤 벽이 기다리고 있다는 생각을 지워버
릴 수가 없었다.[23]

　인용문의 전자는 『얼어붙은 입』에서 현세대 이소카이가 죽기 전,
‘나’에게 남긴 마지막 유서의 일부이고, 후자는 『겨울의 빛』에서 현세
대인 현길이 현실적 ‘벽’을 버거워하며 장래에 대한 몽롱한 불안에서
벗어나지 못하고 고통스러워하는 대목이다. 그야말로 작가 김학영이
다카미 준(高見順)의 자기 회의, 즉 “자기의 붕괴와 재건. 재건과 회
복. 어떻게 하면 이것이 가능할까”[24]라는 형태의 혹독한 자기 고뇌를
내면으로 끌어들여 ‘보편적 타자’화 작업을 통해 문학적 탈출을 시도하
지만, “어린 시절의 환경에 의해 만들어진 자기”를 재탄생시키기엔 역
부족인 듯하다. 그리고 김학영은 자신을 릴케에 비유하며 점차 “문학
에 절망적이라는 것은 인생에 절망적이라는 것과 같다”[25]는 생각을

---

22) 金鶴泳 「凍える口」 『金鶴泳作品集成』, 作品社, 1986, 64쪽
23) 金鶴泳 「冬の光」 『金鶴泳作品集成』, 作品社, 1986, 333쪽
24) 「日記」, 691쪽

현실로 받아들였고, 만년에는 자신의 문학적 테마가 "가정불화"에서 벗어나지 못할 것임을 피력하면서 스스로를 "죽고 싶어 하는 자식"으로 규정한다. 또한 그는 1963년 말 '자살'을 의식하듯 자살한 작가 다자이 오사무(太宰治)와 아쿠타가와 류노스케(芥川龍之介)의 죽음을 떠올리며 스스로를 극한적인 "죽음의 그늘 골짜기"로 몰아넣었다.

이처럼 김학영은 어릴 적부터 조국과 민족 개념 이전에 '말더듬'이라는 엄청난 개인적 불우성에 시달려왔고 자살의 충동을 반복적으로 느껴왔다. 그리고 다른 한편으로는 자신의 말더듬 상태를 문학적으로 리얼하게 그려냄으로서 말더듬이의 소외의식으로부터 탈피하고자 했고 그렇게 될 수 있다고 생각했다. 김학영이 문학 속에서 현세대에게 끊임없는 고뇌와 소외의식으로 점철된 일상을 떠안긴 것은 그러한 문학적 리얼리티를 이끌어내기 위한 하나의 장치였다 하겠다.

그런데 김학영 문학에서 현세대의 소외의식의 반복적 표상이 문학의 '보편적 타자'화 작업 내지 자기구제와는 어떻게 소통되고 있는가. 그리고 원죄격 고뇌의 실체들 사이의 길항관계에서 작가적 구원의 고리는 존재하는가. 여기에 대해서는 먼저 김학영 문학을 통시적 관점에서 현세대의 행동반경과 의식의 잠재력에 주목해 볼 필요가 있다. 그것은 현세대의 행동반경과 의식적 범주가 외부소통을 반영하고 거기에서 문학적 '보편성'과 '타자화'의 정도를 가늠해 볼 수 있기 때문이다. 사실 김학영 문학에서 현세대의 행동반경과 의식적 범주는 대단히 외롭고 협소하다. 현세대는 혼자만의 영역을 굳히며 외부와의 공간적 접촉에 극히 소극적이었으며 삶의 확장이 아닌 축소로 일관했다. 그리고 현세대의 의식적 범주는 타자와의 소통이나 외부접촉을 통한 자기 확

---

25) 「日記」, 490쪽

장 내지 영역확장에 분명한 한계를 드러냈으며 오히려 현세대 스스로를 사지로 내몰았다. 말하자면 철저히 갇혀 현세대의 육체적 정신적 한계성을 보여주고 있다.

그렇다면 왜, 김학영 문학에서 현세대는 그토록 철저하게 소외의식으로 일관했던 것일까. 그리고 작품이 거듭될수록 현세대의 삶의 행동반경과 의식세계는 왜소화로 치달았고 정신적 불안과 고뇌의 심화 형태가 재생산되고 있는 걸까. 우리는 여기에서 김학영 문학의 원죄격 고뇌의 실체를 짚어보게 된다. 이른바 극복하기 힘든 역사적 주박, 즉 원죄격 고뇌의 원질이다. 벗어날 수 없는 원죄로부터 외부세계로의 이미지 확장, 거기에서 또 다른 원죄가 재생되는 반복적 연환상태, 그것이 김학영 문학이 갖는 소통 고리의 한계가 아닐까. 이른바 말더듬의 고통으로부터 전이되고 파급되는 고뇌의 원질들, 일그러진 역사의 산물, '아버지'의 존재성, 다가설 수 없는 경계선 너머의 '조국'의 실체가 그것이다. 그러니까 말더듬-아버지-조국이라는 연쇄적 고리가 현세대의 정신적 피안을 원천적으로 봉쇄했다고 보는 것이다.

이러한 인식에서 김학영 문학의 문학적 '보편성'을 짚어본다면, 먼저 현세대의 갑갑한 고뇌의 반복은 "자전적인 소설에 고뇌를 부딪쳐 간다"[26]고 하는 글쓰기를 통해 "자신을 살았던" 작가정신의 발로였다 할 수 있을 것이다. 그리고 암담한 작가적 고뇌인 '슬픔의 푸가'를 질긴 '반복'[27]적 표현수단을 통해 '보편적 타자'화 시킴으로서 자신의 정신적 상흔을 치유코자 했다 해야 할 것이다. 또한 '말더듬'의 고통을 일본 내의 소수파인 '재일'과 연계해 "소수파에 대한 고뇌에의 이해"[28]

---

26) 伊藤伸二 「金鶴泳の吃音に悩む力」 『凍える口』(金鶴泳作品集に寄せて), クレイン, 2004, 3쪽

27) 朴裕河 「悲しみのフーガ」 『凍える口』(金鶴泳作品集に寄せて), クレイン, 2004, 18쪽

로 끌어냄으로서 다원화된 사회의 다양한 삶의 공존이라는 보다 넓은 의미의 "'인간상'에 초점을 두고 '인간'을 그린다"29)는 보편적 가치를 피력했다고도 할 수 있다. 그리고 이러한 문학적 평가는 다른 재일 작가와 대별되는 김학영 문학만의 독창성이기도 하다.

그러나 다른 한편에서 보면, 끊임없는 고뇌의 내향적 '탈각' 작업이 그대로 긍정적 문학적 평가로 전이되기엔 분명 한계성도 없지 않다. 체득된 짙은 내향적 고뇌에서 표상되는 세밀한 심리묘사를 통해 인간 자체의 감성을 문학 언어로 재생했다는 점은 평가의 대상일 수 있지만 오히려 그러했기에 비판적 시각도 동반될 수 있다는 것이다. 이를테면 문학을 통한 작가 개인의 '보편적 타자'화 작업이 지나칠 정도로 사소설적 경향으로 흐르면서 갑갑함을 몰고 왔고, 그러한 사적 고발 형태의 내향적 영역 굳히기가 보편성 차원의 문학적 전형에 부정적으로 작용했다고 보는 지적이다. 그것은 작가를 포함한 재일의 불우성(말더듬, 부모와의 불화, 현실적 '벽', 조국 앞에서의 심리적 왜소)이 개인과 집단, 개인과 사회라는 일상의 형태로 '문학적 타자'화에 부정적일 수 있다는 시각이다. 그리고 말더듬-아버지-조국30)으로 이어지는 고리에 대한 해체나 문제의식의 확장이 아닌 원론적인 수순의 반복적 글쓰기나 과거 회상식 서술형태가 작품의 긴장감을 떨어뜨렸고, 그것이 재일의 현실적 문제를 현실 속에서 역동적으로 풀어낼 수 없는 구도로 이

---

28) 伊藤伸二「金鶴泳の吃音に悩む力」『凍える口』(金鶴泳作品集に寄せて), クレイン, 2004, 2쪽

29) 金兩基「アイデンテイテイの確立と自死に惑った金鶴泳」,『言語文化』, 明治學院大學言語文化研究所, 2000, 80쪽

30) 김학영은 소설이든 에세이든 "'자기'는 '보편적 타자'가 되지 않으면 안된다"고 하였고 그러한 관점에서 '말더듬'을 자기해방의 화두로 세웠다. 하지만 근원적인 치유가 불가능한 말더듬을 통하여 자기해방 차원에서 증폭되고 확장되는 타자인식, 즉 아버지-조국으로의 연환구조를 해체시키는 장소로의 이동에는 한계성을 드러낸다.

끌면서 어두운 터널로 내몰았다는 지적이다. 말하자면 김학영 문학이 인간 개인의 실존에 철저히 다가서면서도 지나치리만큼 지루한 카니발 형태로 종결된다는 점에서 약화 될 수밖에 없었던 문학적 보편성과 '문학적 타자'화, 자기해방의 역설적 한계성을 지적하는 것이다.

4 결 론

　김학영 문학에서 고뇌의 양상은 '말더듬', '가족', '조국'을 비롯해 역사적 현실적인 '벽'의 개념에 이르기까지 매우 다양하다. 특히 개인적 문제인 '말더듬'에 얽힌 사회적 역사적 의미를 파고들다보면 자연스럽게 '가족' '조국'이라는 외부세계로 문하저 이미지 학장이 이루어지고, 결국엔 역사의 주박을 되새길 수밖에 없는 것이 그의 문학이다. 말더듬에 괴로워하는 현세대가 자신의 고뇌의 원인을 '음울한 가정' 분위기에서 찾고, 잃어버린 조국의 역사가 참담한 가정을 만들어냈다고 하는 김학영 문학의 고뇌의 연쇄적 파장은 대단히 복잡하고 리얼하다. 이러한 양상은 현세대의 개인적 고뇌의 개념들이 철저한 내향적 고뇌의 자기심화 과정을 통해 연쇄적으로 또 다른 고뇌를 형성하는데, 이는 그가 문학에서 추구하는 '보편적 타자'화 작업의 문학적 전형이기도 하다. 하지만 다른 한편에서 보면, 철저한 내향적 고뇌의 자기심화 과정을 통해 2차적 고뇌가 창출되고 내면의 체험적 고뇌의 심리묘사가 리얼한 문학적 언어로 재생했다는 점과는 달리, 연쇄 반복적 고뇌를 통한 개인의 '보편적 가치'화나 '자기해방'적 차원에 있어 그 문학적 완성도는 재고의 여지가 있다. 이를테면 작가의 '보편적 타자'화 작업이 지나치게 사소설적 경향으로 흐르고 거기에서 파생될 수밖에 없는 사적 고발형태의 내향적 영역 굳히기가 보편성 차원의 문학적 전형에 부정적으로 작용했다고 보는 시각이다. 그리고 그러한 고뇌의 연쇄 반복적 재생산 형태의 글쓰기가 재일의 현실 문제를 현실 속에서 역동적으로 풀어낼 수 없는 구도로 이끌었고 '이방인 의식'을 가중시키는 결과로 이어졌던 것이다.

8. '재일'작가로서의 이회성과 그의 문학세계

양명심

 ## 1 '재일 조선인'과 '재일문학'

일반적으로 '재일(在日) 조선인'이란 해방 전에 일본으로 건너가서 계속 일본에 사는 조선인 및 그 후손들을 말한다. 1965년에 체결된 한일조약 이후에 건너간 사람들도 물론 있지만 그 대다수가 일제 강점기에 건너간 제1세대와 그 자손이라고 할 수 있다. 일제 식민지 시절, 강제 이주되거나 경제적 이유로 일본에 건너가게 된 조선인들이 8.15해방 이후에 삶의 터전을 잃어버리고 고향에도 돌아가지 못한 채 일본에 정착하게 된 것이다. 일본에는 현재 조선인 이외에도 여러나라의 사람들이 거주하고 있지만 '재일'이라고 하는 단어가 재일 조선인으로 한정되는 경향을 보이는 것은 이와 같은 역사적인 특수한 형성 과정 때문이라고 볼 수 있다. 해방 후 60여 년이 지나는 사이에 제1세는 5% 정도로 줄어들었고 제2, 제3, 제4세 등이 95%를 차지하며 이들이 재일 조선인 사회의 중견층을 형성하고 있다. 매년 귀화하는 사람도 적지 않지만, 기본적으로 해방 후 60여 년 간 '재일 60만' 동포 대부분은 국

적에 대한 차별과 배타로 생존권을 위협 당하면서도 민족의 정체성을 고수하면서 꿋꿋하게 살아가고 있다.

그리고 그 중에는 '재일'이라는 특수한 생활 무대를 배경으로 일본 문단에서 일본인 작가와 똑같이 작품 활동을 하고 있는 재일 조선인 작가가 존재한다. 그들의 문학은 크게 일본에서 일본어로 쓰여진 작품과 일본에서 조선어로 쓰여진 작품으로 나눌 수 있다. 그러나 현재 '재일문학'이라고 불리며 문학적 성과를 보이고 있는 작가와 작품은 대부분 재일 조선인 '일본어' 문학이라고 할 수 있다. 일반적으로 재일 조선인에 의한 일본어 문학은 그들의 실존의 장소인 일본에서 일본어로 쓰여지고 발표된 문학을 총칭하며 그들의 문학을 가리키는 명칭에 있어서는 작가들, 평론가들마다 의견을 달리하고 있다. 한국에서는 재일 동포 문학, 재일교포 문학, 재일한국인 문학, 재일문학 등 다양하게 불리고 있으며, 일본에서는 '재일조선(한국)인 문학'이라고 일반적으로 알려져 있으나 이 또한 완전히 정착된 용어라고는 할 수 없다.

본고에서는 '조선인' 이라는 용어를 한국과 북한의 정치적인 문맥을 배제한 단지 양쪽의 '민족'이라는 의미로 통일하여 사용하기로 한다. 그리고 재일 조선인에 의한 문학을 약칭하여 '재일문학', 재일 조선인 작가를 약칭하여 '재일작가'라는 용어를 사용하기로 한다.

재일작가에 의해 쓰여진 재일문학은 오늘날에 이르기까지 적지 않은 수의 재일작가가 아쿠타가와상이나 나오키상으로 대표되는 일본의 권위있는 문학상을 수상하였으며 베스트셀러 또한 나오고 있다. 이렇듯 재일문학은 양적으로도 우수한 작가와 작품이 많음에도 불구하고 한국, 일본 양국의 독자들에게 읽혀지는 것이 늦어졌으며 연구에 있어서도 재일문학에 관한 전반적인 소개 이외에 구체적인 작가론, 작품론에 관한 연구는 아직까지 많지 않은 상황이다. 국내 문단이나 학계에서는 일본어로 창작되어 일본에서 주목받고 있는 소수의 작가와 작품에만 관심을 보이고 있으며, 90년대 중반까지 일본에서 비중있는 문학상을 수상한 작가의 작품 이외에는 거의 번역 출판되지 않았으며 연구자의 수도 많지 않았다. 이러한 현실은 일본에서도 마찬가지이며 재일작가의 문학작품이 '재일문학'으로서 전후의 일본사회에서 인정받기 시작한 것도 비교적 최근의 일이다. 지금까지 기존의 일본 문학사에서는 본격적으로 재일문학을 다루어 오지 않았으나 최근에 들어『岩波講座 日本文學史』제14권(岩波書店,1997), 『昭和文學史』하권(講談社,2002), 『座談會昭和文學史』제5권(集英社,2004) 등에서 별도로 '재일 조선인 문학'이라는 항목을 설정하여 정식으로 재일문학을 일본문학의 일부로 인정하고 있다. 또한 2006년에는 최초로 54인의 재일 조선인 작가, 시인들의 작품을 수록한『＜在日＞文學全集』18권이 이소가이 지로(磯貝治良), 쿠로코 카즈오(黑古一夫)에 의해 간행되기도 하였다.

이렇듯 2000년을 경계로 하여 재일문학 연구자와 독자가 크게 증가했으며 또한 그 영향으로 2006년에는 재일문학을 주제로 한 최초의 한·일공동 세미나가 일본의 큐슈(九州)대학에서 열렸으며 이어 2007년에는 호세이(法政)대학에서 개최되었다. 기존의 재일문학은 한국의 일어일문학과에서 주로 연구 테마로 다루어 왔으나 최근에는 한국의 국어국문학과에서 디아스포라 관점에서 재일 조선인들의 문학을 연구하기 시작하였다. 이같은 재일문학을 둘러싼 새로운 흐름에 호응하여 최근에는 재일문학을 연구 테마로 하는 젊은 연구자들과 대학원생들도 점차 증가하고 있는 상황이다.

재일문학의 시작을 전후부터라고 보면, 현재까지 약 60년간의 작품의 발표시기와 테마에 따라 3세대로 구분하는 것이 일반적이다. 먼저 전후부터 1960년대 중반까지를 제1세대라고 볼 수 있다. 제1세대가

'재일 조선인'으로 일본에 거주할 것을 선택한 것은 개인적인 이유 이외에도 일본 지배하에서 해방된 조국의 분단과 정치적, 사회적으로 불안정한 정세가 큰 원인이 되었다. 제2세대는 일본에서의 정주화 경향이 나타나기 시작한 1960년대 이후를 중심으로 활약한 작가들로 김시종(1929~)이나 김태생(1925~86), 김석범(1925~), 그리고 일본에서 태어나고 자라난 고사명(1932~), 김학영(1938~85), 이회성(1935~) 등을 들 수 있다. 그들의 활발한 문학활동으로 일본 문단에서 '재일 조선인'이라는 말이 통용되게 되었고 주목받게 되었다. 이들 제2세대는 일본에서 조선인으로 살아가야하는 갈등과 민족적 아이덴티티의 모색을 그려내고 있다. 민족적 아이덴티티의 위기에 직면하면서 고뇌와 저항에 의해 그것을 회복해가는 모습을 그리는 테마에서부터 시작한 제2세대들의 문학은 재일문학의 중심을 형성하였다는 평가를 받고 있다. 제 3세대의 출현은 1980년대 이양지(1955~92)와 이기승(1952~)의 등장에서 시작하여 오늘날의 유미리(1968~)와 현월(1965~), 가네시로 카즈키(1968~)에 이르는 작가들을 말한다. 이들은 제2세대와는 달리 모국어로의 창작이 불가능할 뿐만 아니라 민족문화를 상실한 것이 전제되어 있다. 제2세대는 갈등을 겪으면서도 민족으로 귀속하고자 하는 의지를 보여왔지만, 제3세대에 와서는 그러한 의식도 엷어져 가고 희박한 민족의식에 대한 죄책감과 위기감을 느끼는 정도도 약해진 세대이다. 민족적 아이덴티티보다 개인의 아이덴티티를 추구하며 '재일'인 자신과 조국과의 관계보다도 일본과 재일 사회와의 관계에 관심을 보인다. 자기와 민족의 아이덴티티가 일치했던 제1 세대와 갈등하면서도 민족으로의 귀속을 고집해 왔던 제2세대. 이 양세대에서는 재일문학의 특징이 표층적으로 드러났다면 제 3세대에게는 그것이 내재화 또는 잠재화 되어가고 있다고 볼 수 있다. 그러나 시대의 흐름과 함께 민족적 아이덴티티의 표현 형식은 변화했지만 재일문학의 독자성 그 자체는 어떠한 형태로든 계속되고 있다고 볼 수 있다.

2 이회성 문학의 출발 – 성장과 시대적 배경

앞에서도 언급했듯이 재일 조선인의 일본어에 의한 문학활동은 전후부터 시작되어 현재 반세기를 넘어서고 있다. 그러나 그들의 작품이 '재일문학'으로서 전후의 일본사회에서 인정받기 시작한 것은 1960년대 후반부터 70년대 초반에 걸친 일이다. 이 시기에 본격적인 재일세대라고 할 수 있는 김석범, 김시종 그리고 이회성 등의 제 2 세대 작가가 재일문학의 존재 이유를 묻기 시작한다.

그 중에서도 특히 이회성은 작품 『다듬이질 하는 여인(砧をうつ女)』으로 재일외국인으로서 최초로 아쿠타가와상을 수상한 작가로 알려져 있다. 1972년 히가시미네오(東峰夫 1938~)의 『오키나와 소년(オキナワの少年)』과 동시에 수상했다고 하는 것은 극히 상징적인 일이며 정치적인 면도 엿볼 수 있지만 일본의 전후문학에 새로운 바람을 불러 일으킨 것은 분명한 사실이라고 할 수 있다. 이회성의 아쿠타가와상 수상으로 해방전 장혁주(1905~97)와 김사량(1914~50)에서부터 시작한 재일문학은 새로운 전환기를 맞이하게 된다.

한 작가와 그의 문학작품을 이해하는 데 있어서 그 작가의 성장 배경과 시대적 상황은 매우 중요한 의미를 지닌다. 특히 '재일'이라는 특수한 환경에서 탄생한 작가인 이회성 작품의 내면 세계를 살펴보는 데

있어서 성장 배경과 그 시대적 상황은 매우 중요한 의미를 지닌다. 이 회성은 1935년 2월 26일 가라후토(樺太) 마오카초(眞岡町)에서 이봉섭(李鳳燮)과 장술이(張述伊)의 5남매 중 3남으로 태어났다. 작가의 아버지는 황해남도, 어머니는 경상북도 출신으로 일본에서 결혼하여 1930년대 초에 가라후토로 건너갔다. 작품 『다듬이질하는 여인』에서 아버지 어머니에 대한 기억을 생생하게 묘사하고 있다. 유년시절 아버지와 어머니는 자주 싸웠는데 아버지는 가정에서 매우 봉건적이고 폭력적이었으며 부모님의 격렬한 싸움이 어린 시절 작가에게는 엄청난 공포의 시간으로 기억되고 있다. 에세이에서 '태어나서 처음 겪게 된 체험 중에서 양친의 싸움은 나에게 있어 상당히 큰 인생 수업의 하나처럼 여겨졌다'라고 말하고 있듯이 반복되는 이러한 가정에서의 불화가 이회성에게 있어서는 작가로 성장할 수 있는 중요한 계기가 되기도 한다. 그 후 종전되기 전해인 1944년 12월, 작가가 9살 때 어머니의 죽음을 맞이하게 된다. 어머니는 6번째 아이를 출산하다가 세상을 떠났다. 그 때는 조선이 독립하기 1년 전으로 작품 『다듬이질하는 여인』이 '장술이가 세상을 떠난 것은 일본의 긴 전쟁이 이제 10개월만 지나면 끝날 겨울의 어느 날이었다'라고 시작하는 것에서 느낄 수 있듯이 식민지하에서 고생하다가 독립을 미처 보지 못한 채 세상을 떠난 어머니에 대해 아쉬워하는 작가의 마음을 느낄 수 있다. 몸이 좋지 않아 자주 병원을 찾곤 했지만 갑작스러운 어머니의 죽음은 예상치 못한 일이었으며 어렸을 때부터 '조조(ジョジョ)'라고 불리며 특별히 귀여움을 받았던 작가에게 큰 충격이 아닐 수 없었다. 당시는 어머니의 죽음이 무엇을 의미하는지 잘 알지 못했고, 장례식을 축제처럼 느낄 만큼 철없던 시절이었다. 지나치게 어린 나이에 어머니를 잃은 것이 작가로 하여금 어머니에 대한 기억을 소설 속에 담을 만큼 애틋한 감정을 갖게 한 것이다.

1947년에는 소련령 사할린에서 도망치듯 '소련지구 귀환에 관한 미소협정(1946년 12월19일)'에 의하여 홋카이도(北海道)의 하코다테 귀환자(函館引揚者)수용소를 거쳐 여름에 강제 송환에 의해 큐슈 오무라(九州・大村)수용소에 수감되었다가 같은 수용소에 있던 밀항자들로부터 부산에는 거지가 많다는 말과 조선에 3.8선이 생겼다는 소식을 듣고 귀국의 꿈을 접은 채 가을에 삿포로(札幌)에 정착 하게된다. 이 협정은 일본인 포로와 일반 일본인을 대상으로 한 것으로 당시 조선인에게는 허락되지 않는 출국이었고, 실패하면 시베리아 수용소행을 감수해야 하는 위험한 일이었다.

사할린 섬은 일본의 홋카이도 북쪽에 위치하며 주민의 대부분은 러시아인이지만 조선인이 소수민족 중에서 가장 큰 비중을 차지하고 있다. 사할린은 종전에는 일본령이었지만 그 후 연방법에 따라 추방자들과 러시아인, 조선인, 유대인 등 여러 민족들이 어지럽게 섞여 이동하여 살게 되었다. 홋카이도에서 50㎞도 되지 않는 곳으로, 공기가 맑은 날이면 산들이 바라보이는 이 곳은 제2차 대전까지 남쪽의 절반을 일본이 통치하고 있었다. 그리고 전쟁이 끝난 후 동서의 냉전으로 사할린은 먼 곳이 되어 버렸다. 지금 현재는 개방되어 있지만 '망향의 섬'이라고 불리며 참배를 제외한 외국인은 출입조차 금지되었던 곳이다. 조선인에게 사할린은 상당히 복잡한 역사적 감정이 있는 곳이다. 재일 조선인들은 제2차 세계대전 중 일제에 의한 강제징용으로 끌려가서 탄광이나 군수공장 등에서 혹사당하다가 종전을 맞이하게 되었고, 현재 사할린 섬에는 재일 1세와 그 후손 등 약 4만 3천명이 살아가고 있다.

작품 『다시 또 이 길을(またふたたびの道)』에는 부슬부슬 내리는 빗속의 마오카 항구에서 주인공 일가가 귀환선으로 돌아오는 날의 광경이 너무도 선명하고 강렬하게 묘사되어 있다. 딸 없는 사위에게 짐이 되기 싫어 혼자 남은 외조부의 전송, '어머니'하고 절규하면서 부두를 향해 달려오는 '토요코(豊子)'의 환영은 인생의 가혹함, 이별의 비통함을 느끼게 한다. 작품 속에서 작가는 아버지가 일본인으로 위장해서 밀항한 것으로 쓰고 있다. 그러나 사실은 민정서(民政署)에서 통역을 하고 있던 큰형과 친교가 있던 유태계 소련인의 도움을 얻음으로써 조선인 국적으로 사할린을 탈출할 수 있었다고 이회성은 밝히고 있다. (『棄てられた四万三千人』三田英彬 三一書房 1981)

이렇듯 사할린은 작가 이회성의 출생지이면서 감수성이 예민한 유년기를 지낸 곳으로써 강렬한 감정 교육을 받은 곳으로 육친의 죽음을 알고, 전쟁을 체험하고, 겹겹이 가로 놓인 시체를 보고, 귀환선을 보고, 혈족과 이별을 체험한 곳이다. 일본에서 태어난 많은 재일 2세 작가들이 존재하지만 특히 일본의 최북단인 가라후토에서 태어났다고 하는 것은 이회성에게 있어 그의 문학적 토양을 형성하는데 있어서 중요한 토대가 되고 있다. 에세이에서 '나에게 있어 가라후토란 아무리 생각해 보아도 운명적인 것이 틀림없다. 내가 최북단인 이 섬에서 태어나지 않았더라면 작가가 되었을지 어떨지 의심스러울 정도다'라고 했을 정도로 작가 이회성에게 특별한 의미를 지니고 있다.

사할린을 탈출하여 일본 삿포로에 정착한 후 이회성은 진학 수속의 실수로 두학년 아래인 초등학교 4년생으로 편입되어, 기시모토(木子本, 후에 岸本)라는 이름으로 중, 고등학교에 진학하여 청년기를 보내면서 '반일본인'으로서 열등감에 시달리며 정체성 문제로 심하게 고뇌하게 된다. 가출하기 이전 고교시절이 작가에게 있어서는 매우 암울한 시기였다. 한국 전쟁이 일어난 1950년은 작가가 고등학교 1학년 때로 당시는 자신의 국적을 숨긴 채 일본인처럼 행동하면서 그 모순에 괴로워하곤 했다. 가정에서는 한국인으로서 훈련받으면서 학교에서는 일본인으로 행세할 수밖에 없는 자신의 모습에 모순을 느끼게 된다. 작가의 청년기는 여러 가지로 가정에서는 불화가 끊이지 않았고 또 학교에서는 일본인처럼 행세하는 이중적인 생활 속에서 무언가 자신의 진정한 삶의 방법을 찾고자 고뇌하면서 우울하게 보낼 수밖에 없는 시기였다. 민족적 주체성으로 고민하다가 허무주의에 빠졌고 생활도 매우 곤란했으며, 아버지와의 갈등도 끊이지 않았다.

작가가 동경으로 가출한 것은 1955년으로 『우리 청춘의 길목에서(われら靑春の途上にて)』라는 작품에서 그때의 생활을 자세히 엿볼 수 있다. 고등학교 시절부터 가출을 결심해 오던 중 대학 실패를 계기로 아버지의 횡포와 어두운 집안 분위기에서 도망치듯 도쿄(東京)로 가출하여 육체노동을 하면서 야간에 입시 학원에 다닌다. 1년 간의 재수를 거쳐 다음해 와세다(早稻田)대학 노문과(露文科)에 입학하게 된다. 처음에는 영문과를 지망했다가 실패한 뒤 노문과로 바꾼 것인데 그는 러시아 문학 전공 동기를 다음과 같이 말하고 있다.

‘러시아 문학을 전공하려고 했던 동기라면 러시아의 짜리즘하에서 온갖 고통을 겪어온 러시아 농민들의 정신사가 사할린까지 흘러 들어와 고초를 겪어야 했던 우리 조선 동포들의 심정과 통하는 것 같아서 선택한 것입니다. 러시아의 춥고 긴 겨울은 문학에 토스카(우울한 감정)라는 정조를 배경으로 하게 했습니다. 저 역시 청년시절부터 그 같은 정서를 내면에 가지고 있었기 때문에 러시아 문학을 전공한 것은 저에게 좋은 경험이었다고 생각합니다.’

‘신준영 금단의 땅에 온 재일동포작가 이회성 인터뷰’ 월간 『말』 1995. 12

대학 진학 후 차츰 민족적 운동으로 활동 범위를 넓혀 ‘이회성’이라

는 본명을 사용하고 '재일 조선인 유학생 운동'에 참여하는데 이 때의 체험은 작품『가야코를 위하여(伽倻子のために)』,『청구의 하숙집(青丘の宿)』,『반쪽발이(半チョッパリ)』에 잘 나타나 있다. 대학 입학 후 5년 만에 도스토예프스키의『지하 생활자의 수기(地下生活者の手記)』를 졸업 논문으로 제출하고 졸업한다. 도스토예프스키의 초기작품에서 보여지는 가난하고 버려진 사람에 대한 말할수 없는 따뜻한 사랑에 작가는 공감을 갖게 된다. 즉 도스토예프스키의 인간에 대한 따뜻한 사랑이 이회성의 조국애와 인간애의 기본이 되었고 거기에서부터 이회성은 재일의 생활 속에서 경험한 다양한 인간의 행동과 사상을 소설로 추구하게 된 것이다.

그 후 1962년 동경대학에서 생물학을 공부하는 허승귀(許承貴)와 결혼하는데 초기작품 곳곳에 등장하는 '아내'는 언제나 자상하고 남편을 바른 길로 인도하고자 하는 이상적인 여인상으로 그려지고 있다. 졸업 후 조선 총련 중앙교육부, 조선신보사 등에 근무하면서 '통일평론'에『그 전야(その前夜)』를 발표하여 통일평론 상(統一評論賞)을 수상하기도 한다. 한국인으로 살아가고자 결심하고 한국어를 배우기 시작하고 '재일 조선인 문학 예술가 동맹'의 방침에 따라 한국어로 소설 창작을 시도하지만 결국 그 뜻을 이루지는 못한다. 그가 일본어를 언어로 선택하기까지는 많은 고민과 망설임이 있었지만 언어 선택의 문제는 이회성에게 있어 자신이 한국인으로서 정체성을 추구하는 것과는 또 다른 성격의 문제였다. 무엇보다도 일본의 식민지 지배 하에서 우리말과 글의 사용이 금지되었던 것이 큰 원인이 되었으며, 또한 해방 후 냉전 체제에 의해 재일 조선인 사회가 한국, 조선인 사회로 분열되고 게다가 민단조직에서는 민족교육을 위한 단체가 거의 결성되지 않았다는 것도 이유 중의 하나이다. 따라서 일본에서 태어나고 자라난

그에게 있어 일본어는 재일 조선인으로서 자신의 삶을 표현할 수 있는 유일한 도구였고, 일본어가 그에게 외국어임은 분명하지만 일본어로 글을 쓸 수밖에 없는 상황이 된 것이다.

1967년 그는 신문사를 그만 두었고, 무엇보다도 관료주의에 빠져 있는 조직에서 더 이상 희망을 찾을 수 없게 되자 절망하고 총련 조직을 탈퇴하였다. 1968년 28세 때 아버지의 죽음을 경험하는데 이 때의 체험을 『죽은자가 남긴 것(死者の遺したもの)』에서 쓰고 있으며, 생전의 아버지를 떠올리며 작품 『큰 바위의 얼굴(人面の大岩)』을 쓰게 된다.

마침내 1969년 『다시 또 이 길을』을 발표하여 군상 신인 문학상(群像新人文學賞)을 수상함으로써 일본 문단에 등단하게 된다. 심사 위원으로부터 ‘소박한 일본어를 사용 한다’, ‘신선한 언어를 사용하고 있다’라는 평을 들으며 재일 작가만이 사용할 수 있는 일본어, 일본인과는 다른 감성을 가진 작가로 자리 잡게 되고, 1972년에는 작품 『다듬이질하는 여인』으로 재일 외국인으로서는 최초로 아쿠타가와 상을 수상하게 된다. 또한 통일조국의 현실에 문학자로서 기여하고자 정치적 발언을 하며 평론 활동에도 적극적으로 참여한다. 아쿠타가와 상을 수상한 해에 그는 한국을 방문하고 난 뒤, 조지 오웰의 『右이든左이든 나의 조국』에서 영감을 얻어 『북이든 남이든 나의 조국(北であれ南であれわが祖國)』이라는 수필을 발표하는 데 이 제목에서부터 그가 조국의 분단 상황과 정치 상황에 매우 관심이 높았음을 알 수 있다. 그러한 그의 정치적 지향은 그 후 장편소설 『못다꾼 꿈(見果てぬ夢)』에 의해 그 결실을 맺게 된다. 조국 조선이 남과 북으로 분단 되어있는 슬픈 정치 상황에 대한 분노와 반일본인 문제를 포함하여 재일 조선인이란 무엇인가 재일 조선인에게 있어 일본인이란 무엇인가하는 조선인으로서의 열등감과 자부심, 편견과 차별에 대한 비판을 그리고 있다.

이 작품은 한국에서 『금단의 땅』이라는 제목으로 1980년대에 번역 출판되었다. 그 후, 1980년대에 들어서는 두 번에 걸친 사할린 방문, 중앙아시아 방문 그리고 유럽여행 등 세계의 이곳저곳을 돌아보며 이회성은 작품 활동을 잠시 중단하게 된다. 이 시기에 국제적인 문학자 회의에 참석하기도 하고 한국 작가와 긴밀한 관계도 갖게 되면서 새로운 창작활동을 위한 준비 기간을 갖게 된다.

1990년대 이후 오늘에 이르기까지 그는 성장 체험을 허구화한 초기 작품군들과 달리 장편 소설을 통하여 재일 조선인 문제에 한층 더 실질적으로 접근하게 되고, 1994년에는 『백년 동안의 나그네(百年の旅人たち)』라는 작품으로 노마 문학상(野間文學賞)을 수상하면서 재일 문학의 대표적 작가로 자리를 굳히게 된다. 사할린 생활을 청산하고 해협을 건너 가족과 함께 일본 열도를 종단하여 나가사키 수용소에 도착하지만 조국에 돌아가지 못하고 좌절하는 가족의 실체험을 바탕으로 해서 쓰여진 장편소설 『백년 동안의 나그네』는 작가 자신의 반생의 결산임과 동시에 재일 조선인의 백년의 역사를 집약한 하나의 역사적 증언이라고도 말할 수 있다.

1998년에는 한국의 김대중 정권 발족을 계기로 '진정한 민주 정권이 들어선 조국의 국민들과 IMF의 고통을 함께 나누고 싶다'며 조선 국적을 고집하겠다던 과거의 발언을 번복하고 한국 국적을 취득한다. 그의 한국 국적 선택은 재일 조선인 사회에 큰 논란을 일으켜 조선 국적 유지를 주장하는 같은 2세 재일작가 김석범과 치열한 지상 논쟁을 벌이게 된다. 오랜시간 '조선' 국적을 가진 채 무국적자로서 누구보다도 확실한 정치적 감각을 지니고 남과 북 어느 쪽으로도 소속되지 않겠다는 의지를 고수해 왔던 이회성의 국적변경은 재일작가 사이에서 충격적인 사건이 아닐 수 없었다. 『창작과 비평』에 '새로운 세기를 향한 한국과 일본의 문학’이라는 제목으로 발표하면서 이회성은 자신의 국적 변경에 대한 이유를 다음과 같이 밝히고 있다.

‘조국에 대해서 절망하고 있지 않기 때문이다. 국제 통화기금이라는 무거운 짐을 지고 경제와 민주주의를 동시에 발전시켜 가려고 나날이 고난을 헤치고 걸어가는 어려운 조국을 바라보면서 지금이야말로 참가해야 할 때라고 판단했기 때문이다.’ 『창작과 비평』 1998 가을 p.336

그 후, 여러 편의 에세이와 대담을 거쳐 대하소설 『지상생활자(地上生活者)』(2005)를 발표한다. 『지상생활자』는 2000년 1월부터 문예지 『군상(群像)』에 연재하기 시작하여 2007년 12월 제3부의 최종회가 연재되었다. 제1부는 귀환 후 삿뽀로에 정착하여 아버지를 도와 양돈업 일을 하게되는 중학교 시절까지를 그리고 있고, 제2부에서는 자기은폐의 갈등과 성에 눈을 뜨고 진로 문제로 고민하는 고교시절을 중심으로 그리고 있다. 이 연재작은 전후 일본과 그 속에서 살아가는 ‘인간’을 묘사하고 있는 작품으로 주목받고 있다.

작품 활동을 계속하면서도 이회성은 ‘재일’을 대표하는 작가로서의 활동도 결코 소홀히 하지 않았다. 2006년에는 사할린 현지에서 열린 건국 58주년 기념 사할린 피징용 한인을 위한 위령제에 고은 시인과 함께 참석한다. 일제 강점시 희생된 한인 강제 징용자들의 외로운 넋을 위로하는 자리로 남은 1세 동포들의 원망을 청취하는 자리이기도 했으며, 또한 3-4세 후대들에게 한국문화를 익히게 하는 자리인 만큼 사할린 출신 작가 이회성의 참석은 그 자체로 의미있는 일이라고 하겠다. 또한 2007년 10월에는 제1회 해외 한인의 날을 맞이하여 재외 동포재단 주최 초청 강연회에서 문학, 북한 피랍자 문제, 재일교포로서의 삶 등을 테마로 강연의 시간을 갖기도 했다.

 **3 '재일'의 삶과 이회성 '문학'**

이회성의 문학적 생애는 세 시기로 나누어 생각해 볼 수 있다. 제 1
기는 문단에 데뷔하여 아쿠타가와 상을 수상하기까지의 4년간으로 이
짧은 기간에 많은 작품을 집중적으로 발표한다. 이회성 초기작품의 공
통적 특징은 빈곤과 차별, 편견이라는 어려운 환경에 있는 작가 자신
의 체험을 바탕으로 그의 '가족사'와 함께 그것을 문학적으로 형상화하
여 '재일' 민족의 운명을 일관성 있게 그리고 있다는 점이다. 초기작품
은 그 내용에 따라서 '부모상'으로 대표되는 재일 1세의 가족사를 통해
서 민족의 운명을 그리고 있는 작품들과 가족사의 테마에서 벗어나서
재일 2세 청년들이 일본에서 겪을 수밖에 없는 청년기의 고뇌를 통해
자기 정체성을 추구해 가는 내용을 그린 청춘 소설로 크게 나누어 볼
수 있다.

제 2기 1970년부터 80년대에는 가족사와 청년기의 정신적 고뇌에서
벗어나 조국의 정치현실이라는 새로운 문학적 소재를 작품화하기 시작
한다. 재일사회의 민중문화운동 등에 깊이 관여하는 시기로 민중문예
지 '민도(民濤)'를 창간하는 등 재일 조선인의 민족적 아이덴티티와 분
단 조국의 통일문제에 적극적으로 관심을 보인다. 제3기 1980년대 이
후부터 오늘날에 이르기까지는 장편소설을 발표하여 재일 조선인 문제
에 보다 실질적으로 접근하면서 '재일'의 가능성을 희망적으로 제시하
고 있다.

작품 『다시 또 이 길을』은 처음에 『조가의 우울(趙家の憂鬱)』이라
는 제목으로 응모한 작품이다. 너무나 우울 했던 나머지 그 제목 밖에

떠오르지 않았다는 작가는 '자기 가족의 변천을 소설로 쓴다고 하는 자체가 죽도록 싫었다. 어딘가에 인간의 빛을 찾아도 그 출구가 없는 안타까움, 역사와 정치의 흐름에 비해 인간사의 작고 비참함, 이런 심리와 주저함 속에서『조가의 우울』이라고 명명했다' 라고 밝히고 있다. 최초로 사할린의 동포 문제를 다룬 소설이기도 한 이 작품은 '분열된 조국의 통일이라는 조선인에게 절실한 테마를 배경으로 그 빛을 찾고자 하는 조선인 가정의 모습을 내면 깊숙한 곳에서부터 다루어 보고자 했다……'라고 집필 동기에서 밝히고 있듯이 개인의 가족사를 통해 재일 조선인의 모습을 그 시대적 역사적 배경과 함께 민족의 운명과 연결시켜서 개인보다는 민족, 조국의 입장에서 접근하고자 하고 있다. 일본 제국주의에 의한 조선 지배의 결과 주변부 끝으로까지 흘러온 조씨(趙氏)일가의 역사가 현재는 도쿄에서 한국인 단체에서 근무하고 있는 셋째 '철오(哲午)'의 시점에서 과거를 회고하는 형식으로 그려지고 있다. 아버지의 사후 혼자서 자식들을 지켜왔던 새어머니의 재혼으로 인해 조가의 가족들이 뿔뿔이 흩어지면서 재일 조선인의 생활의 역사를 되돌아보게 한다. 작품『죽은 자가 남긴 것』에서는 아버지의 죽음을 통하여 난폭하고 봉건적이었던 아버지가 인자하고 자상한 할아버지로 변해가고 이런 아버지를 바라보는 아들의 심리와 함께 민단계와 조총련계로 나뉘어 소속되어 있던 형제들이 '공동장례식(共同葬禮式)'이라는 낯선 제안을 받고 화해를 맞이하게 되는 내용을 그리고 있다.

『큰 바위의 얼굴』역시 30대 후반에 들어선 주인공이 어린 시절 아버지에 대한 기억을 회상하면서 쓴 글이다. 아버지에 대한 회상과 함께 재일 조선인으로서 어두운 시절을 보낸 주인공의 가족사가 그려져 있다. '소년시절 아버지처럼 무서운 사람은 없었다(少年の頃、父ほどおそろしい人はいなかった)'라고 시작하는 이 소설은 어렸을 때부터

아버지는 자식들에게 늘 두렵고 경멸적인 존재로 부정적인 면만을 보여 왔으며, 사람들에게 존경받을 만한 존재도 물론 아니었지만 아들에게 있어 '인면암(人面岩)'은 일생동안 '조선인이 되어라, 하루 빨리 조국을 통일시켜야 한다'를 자식에게 주장하며 끝내는 이러한 자신의 소원을 풀지 못한 채 쓰라린 추억과 한 맺힌 인생을 살다간 아버지가 아닐까 하고 생각한다. 주인공에게 있어 '인면암'은 희로애락이 심하고 아주 평범한 생애를 살다간 아버지, 바로 재일 조선인 1세들의 실상으로 볼 수 있다.

『우리 청춘의 길목에서』는 아버지와의 불화를 이유로 주인공 '남수(南洙)'가 형이 있는 도쿄로 가출하면서 다다미 네 장 반의 아파트에서 다섯 명의 한국인과 한 명의 일본인이 생활하는 풍경이 펼쳐진다. 여러 명의 한국인 청년들이 선택한 생활 수단은 자유노동자, 무위도식, 여자를 수단으로 돈을 버는 일이었다. 여기서 매우 절망적인 재일 조선인의 생활 모습을 엿볼 수 있는데, 그런 환경 속에서도 주인공 남수만큼은 일을 하면서 어렵게 수험 준비를 하고 그 속에서 새로운 돌파구를 찾고자 노력한다. 또한 남수는 막노동판에서 만난 '하루지(春治)'와 그의 가족을 통해 자기 자신을 정립시키고자 한다. '일호실(一号室)'의 아파트, 그리고 함께 생활하는 6명이 모두 가출한 사람이라는 작품 설정은 조국을 떠나 일본으로 건너온 재일 조선인의 모습을 축소해서 상징적으로 보여주고 있다. 이렇듯 작품 『우리 청춘의 길목에서』는 재일 2세 청년들에게 배움의 중요성과 해내야만 할 일의 '도중'에 있다는 것을 작품 속에서 청년상을 통해 알려주고 있다. 청춘의 도상에 있는 청년들에게 아직도 해야 할 과제들이 많다는 것과 극복해야 할 장애 요인 역시 많다는 것을 작품 속에서 일깨워주고 있는 것이다.

『가야코를 위하여』는 1950년대 후반 격동의 시대를 배경으로 재일

조선인을 둘러싼 여러 가지 모순과 갈등(일본인과 한국인의 연애와 결혼, 재일 1세의 부모 세대와 자식 세대 간의 갈등, 반일본인으로서의 정체성 문제, 귀화와 귀국문제 등)이 주인공 '임상준(林相俊)'과 '가야코(伽倻子)'의 연애를 중심으로 전개되고 있다. 재일 조선인에 관련된 여러 가지 모순을 조명한 사회 문제 소설로써 연애 소설의 형태로 재일 조선인의 가족 문제, 사회 문제 모두를 진지하게 다루고 있다는 점에서 다른 청춘 소설과 구별 된다고 볼 수 있다. 주인공 재일 조선인 청년 임상준이 11년 만에 홋카이도를 방문하는 것에서부터 이야기가 시작되는 데 이 작품 또한 재일 조선인 임상준이 어두웠던 지난 청춘 시절을 회상하는 내용을 그리고 있다. 이 작품은 1984년 일본에서 오구리 고헤이(小栗康平) 감독에 의해 영화화 되었고, 한국에서는 2001년 광주 국제 영화제에서 상영되기도 하였다. '사랑'을 부각시킴으로써 인간의 사회적 존재의 의의도 물론 중요하지만 청년기에 한 인간으로서 겪게 되는 사랑과 좌절이 갖는 의미가 이 작품에서는 더 중요한 테마로 그려지고 있다. 작품 속에서 작가는 단순히 '재일' 속에서 드러나는 민족간의 부정적인 감정을 일본인과 한국인의 '이성간의 사랑' 이라는 형태로 화합을 말하고자 하는 것이 아니라 사랑과 정치의 이중적인 구조 속에서 청년기의 이성과의 사랑과 좌절을 통해 '청춘'의 의미와 '삶'의 의미를 되새겨 보고, 보다 이상적인 인간의 삶의 모습을 추구하고 있다고 볼 수 있다. 원작과 영화가 시대적인 차이점은 보이고 있지만 이처럼 인간의 숙명적인 고뇌를 가슴으로 그리고 있다는 점에 있어서는 작가와 감독이 같은 생각을 하고 있음을 알 수 있다.

『청구의 하숙집』의 '청구'의 의미는 작품 속에서 설명하고 있듯이 '한국' 또는 '한국인'을 뜻한다. 재일 조선인에게 있어 불가피하게 삶의 터전이 되어 버린 '일본'이라는 곳이 완전히 정착할 수 없는 영원한 하숙집일 수밖에 없는 상징적인 의미와 함께 제목에서부터 정체성으로 고민하는 재일 2세의 청년상을 엿볼 수 있다. 작품 『청구의 하숙집』에서는 주인공 '신동인(申東仁)'이 동포 학생들의 조직 활동을 통하여 민족의식을 키워 가는 모습과 함께 '장창섭(張昌涉)'과 '이호인(李浩仁)' 사이에서 고민하는 신동인의 모습을 통하여 재일 2세들의 자기 정체성의 문제가 다양하게 그려지고 있다.

당시 와세다대 학생 야마무라 마사아키(山村正明)를 모델로 해서 쓴 『반쪽발이』는 제목에서부터 문제의 심각성을 짐작할 수 있듯이 귀화한 후 동포 사회와 일본인 사이에서 어느 쪽으로도 소속되지 못하고 소외 당하면서 그 갈등을 이기지 못하고 분신자살을 한 재일 조선인 청년의 이야기가 그려지고 있다. 차별과 편견이 심한 사회에 적응하기 위해 대두되는 귀화문제와 이를 둘러싸고 벌어지는 갈등을 다루고 있다.

작품 『나의 사할린(私のサハリン)』은 작가가 사할린을 떠나온 지 25년 만에 아직도 사할린에 살고 있는 사촌에게 보내는 편지글로써 사할린에서의 유년시절, 사할린을 탈출하던 때의 상황, 일본에 정착하여 살아가는 삶을 자세히 그리고 있다. 일본패전 후 소련군이 일소 중립 조약을 깨고 남가라후토(南樺太)에 상륙하여 일본인을 무차별 사살할 때 '카레이스키'(カレイスキー：조선인)는 예외였기 때문에 '카레이스키'를 외치면서 간신히 목숨을 구할 수 있었다. 이러한 긴박한 상황 속에서 친족과의 이별을 감수하면서 아버지의 호령으로 이회성 일가는 가라후토를 탈출하게 된다. 사할린에서 그는 초등학교 5년 동안 '황국 신민화 교육'을 받았고 일본 패전 후 불과 반년 정도 민족 교육을 받게 된다. 그 때 처음으로 한국인 선생인 '황 선생'을 알게 되는데 민족 운동가인 황 선생은 그에게 고향을 일깨워 주었고 조국에 대한 자긍심을 심어 주었다. 이회성이 처음으로 자신이 '한국인' 임을 실감한 것도 해방직후 사할린에서였다.

이회성 작품 속에서 대표작으로 꼽을 수 있는 『다듬이질하는 여인』은 '종래에는 없던 재일 조선인 입장에서 본 재일 조선인의 생활이 그려져 있는, 재일 조선인이 파악한 일본의 현실에도 우리들이 미처 생각하지 못한 것이 있는 것에 감복했다'라고 오오카 쇼헤이(大岡昇平)가 아쿠타가와 상 비평에서 말하고 있듯이, 식민지 시대의 불행과 사회적 억압 아래에 놓인 한국인 여성의 삶의 한 전형을 제시함으로써 어머니가 죽은 후 외할머니의 신세타령을 통하여 일본 사회라는 어려운 여건 속에서 꿋꿋이 살아가고 있는 재일 조선인들의 모습을 그려내고 있다. 36살이라는 젊은 나이에 세상을 떠난 어머니를 추모하는 데 그치지 않고, 어머니의 나이를 훌쩍 넘겨 버린 지금 딸로서, 어머니로서, 아내로서, 한국의 한 여인으로서의 어머니를 회상하며 쓴 작품이다. 여자의 몸으로 일본으로 건너와 어려운 생활에 시달리면서도 어린 주인공만을 유독 귀여워하는 어머니, 김치 독 냄새가 요란한 움막에서 흰 바지 저고리만을 입고 있던 과묵한 할아버지, 딸이 죽은 후 한숨 반 사설 반으로 짙게 신세타령을 늘어놓는 할머니 등 우리 주변에서 흔히 볼 수 있는 인물상을 제시하여 한층 재미를 더하고 있다. 이 작품 속에서 작가가 핵심적으로 말하고자 하는 것은 어머니가 죽으면서 마지막으로 아버지에게 당부하는 '떠돌지 말아요(流されないで)'라는 한 마디에 함축적으로 담겨져 있다고 볼 수 있다. 이것은 재일 1세를 대표하는 '부모상'이 공간적으로 한 곳에 정착하지 못하고 방황하는 표면적인 문제와 함께 함축적으로 '재일'이라는 특수한 상황에서 민족이 어떠한 방향으로 나아가야 할 것인지 또한 인간이 어떻게 살아 나가야 할 것인지에 대해서 끊임없이 갈등하고 고뇌하는 민족의 한이 담긴 표현으로 볼 수 있다. 다듬이질하는 어머니 상으로 형상화된 한 여인의

아름다운 삶의 모습을 통해서 정체성을 지키는 것은 현실을 거부하거나 현실에 타협하는 것이 아니라 주어진 현실을 담담하게 받아들이고, 보다 주체적인 삶을 살아가는 것이라는 것이 상징적으로 드러나고 있다. 즉 민족적 정체성, 나아가서 한 인간으로서 자기 정체성을 추구하고자 하는 한국인의 모습을 엿볼 수 있으며 작가는 '떠돌지 말아요'라는 한마디에 담겨 있는 어머니의 강한 의지를 자신의 삶의 한 방법으로 받아들이고자 하는 강한 의지를 보이고 있다. 어머니는 한 곳에 정착하지 못하고 방황하는 아버지에게 이제는 머물러 주었으면 하고 바랬고, 어머니의 마지막 당부는 남편에게 당부하는 차원을 넘어 한 민족 전체에게 주는 교훈으로 볼 수 있다. 이러한 '정체성'의 문제는『다듬이질하는 여인』을 포함하여『다시 또 이 길을』,『우리 청춘의 길목에서』,『죽은 자가 남긴 것』,『가야코를 위하여』,『청구의 하숙집』,『큰 바위의 얼굴』,『반쪽발이』등의 작품의 주인공을 통해서 다양하게 나타나고 있다.

그러나『다듬이질하는 여인』이 다른 작품들과 다른 점은 지금까지의 작품은 작가 자신이 살아온 길을 단편적으로 되돌아 확인하는 작업의 작품이었다면『다듬이질하는 여인』은 지금까지의 작품을 더 넓은 관점에서 마무리 하고자 하는 듯한 느낌을 준다는 점이다. 또한 다른 작품들에서 일본인을 등장시켜 그들과의 갈등과 고뇌를 주요 테마로 다루고 있는데 반해서 이 작품에서는 일본인이 등장하지 않고 한국의 전통적인 문화와 풍속과 함께 한국의 한 여성, 한 가족, 나아가 한 민족의 운명을 그리고 있다는 점, 그리고 인간의 죽음이라고 하는 필연적인 운명과 민족의 운명을 결부시켜 '팔자탓'이라고 하는 근원적인 문제에서 해결책을 찾고자 한 점이 이 작품이 높게 평가받고 있는 이유라고 생각된다.

　이회성의 작품에서 잘 드러나듯이 '재일 조선인'은 일본의 조선 식민지 지배의 결과 생겨난 존재이다. 이들은 일제의 식민지 지배를 거쳐 해방을 맞이하였음에도 불구하고 다시 '분단'의 현실에 직면, 6·25전쟁 이후 분단국가로써 굳혀지게 되었다. 이들의 삶은 이러한 역사적, 정치적인 사실과 무관할 수 없으며 이러한 현실이 '재일의 상황과 심리 상태, 살아가는 방식'에 대해서 써 보고자 했다고 작가가 문학적 동기에서 밝히고 있듯이 스스로의 손으로 자신들에 관한 일을 쓸 수밖에 없는 상황으로 이끌었다. 그가 살아온 삶과 그가 추구해 온 문학이 일제 침탈, 해방과 곧 이어진 분단, 6·25 전쟁, 남과 북의 독재 정권, 남한의 경제 성장과 민주화 진전 등의 한국 현대사를 고스란히 축약해서 보여주고 있다.

　이회성의 작품이 그려내고 있는 역사적 상징성은 그의 중, 후기 작품 세계로 눈을 돌리면 더욱 뚜렷해진다. 작가 자신은 '미완성작'으로 고백하고 있으나 유신 체제를 정면에서 비판해 한국 현대 정치사를 본격적으로 다룬 최초의 소설이라는 찬사를 받으며 80년대 한국 대학생들의 필독서로까지 불려진 『못다꾼 꿈』, 차별받는 이방인, 소수민족의 비애를 몸소 체험한 것을 바탕으로 사할린, 연해주, 중앙아시아 등 구소련 한인들의 삶을 장대한 스케일로 그려낸 『유역(流域)』, 태평양 전쟁 후 일본을 점령한 미군정의 외국인 강제소환령에 의해 사할린에서 나가사키현의 수용소로 밀려가는 조선인 다섯 가족과 한 남자의 짧은 역정을 다룬 『백년 동안의 나그네』 등의 대표작은 그의 문학의 지향점을 분명히 보여주고 있다.

4 결 론

재일문학은 '재일'이라는 특수한 환경에서 생겨난 문학이다. 특히 재일2세대의 문학은 조국과 멀어진 거리감을 의식하고 '재일'이라고 하는 입장을 객관적으로 수용 하고자 하는 자세를 취하면서 민족문제를 넘어서 인간 실존의 문제에까지 그 영역이 확대되고 있다.

2세대 문학의 특징으로써 말할 수 있는 것은 2세인 자신이 진정한 조선인으로서 자기 발견의 길을 찾고자 하는 것과 작품의 테마가 이어지므로 필연적으로 자신의 체험에 따른 문학세계를 갖게 된다는 것이며 재일문학에 사소설적인 면이 엿보이는것도 바로 이같은 이유 때문이라 할 수 있다. 이회성은 재일작가의 한사람으로서 자신의 체험을 바탕으로 그것을 '기억'이라는 장치를 통해 자신의 일생을 작품 속에서 문학적으로 그려내고 있는 대표적인 작가중의 한사람이라고 할 수 있다. 한 사람의 '기억'이라고 하는 것은 자신에 의해 취사 선택 되어지고 그것이 언어화되고 의미가 부여되면서 만들어지는 이야기이므로 극히 주관적이고 모순된 의미를 갖게 된다. 작가에게 있어서 원체험이라고 하는 것은 분명히 존재하지만 그것은 작품으로 쓰여지면서 작가에 의해 재창조 되는 것이다. '거짓을 쓰지 말자'라는 것이 나의 창작 태도라고 고백한 작가는 현실이나 자기의 내면적인 심리를 그대로 묘사하고 있으면서도 이회성 문학은 실체험의 묘사에 그치지 않고 2세적인 틀을 뛰어넘어 체험의 세계에 상상력을 가미하여 기억의 세계를 한층 더 풍부하게 그려내고 있다.

이회성이 초기 작품에서부터 현재의 작품에 걸쳐 그리고자 한 것은 일본사회에서 재일 조선인으로 살아가는 것의 어려움이었으며 그것은 당연히 외면적, 사회적인 문제임과 동시에 자기 아이덴티티를 일본에서도 조선에서의 한국에서도 북한에서도 찾을수 없다는 지극히 정신적이고 내면적인 문제였던 것이다.

이회성의 주요 작품에서 살펴본 바와 같이 기억 속의 원체험은 이회성 문학의 출발이자 현재의 그의 문학의 존재 이유이기도 하다. 재일 2세 작가로서 그는 사할린에서의 원체험을 일관해서 강조하고 있다. 조선도 아니고 일본도 아닌 장소를 고향으로 갖게 된 것은 이회성 문학에 있어서 중요한 의미를 갖는다. 또한 피할 수 없는 장소로서 가정을 그리고 그 속에서의 아버지와의 불화를 그리고 있다. 재일 2세에게 있어서 가정이라는 곳은 탈출하고 싶은 장소이자 그곳에서 민족이라는 것을 알게되고 나아가서는 인간의 의미를 생각하게 하는 곳이었다. 가족의 체험을 특이한 개인사에 머무르지 않고 민족의 문제로서 다루고자 했던 의도를 이회성의 작품 속에서 엿볼 수 있다.

또한 재일 2세로서 반일본인으로서 일본사회에서 살아가면서 동시에 재일사회라고 하는 특수한 환경에 처해있는 청년기의 갈등과 고뇌, 그리고 조국의 분단이 갖는 정치적인 문제에서부터 이회성은 민족적 아이덴티티를 추구하고자 했다. 일반적으로 재일작가는 남, 북으로 분단되어 있는 조국을 의식하고 있기 때문에 그들의 문학은 정치적인 경향이 강할 수 밖에 없었다. 재일의 실상을 그리는 것보다 조국통일이나 한국의 민주화 투쟁이나 조직과의 갈등을 그리는 것에 중점을 두어 왔다. 그러나 이회성은 그 중에서도 일본어로 재일 조선인의 현실, 또한 그 과거와 미래를 그려내면서 그들과 관계하는 일본인, 일본사회를 그리는 것은 물론이고 남과 북으로 나뉘져 있는 재일 조선인의 화해를 또한 조국의 미래를 위한 화해를 희망과 함께 그려내고 있다.

　지금까지 재일문학이 주제로 한 것은 민족, 또는 조국과 국가체제에 대한 심리적 갈등 그 자체였지만 그것이 가정이라고 하는 문제로 표현되면서도 항상 민족적 아이덴티티 문제로 귀속되고 있었다. 이회성이 그리고 있는 재일 2세에게는 조국과 재일 사이에서 내면적으로 갈등하면서도 조선인이 되고자 하는 민족적 아이덴티티 의식이 뿌리깊이 자리하고 있다. 이회성은 조선인이 되는 것과 조국의 통일을 중요한 문학적 과제로 그려내면서 또한 그것을 자신의 존재의 근간으로 승화시키려고 하였다.

　이회성의 후기 작품 『백년 동안의 나그네』에서는 민족적 아이덴티티를 넘어서 '자기고백'에 의해 재일 조선인의 역사가 장대한 여행으로서 구체적이고 확실한 기억으로 제시되고 있음을 알 수 있다. 또한 이 작품에서는 '재일'이라고 하는 것이 '유랑하는 나그네'라고 하는 이회성의 의식이 투영되어 있다. 현실과 자기 내면적인 심리를 있는 그대로 묘사하고 있는 이회성의 문학은 '자기 상실'에서부터 '자기 발견'과 확인의 작업을 거쳐 '자기로의 회귀'를 추구하고 있음을 알 수 있다.

　이회성이 재일문학의 선두자로써 주목받아 왔고 계속해서 기억되고 있는 것은 단순히 그가 아쿠타가와상의 수상자라고 하는 표면적인 이유뿐만은 아닐 것이다. '문학은 자기 자신을 이야기하는 것이지만 동시에 민족이라든가 세계를 반영하고 있다'고 하는 이회성의 말이 상징하듯이 그의 문학 세계에서는 사소설적인 요소를 지니고 있는 경우에도 민족적 배경 내지 세계를 엿볼 수 있다. 또한 그의 문학에서 보여지는 아이덴티티의 문제는 재일 1세의 맥을 이어오고 있음과 동시에 다음 세대의 문학적 경향인 자기 아이덴티티의 추구에 이르기까지 폭넓게 그리고 있으며 이회성은 민족적 아이덴티티의 문제로 고뇌하는 마지막 세대임과 동시에 재일문학에 새로운 방향을 제시하였다고 볼 수 있다.

즉 이회성은 1세대의 조국, 민족 지향의 정신을 훌륭하게 형상화하여 보여주면서 2세대의 재일문학의 특징을 더욱더 확실하고 선명하게 제시하고 있을 뿐만 아니라 다음 세대로의 다리 역할을 하고 있는 것이다.

9. 고백과 용서의 담론

이회성의 『백년 동안의 나그네』

변화영

 나그네로서의 이회성

이회성은 재일한인 제 2세대 작가이다. 한국에서 태어나 모국으로의 귀환을 믿으며 민족의식을 구가한 1세대 작가들과 달리, 2세대 작가들은 이주민이라는 자신의 신분에서 비롯된 국적과 세대의 문제를 통해 재일한인의 정체성을 진지하게 탐구하고자 하였다. 일본에서 출생하여 교육받았다는 점에서 2세대인 이회성, 김학영, 고사명 등은 1세대인 김달수, 김석범, 김태생 등과 그 문학적 토양이 다를 수밖에 없었다. 2세대 작가들 가운데서도 이회성은 다른 작가들과 사뭇 상이한 체험들을 형상화하고 있는데, 그것은 그의 고향이 사할린이라는 사실에서 기인한다.

이회성은 1935년 가라후토 마오카에서 태어났다. 가라후토(樺太)는 지금의 러시아 사할린으로, 원래는 무인도에 가까운 섬이었다. 1850년 이전에는 일본인 어부들이 사할린 섬 남부에 자리를 잡기 시작했으나 1853년 이후로는 러시아인들이 들어와 북부지역에 정착하였다. 1855년에 러시아가 일본과 노일화친조약을 맺고 사할린을 러시아인과 일본인의 잡거지역으로 정하였다가 1875년에는 양국이 국경을 재조정하는 화태천도교환조약(樺太千島交換條約)을 체결하여 사할린은 러시아에 남고 쿠릴 열도는 일본에 귀속되었다. 1905년 러일전쟁에서 패배한 러시아가 북위 50° 이남 지역을 일본에 양도함으로써 사할린은 1945년 종전될 때까지 일본의 영토였다.[1] 사할린이 러시아에서 일본으로, 일본에서 러시아로 그 소속이 바뀌었듯이 이회성 또한 국적에서 비롯된 고통을 감내하지 않을 수 없었다.

종전 후 1946년 12월 19일, 일본은 미소귀환협정으로 자국민 30만 명을 귀환시켰으나 조선인에게는 배 한 척 보내주지 않았다. 조선이 해방되었으므로 일본에 거주하는 4만 여명의 조선인은 이제 일본인이 아니라는 것이다. 일본정부는 강화조약체결 때까지 조선인 등 식민지 출신의 일본 국적이 계속 유효하다는 공식적인 입장을 취했으나, 1947년 쇼와 천황의 마지막 칙령으로 외국인등록령을 발표하면서 식민지 출신자를 외국인으로 간주한다고 선언하였다. 일본 국적은 유효하지만 외국인으로 간주한다는 일본정부의 이중적 태도로 인해 소련 점령의 사할린에서 신변에 위협을 느낀 조선인들이 밀항을 감행하지 않을 수 없었다. 이회성도 사할린에서 가까스로 빠져나온 밀항자들 중의 한 사람이었다.

이회성은 일제강점기 이봉섭과 장술이의 5남매 중 3남으로 태어났다. 그의 아버지는 황해남도, 어머니는 경상북도 출신으로 두 사람은 일본에서 만나 결혼하여 1930년대 초에 사할린으로 건너갔다. 이회성은 사할린에서 태어나 12세까지 살았다. 제2차 세계대전 때, 소련이 사할린을 점령하여 스탈린 통치 아래 놓이게 되자 그의 가족들은 서둘

---

1) 이순형, 『사할린 귀환자』, 서울대학교출판부, 2004, pp.1-2

러 그 섬에서 탈출하였다. 스탈린의 비밀경찰이 협화회 간부들을 시베리아 수용소로 보내거나 총살하기 시작했는데, 이회성의 아버지도 이 조직의 지부 부회장직을 맡았던 전력이 있기 때문이다. 가족들은 일본인 귀환선을 타고 간신히 밀항에 성공했으나 홋카이도의 하코다테에서 미군정청 사람들이 그들을 소련의 스파이로 간주하는 바람에 전원 고국으로 강제 소환될 처지에 몰렸다.

이회성 가족의 사할린에서 홋카이도로의 밀항은 목숨을 건 행동이었다. 그들은 유대계 소련인의 도움으로 간신히 사할린에서 탈출했지만 나가사키 현의 하리오 수용소에서 부산행 배를 기다리는 동안 분단과 테러 등, 조국의 불안한 현실을 구체적으로 접하고 난 후, 귀국을 포기하고 일본에 남기로 하였다. 이로써 조선인 이회성은 일제강점기와 또 다른, 재일의 삶을 시작하게 되었다. 1994년에 발표된 『백년 동안의 나그네』는 그 어디에서도 제대로 정착할 수 없었던 이회성의 유랑 체험들이 형상화된 장편소설이다.

『백년 동안의 나그네』는 상·하권, 23장으로 이루어져 있다. 1장에서 13장으로 엮어진 상권은 아오모리에서 시모노세키에 이르는 귀환자 조선인들의 여정이, 14장에서 23장까지의 하권은 하리오 수용소에서의 생활이 주로 이야기되어 있다. 일제당국은 조선인들을 홋카이도를 통해 사할린으로 이주하는 경로, 즉 최종 집결지인 부산에서 시작하여 시모노세키, 도쿄, 아오모리, 홋카이도의 하코다테와 와카나이를 거쳐 사할린 남단인 코르사코프 항에 도착하여 탄광에 배치하는 과정을 주로 택했는데 『백년 동안의 나그네』는 그 경로와 정반대이다. 『백년 동안의 나그네』에 등장하는 다섯 가족, 20명 모두는 징용과 반대의 경로를 밟아 고향으로 돌아가고 싶어 했지만 조국의 현실은 그들을 두 갈래 방향으로 흩어놓았다. 한인으로 귀국하느냐 재일한인으로 남느냐의 갈림길에서 과거를 흉금 없이 털어놓는 사이에 그들은 서로를 이해하고 용서하게 된다. 용서는 자신에 대한 반성을 담은 고백 없이는 타인에게 구할 수 없는 것이다.

이 글에서는 『백년 동안의 나그네』에 나타난 공간들을 중심으로 전체적인 담론구조를 살펴본 다음, 그 공간들이 고백과 용서를 향한 의미들과 맞물려 있음을 구체적으로 고찰하고자 한다.

 ## 2 한인의 동아시아적 거점, 사할린

러시아 거주 한인들의 유랑의 역사는 140년 전으로 거슬러 올라간다. 1860년대 이후 조선 백성들은 극도의 가난과 기근, 수탈을 견디다 못해 고향을 등지고 러시아 땅으로 건너갔다.[2] 두만강을 건넌 그들은 주로 우수리스크에 모여 살았다. 일제 강점 이후 이주민은 급격히 늘

---

[2] 한인의 러시아 이주는 1860년대부터 시작되었다. 이주의 원인은 북한 지방의 기근과 가난에서 비롯되었다. 두만강을 건너 1863년 13가족이 노부고로드만 지역과 포셰트 지역의 해안에 이주하였으며, 이듬해 60가구 308명이 이주해 포셰트 지역에 정착하였다고 한다. 러시아는 극동지역으로의 농민의 이주를 촉진하기 위해 1861년 2월 19일 농노제(農奴制)를 폐지하였고, 1861년 4월 27일의 「동시베리아의 아무르와 프리모르스카야 주 지방의 러시아인과 이국인의 이민에 대한 규칙」을 공포하였다. 이 규칙에 의하면 극동으로 이주하는 농민에게 인두세 및 여러 가지 세금 감면과 더불어 엄청난 혜택이 돌아간다는 것을 알 수 있다. 이에 한인의 이주 또한 점차 증가하였다. 일제강점기에 일본은 국가총동원령을 발해 1945년 종전까지 한국인 15만 명을 강제로 모집하였고, 1944년부터 일본 본토에서 노동력이 부족하자 약 10만 명을 다시 징용하였다. 종전 후 1946년 소련 정부의 인구조사에 따르면 한국인 43,000명이 사할린에 살고 있는 것으로 집계되었다. 사할린의 인구 구성을 보면, 러시아인들이 대다수를 차지하고 있으며 그 외 우크라이나인, 한인, 오르크, 니흐키, 에벤키 등 소수민족이 살고 있다. 소수민족으로는 한인이 가장 많다(이순형, 앞의 책, pp.2-8).

어나 블라디보스토크와 우수리스크 등, 극동 연해주에 17만여 명이 살았다. 한인 중에는 인민의 자유와 평등에 기대를 걸고 1917년 볼세비키혁명을 적극 지지했던 사람들도 많았다. 그러나 스탈린은 극동 지역의 한인들이 일본의 소련 침략에 이용될 수 있다는 점을 들어 블라디보스토크 등지에서 한인들의 추방을 결정하고 1937년 9월에는 7만여 명을, 10월에는 17만여 명의 한인들을 카자흐스탄과 우즈베키스탄 등 중앙아시아 지역으로 이주시켰다.

1860년대부터 70년 간 연해주의 동토를 개간하고 정붙여 살아온 한인들은 1937년 스탈린의 소수민족분리정책의 일환으로 횡단열차 화물칸에 실려 중앙아시아로 강제 이주되었다. 살을 에는 초겨울의 시베리아 벌판을 따라 난방도 안되는 열차 속에서 추위와 굶주림에 수많은 한인들이 죽었다. 하지만 한 달이 넘게 걸려 도착한 중앙아시아는 황무지였다. 살아남은 한인들은 갈대와 늪으로 뒤덮인 불모지를 개간하고 농사를 지었다. 조국을 잃은 유랑민의 슬픔과 고통을 그들은 박토를 옥토로 바꾸면서 극복해 나갔다. 곡식이 자라는 땅이야말로 자신의 존재를 확인할 수 있는 터전이기 때문이다.

김영태도 1937년의 강제 이주자들 가운데 한사람이다. 김영태, 소련 이름 김 미하일 욘태비치는 연해주의 포세트라는 곳에서 태어나고 자랐다. 그러나 1937년 가을 추수 직전에 스탈린의 명령에 의해 그는 카자흐스탄으로 강제 이주를 하였다.

    "김 미하일 욘테비치…" 박봉석은 망설이며 물었다. "왜 연해주에서 중앙아시아까지 갔습니까?" 이 질문은 어리석은 것이었다. 그에게 오랫동안 잊을 수 없는 부끄러운 기억이 되었을 정도였다. 김 미하일 욘테비치는 얼굴을 흐리며, 박봉석의 얼굴을 뚫어지게 쳐다보았다. 그런 다음, 어떻게 설명할까를 한참 궁리하다가 입을 열었다. "박동무. 고려인이 가지 않은 데가 있을까요?” “유랑민이라는 겁니까?” “그게 아니라, 우리 민족은 어디에 가도 살아남을 수 있었다는 겁니다. 그렇게 믿고 싶습니다.” “예에…” “큰소리로 떠들 수는 없지만, 1937년 가을에 일어난 일은 언젠가는 분명히 문제 삼지 않으면 안 될 겁니다. 하지만 지금은 어렵습니다. 나는 당을 믿을 수밖에 없습니다. 우리를 해방시켜준 레닌의 당을… 하지만 엔젠가는 그때 일을 역사에 물어야 할 날이 올 겁니다… 참으로 긴 여행이었습니다. 화물열차가 우리를 빽빽이 싣고 8천 킬로미터를 달렸지요. 한 달쯤 걸린 대이동이었습니다. 대단한 여행이었지요. 그래도 고려인은 살아남았어요. 중앙아시아 각지에서 또 쌀농사를 짓기 시작했습니다. 우리는 농경민족이니까, 아무리 사막 같은 곳에 가도 생각하는 거라고는 그저 쌀농사뿐이랍니다.”(상: 176-177)[3]

박봉석은 부두 콤비나트에서 부지배인으로 일하는 김영태에게 친밀감을 느꼈다. 김영태가 함경도 특유의 투박하고 강한 사투리를 쓰기 때문이었다. 사할린에 건너온 조선인은 대부분 남조선 출신으로, 자신처럼 북조선 출신은 극히 드물었다. 김영태는 사할린에서 태어났지만 그의 부모가 함경남도 단천 출신으로 그 영향을 받았던 것이다. 김영태의 부모가 두만강을 건너 연해주로 들어온 것은 조선조 말기였다. 그의 가족은 조상의 무덤을 뒤로 하고 한 사람도 남김없이 고향을 떠나왔다. 하지만 그들에게 연해주에서의 삶은 순탄하지만은 않았다. 나라 잃은 한인에게 정착은 유랑의 연속선상에 있기 때문이다. 스탈린 정부의 강제 이주 정책도 그 중 하나였다.

제2차 세계대전이 끝나고 사할린에 파견되기 전까지 유랑민 김영태는 카자흐스탄의 우시토베에서 집단농장 콜호즈에서 일했었다. 그는 부임하는 기회에 고향 연해주의 포셰트에 들러 보려고 열차를 갈아타

---

3) 이회성, 김석희 옮김, 『백년 동안의 나그네』, 프레스빌, 1995(이 글에서 인용문을 제시할 때 상, 하 다음에 표시된 숫자는 이 책의 페이지를 나타낸다).

면서 8천 킬로미터를 다시 되돌아왔다.[4] 카자흐스탄에서 포세트까지, 포세트에서 사할린까지, 그리고 사할린에서 한반도까지, 이 지역을 잇는 지리적 위치선상에 한인이 살고 있는 것이다. 이러한 맥락에서 볼 때, 사할린은 러시아의 영토를 동서로 가로지르면서 중앙아시아를 연결하는 거점지역이 된다.

그러나 『백년 동안의 나그네』에서 한인의 동아시아적 거점으로서 사할린이 지닌 공간적 의미는 한반도와 일본을 잇는 삼각형의 연결 지점들, 즉 부산과 시모노세키와 사할린을 통과하는 공간들과의 상호작용을 아울러 살펴보지 않으면 접근되기 어렵다. 왜냐하면 사할린으로의 한인 이주는 일제강점기에 증폭되었으며 일제당국은 한반도는 물론, 사할린을 북진을 위해 병참기지화 했기 때문이다. 그러므로 『백년 동안의 나그네』에서 사할린이 지니는 공간적 의미는 이야기가 시작되는 아오모리에서 시모노세키와 나가사키에 이르는 기차 경로의 관계 속에서 탐색되어야 한다.

> 배에서 내리는 일반 승객과 귀환자들보다 앞서 한 무리의 조선인들이 트랩에 나타난 것은 7월 27일 새벽이었다. 아오모리 항의 칙칙한 잔교에 옆구리를 붙인 세이칸 연락선(일본 혼슈의 북쪽의 아오모리(靑森)와 홋카이도 남쪽의 하코다테(函館)를 왕래하는 선박)의 돛대 위를 갈매기 몇 마리가 날고 있었다. 바다 냄새가 났다. 한 무리의 그들은 갈매기나 바다 내음에는 마음을 줄 여유도 없이, 짐을 짊어진 채 발밑을 조심하면서 트랩을 건넜다. (…) 전체 인원 20명. 다섯 가족과 독신자 한 명을 포함한 수였다. 다나카(田中) 순사는 상관 옆으로 다가가서 작은 소리로 보고했다. "이상 없습니다." 도무라 경부보는 조용히 고개를 끄덕여 보였다. 이

---

4) 옛 소련이 해체되고 여러 민족 국가들이 독립한 후, 중앙아시아에서 다시 아버지·어머니의 고향인 연해주로 재이주해 오고 있는 고려인 후손들에 대한 연구 또한 아울러 면밀하게 진행되어야 할 것이다.

상이 있으면 곤란하다. 이 사람들을 한 명도 빠짐없이 나가사키(長崎)까지 압송하는 게 그들 두 사람에게 부여된 임무였다. 일행 중에는 병든 노인과 임신한 여자에 젖먹이도 있다. 성가신 일행이었다. 하지만 이런 시국에 그런 말을 할 수는 없다. 이들을 무사히 호송하는 게 두 사람에게 부여된 임무다. 미군정청의 명령에 따라, 이들 밀항자들은 일본에서 해외로 추방당하게 되어 있었다.(상: pp.9-11)

『백년 동안의 나그네』에 등장하는 다섯 가족, 20명의 한인들은 강제 귀환자들이다. 협화회 간부였던 박봉석 가족, 여관을 운영하던 유근재 가족, 최목사 부부, 서만철 부부, 이재길 부부, 그리고 주두홍이 압송 대상자들이다. 그들은 일본인 귀환선을 몰래 타고 사할린에서 홋카이도의 하코다테에 입항하였다. 나흘 동안 하코다테 항구에 정박해 있다가 하선한 그들은 귀환자 수용소에서 3주일 동안 머물러 있어야 했다. 그들은 불법으로 밀항했기 때문이다. 수용소에 있는 동안 그들은 거의 날마다 미군청정에 끌려가 조사를 받은 후, 저녁나절에야 돌아올 수 있었다. 미군정 심사관들이 그들을 소련의 스파이로 의심하고 있었던 탓이다. 그들 가운데 협화회 간부를 맡았던 박봉석은 미군정의 처사에 불만이 많다. 전시에 조선인은 일본 특별고등경찰의 강제로 모두 협화회 회원이 될 수밖에 없었다. 그런데도 협화회 지부 부회장을 지낸 전력을 내세워 미군 심사관은 그를 일본 제국주의에 협력한 주구로 간주하고 있었다. 이미 사할린에서 일본인 구장 기지마 기쿠지가 조선인들이 소련의 스파이가 되고 있으니 협화회 지도원인 이상 내선일체화에 실패한 책임을 지고 자살하라는 협박을 받은 적이 있는 그로서는 미군 심사관의 태도가 견디기 힘들다. 자신이 발 딛고 사는 땅을 누가 강점했느냐에 따라 매번 신변에 위협을 느낀 박봉석은 그런 자신의 처지가 고통스러울 뿐이다.

귀국 심사관들은 미군 강점의 일본에서 공산주의자들이 파업을 주도하여 통제가 어렵게 되자 사할린에서 밀항한 조선인들 또한 소련 스파이로 활약하지 않을까 하여 그들을 모두 고국으로 돌려보낼 작정이었다. 백방으로 노력하여 목숨을 걸고 사할린에서 탈출했지만, 결국 귀국한다 해도 금의환향이 아니라 강제 송환되는 신세로 전락하자 귀환자들은 허탈함과 배신감에 사로잡혔다. 게다가 패전한 일본정부가 자신들의 피눈물이 배어있는 적금을 돌려주지 않고 아무짝에도 쓸모없는 일본은행 예치증 한 장과 단돈 천 엔으로 귀환을 허가하는 바람에 그들의 설움은 극에 달했다.

천 엔으로 고국에서 어떻게 살아가야 하는가를 걱정하면서 귀환자들은 아오모리 역에서 나가사키 행 기차를 탔다. 그들 20명은 승강구에 영어와 일본어로 '승차금지' 팻말이 걸려 있는 열차 한 량을 독차지하고는 하리오 수용소까지 호송을 담당한 도무라 경부보와 다나카 순사의 감시를 받으며 나가사키 현의 하에노사키 역까지 움직일 예정이었다.

아오모리(青森) 역에서 출발한 기차가 센다이(仙台), 도쿄(東京), 오사카(大阪), 고베(神戸)를 거쳐 히로시마(廣島)를 지날 때, 사람들은 차창 밖으로 보이는 끔찍한 광경에 하나같이 낭패감과 두려움에 사로잡혔다. 고향 센다이를 통과하자 서운한 감정을 쉽게 감출 수 없었던 마쓰코도, 고베 역에서 승차금지 차량의 탑승 여부를 놓고 도무라 경부보와 일본인 승객 사이의 실랑이를 조정하고자 했던 유근재와 최 목사는 물론, 오사카 역에 도착하기만 하면 그 길로 내뺄 기회만 노리던 이재길도 모두 창 너머의 처참한 폐허에 망연자실하였다.

그들 눈앞에 가득 펼쳐져 있는 것은 폐허였다. 불에 타서 허허벌판처럼 변해버린 도시, 곳곳에 쌓인 기왓장과 벽돌 더미가 희뿌옇게 햇빛을 반사하고 있는 도시의 잔해였다. 그들의 눈은 이 황량한 풍경을 탐욕스럽게 훑어보았다. 자세히 보면 녹슨 철골 옆이나 무너진 콘크리트 도로, 또는 뒤틀린 다리 위에서 사람들이 꿈틀거리고, 건축 중인 건물이나 가건물도 꽤 많이 섞여 있었지만, 전체적으로 보면 그것조차도 폐허의 처참함을 더욱 돋보이게 하는 조역의 입장에 만족하고 있을 뿐이었다. 철로변 땅바닥에는 좌판이 즐비하게 놓여 있고, 거기서는 사람들이 개미떼처럼 무리 지어 움직이고 있었다. 물건을 사고파는 사람들, 무언가를 먹고 있는 사람들… 하지만 그들은 잡초처럼 억세고 질긴 인간의 꿋꿋한 모습이라기보다는 절박한 인간의 적나라한 모습으로 보였다.(상: pp.280-281)

히로시마는 1945년 연합군에 의해 원자폭탄을 맞아 폐허가 되었다. 종전이 된 지 2년이 지났지만 폐허가 된 도시에는 옛 모습을 전혀 찾아볼 수 없게 되었다. 그런데도 일그러진 도시에서 사람들은 물건을 사고팔면서, 음식을 먹으면서 용케도 살아 가고 있다. 그 사람들 가운데는 일본인은 물론, 조선인도 섞여 있다. 징용이나 징병이든, 자발적 이주이든 조선인은 원자폭탄이 투하되던 날, 그 도시에 있었다. 대량살상의 폭탄 투하로 엄청난 수에 달하는 조선인도 죽음을 당했다.

폐허의 도시에서 자행된 전쟁의 흔적을 뒤로 하고 기차는 곧 이어 시모노세키(下關) 역에 도착하였다. 시모노세키 역은 산인선(山陰線)과 산요선(山陽線) 등 몇 개의 기차 노선의 시발역이므로, 일본 국내로 퍼져 나가는 교통의 요지이기도 하다. 이곳에서 10 시간 정도만 연락선을 타면 부산에 도착할 수 있다. 노무자와 위안부로 일본에 들어온 마쓰코의 남편 유근재도 박봉석의 새 아내 춘선도 그들이 처음 밟은 땅이 바로 시모노세키였다. 그렇다면 고국으로 돌아가는 길도 시모노세키에서 떠나는 것이 사리에 맞는 일이다. 하지만 조국 해방과 동시에 일본 국적을 잃은 사할린의 조선인들이 일본인 귀국선으로 밀항한 탓에 그럴 수가 없다. 나가사키 본선의 이사하야 역에서 내려 오무라 선으로 갈아타고 하에노사키 역에 도착하면 그들은 부산행 이송선이 올 때까지 하리오 수용소에서 기다려야 한다.

기차 밖으로 지나치는 도시들, 즉 센다이, 도쿄, 오사카, 고베, 히로시마, 시모노세키는 일본 국내를 연결하는 주요 도시들이다. 아오모리에서 나가사키까지의 기찻길은 일본의 남북을 통과하고 있는데, 그 길은 또한 아오모리에서 홋카이도를 거쳐 사할린으로 이어지는 길과 통해 있다. 이로써 러시아의 사할린은 일본을 남북으로 연결하는 정점이 되는 지리적 위치에 있음을 알 수 있다. 그러므로 한인들이 사할린에 살고 있는 한, 그곳은 우리의 과거뿐 아니라 현재, 그리고 미래를 이해할 수 있는 중요한 의미를 지닌 공간이 된다. 이회성에게 사할린은 고향이지만, 『백년 동안의 나그네』에서 그곳은 우리에게 동아시아적 관점을 유지하면서 자신의 정체성을 탐색해야 하는 역사적 되는 것이다.

3 휴머니즘의 새 얼굴, 초국가주의

『백년 동안의 나그네』에 등장하는 주요 인물들 가운데 가장 흥미로운 인물은 주두홍이다. 아오모리 역에서 다섯 가족 20명이 기차를 탔는데, 홀로 탑승한 주두홍은 그 누구와도 대화를 나누려고 하지 않았다. 하코다테의 귀환자 수용소에서 그들과 합류했을 때부터 주두홍은 사람들에게 쌀쌀한 태도를 취했었다. 주두홍이 귀환자들과 어울리려고 하지 않는 것은 그들을 용서할 수 없다고 생각했기 때문이다. 함께 일본인들 틈에 섞여 귀환선을 타고 소야(宗谷) 해협을 건넜다고는 하지만 협화회 지역 간부로 일했던 그들과 주두홍 자신이 같은 입장일 수는 없다. 전쟁에 협력한 죄가 문제되자 재빨리 도망친 협화회 간부들이 시베리아로 끌려가지 않은 것을 다행으로 여기며 가슴을 쓸어내릴 때마다 주두홍은 그들의 가증스런 얼굴에 간신히 분노를 삭였었다. 선주(先住) 조선인으로도 불렸던 그들은 징용으로 끌려온 동포를 '핫바지'라 부르며 멸시한 차별주의자들이기도 하다. 이런 사람들과 뒤섞여 조국으로 돌아간다는 것이 그에게는 괴롭기 짝이 없는 일이었다. 그래서 그는 기차에 오르기 전까지도 사람들에게 냉담한 반응을 보였었다. 하지만 기차에 탑승한 이후로 그는 이 협화회 도망자들과 말을 섞기 시작하면서 점점 흉금을 털어놓게 되었다. 주두홍에게 대화의 물꼬를 트게 한 계기는 이재길이다.

이재길은 주두홍이 징용으로 끌려간 탄광의 노무반장이었다. 그는 일본인 감독을 부하로 거느리고 돼지도 안 먹을 음식을 주면서 하루에 12시간씩 광부들을 혹사하였다. 2년 만기가 되었는데도 이재길은 1,500명이나 되는 징용 광부들이 돌아갈 수 있도록 도와주기는커녕, 전시라느니, 전국이 비상사태라느니, 후방전시라느니 닦달하면서 석탄증산을 재촉하였다. 그런 이재길이 지금 주두홍 앞에 나타난 것이다. 주두홍은 그가 두 번 다시 보고 싶지도 않고, 다시 만나면 이번에야말로 숨통을 끊어놓을지 모른다고 생각했던 상대였다. 이재길 또한 해방되던 날, 일본인 감독을 살해한 다음 자기를 죽이려 했던 주두홍을 기차 안에서 마주친 순간 한눈에 알아보았다. 처자식이 있다며 살려달라고 애원하던 자기를 도망가도록 놓아주던 그 순간을 떠올릴 때면 이재길은 그에게 꺼림칙한 기분이 드는 것이다. 주두홍에게도 그렇지만 부산에 도착하면 지은 죄를 물어 죽임을 당할 수도 있기 때문에 이재길은 일본에 건너오기 위한 방편으로 결혼한 기미코와 그녀의 아들 도시오를 버려둔 채 오사카로 냅다 도망칠 작정을 하고 있다. 일본인 호적에 들어가면 조선인도 홋카이도로 오는 귀환선을 탈 수 있다는 점을 노려 이재길은 일본인 기미코와 결혼하는 교활한 방법을 취했던 것이다.

주두홍은 물론, 일행들도 이재길이 자신의 목숨을 구하기 위해 임신한 기미코를 이용하고 있다는 것을 어렴풋이 깨닫고 있다. 그가 하는 행동이며 말을 통해 사람들은 그의 교활하고 야비한 인간성을 충분히 짐작할 수 있었던 것이다. 그렇기 때문에 모두들 이재길의 행동을 주시하고 있다. 최목사는 오사카 역 도착 10분 앞둔 시간에 이재길에게 다가가 '아이는 죄가 없다'며 계속 말을 걸어 그를 도망가지 못하도록 붙잡아 두기까지 하였다. 이재길은 그런 최목사를 기차 밖으로 떠밀고 기차에서 단숨에 뛰쳐나가고 싶은 충동에 사로잡힐 정도로 잔인하고 비열한 사람이다.

이틀 동안 기차를 타고 하리오 수용소에 도착한 귀환자들은 군대 막사였던 여러 개의 건물 가운데 4호동에서 짐을 풀었다. 우라가시라(浦頭) 항에 상륙한 일본인 귀환자들은 항구에서 7킬로미터 떨어진 이 하리오 섬 원호국에 일단 수용되어 잠시 눈을 붙인 뒤, 하에노사키 역에서 임시열차를 타고 각자 고향으로 돌아갔다. 일본에 있던 조선인과 중국인은 그들과 정반대의 경로를 밟아 남조선이나 대만 혹은 중국으로 돌아갔다. 1947년 이후로는 남조선에서 밀항해온 사람들이 급격히 늘어났는데, 그들 역시 하리오 수용소에 모여 있었다. 하지만 그들은 12호동 특별구역, 출입금지 구역에 갇혀 있었다. 어느 날 이곳을 지니던 주두홍은 누군가 절규하는 소리에 걸음을 멈추게 된다.

"부탁이오 제발 부탁 좀 들어주시오." 창가의 사내는 매달리듯 외쳤다. "나는 남조선 특무대의 그물을 피해 밀항해온 사람인디, 강제로 송환되면 놈들 손에 죽고 말거요. 내 부탁은 다름이 아니라, 우리 부모한테 전해주시오. 일본의 이 수용소에서 당신네 아들을 만났다고 말이오. 우리 부모님한테 편지 한 통만 써서 보내주십시오. 아들이 1947년 8월 9일에 일본에서 송환되었다고. 제발 부탁이오. 내 부탁은 그것뿐이오. 인정이 남아있거들랑 전해주시오. 내 이름은 ○○○이고, 아버님 성함은 xxx이오. 고향은 전라북도 임실군 △△면 □□리요. 다시 한번 되풀이허겠소. 내 이름은…." 창가의 사내는 다시 한번 자기 이름과 아버지 이름, 그리고 고향 주소를 큰 소리로 외쳤다. 그 목소리에는 미칠 듯한 염원과 진지함이 담겨 있었다. 주두홍은 상대방의 얼굴을 뚫어지게 바라보고 있었다.(하: p.256)

12호동에 수용된 사람들은 일반 귀환자와 대화를 나누는 것이 금지되어 있었다. 그러므로 특별구역에 갇힌 남자는 창문을 열고 길 가던 주두홍에게 큰소리로 자신의 신분을 알리며 부모님에게 아들의 소식을 전해달라고 부탁할 수밖에 없었다. 사상범인 그는 남조선으로 보내지면 독재자한테 붙잡혀서 평생 감옥에 갇히거나 총살당할 신세인 것이다. 사심을 버리고 순수하게 민족을 위해 투쟁하였을 사내를 일본정부와 미점령군은 하찮은 존재로 여기고 있기 때문에 그의 말로가 주두홍은 안타까웠다. 주두홍이 보기에 스탈린 만세, 독재 타도를 외치는 사내가 진정 민족을 위한 길이 무엇인가를 제대로 알지 못했다는 생각이 든다. 좌익계인 듯한 사내의 신념은 소련에서 이입된 사상에 근거하고 있다. 사할린에서 살아 본 적이 없는 그 사내는 스탈린 치하의 소수민족 조선인 삶이 얼마나 비참하고 혹독한 것임을 알 수 없었던 것이다. 사내는 남조선의 독재와 테러를 경고하고 민족해방의 신념을 표방하고 있지만, 다른 한쪽에 대한 체험이 없는 맹목적인 그의 신념이란 분단된 조국에서 민족의 대립과 갈등의 원인이 될 수밖에 없다. 주두홍은 이 점을 시골 아낙네의 휴머니즘적 태도에서 절감하였다.

> 인간은 민족을 초월하여 서로 도울 때 가장 인간적인 경지에 도달할 수 있지 않을까. 이런 사상을 그는 그 시골 아낙네를 통해 배웠다. 그 아낙네야말로 그 사상의 스승이자 구현자였다. 한 민족이 동포를 감싸거나 돕는 것은 지극히 자연스러운 일일 것이다. 하물며 그 민족이 다른 민족의 억압을 받고 있다면, 자기 민족의 독립과 번영을 위해 투쟁하는 것은 지극히 당연한 일이다. 하지만 그 민족이 한 사람의 동포를 구하기 위해 다른 민족에 딸린 한 사람의 이웃을 죽인다면, 그 민족은 이미 위험하다. 이 20세기는 이런 민족 간 분쟁에 노출되어 있는 게 분명하다. 이런 시대에 인간이 생각하지 않으면 안되는 것은 무엇일까? '민족'과 '인간'이 동등한 가치로써 내재된 존재. 이것이 아무리 어려운 일이라 해도, 그런 인생관을 공유할 때만이 인류의 내일에는 비로소 새로운 희망이 생겨나지 않을까. 그런데 인간은 민족으로 존재하는 한, 다른 민족에 대해서는 반드시 배타적이 되어 버리는 집단인 것도 사실이다. 적어도 지금까지의 역사는 그러했다. 그렇다면 아예 이 지상에서 모든 민족이 해체되어버리면 좋겠지만, 그런 날은 아마 500년이나 지나도 오지 않을 것이다.(하: p.252)

주두홍은 사할린에서 빠져나오기 위해 벙어리 행세를 하면서 알몸으로 길바닥을 뒹글며 자기가 싼 똥을 먹었다. 그런 주두홍을 길 가던 아낙이 보고는 집으로 데려가 몸을 씻겨 주고 따뜻한 빵과 잠자리를 제공하였으며, 결국에는 그가 소련 점령의 사할린에서 도망칠 수 있도록 도와주었다. 민족을 초월한 한 인간에 대한 아낌없는 사랑이야말로 진정한 휴머니즘에 도달하는 길이며 20세기의 민족 간 분쟁을 막을 수 있는 원동력임을 주두홍은 시골 아주머니를 통해 배웠다. 민족을 앞세우면 반드시 다른 민족과 배타적인 관계에 놓이게 되고 분쟁의 씨앗이 되기 때문에 주두홍은 이 지상에서 모든 민족이 해체되는, 즉 초국가주의(transnationalism) 사상이 도래해야 한다고 믿고 있다.

미래 지향적인 민족의식은 자민족중심주의적 사고에서 벗어난 초국가주의에서 출발한다는 주두홍의 견해에 박봉석 또한 동조하고 있다. 박봉석도 유대계 소련인의 도움으로 귀국허가증을 발급받아 사할린에서 배를 탈 수 있었기 때문이다.

> 우리가 사할린에 들어간 것은 그 섬이 '사갈렌'이라고 불리던 시절이었습니다. 그 무렵에는 해달을 밀렵하거나 금을 암거래하거나 그밖에도 여러 가지 일에 손을 댔지만, 모두 실패로 끝나고 결국에는 구두 수선공 노릇을 하다가 일본의 패전을 맞았지만, 가라후토는 여기저기 돌아다녀서 잘 알고 있습니다. 아이누족한테 신세진 적도 있고, 백계 러시아인의 집에 묵은 적도 있지요. 그 섬은 혁명이 일어나기 전에는 유형지였기 때문에, 그 흔적이 곳곳에 배어 있습니다. 중국인도 있고, 오르크족과 길랴크도 있었지요. 폴란드인도 있었구요. 저는 이상한 기분이 들었습니다. '사할린'은 이렇게 여러 민족의 피와 냄새가 섞여 있는 섬입니다. 말하자면 인종시장의 축소판 같은 곳이지요.
> 그렇게 생각하자, 여기서 유대인인 샤바라를 만난 것은 단순한 우연이라 해도 무슨 인연인지 모른다고… '유대 민족은 박해를 받고 있다. 전 세계를 여기저기 유랑하고 있으니까, 우리의 고뇌를 남보다 훨씬 잘 이해할 게 분명하다'는 생각이 들더군요. 저는 그렇게 생각했습니다.(하: pp. 72-73)

사할린에 노무자로 들어온 박봉석은 조선인에게 변변한 일자리조차 제공되지 않은 탓에 여러 직업을 전전하지 않을 수 없었다. 생계를 꾸리기 위해 사할린 여기저기를 돌아다니다가 박봉석은 그 지역의 소수민족 사람들에게 여러 번 신세를 졌다. 아이누 사람, 백계 러시아인은 물론이요, 결정적으로는 유대계 소련인 샤바라의 목숨을 건 도움으로 그는 시베리아 유형을 피할 수 있었다. 상관인 소령의 서명까지 위조해서 귀국허가증을 만들어준 샤바라가 나라 잃은 유대인임을 알고 박봉석은 자신보다 더 역경에 놓인 사람의 인간적인 배려에 감동하였다. 박해받는 민족을 도와주는 일에 긍지를 가지고 있는 샤바라를 통해 박봉석은 아무것도 모른 채 협화회에 협력한 자신의 과오를 뉘우쳤다.

오족 협화권을 지키기 위해 성전(聖戰)을 함께 수행해야 한다는 일제의 주장은 일본족이 만주족, 몽고족, 한족, 조선족 등을 통치하기 위한 수단일 뿐이다. 일제는 5족 가운데 통치 지위에 군림하면서 다른 민족 지배를 합리화하기 위해 대동아전쟁을 미화하고 있다. 대동아전쟁은 제국주의 국가들 사이에서 일어난 식민지 쟁탈권의 성격이 강하므로 그 전쟁은 분명히 침략전쟁이다. 인종시장의 축소판 같은 사할린에서 박봉석은 소수민족 사이의 인간적인 배려를 통해 한민족 공동체의 질적 발전의 원동력은 다민족을 아우르는 초국가주의에 있음을 이해하게 된다. 박봉석은 최목사에게 사할린에 버려두고 온 수양딸 사토미 문제에 대한 자신의 고민을 마저 털어놓고 싶었으나 암에 걸린 최목사의 병세가 좋지 않아 샤바라에 대한 이야기만을 고백하듯 들려주었다. 박봉석은 자신의 과거를 이야기하는 과정에서 어려울 때마다 남의 도움을 받아서 '지금 여기'에 존재하고 있음을 깨닫게 된다. 박봉석은 최목사에게 해달 밀렵에 관계했다가 경제 사범으로 걸려 6개월쯤 콩밥을 먹은 적이 있는 죄 많은 자기를 이해해 주어서 고맙다고 하자, 최목사도 박봉석에게 자신의 죄를 털어 놓는다. 자신은 사상범으로 몰린 아들을 어떻게든 구하려고 선교를 그만 둔 엉터리 목사라면서, 아들은 신사 참배를 하고 기미가요를 부르는 아버지를 자기 합리화의 이단자로 바라보았다며 아비의 비열한 태도가 아들을 전쟁터에 나가 전사하도록 만들었다고 심정을 토로하였다.

최목사는 자신의 과오를 주두홍에게도 진솔하게 이야기한다. 일행과 어울리지 못한 채 잔뜩 긴장하던 주두홍은 기차를 타고 수용소에서 지내는 15일 동안 자신의 전력을 털어놓으며 반성하는 박봉석, 유근재, 최목사를 용서하게 되었고 서로 어울리는 사이 그들에 대한 경계심도 완전히 사라졌다. 다만 아내와 자식을 버리고 도망친 이재길을 응징해야 한다는 주두홍의 생각에는 변함이 없다. 이재길은 결국 밀주를 팔던 아이를 이용해 하리오 수용소를 빠져나갔는데, 배가 뒤집혀 함께 물에 빠지자 비겁하게도 아이를 죽게 해서 자기 목숨을 구하는 방법을 통해 살아남았다. 주두홍이 이재길을 응징하려는 것은 바로 이러한 그의 삶의 태도 때문이다. 주두홍은 이재길을 식민지 근성의 전형으로 간주하고 있다. 이재길 같은 사람은 자신의 과거를 숨긴 채 언젠가 분명 사람들 사이에 나타나 또 다시 민족을 등에 없고 남을 교묘하게 이용하면서 목숨을 부지할 것이다.

귀국 날짜가 확정되자 다섯 가족, 20명은 고민하게 된다. 결국 박봉석, 유근재 두 가족은 일본에 남고, 서만철 부부와 주두홍은 부산가는 배를 타기로 하였으며, 이재길이 도망치는 바람에 혼자 남겨진 기미코는 도시오와 갓난아이 미호와 더불어 수용소에 머물게 되었다. 유근재가 비통해 하면서도 일본에 남기로 결정한 것은 자식들 때문이었다.

> 우리 애들도 실은 혼혈이야. 조선인과 일본인의 피가 반씩 섞여 있지. 우리는 애가 셋이지만… 이 녀석들이 앞으로 어떻게 살아가야 할지, 그걸 생각하면 골치가 지끈거려. 전시에는 큰딸이 '조센진'이라고 불렸지만, 이번에 딸들이 조선으로 돌아가면 과연 뭐라고 놀릴까. '쪽발이'라고 불리지나 않을까, 그게 새로운 걱정거리야. '왜놈'의 '튀기'라든가…(하: p.27)

유근재는 한인과 일본인이 견원지간처럼 서로 미워하는 지금, 한인인 자신과 일본인인 마쓰코의 두 피가 섞인 자식들이 어디서 살아야 좋을까를 두고 고민 중이다. 자신의 아이들이 일제강점기에는 조센진이라 불리며 놀림을 받았지만, 해방된 조국으로 가더라도 쪽발이나 왜놈의 튀기로 불리며 시련을 당할 것이 뻔하기 때문이다. 한인과 일본인이 서로를 증오하고 있는 시점에서 그 난제는 쉽사리 해결될 수 없다. 그러니 유근재는 자식들이 어느 나라에 가더라도 앞으로 고생할 일을 생각하니 끔찍한 것이다. 그 난제를 해결할 수 있는 길은 있다. 한국과 일본이 서로 민족을 앞세우며 배타적인 관계를 형성하지 않는 가운데, 서로의 피를 반씩 나눈 사람을 모자람의 의미를 지닌 튀기(half)라기보다는 두 민족의 특성을 지닌 다중국적자(double)로 인정해 주는 일이 그것이다. 두 민족을 포용하고 있는 다중국적자라는 용어야말로 초국가주의 시대에 진정한 휴머니즘을 향한 새 얼굴이 되는 것이다.

4 디아스포라의 상처 보듬기

이회성은 『백년 동안의 나그네』에서 자신의 고향인 사할린을 통해 그 지역이 지닌 동아시아적인 공간적 의미를 재외한인들의 삶을 통해 형상화하였다. 이러한 지리적 조건에 있는 사할린을 지금 여기서 담론화하기 위해 이회성은 고백과 용서의 변증법적 대화를 시도하고 있다. 주두홍이 말했듯이 고백이야말로 서로의 해방에 도달할 수 있게 할뿐 아니라 사람을 죽이지 않는 사상으로 인도되는 것이다. 고백은 인간을 드높이는 행위이며, 그것은 한 인간의 존재를 통일된 자기로 이끌면서 생명에 대한 긍정으로 이르게 한다. 이회성은 『백년 동안의 나그네』를 통해 초국가주의 시대에 휴머니즘의 새 얼굴은 고백과 용서로써 도달할 수 있음을 담론화 하고자 했던 것이다.

10. 재일조선인에게 있어서의 「이문화」와 그 신체감각

이양지의 작품을 통해서

오은영

 ## 1 서 론

이양지(1955~1992)의 작품은, 한국 유학의 체험을 통해서 쓰여진 것이 많다. 『이양지 전집』(강담사. 1993、 이하 『전집』으로 약칭한다)에 수록된 연보에 의하면, 이양지는 1980년 5월에 처음 방문해서, 그 후 재외국민교육원에서 1년간 한국어를 배운 후, 82년 서울대학교 국어국문학과에 입학(휴학을 거쳐 88년 졸업), 1989년에는 이화여자대학교 무용학과대학원에 입학한다. 그 동안, 「나비타령」(1982), 「해녀」「오빠」(1983), 「각」(1984)、「그림자의 건너편」「다갈색의 오후」(1985)、「찾아온 의미」「파란 바람」(1986)으로 차례차례 작품을 발표했으며 「유희」(1988)로 제100회 아쿠타가와상을 수상해서 주목을 받는다. 이 중에서, 한국에서 유학체험이 직접 반영되고 있는 것은, 「나비타령」, 「각」, 「그림자의 건너편」, 「유희」 4작품이다. 또 유작이 된 「돌의 소리」도 한국이 무대가 되고 있다.

위의 작품들에서는, 일본에서 태어나서 자란 주인공이 한국 유학을 통해 경험하는 언어의 장벽이나 문화 등에 대한 여러 가지 갈등이 묘사되어, 주인공이 컬쳐쇼크 속에서 괴로워하는 장면이 나온다. 이양지 작품의 주인공들은, 일본에 있어서는 주변의 일본인에게 자신이 조선인인 것이 알려지지 않을까하고 항상 불안해 한다. 그리고 「조국」인 한국에 가도 항상 무언가에 두려워한다. 요컨대, 재일조선인에게 있어서 일본과 한국은, 어느 쪽도 「이문화」의 요소를 가지고 있다고 할 수 있다. 이양지의 작품은 일본과 한국 각각의 나라에서 느낀 「이문화」에 대한 불안을 신체감각의 표현에 의해 리얼하게 그리고 있다.

본고에서는, 「나비타령」, 「해녀」, 「유희」라는 세 작품을 통해서, 이양지가 「이문화」를 그릴 때 사용하는 신체감각에 초점을 맞추고, 그 특징을 고찰하기로 한다.

2 신체를 억압하는 것 : 「나비타령」

1) 천황의 사진

「나비타령」은 1982년 『군상』 11월호에 발표된 이양지의 처녀작이다. 주인공 애자는 부모의 불화가 계속되는 집을 뛰쳐나와 교토의 어느 여관에서 일한다. 애자는 여관에서 재일조선인이라는 신분을 숨기면서 일한다. 그 생활에도 견디지 못하게 된 애자는 한국에 가야금을 배우러 간다는 이야기이다. 이 「나비타령」의 주요 장면은 여관에서의 생활과 한국에서의 유학생활이다. 애자는, 여관에서 자신이 조선인이라는 것을 다른 사람에게 알려지지 않도록 조심하고 있다. 그러나 그 사실을 이미 여관 사람들은 알고 있다는 사실을 깨닫는다. 그리고 재일조선인인 자신의 집과 그 여관과 전혀 다르다는 것도 깨닫게 된다. 여관에서 일하고 있던 어느 날, 자기 전에 여관 주인에게 인사하는 여관의 관례로 주인의 방에 갔을 때, 애자는 맹장지 사이로 「천황일가의 사 진」을 보고, 그곳이 단지 다른 사람 집이 아닌, 이민족의 집이라는 것을 깨닫는다.

>   종업원은 매일 밤 자기 전에 안방으로 가서, 맹장지 너머로 이 주인의 일가에게 인사하는 것이 관례가 되어 있다.
>   「먼저 쉬겠습니다.」
>   얼굴을 들자 맹장지 사이로 천황일가의 사진이 보인다. 나는 그 때마다 유쾌하지 않은 현기증을 느끼고, 몸 전체의 관절이 삐걱거리는 소리가 들렸다. 그것은 자신의 집과는 또 다른 어두운 밀실에 있는 자신을 통감하는 순간이었다. (『선집』23~24쪽)

　애자가 본 「천황의 사진」은 「몸속의 관절이 삐걱거리는 소리」를 내는 것 같은 위화감이 있는 존재이다. 하나의 사진을 보는 것만으로 몸이 아픈 것 같다는 것에 민감한 반응이 아닌가라는 의문도 있을 것이다. 多木浩二가 「식민지기 전후에 황민화, 동화 정책에 의해 심리적, 신체적으로 상처받는 근원이라는 천황의 이미지는 변함이 없다」라고 하는 것처럼, 재일조선인에게 있어서 천황의 사진이라는 것은 전쟁, 식민지의 기억을 되살리는 것이다.[1] 강상중의 말을 빌리자면, 그 시대에는 「신민(臣民)」의 「충군애국」을 모두 동원해서 그 동일성을 신체화

---

1) 多木浩二 『天皇の肖像』岩波新書、1988年、李孝徳 『表象空間の近代 明治「日本」のメディア編制』新曜社、1996年、安宇植『天皇制と朝鮮人』三一書房、1977年などを参照。

하는 동원 수단으로써, 「어진영(御眞影)」에 배례가 채택되었기(강상중 2001 : 73) 때문이다. 그리고 직접 그 시대를 모르는 2세들에게도 그 기억은 신체 감각으로써 받아들여지고 있는 것이다.

「천황을 절대적인 구심력으로 숭배한 일본의 정신주의」에 있어서 「완전무결한 신체 없는 신체인 천황제는 다른 신체를 거절」한다, 바로 「신체의 정치와 불가분」한 것이라고 양석일과 守中高明는 지적하고 있다 [梁石日(1990), 守中高明(2000 : 189)]. 「천황」이라는 공동체를 통해 「국체(國体)」이데올로기가 일어나는 것에 의해, 재일조선인은 동화와 동시에 배제되는 타자로서 일본에 살아남는 것이다.

애자가 조선인인 사실을 알면서 여관 주인이 애자를 고용하기로 한 것은, 저임금 노동자[2]이기 때문이다. 여관에서 같이 일하고 있는 町枝에게서 「단지 불평 안하고 싸게 쓸 수 있는 사람이라면 누구라도 상관 없으니까」(「나비타령」26쪽)라고 젊은 부인이 자신을 고용한 이유를 듣는다.

애자에게 있어서 여관은 집에서 도망 나온 장소이지만, 거기에서 일할 수 있는 것은 자신이 조선인이기 때문이고 여관의 주인 방에 걸려 있는 「천황일가의 사진」을 본 순간, 신체까지 뒤틀리는 것 같은 아픔과 자신이 조선인이라는 것을 뼈저리게 느끼게 된 것이다.

2) 한국어의 발음

애자는 조선인인 것을 숨기기 위해, 일본인보다도 일본어를 더 잘해야 하며, 복장이나 몸짓에도 조심해야 한다고, 일상생활에 있어서 항

---

2) 양석일은, 저임금노동에 종사할 수 밖에 없는 「抑壓された身體、捨象された身體」를 「アジア的身體」라는 말로 표현하고 있다(梁石日1990).

상 긴장하고 있었다. 어렸을 때부터 일본의 전통악기, 고토(거문고 같은 일본의 악기)를 배우고 있었던 애자는, 한국에도 그것과 비슷한 악기, 가야금이 있는 것을 알고, 가야금을 배우기 시작한다.

> 가야금의 음색은 낮았다. 소리가, 소리 그것이 전부 토로할 수 없는 깊은 집념으로 괴로워하고 있다. 가야금은 가조각(고토를 연주할 때 손가락에 끼우는 것)을 끼지 않는다. 책상다리를 하고 앉은 치마 위에 바로 올려 연주하는 것이다. 소리는 손끝을 통해서 오동나무 몸체를 울리며, 연주하는 사람의 몸 전체에 전해진다. (『전집』31쪽)

애자는 가야금을 통해서 한국적인 것, 민족성을 실감하는 것이다. 그러나 그 감각은 연습장에서밖에 실감할 수 없다. 연습장을 나온 순간, 우리나라를 느낄 수 없다. 점차 본고장에서 배우고 싶은 기분이 더해지고, 마침내 한국으로 건너간다. 그러나 한국에서 애자는 일본에 있을 때와는 또 다른 좌절감을 느끼게 된다. 애자는, 가야금병창이라는 가야금을 뜯으면서 노래하는 연주법으로 가야금 연주는 할 수 있지만, 발음의 어려움으로 노래를 할 수 없는 것이다.

> 「애자, 다키(瀧)는 우리나라말로 폭포. 너는 이렇게, 봇보, 봐 틀리지」
> (中略)
> 「애자, 폭포는 입술을 강하게 파열시켜서 발음하는 거야. 너는 봇보로 폭포가 아닌 키스라는 의미가 되는 거야.」
> 킥킥하고 웃음을 억지로 참고 있던 것이 폭소가 되어 나의 등줄기를 죄어왔다. (『전집』53쪽)

애자는 발음을 제대로 내지 못한다는 부끄러움을 감당못해 가야금을 포기하려고 한다. 그리고 애자가 마음을 기울이려는 대상은 민속무용 「살풀이」[3]로 바뀐다. 그 무용은 애자가 한국의 가야금이나, 노래 등에서 느꼈던 위화감을 느끼게 하지 않는다. 애자에게 있어서 살풀이 는, 「몸속에 잠자고 있던 장단이 흘러나오는 듯했다. 내 안에서 기다리 고 있었던 무언가가, 애타게 기다리면서 가만히 숨어 있던 무언가가 춤추기 시작할 때를 기다리고 있」는 것이다.

> 목소리가 장단에 맞춰 몸 주변을 맴돌며 춤추고 있는 것이다. 그렇게 느끼자 목청이 트이고, 아랫배에 힘을 주자 안 나와 안 나와 라고 굳게 생각했던 고음이 쉽게 나왔다. 목소리에 이어 목소리가 나온다. 목소리가 장단에 이끌려 다음 목소리를 애타게 기다리고 있다. 같이 연주하고 있는 가야금도 여유를 가지고 좋은 소리를 찾을 수 있을 것 같은 기분이 든다. 단순한 반주가 아닌 목소리를 감싸는 가야금 소리도 맴돌며 춤추고 있는 것이다. (『전집』59쪽)

애자는 그때까지 자신의 감정을 제대로 표현할 수 없었지만, 살풀이 를 통해서 처음 자신의 감정을 나타낼 수 있게 되었다. 일본에서는 가 정불화에 고민하고 일본사회에서 보이지 않는 차별에 괴로워하고, 그 리고 민족에 대한 일체감을 느끼려고 한국에 유학하지만, 거기에서도 발음의 벽에 부딪혀, 침울해 하고 있는 애자. 살풀이는 그런 그녀에게 다시 우리나라나 민족에 대한 일체감을 느끼게 해 주는 것이다. 애자 에게 있어서 무용은 현실에 정면으로 맞서는 원동력이 되었다. 애자는

---

3) 명칭의 유래는 자세히는 모르겠지만, 문헌상으로는 1936년에 한성준에 의하여 「살풀 이춤」이라는 이름이 붙여졌다고 기록되어 있다. 이 춤은, 한국 고유의 감정이라고 할 수 있는 한을 표현하는 춤이다. 한이라는 감정은, 억압된 상황이나 곤란 속에서 생기 는 슬픔이나 억울함, 분노라는 여러가지 생각이, 응어리가 되어 마음속에 맺힌 것이 다. 또 원한(怨み)은 분노이고 한(恨)은 슬픔이라고 되어 있다. [Kim Moon Ae (1996)、한의 개념에 대해서는 李御寧(1978)、이러한 것을 반영한 문학작품으로써 李淸俊(1994)을 참조] .

춤에 의해, 그때까지 위화감을 계속 안고 있던 「소리」, 「목소리」가 신체화되는 것을 느끼는 것이다.

3 「냄새」가 표상하는 것 : 「해녀」

　「해녀」는, 1983년4월 『군상』에 발표된 이양지의 두 번째 작품이다. 이 작품은 재일조선인 「그녀」를 주인공으로 하고 있다. 「그녀」의 엄마는 조선인인 남편과 헤어지고, 아들 두 명과 딸이 있는 일본인과 재혼한다. 그러나, 그 남편도 전남편과 같이 어머니에게 폭력을 휘두른다. 이 작품의 「그녀」는, 자신이 조선인이라는 사실을 알리는 것을 두려워하고, 항상 불안 속에서 나날을 보내고 있다. 그리고 그 불안의 생활 속에서 「그녀」는 배다른 오빠 두 명에게 레이프되어, 불안이나 고통은 한층 더해진다. 상처투성이의 삶 속에서 고통이 더해가고, 결국 죽음에 이른다는 어두운 스토리이다. 이 이야기는 「그녀」와 배다른 여동생인 경자의 두개의 시선으로 그려지고 있다.

　「해녀」에서는, 정신적, 육체적으로 상처받는 것에서 느끼는 신체감각의 표현이 두드러지게 눈에 띄고 있다. 이것은 작품의 평에 의해서도 알 수 있다. 高井有一는, 「이 소설에서 제일 뛰어난 것은, 역시 신체감각이 아주 예민하게 나오고 있군요. 자신이 생각하고 있는 것이, 관념이 아니고 바로 신체의 아픔이 되어, 또는 실신하고 그러한 것이 감각적으로 날카롭게 씌어 있다」고 평하고, 菅野昭正는 「고통스러움, 괴로움이, 마음의 문제만이 아니고 신체감각과 결합하고 있는 것이」[4] 이 소설의 특징이라고 평하고 있다.

「해녀」에서는 「냄새(匂い, 臭い)」라는 표현이 특히 눈에 띤다. 콘스탄스 크라센에 의하면, 대부분의 문화에서는 지배계급의 안정성을 위협한다고 생각되는 그룹을 강한 냄새가 난다고 해서, 강한 냄새와 「힘」을 넌지시 관계 지으려고 한다. 타자의 냄새는, 타자의 무질서성을 의미하는 것만이 아닌, 질서를 어지럽힐 수 있는 타자의 「힘」도 의미하고 있다[5]고 한다. 여기에서는, 이 「냄새」(「匂い」와 「臭い」를 같은 개념으로 사용)를 세 가지로, 첫 번째로는, 민족적 특성인 「냄새」에 의한 차별, 두 번째는, 오빠들에게 레이프되어 더럽혀진 「그녀」자신의 「냄새」, 세 번째는, 「그녀」 어머니의 자궁암에 의한 자궁에서 흘러나오는 「냄새」로 나누어 고찰해 보도록 한다.

1) 「냄새」에 의한 차별과 차별의 내면화

「그녀」의 이복 오빠 敏行는 아버지가 조선인과 결혼한 것을 납득하지 못하고 그 불만을 터뜨린다.

<뭐야, 뭐야, 왜 그런 조선인의 역성을 드는 거냐구요 ……아버지 ……어머니가 죽기만을 기다렸다는 듯이, 이런 모녀를 데리고 와서…… 냄새난다구요. 나, 이런 냄새나는 집, 나갈 겁니다.……> (『전집』85쪽)

敏行의 불만은 계모와 배다른 여동생뿐만이 아니라 조선인 전체를 향한 것이라고 할 수 있다. 敏行는, 「냄새」로써 계모와 「그녀」를 이민

---

4) 菅野昭正 ; 高井有一 ; 大橋健三郎 「創作合評—89—田みず子 「內氣名夜景」、李良枝 「かずきめ」、山川健一 『鋼のように、ガラスのように』」 『群像』、1983年3月17日

5) コンスタンスクラッセン、陽美保子譯 『感の力』精興社、1998年

족으로 차별하려는 것이다.

일본에 있어서 「냄새」에 의한 차별은, 명치시대의 위생학의 발달과 관계가 있다고 한다. 빈민굴을 비롯해 특정 장소가 전염병이나 콜레라가 만연하는 장소로써 부정적으로 다루어지기 시작했다[6]. 또 그것은 특정집단을 부정적으로 표상하기 위해서도 사용되었다[7]. 그 표상에 재일조선인이 더해진 것은 말할 것도 없다. 식민지기에 일본에 거주하고 있던 재일조선인은 대부분이 가난한 생활을 하고 있었고, 전후 불황기에도 그것은 변함이 없었다. 양석일은 『아시아적 신체』(1990)에 있어서 일찍이 조선총독부가 조선인을 「불결불쾌, 과격한 노동을 싫어하지 않는 타고난 본성」, 「신체가 강해서 중노동에 견딜 수 있는 쓰기에 편리한 대용품」이라는 식으로 파악하고 있었다는 것을 언급하고 있다. 일본인에게 있어서, 재일조선인은 멸시나 기피의 대상이 되는 한편, 그 신체는 극히 사용하는 자 마음대로 편리하게 생각하고, 그 시선은 전후(戰後)도 불변하다는 것을 양석일은 그 저서 속에서 강조하고 있다. 그리고 그 시선은 차별의 대상이었던 재일조선인측에게도 내면화되어 있는 것이 이 작품에도 나타나고 있다.

여기에서 차별의 내면화라는 문맥에서, 「그녀」의 내면을 비뚤어지게 하고 있는 것을 고찰해 본다. 어렸을 때, 「그녀」의 학교 친구는, 「그녀」가 조선인이라는 것을 모른다. 「그녀」는, 자신이 아무것도 잘못된

---

6) 명치시대, 국가관(정치학)과 위생관(생물학)을 연결한 後藤新平은 「輓近國家學モ亦其基礎ヲ生物學ニ取ラザルベカラズトノ說ハ、ダアウヰン氏ノ說ヲ紹述シ來ル科學ノカナリ、彼ノ空理妄談ヨリ流レ來ルモノニアラズ、且、國家ハ實ニ至高ノ人体ナリ、實ニ至尊ノ有機体ナリト爲セリ、其ノ說更ニ一轉シテ、此ニ國家衛生原理ノ起源、卽新顯象ノ起源トナレリ」라고 논하고 있어, 이러한 사상이 당시 식민지 정책에 영향이 있었다는 것을 알 수 있다.(信夫淸三郎『後藤新平』博文館、1937年).

7) 坪井秀人「嗅がれるべき言葉へ—嗅覺表象と近代誌その他—」(『文學』2004年1、2月)を參照

행동을 하지 않았음에도 불구하고, 조선인이라는 것만으로 불안감을 가지고 있다.

> 벌써 2주 전부터, 그녀는 그 날의 4교시 수업을 저주하고 있었다. 실은 초등학교 4학년에 진학해서 새로운 사회과 교과서를 받았을 때부터 동요는 시작하고 있었지만, 坂井라는 교사의 성격으로 보아, 진도를 계산해서 확실히 2주후 월요일에 그 페이지를 공부할 것이라고 확신했을 때, 그녀의 작은 몸은 뒤틀리기 시작하였다. (『전집』 63~64쪽)

> 사회과 교과서에 나와 있는 그 페이지는 <조선>이라는 글자가 몇 개나 인쇄되어, 조선반도의 약도까지 실려 있다. 쓰여져 있는 내용 이전에 조선이라는 울림이 그녀를 벌써 두렵게 만들고 있었다. 엄마의 재혼과 함께 작년에 전교한 그녀의 출생을 급우들은 모를 것이다. 그렇지만, 매일 더해가는 알 수 없는 불안이나 압박감은, 거미줄처럼 끈끈하게 그녀를 휘감고 있었다. (『전집』64쪽)

「그녀」는 사회수업시간에 교과서에 조선에 대해서 쓰여져 있는 부분이 나오자, 혹시 교실에 있는 모든 시선이 자신에게 모아지는 것은 아닌가하고 두려워하고 있다. 이양지 자신이 어렸을 때, 「눈에 보이지 않는 차별 같은 것을 느끼고」있었다[8]고 말하고 있는 것처럼, 「해녀」는 조선인에 대한 차별의 존재를 의식하고 있다는 것을 알 수 있다. 이 작품이 쓰여진 1980년대, 아직 재일조선인에 대한 차별문제는 심각했다[9]고 할 수 있다. 차별받지 않기 위해서는 자신이 조선인이라는 사

---

8) 「小さなころ、両親に連れられて大阪の親戚のところに行くたびに、汚いとか、臭いとか、貧しいとか……。やはり目に見えない差別のようなものを感じていました。自分の中にも、そういう朝鮮人の血が流れていることを、知られてはまずいという思いがありました。親戚がしゃべる片言の日本語を聞くと、どうしてきちんとした日本語をしゃべってくれないのかと……。」[大庭みな子(1992)所収のインタビューによる：128頁)

실을 계속 숨기지 않으면 안 되었고, 그것이 점점 「그녀」를 막다른 지경에 몰아넣어 그 내면을 비뚤어지게 해버리는 악순환에 빠지는 것을 알 수 있다. 따라서 조선인이라는 압박감은, 「그녀」가 어른이 되어도 없어지는 것이 아니고, 더욱 심해져 가는 것이다.

2) 자신을 범한 오빠의 「냄새」

그녀의 내면의 일그러짐은, 이복 오빠에게 강간되어, 임신한 사건에 의해 더욱 가속화된다. 오빠 敏彦는 「그녀」에게 한마디 사과도 없이 오히려 자신의 죄가 부모에게 알려지지 않도록 「그녀」를 위협하는 것이다.

<어이, 절대로 나에 대한 거, 말하지마, 알았지, 절대로다>
그녀는 敏彦의 체취에 숨이 막힐 것 같아 얼굴을 돌렸다.(中略)
수긍도 하지 않은 채 입 다물고 있는 그녀가 불안했는지, 敏彦는 양손을 빌기 시작했다.
<응, 부탁한다. 이렇게 말야.>
체취에 견딜수 없어 겨우 끄덕인 그녀를 보고, 敏彦는 방을 나갔다.
(『전집』85쪽)

여기에서 주목하고 싶은 것은, 형 敏彦의 몸의 「냄새」는 불쾌한 기억을 되새기게 한다는 것이다. 「그녀」는 그 「냄새」에 의해서 지배되어, 자신이 당한 것, 임신한 것을 누구에게도 입을 열 수가 없었다. 유일하게 이해해 줄 수 있다고 생각하는 어머니는, 재혼한 일본인 집에서 거

---

9) 1968년에 김희로 사건, 1970년에 히타치 취직차별사건이 있고, 재일조선인에 대한 차별을 규탄하는 운동이 고조되고, 1980년대에는 지문날인 거부운동이 전국에 확대되고 있었다.

처를 잃지 않으려고 필사적으로 「일하는 벌」이나 「가정부」처럼 일하고 있었기 때문에 그녀는 어머니에게 사실을 말할 수 없었다. 어머니는 이 집에서 살 수 있게 되어, 행복조차 느끼고 있다고 「그녀」는 생각하고 있다. 어머니는 이 집에 들어올 때부터 이미 일본인처럼 살고 있다. 언제나 일본 옷을 입었으며, 조선 민족의상인 치마, 저고리10)를 입은 적이 없다. 현재 생활에 만족하고 있는 어머니에게 「그 녀」가 오빠들에게 강간당한 것을 알리지 못한 그 사실이 더욱 그녀를 막다른 지경에 몰아넣게 되어가는 것이다.

3) 자궁의 「냄새」

일본인과 결혼해서 행복하게 보였던 어머니가 자궁암에 걸린다. 그리고 자궁암에 걸린 어머니의 자궁에서 나는 「냄새」를 그녀는 필사적으로 견디고 있다.

깨우기가 망설여질 정도로 푹 자고 있는 엄마의 작아진 몸이, 한 장면처럼 나타났다가 그리고 사라진다. 성기에서 악취를 내기 시작한 엄마는, 이미 시기를 놓친 상태에서 병원에 옮겨졌다. 병명은 자궁암이었다. 그녀는 커튼을 보면서 괴로운 가슴을 억누르고 있었다. 병실 안의 냄새가 불쾌해서 견딜 수 없었다. 그렇지만, 그녀는 엄마의 임종을 끝까지 지켜보아야 한다고 이를 물고 악취를 참고 있었다. (『전집』91쪽)

---

10) 여자가 입는 것은 치마저고리, 남자가 입는 것은 바지저고리로, 한국에서는 이것을 통틀어 「한복」이라고 하는데, 치마저고리라는 말은 거의 사용하지 않는다. 일본에서는 치마저고리라는 말을 자주 사용하는데, 조선인 여성의 이문화 표상으로써 치마저고리가 정착하고 있는 것을 엿볼 수 있다. 그러나 그것이 현재 조선학교 여학생에 대한 「チマ・チョゴリ切り裂き事件」로 이어지는 것을 생각한다면 간과할 수 없는 문제를 내포하고 있다고 생각된다.

「그녀」는, 나중에 친하게 된 술집 종업원 加代에게 자신이 임신한 적이 있다고 고백한다. 그 이야기를 이복 여동생 景子는 언니가 죽은 후, 加代에게 듣게 된다.

　　그 아이, 고등학교 때 임신한 적이 있다고 말했습니다, 상대에 대한 것 까지는 묻지 않았습니다만. 그 때부터 의사가 무서워진 것 같습니다. 그 아이가 조선인이라는 것을 그 때 처음 들은 건데, 그 아이가 말하기는 조 선인 환자가 오면 슬며시 모르는 방법으로 죽여 버리려고, 일본인 의사끼 리 서로 짜고 있다는 겁니다. 내과든, 외과든, 특히 산부인과는 자궁이나 난소를 떼어내어 조선인이 증가하지 않도록 하려고 한다고 (『전집』89쪽)

　　＜加代씨, 저 결심했었어요, 20살 때였어요. 병원에 가서 자궁과 난소 를 떼어 주세요, 라고 부탁했어요. 그 수술이 나 나름대로 성인식인 셈이 었는데, 어느 산부인과에 가도 거절 당했어요」 (상동)

「그녀」에게는 자신이 조선인이라는, 병원에 가도 살해될지 모르는 존재라는 불안감이 항상 존재하고 있었다. 그것은 「일본인이 자궁을 떼어, 조선인이 증가하지」 않도록 한다는 망상으로 발전하고 있다. 「그 녀」의 망상은, 일찍이 일본에 의한 식민지 지배가 조선인의 민족성을 말살하려고 한 것이었다고 하는 역사적인 기억과 이어지고 있다. 이연 숙과 鵜飼哲은 양석일의 『택시 드라이버 일지』에 그려져 있는 「자궁」 을 「조국」으로 바꿔 읽고 있는데(丸川哲史2000 : 116), 이 읽는 방식 을 빌리자면, 「해녀」에서는 「자궁」을 통해서 「조국」인 조선을 연상하 는 것을 겨냥하고 있고, 동시에 「그녀」가 「자궁」을 떼려고 시도한 것 은, 「조국」을 포기하려고 했다는 해석도 가능할 것이다.

「그녀」는 어머니가 없는 집을 나와, 어느 술집에서 森本라는 남자 를 만나, 같이 살게 된다. 森本는 「그녀」가 응석부릴 수 있는 유일한 상대이다. 그러나 그 응석은 「그녀」를 한층 더 긴장감 속에 끌어들였다. 森本는, 「그녀」에게는 히스테리 같은 증상이 있다고 친구에게 듣는다. 그러나 「그녀」의 증상은 森本에게 있어서 억누를 수 없을 정도로 심해져 간다. 마침내 「그녀」는 입욕 중에 갑자기, 관동대지진처럼 큰 지진이 생기면 죽을지도 모른다[11]는 등, 증상이 심해지고 마침내, 森本의 집에서 나가버린다.

> 또 관동대지진처럼 큰 지진이 생기면, 조선인은 학살될지도. 이치엔고 줏센, 쥬엔고줏센이라고 말하면 죽창에 찔릴지도. 그래도 이번에는 그런 일 생기지 않을 거야, 그 때와는 세상 사정이 달라졌거든. 게다가 대부분이 일본인과 거의 똑같은 발음을 할 수 있다구(생략)
>
> 요전에 잇쨩이 갈은 칼을 쥐어 봤어. 그랬더니 몸이 찌르르 저려서 홍분하게 되서, 마치 섹스를 하고 있을 때 같은 기분이었어. 나, 왜 내가 요리가 싫은지 알 것 같은 기분이 들었어. 무서워. 그 찌르르한 느낌이 견딜 수 없었다구. 그래서 그 칼로 가슴 부분과 손목을 그어 봤어. 아팠어. 게다가 피가 정말 철철 나는 거야. 푹 찔러 보고 싶었지만, 피가 더 나온다고 생각하니 무서워져서——다음은 망치로 발을 두드려 봤어, 그랬더니 역시 아팠어 (『전집』81~82쪽)

「그녀」에게는 기댈 수 있는 장소가 어디에도 없고, 또 그것을 발견할 수도 없는 것이다. 이야기의 결말에서는, 「풀풀나는 자신 속의 인간

---

11) 「關東大震災は、江戸末期の安政の大地震以來の關東地方をおそった大型地震だった。しかも、その被害は、死者の數で約三〇倍、倒壞燒失家屋數では四倍という大災害だった。(中略)震災のその夜から旬日のあいだに、六千人を越える朝鮮人が、軍隊、警察、自警団の手によって虐殺され、また日本人社會主義者、中國人も同じように抹殺された。それも事實無根の流言蜚語によって。(中略)「朝鮮人暴動、放火」の恐怖は、当時の日本人の朝鮮人蔑視意識と表裏して、一轉、憎惡感を增幅し、狂氣の行動に驅り立てたとしても十分にうなずける。」 (高橋益雄他編1983：16~19頁)

의 냄새」에 견딜 수 없게 된 「그녀」는 「<인간의 냄새. 인간의―>(중략)<나가, 물 속으로 나가>」라는 머릿 속에서 낮은 신음소리에 쫓기듯 욕조로 몸을 담가 자결에 이른다(『전집』94쪽).

조선인으로서 일본에 있다는 존재, 더럽혀진 신체, 여러 가지가 「그녀」의 내부를 혼란시키고, 위협했던 것이다. 자신의 몸에서 나는 냄새는, 조선인의 냄새, 여성으로서 신성한 곳이라고도 할 수 있는 자궁이 성폭력에 의해 더럽혀져 나는 냄새, 그리고 자궁의 「냄새」를 간접적으로 어머니를 통해서 느끼는 것이다.

「해녀」에서는 「냄새」는 더러움이나 병, 차별이나 멸시 또는 열등감이나 우월감[12]과 결합하고 있다. 어떤 지점에 경계선을 긋고, 그 양측에서 이질감을 증폭시키는 「냄새」가, 이 작품에서는 폭력성을 내포한 것으로써 그려져 있다.

윤건차가 「내셔널리즘과 식민지지배의 문제는, 단순히 과거의 문제로써가 아닌, 어디까지나 현재의 문제로써 다루는 것이 중요하다」(윤건차2004:190)고 논하고 있듯이 「해녀」를 비롯한 이양지 작품에는, 과거 식민지기에 있어서의 문제를 현재의 문제로써 다시 생각해야한다는 것을 시사하고 있는 듯하다.

4 분열하는 목소리 · 소리 : 「유희」

「유희」는, 1988년11월 『군상』에 발표되어, 제100회 아쿠타가와상을

---

12) 山田詠美의 작품 「ベッドタイムアイズ」(『ベッドタイムアイズ・指の戯れ・ジェシー背骨』에서도, 「냄새」를 통해서 「우월감」「열등감」을 표현하는 장면이 등장한다.

수상한 작품이다. 이 작품의 주인공인 유희는, 일본에서 태어나 자란 한국인(조선인)이고, 한국어를 배우고 있는 사이에, 대금 소리에 매료된 것이 계기가 되어 한국에 유학하게 된다. 그러나 실제로 한국은 자신이 동경했던 한국이 아닌 것을 깨닫고 고민한다. 좀처럼 한국 문화에 익숙하지 못하고, 하숙을 전전한다. 그리고 겨우 유희는 「나(언니)」와 「(고모)아주머니」가 살고 있는 집을 찾게 되어 마음의 안정을 얻는다. 그러나 그것도 오래 가지는 않는다. 그 집 이외의 한국 문화에 있어서 자신의 상황은 변함이 없기 때문이다. 유희는 언니와 아주머니, 그리고 대금 이외의 목소리, 소리를 거부하고 있다. 결국, 유희는 컬쳐쇼크를 극복하지 못하고 일본에 돌아가 버린다. 이 소설은 한국인인 「나」의 시점으로 쓰여져 있다.

유희가 한국에서 들은 목소리·소리 감각은 「듣는다」가 아닌 「들려진다」감각이다. 결국, 굳이 말하자면 거기에는 강제성이 내포되어 있다. 콘스탄스크라센은, 「들려지는 소리, 목소리는, 능동적, 즉 복종이라는 폭력처럼 변한다」[13]고 지적하고 있다. 유희는 「나」와 「아주머니」의 목소리, 대금 소리 이외의 것은 소음으로써 거부하고, 그 폭력성에 고민하고 있다. 그러면, 왜 유희는 한국에서 듣는 목소리·소리를 소음으로 느끼고 괴로워하고 있는가를 고찰해 본다. 유희는, 사업을 하던 중 한국인에게 속아서 한국인을 나쁘게 말하는 아버지가 돌아가시고 나서 겨우 한국에 올 수 있었다. 그렇지만, 한국에서 체험한 것은 실망뿐이고, 그 실망으로 인해서, 유희는 일부의 「목소리」, 「소리」 이외의

---

13) 청각을 표현하는 말이 적은 것은 아마, 듣는 것은 정보를 받아들이는 것이고, 그것을 분석하는 것이 아닌, 수동적인 감각이라고 생각되기 때문일 것이다. 따라서 듣는 것은 지성보다도 복종에 관련지어진다. 사실, obedience(복종)이라는 말은 듣는다는 의미의 라틴어audire에서 파생하고 있다. 때문에, 듣는 것이 복종하는 것이라면, 또 복종하는 것도 듣는 것이다.(コンスタンス·クラッセン1998 : 187頁)

소리는 소음으로써 받아들이게 되는 것이다. 한국에 건너온 유희는, 자신이 일본에서 동경하고 있던 한국과는 직접 체험하고 있는 한국과 너무나 차이가 크다는 것을 깨닫는다. 그 차이에서 일어나는 컬쳐쇼크의 모든 것을 전신의 감각으로, 「목소리」로서 느끼고 있는 것이다.

———학교에서도, 마을에서도, 모든 사람이 말하고 있는 한국어가, 나에게는 최루탄처럼 들려서 견딜 수 없다. 맵고, 쓰고, 흥분되어, 듣고 있는 것만으로도 숨막힌다. 어느 하숙집에 가도, 모두가 내가 싫어하는 한국어를 사용하고 있었다. 좋아. 방안에 마음대로 들어와서 아무말도 안하고 커피를 가지고 가기도 하고, 책상에서 펜을 가져 가고, 옷을 마음대로 입고, 그런건 아무래도 좋아. 그런 행동이 싫은 게 아니야. 돌려받으면 그만이고, 줘 버리면 그만이니까 아무래도 좋아. 그렇지만, 그 사람의 목소리가 싫어진다. 몸짓이라는 목소리, 시선이라는 목소리, 표정이라는 목소리, 몸이라는 목소리,……견딜 수 없어서, 마치 최류탄같은 냄새를 맡는 것처럼 괴로워진다. (『전집』437쪽, 밑줄은 필자)

위 문장에서는 언어를 비롯해, 여러 가지로 유희가 얼마나 괴로워하고 있는지를 엿볼 수 있다.

유희는 자신이 느끼는 모든 것에 신체 전체로 거부하듯이 민감하게 반응한다. 「몸짓이라는 목소리」, 「시선이라는 목소리」, 「표정이라는 목소리」, 「몸이라는 목소리」, 이러한 것은 본래라면 「목소리」「소리」가 없는 것인데, 마치 모든 것이 「목소리」를 내고 있는 것처럼 느끼고 있다. 게다가 「마치 최루탄 냄새」라는 것처럼, 「목소리」를 「냄새」같이 느끼고 있다. 유희에게 있어서 한국어는 최루탄 냄새처럼 「맵고, 괴롭고, 흥분되어, 듣고 있는 것만으로도 숨막힌다」는, 이루 말할 수 없는 것이다. 그 냄새는 너무나 매워서 미각까지도 자극하게 된다. 黑井千次가, 「유희의 애처로운 홀음성이, 언어라는 것의 깊은 육체감을 선명하고 강하게 새기」[14]고 평하는 것처럼, 유희에게 있어서 「목소리」「소리」는, 강제적이고 폭력적인 힘으로써 신체의 모든 감각을 민감하게 하는 것이다.

　　운전수가, 라디오 볼륨을 올렸다. 남녀 아나운서가 프로그램에 보낸 엽서를 읽고, 그 내용에 대해서 조금 이야기하고, 신청곡이 흐르기 시작했다.
　　옆에 서 있던 유희를 보니, 유희가 눈을 감으면서 머리를 숙이고, 입술을 굳게 다물고 있는 것이다. 무언가에 필사적으로 견디고 있는 모습이었다.(중략)
　　버스에 탄 손님과 뒤섞여 물건을 파는 남자가, 입구 가까이 우리가 앉은 좌석 바로 사선 쪽에서 설명하기 시작했다. 남자는 흔들리는 버스 속의 좌석을 훑어보면서, 손에 든 휴대용인 작은 나이프를 들어, 독특한 어조와 억양으로 계속 말했다.(중략)
　　조금씩 머리를 숙이고, 이를 악물고 있던 유희가, 그 때 갑자기 탁하고 머리를 무릎 위에 떨어뜨리고 양손으로 귀를 막기 시작했다. 나는 유희의 등을 감싸는 듯이 해서 그 어깨를 안고, 굳게 귀를 덮고 있는 손을 잡았다.
　　―유희, 괜찮아? 유희.
　　나는 필사적이었다. 통로에 있는 승객들이 모두 보고 있는 듯한 느낌이었지만, 다른 사람 눈을 생각할 여유는 없었다.
　　유희는 소리를 내서 울고 있었다.
　　굉음과 물건 파는 소리로 주변에는 들리지 않아도, 같이 웅크리고 있는 나에게는, 유희의 낮은 우는 소리가 확실히 들리고 있었다.
(『전집』422 – 423쪽)

　　일반적으로 라디오 청취에 관해서는, 방송하는 측(내용)과 청취자 사이에서 일체감이 있다고 하는데[15), 유희에게 있어서는 라디오에서 홀

---

14) 第100回昭和63年度下半期芥川賞決定發表「ダイヤモンドダスト」南木佳士、「由熙(ユヒ)」李良枝『文芸春秋』67(3)、　1989年3月
15) 예를 들면, 黑田大河는 이하처럼 지적하고 있다. 「라디오에 의해서 증폭된 음성은,

러나오는 아나운서 목소리나 음악에 일체감을 불러일으키는 것은 없었다. 주변의 한국인에게 있어서 일상적인 광경으로써 흘려듣는 버스 안의 물건 파는 소리는, 유희에게 있어서는 위화감을 증폭시키는 소음이외의 아무것도 아니다. 자신이 듣고 싶지 않아도 들어야 하고, 그것을 거부할 수 없는 자신이 견딜 수 없기 때문에 괴로워하고 있는 것이다.

이양지처럼, 1980년대에 한국에 유학한 재일조선인 젊은이들에게 있어서, 선진국인 일본에 비해 한국은 아직 뒤늦은 나라로 느껴질 것이다. 일본에서 태어나 자라 일본 생활이 몸에 익은 재일조선인에게 있어서 조국인 한국은 자신 속에서 우월감과 열등감이 교차하는 곳이었다. 일본 생활이 몸에 익은 것이 보다 세련된 것이라는 자부와, 조국인 한국에 와도 한국어를 제대로 말할 수 없는 자책감이 마음 속에서 뒤섞여 있다. 이양지는 「각」이라는 작품에서도, 그 같은 재일조선인의 불안정한 심리를 하루의 시간의 흐름에 정성들여 그리고 있다.

한국어 발음이라는 벽을 뛰어넘지 못하는 유희는, 언제부터인가 화자(이야기 하는 측)에서 청자(듣는 측)로 바뀐다. 그러나 청자, 듣는 측인 이상, 목소리, 소리를 선택할 수 없는 것이다. 자신이 목소리를 내는 것이 아닌, 귀에 들려오는 타자의 목소리를 계속 듣는 유희는, 타자성·이질성에서 도망가지 못하고 미궁을 헤매고 있는 것이다. 단지, 유희가 유일하게 이질성을 느끼지 않는 것은, 대금의 소리와 「나(언니)」와 「아주머니」에 대해서만이다.

그 시간적인 동시성과 공간적인 근접성의 감각에 의해서, 청취자에게 어떤 종류의 공동성을 초래한다. 미디어에 의해서 생긴 이 같은 <목소리>를 대상으로 하는 작업은, 근대의 리터래시(literacy)(문자의 문화)와 어래러티(orality)(목소리의 문화)의 상극을 발견하는 것도 있을 것이다.」 (黑田2003 : 173頁)

대금 좋아요
대금 소리는 우리말입니다 (『전집』430쪽)

――언니와 아주머니의 한국어를 좋아합니다.……이런 한국어를 말하
는 사람들이 있다는 것을 안 것만으로도 이 나라에 온 보람이 있었습니
다. 나는 이 집에 있었던 것입니다. 이 나라가 아닌 이 집에

(『전집』431쪽, 밑줄은 필자)

유희가 모국어＝우리말을 느끼고 있는 것은 「나」와 「아주머니」의
한국어만이고, 그 이외의 한국어는 소음이다. 그러나 점차 한국어를 가
르쳐준 「나」에게 거리를 두게 된다. 그것은, 「나」가 한국어를 국어로
써 유희에게 가르치려고 하고 있기 때문이다. 「나」는 대학에서 국문학
을 전공하고, 누구보다 국어에 집착이 강하다. 한국은 역사적으로 몇
번이나 이웃나라로부터 침략되고, 일본에 의해 자국어도 빼앗긴 적이
있다. 따라서 「한국인은, 외국어・외래어에, 이문화・이민족으로 보아
버린다. 외국어・외래어를 사용하는 것은, 이문화・이민족의 정신적
복종과 굴복을 의미하고, 적어도 이문화 발상・이민족 사고양식에 물
드는 것을 의미하기」16)때문이다. 그 때문에 「나」는 일본어 책만을 보
고 있는 유희를 인정할 수 없고, 거부감, 경계심을 가지고 있다.

――유희, 그만큼 말했는데, 왜 띄어쓰기를 못하는 거야. (중략) 여기
도, 여기도 너무 떨어졌다 싶을 정도로 띄어 쓰라구. 띄어쓰기의 벽을 빨
리 넘어야지. 일본어처럼 다닥다닥 붙여 쓰기만 하면 안돼. 알지, 너가 쓰
고 있는 것은 일본어가 아니야. 이런 레포트라면, 보는 것만으로 진절머
리가 나 버린다구. 답안 용지라면 읽어도 뭐를 썼는지 모를 수 있다고.
일본어만 읽고 있으니까 그런 거야. 이 부분 돌려서 말하는 것도 몇 번이

---

16) 渡辺吉鎔・鈴木孝夫著 『朝鮮語のすすめ―日本語からの視点』講談社、1981年

나 주의를 해야 하는 거야. 좀 더 잘할 수 있는데 말야, 너, 조금도 노력 하지 않는 거지. 일본어 책만 읽고 있으니까 그런 거잖아. (『전집』418쪽)

「나(언니)」는 유희가 쓰는 방식, 발음의 불확실함을 보고, 우리말이 이문화에 침입된 것 같은 기분이 되어, 유희를 이문화의 사람으로서 거부하고 있다. 그 때문에 유희가 한글을 잘못 쓰는 것은 용서할 수 없는 것이다.

유희에게 있어서도, 그렇게 마음에 들었던 「나」의 목소리는 그 사이 다른 하숙집 사람들의 목소리와 별로 차이가 없는 것으로 느껴지기 시 작한다. 이처럼, 언니와 유희 사이에 벽이 만들어지고, 유희를 이해해 주는 사람은 「아주머니」만이 되는 것이다.

> ——한국이 어떤 나라인지도 모르고, 본인은 이상만을 가지고 온 거 야. 그 생각은 동포라서 나도 물론 알지만, 그래도 결국, 유희는 일본인 같아요. 외국에 온 것 같은 거니까 고생하기 마련이지. 부자로 어느 나라 보다도 청결한 것으로 유명한 일본에서 온 거잖아. 보는 거 듣는 거, 놀 라서 쇼크를 받고 있었던 거지. (『전집』436쪽 밑줄은 필자)

「아주머니」가 말하듯이 유희는 한국을 그다지 알지 못한 채 유학해 서, 보이는 모든 것에 놀라고 있다. 당시, 즉, 「유희」가 쓰여진 1980년 대 후반 한국에서는, 오랜 군사정권하에서 압박되어 온 사람들에게 간 신히 민주화의 조짐이 보이기 시작할 무렵이다. 한국전쟁 후, 국가건설 과 사회의 재생이 급무화되어, 특히 박정희정권하에서 급속한 근대화 와 경제발전이 도모되어, 「한강의 기적」으로 불리는 자긍심같은 "실 적"을 올렸을 때이다. 그렇지만, 그것은, 광주사건(1980)같은 피의 대 상을 동반하고 있었던 것이고, 한국의 근대화라는 것은, 민중항쟁을 필연적으로 일으키게 한 여러 가지 사회모순을 내포한 근대화였다고 할 수 있다. 1980년대에 들어가자, 그때까지 고도성장이 일단락해서, 풍부함을 향수하기 시작한 사람들이 자유를 추구해서 민주화 운동을 전개했다. 이 같은 정치적인 상황 속에서, 소리 높여 말하는 「목소리」나 삐걱거림을 울리게 했던 「소리」에 유희는 융화될 수 없는 것이다.

リービ英雄가 지적하는 것처럼, 이 소설은, 「국적」과 「민족」과 「말」을 묻는 가장 통렬한 「아이덴티티」의 인식을 떠올리게 하는 것(リービ英雄1992)일 것이다. 유희는 단지 동경하는 것만으로 아무것도 모르고 한국에 건너와, 동포를 나쁘게 말한 아버지를 설득할 수 있는 대답도 얻지 못하고, 일본에 돌아가게 된다. 일본에서는 한국인으로서, 한국에서는 일본인 같은 존재로서 다루어지고 「이문화」의 위화감·불안을 항상 안고 있다. 한국어 발음을 비롯해, 여러 가지 문화의 차이는 귀를 자극하는 「목소리」나 「소리」로 상징되고 있다.

5 결 론

이상으로 이양지의 세 작품을 들어, 재일조선인인 주인공이 안고 있는 「이문화」에 대한 불안이나 위화감을 나타내는 신체표현에 주목해서 고찰해 보았다.

「나비타령」의 애자는 일하고 있는 여관 주인 방에 걸려 있는 천황의 사진에 위화감을 느끼고, 신체적인 거부감을 안고 있다. 한국에 가서도 한국어 발음이라는 벽을 넘지 못하고, 일본에 있을 때와 다른 위화감을 느낀다. 「해녀」의 「그녀」에게 있어서 「냄새」는 불쾌한 기억을 상기시키는, 폭력성을 동반한 것으로써 그려지고 있다. 「유희」의 유희에게 있어서, 한국에서 귀에 들려오는 「목소리」나 「소리」는 거의가 소음이고, 그녀는 그것이 「들려지는 것」이라는 강제성에 견디지 못해 한다.

이양지의 작품을 통해서, 재일조선인은 태어나 자란 일본과 「조국」인 한국 사이에서, 양국을 「이문화」로서 접하고, 그것에 의해서 느끼는 신체감각에 번롱되고 있는 존재라는 것을 알 수 있다.

신체성의 표현이 두드러지고 있는 이양지, 양석일 등의 재일조선인 작가는, 일본이나 한국에서 그들이 차별을 받고, 소외되고 있는 것을 신체표현이라는 기법으로 생생하게 표현하고 있어, 그 신체의 기능을 기억이라는 장치로써 나타내어, 재일조선인의 사회, 「불안한 재일의 신체」를 그리고 있는 것이다. 이양지는 작품 속에서 그러한 것을 시사하고 있다고 생각한다.

11. 경험의 기록과 치유

변화영

 디아스포라와 유미리 소설

　유미리(柳美里)는 일본에 살고 있는 한국 국적의 재일한인 소설가이다. 먼저 희곡으로 창작 활동을 시작한 그는 1994년 9월, 월간 문학지 『신쵸』(新潮)에 <돌에 헤엄치는 물고기>를 발표하면서 극작가에서 소설가로 방향을 선회하였다. 1993년 <물고기의 축제>로 희곡작가로서는 최고의 영예인 기시다 희곡상을 수상할 정도로 주목받던 유미리가 소설가로 등단한 것은 "언어를 자신의 언어로 자립시키고 싶은, 그러기 위해서는 소설을 쓸 수밖에 없다는 생각"1)에서였다. 그는 자신의 언어가 연출가의 해석과 배우의 육체를 통하여 변용되기 때문에 희곡보다는 소설이 자신의 '한'(恨)을 형상화할 수 있는 장르로 보고 극작가로서의 활동을 접었다.

---

1) 유미리, 김난주 옮김, 『물고기가 꾼 꿈』, 열림원, 2001, pp.260-261.(『물고기가 꾼 꿈』은 1992년 4월부터 2000년 5월까지 8년 동안 유미리가 쓴 짧은 글들을 모은 에세이집이다).

유미리의 한은 재일한인이라는 특수한 상황에서 비롯되었다고 할 수 있다. 그가 <가시를 잃어버린 시계>, <정물화>, <해바라기의 관>, <그린 벤치> 등, 10편의 희곡에서는 물론 소설에서 줄곧 다루고자 했던 소재는 가족이었다. 한국에서 출생하여 일본으로 건너온, 재일한인 1세대 부모에게 태어난 그는 부모의 별거, 가족의 이산, 집단 따돌림, 가출, 퇴학, 자살미수 등을 겪어야만 했다. 불우한 가정환경과 학교에서의 집단 따돌림, 그리고 규범적인 사회인으로의 자립 실패는 재일한인이라는 사회적 조건에서 비롯된 고통이었으며 그것이 유미리 한의 시작이었다. 희곡을 쓰기 시작했을 때도, 소설을 쓰기 시작했을 때도 유미리는 "내가 제일 잘 알고 있는 세계를 쓴다"는 소박한 방법, 즉 가족을 통한 자신의 체험을 허구로 재구성하는[2] 일관된 태도를 취했다. 자전적인 소설인 <풀하우스>(1995. 5), <콩나물>(1995. 12), <가족시네마>(1996. 12) 등은 이 같은 입장에서 형상화된 1인칭 서술의 작품들이다.

<가족시네마>를 발표한 이후, 유미리는 <타일>(1997), <골드러시>(1998), <여학생의 친구>(1999), <루주>(2000) 등에서 자폐적인 심리증상의 현대인, 청소년 범죄와 폭력, 원조교제, 동성애 등을 다루었다. 이것은 가족의 붕괴에 초점을 맞춘 이전의 1인칭 작품들과 그 양상이 사뭇 다르다. <타일>, <골드러시>, <여학생의 친구>, <루주>에 등장하는 자폐적인 성불능자, 정년퇴직한 노인, 비행 청소년, 동성애자 등은 서술자가 전달하는 스토리 세계 내의 초점화자로, 대부분 배금주의 자본체제의 중심에서 벗어나 있는 주변인들이다. 유미리는 사회의 주변인들을 3인칭 서술의 초점화자로 내세우는 글쓰기를 통해

---

2) 위의 책, p.277

자신의 사회적 위치를 깨닫게 된다. 말하자면, 그는 주변인을 객관적으로 응시함으로써 사회의 중심에 동화되지 못하는 디아스포라로서의 자기 자신 또한 발견한 것이다.

1999년 돌연 미혼모임을 선언한 유미리는 다음해에 <남자>, <생명>을 잇달아 발표하였다. 아이를 잉태하고 낳는 과정에서 생명과 죽음의 문제에 진지하게 천착할 수 있었던 그는 아이의 존재를 통해 자신의 정체성이란 결국 혈연적 관계에 뿌리를 두고 있음을 확인하게 된다. 요컨대, 아들의 미래는 자신의 정체성을 과거라는 시간 속에서 탐색하지 않는 한 상정하기 어렵다는 것을 인식한 것이다. 유미리가 자신의 정체성을 현재를 통해 과거와 미래 속에서 찾으려고 한 작품이 <8월의 저편>(2004)3)이다. <8월의 저편>은 달리기 선수였던 외할아버지 양임득을 주인공으로 하는 4대에 걸친 가족사의 이야기로, 이 작품에서 유미리는 재일한인, 즉 디아스포라로서의 자기 정체성을 구체적으로 형상화하였다.

이 글은 유미리의 소설을 대상으로 하여 경험을 서사화하는 방법을 1인칭 서술과 3인칭 서술로 나누어 살펴본 다음, 재일한인 유미리의 디아스포라 소설의 의의를 탐색해 보고자 한다. 요컨대, 유미리는 재일한인으로서 경험한 자신의 정체성을 서사하는 가운데 주변인으로서의 개인과 소외된 현대인의 모습을 드러내고 있음을 분석할 것이다.

---

3) <8월의 저편>은 2002년 4월 18일에서 2004년 3월 17일까지 한국과 일본의 언론사상 처음으로 『동아일보』와 『아사히신문』(朝日新聞)에 공동으로 연재한 장편소설이다. 신문 연재소설을 동아일보사와 신쵸샤(新潮社)에서 2004년 8월 15일 동시에 단행본으로 출판하였다. 이 글에서는 2004년에 출간된 단행본을 연구 대상으로 하였다.

 ## 2 경험으로써 '자기' 드러내기

1인칭 소설의 일반적인 특징은 '나'의 경험을 이야기한다는 데 있다. 경험을 서사하는 까닭에 1인칭 서술은 '나'라는 주체의 분리, 즉 경험자아(서술되는 '나')와 서술자아(서술하는 '나')의 분리를 기능적으로 상정할 수 있다. 1인칭 서술은 대개 '나는 누구인가'에 대한 정체성 탐색으로 귀결되곤 하는데, 그것은 서술자아가 과거에 겪었던 사건들을 현재 이야기하는 가운데 자아의식이 개입되기 때문이다. 경험자아가 '그때 그곳'에서 몰랐던 사건의 진실을 '지금 여기'서 서술자아가 이야기하는 까닭에 두 자아 사이의 시간적 간격에서 자아의식이 구체적으로 드러나므로 특히 작가 자신의 경험을 서사화하는 자전적인 1인칭 서술의 경우, 그것은 작가로서의 '나'의 정체성을 형상화하는 방법 중 하나가 된다.

<돌에서 헤엄치는 물고기>는 유미리의 자전적 이야기를 바탕으로 하고 있다. 총 7장으로 이루어진 이 작품은 일본과 한국을 오가는 공간 이동이 이야기의 한 축이다. 재일한인 2세인 '나'(히라카)는 고교를 중퇴하고 극작가로 일하고 있다. 김지해라는 번역가로부터 자신의 희곡을 한국에서 상연하고 싶다는 제의를 받고 '나'는 서울을 방문한다. 같은 극단에서 일하는 유키노와 한국에 동행한 '나'는 그녀의 친구이자 재일한인 3세인 박리화의 집에서 묵기로 한다. 얼굴에 종양이 있는 탓에 사람들로부터 따가운 시선과 수군거림의 수모를 겪어야 하는 리화를 보면서 '나'는 어느새 그녀에게 친근감을 느낀다. 얼굴의 종양이 스티그마(stigma)[4]처럼 사람들이 꺼려하는 대상이 된 리화에게 어떤 동

질성을 발견한 것이다. 학교에서든 사회에서든 한국 국적으로 인해 사람들의 멸시와 따돌림 속에서 늘 혼자였던 '나'는 리화와 같은 종류의 종양, 즉 스티그마를 지니며 살고 있다. 그러나 '나'의 종양은 가시적인 리화의 스티그마와는 달리, 내면에 있다.

> 히라카 (웃음을 띠었다가 지우고 띠었다가는 지우면서) 나는 내 속에 물고기가 한 마리 살고 있다고 생각했었어. …어렸을 때부터 쭈욱… 쭈욱 말야. 맨 처음 만났을 때 난 금방 알았어. 리화한테도 물고기가 있다고 말야.
> 리화는 덧그림을 그리듯 입술을 그리고 있던 둘째손가락을 미끄러뜨려 뺨으로 가져갔다.
> 히라카 (숨을 깊이 들이쉬고) 나는 몇 번씩이나 입 속에 손가락을 넣어 물고기를 토해내려고 했어… 그래도… 토해낼 수 없었어.5)

---

4) 스티그마(stigma)는 '낙인', '오점', '오명', '불명예' 등으로 번역되지만 본 논문에서는 용어 그대로 쓰고자 한다. 고프만은 스티그마란 심각한 불명예를 주는 어떤 속성을 말할 때 사용되지만 속성 자체보다는 관계성에 관한 언어로 보아야 하며, 바람직하지 못한 속성 모두가 문제되는 것이 아니라 개인의 유형이 어떠해야 한다는 일반의 고정관념과 일치하지 않는 속성만이 문제가 된다고 하였다(Erving Goffman, *Stigma: notes on the management of spoiled identity,* New Jersey: Prentice-Hall Inc., 1963, p. 13). 스티그마는 본래, 호손의 <주홍글씨>에서 주인공 헤스터가 간통을 했다는 의미의 'A'(Adultery) 글자를 가슴에 달고 살았던 것처럼, 죄인이나 노예, 범죄자에게 살을 지져 표식을 남기는 것을 뜻했다. 오늘날의 스티그마는 어떤 특정한 형태나 행동의 사회적이고 부정적인 평가의 개념을 포함하고 있는 사회학적인 개념으로 통한다.
5) 유미리, 함정연 옮김, 『돌에서 헤엄치는 물고기』, 동화서적·한국문원, 1995, pp.112-113.(<돌에서 헤엄치는 물고기>는 1994년 4월 『신쵸』(新潮)에 발표되었으나 그 후 작중인물의 모델이 된 인물로부터 고소를 당했으며, 2002년 9월 24일 최고재판소는 신쵸샤와 유미리에게 출판금지와 손해배상을 명했다. 재판 중에 유미리는 작품의 개정판을 제출했는데, 원고측은 이것 또한 출판금지를 청구했다. 그러나 도쿄지방재판소에 의한 1심 판결에서 그 청구는 기각되어, 그 후 개정판에 대해서는 법적인 분쟁이 없어 이 판결이 확정되었다(유미리, 한성례 옮김, 『돌에서 헤엄치는 물고기』, 문학동네, 2006, p.303 참조). 이 개정판을 한국에서는 2006년 문학동네에서 출판하였다. 본 논문의 인용문은 1994년 신쵸샤(新潮社)에서 출판한 원본을 번역한 책이 그 출처이다.

위의 인용문은 자신의 외모에 대한 평가를 요구하는 리화의 질문에 '나'가 응답하는 과정을 극화한 장면이다. 극작가인 '나'에게 리화는 거울로 보는 것보다 훨씬 리얼하게 자신의 얼굴이 어떤지 말해달라고 한다. 진실을 알고 싶다는 리화의 요청에 '나'는 희곡의 한 장면처럼 두 사람의 대화 광경을 그려본다. 자신처럼 리화에게도 한 마리의 물고기가 살고 있다며 '나'가 희극적 장면을 떠올리면서 대답하자, 리화는 결국 울음을 터뜨린다. 여기에서 물고기는 심리적/신체적인 스티그마를 은유한다. '나'의 물고기는 자기 내면에, 리화의 그것은 왼쪽 뺨의 종양에 살고 있다. 리화의 종양은 돌처럼 육화되었는데 이것은 그녀가 아픔의 근원에서 헤어 나올 수 없는 상태임을 함의하고 있다. 즉 돌에서 헤엄치는 물고기란 종양을 숙명처럼 안고 살아야 하는 스티그마적 존재임을 뜻한다.

리화의 아픔이 신체적 장애에서 초래되었다면, '나'의 그것은 심리적 외상에서 비롯되었다. '나'는 내 안에 살고 있는 물고기를 토해내려고 여러 차례 애를 써보았으나, 끝내 실패하고 만다. '나'의 물고기는 아픔이라는 물에서 살고 있다. 물이 없으면 물고기가 살 수 없듯이 "아픔이 없어지면 '나'는 쓸 수 없다."[6] 극작가인 '나'에게 물은 글쓰기의 원천이자 원동력인 것이다. '나'는 아픔 속에서 자신의 스티그마를 글쓰기로 극복해 가지만, 리화는 얼굴 장애에서 비롯된 스티그마를 스스로 치유하지 못하고 결국 현실에서 도피하고 만다. 조각가로서의 삶을 버리고 신흥종교에 귀의한 리화는 말하자면, 현실의 아픔을 직시하면서 그 속에서 자아를 스스로 만들어가는 정체성 형성에 실패한 것이다. 그렇다고 '나'가 심리적 외상인 스티그마를 극복하고 일상생활의 고정

---

6) 유미리, 『물고기가 꾼 꿈』, p.9.

화된 인식과 규범에 적응하면서 살고 있는 것은 아니다. '나'는 일본에서 사는 한, 생명이 다할 때까지 내 안에 스티그마를 지닌 채 아픔에서 살아갈 수밖에 없는 숙명을 타고났기 때문이다.

> 아버지와 엄마는 소라게처럼 빈번히 이사를 했다. 구기시(釘師: 빠찡코의 게임판에 못을 박는 기술자)인 아버지는 일하고 있던 빠찡꼬 가게 '아사히고텐'의 지점이 늘어날 때마다 전근되었다. (…) 이사를 하는 것은 언제든지 심야였던 것으로 기억된다. 나는 야반도주를 하고 있는 듯해 공연히 버젓하지 못한 기분이었다. 아버지랑 엄마도 그랬었을까. 졸린 눈을 비벼가면서 이삿짐 박스를 나르던 우리들이 웃거나 까불거나 하면, 집게손가락을 입술에 대고 쉿— 하면서 조용조용 차의 트렁크에 짐을 쌓았다. 자기 나라를 단념하고 밀항선으로 바다를 건너온 아버지와 엄마는 죽을 때까지 무엇인가로부터 계속 도망치지 않으면 안 되도록 길들여진 것이 아니었을까.7)

'나'의 부모는 "자기 나라를 단념하고 밀항선으로 바다를 건너온" 재일한인이다. 이주한 한인은 일본사회의 호적에 기재될 수 없다. 외국인 등록증 소지는 재일한인 1세뿐 아니라 그 후손인 2, 3세에게도 필수이다. 일본의 국적을 취득하여 그 나라의 국민이 되었다고 하더라도 한인의 피가 흐르고 있는 한, 재일'한인'이라는 사실을 내면적으로 부정하기는 어렵다. 이처럼 혈연은 재일'한인'을 일본사회의 이방인으로 만드는 표지(標識)이다. 재일한인이라는 신분은 일본사회의 중심에서 밀려나 주변으로 가는 스티그마인 것이다.

'나'의 부모는 결혼 초기에는 생계를 위해 파친코 가게에서 일하거나 다리에서 김치를 팔면서 하루하루를 열심히 살았다. 하지만 한인으로

---

7) 유미리, 『돌에서 헤엄치는 물고기』, p.29.

서의 자존심을 가지고 살 수 없도록 차별화하는 일본사회에서 생활 기반을 잡기란 쉽지 않았다. 일본사회에서의 편견과 차별은 가난과 불행을 불러오고 그것들은 '나'의 가족을 붕괴하는 요인이 되었다. 아버지의 폭력 및 도박은 어머니의 가출과 다른 남자와의 동거로 이어졌고, 부모의 별거는 결국 가족의 이산을 초래하였다. 어머니와 동거생활을 하는 남자와 한 지붕 아래 살게 된 '나'는 증오와 고독 속에서 자신을 억누르면서 시간을 보내야만 했다. '나'는 고등학교 1학년 때 가출하여 극단의 작가로 일하게 되었지만, 아버지와 살던 여동생은 가출하여 포르노 배우가 되었다. '나'의 가족의 붕괴는 이렇게 시작되었다. 그러던 어느 날 아버지가 찾아와 "미도리구에 있는 땅에 집을 지어 다시 한 번 가족이 모여 살아보자며" 자신이 만든 설계도를 놓고 간다. 그 뒤 은행 빚으로 집을 완성한 아버지는 '나'에게 새집에서 살자며 구원을 요청한다. 새집을 둘러싼 일련의 사건들은 <풀하우스>에 구체적으로 형상화되어 있다.

> 8월도 끝나 가는데 더위는 전혀 가시지 않는다. 아버지의 집에는 그 후 한 달간이나 가지 않았다. 아버지와 함께 살 수 없는 이유를 아무리 얘기해도 알아주지 않기 때문에 만나고 싶지 않았다. 엄마가 집을 나간 열 살 때부터 열여섯 사이, 니시쿠의 집과 엄마가 남자와 동거하는 맨션을 왔다 갔다 했다. 그 뒤 10년간은 부모와 함께 살지 않았다. 아버지는 붕괴한 가족의 유대를 다시 한 번 되이으려고 집을 지은 것이겠지만 내 안에서는 가족은 벌써 끝나 버렸다.8)

<풀하우스>에 등장하는 '나'(모토미)는 어머니가 집을 나간 16년 전부터 새집을 짓겠다던 아버지의 계획을 입버릇처럼 들어왔었다. 아

---

8) 유미리, 곽해선 옮김, <풀하우스>, 『풀하우스』, 고려원, 1997, p.56.

버지가 연필로 그린 엉성한 설계도는 작년 봄부터 현실감을 띠기 시작하더니 한 달여 만에 집이 완공되었다. 설마 하고 코웃음을 치던 가족들은 모두 놀란다. 새집에 한 번 다녀온 이후로 '나'는 한 달 동안 그곳에 가지 않았다. 아버지는 "붕괴한 가족의 유대를 다시 한 번 되이으려고 집을 지은 것이겠지만" '나'에게 가족의 의미는 사라진 지 오래되었다. 흩어진 가족의 재결합을 꿈꾸는 아버지에 대해 동생들의 반응 또한 냉담하다. 그러나 부동산 사업에 열을 올리는 어머니는 새집에 관심이 많다. 그렇다고 어머니가 아버지와 재결합하고 싶은 생각이 있는 것은 전혀 아니다. 다만 돈이 되는 집만 욕심날 뿐이다. 결국 새집은 아버지가 요코하마 역 구내에서 생활하던 비렁뱅이 일가의 안식처로 내줌으로써 텅 비어 있던 집은 '풀하우스'가 되었다. 새집을 점거한 비렁뱅이 가족은 정원의 연못가에 앉아 불꽃놀이를 하면서 즐거운 시간을 보내지만, '나'와 아버지는 초대받지 않은 손님처럼 떨어져 선 채로 그것을 지켜보고 있다. 말하자면, 새집에서의 가족의 재결합은 아버지의 소망과 달리 실패로 끝난 것이다.

그런데 이 같은 가족의 붕괴가 영화의 시나리오로 채택되어 영화화되는 일이 생긴다. 새집에서의 재결합 실패로 여전히 이산된 '나'의 가족은 가족 영화를 계획하고 있던 감독에 의해 영화 촬영을 하게 된다.

여동생은 그 드라마를 연출한 가타야마라는 디렉터가 영화를 기획하였는데, 주연으로 결정되었다고 말했다. <대단한데.> 하고 일단은 축하했지만, 영화 그 자체가 의심스러웠고, 그보다 왜 회사까지 찾아와서 그런 이야기를 하는지 석연치 않았다. 얘기를 계속하라고 채근하자 그녀는 <시나리오가 문제야, 영화는 시나리오로 결정나거든. 잡담삼아 우리 가족 이야기를 했더니 가타야마 자식, 흥분해 가지고 다큐멘터리도 아니고 픽션도 아닌, 그 경계를 넘어서는 획기적인 영화를 만들어 보자는 거야>

라고 단숨에 지껄여댔다. 그리고는 <알겠어? 그러니까 언니도 출연하게
됐단 말이야>라면서 내 얼굴을 들여다보고, 장단이라도 맞추듯 말하며
발을 동동거렸다. 그녀가 한 말의 의미를 파악하는 데 1분 걸렸다.
　「나더러 영화에 출연하란 말이니?」
　점차 소용돌이를 일으키는 여동생의 눈을 보고 물었다.
　「그 사람들도?」
　「그래, 당연한 일이잖아, 아빠랑 엄마하고 오빠한테는 허락받았어. 그
래 봐야 가족이란 어느 집이나 다 연극이잖아. 그러니까 아무 문제없
어.」[9]

　<가족시네마>에 등장하는 '나'(모토미)의 가족은 부모가 별거한 상
태로, 아버지는 폭력과 도박으로 겉돌고 어머니는 카바레의 호스티스
로 일하면서 알게 된 유부남과 딴 살림을 차려 동거하는 탓에 남매들
은 뿔뿔이 흩어져 살고 있다. 그런데 20년 동안 가족 간의 끈끈한 유
대를 느껴 본 적이 없는, 붕괴된 가족을 대상으로 '가족' 영화를 만들
겠다는 것이다. 배우인 여동생이 잡담삼아 가족 이야기를 했더니 그
말을 듣고 있던 감독 가타야마가 "다큐멘터리도 아니고 픽션도 아닌,
그 경계를 넘어서는 획기적인 영화"를 찍겠다는 포부를 밝혔다고 한
다. 영화에서 시나리오가 아주 중요한데, 그만큼 '나'의 가족은 일본사
회에서도 흔히 볼 수 없는 아주 흥미로운 상태의 가족인 것이다. 여동
생은 '나'를 제외한 가족에게 이미 허락을 받았다면서 영화 제작에 협
조해 줄 것을 강요한다. '가족이란 어느 집이나 다 연극이니까 아무 문
제없다'는 여동생의 생각은 그러나 사실과 다르다. '나'는 영화에 출연
하라는 여동생의 요청에 '그 사람들도 출연하느냐'고 묻는다. 부모를
'그 사람들'이라고 부를 정도로 '나'에게 부모는 가족의 개념에서 벗어

---

9) 유미리, 김난주 옮김, <가족시네마>, 『가족시네마』, pp.15-16.

나 있는 사람들이다. 말하자면 '나'의 가족은 부모가 '그들'로 남매지간에 통용될 만큼 특이한 형태의 가족이다. 연극적인 요소가 없는 보통의 가족은 영화화되지 않는 것이다.

영화의 내용은 '나'의 생일을 축하하기 위해 식구들이 모이는 것으로 설정되었다. 딱 정해진 각본도 없이 '나'의 가족이 보여주는 그대로 영화의 작업은 진행된다. 그러나 영화가 진행될수록 '나'의 가족은 원래의 모습과 다른, 보통의 가족에서 볼 수도 있을 법한 '이상적인' 가족 관계로 조금씩 수정되고 있음을 '나'는 발견한다. 아버지는 아버지대로 어머니는 어머니대로 동생들은 동생들대로, 각자 '이상적인' 가족 구성원의 역할을 작위적으로 연출하는 것이다. 카메라 앞에서의 작위성 속에서 '나'는 가족의 실체를 분명하게 인식한다. 아버지의 폭력에도, 어머니의 성적 방종이 초래한 치욕에도, '나'를 비롯한 형제들은 그럭저럭 견디어 왔다. 비굴할 정도로 순순히 받아들였다고 해도 좋을 정도이다. '나'는 부모를 증오했지만, 그 증오심을 타인과 타협 못해 미워하는 선에서 끝내야만 했다. 부모를 증오하면서 사는 것보다 타인과 타협하지 못하면서 사는 것이 '나'로서는 더 윤리적이고 경제적인 이유에서였다. 그러므로 '나'는 가족이 재결합만 한다면 잃어버린 것을 되찾을 수 있다고 믿으며 '이상적인' 아버지 상을 열심히 연기하고 있는 아버지를 도저히 이해할 수 없다. '나'뿐만 아니라 동생들도 가슴 깊이 이러한 심리적 상처가 뿌리내려져 있다. 그만큼 한번 붕괴된 가족은 화합하기가 어렵다. 무엇보다도 '이상적인' 가족이란 이 세상에 거의 존재하지 않는다.

부모의 불화와 별거로 가족 간의 사랑을 제대로 느껴보지 못했던 '나'는 학교에서도 집단 따돌림으로 친구조차 사귀지 못하였다. "현실과 타자에 대한 증오, 그런 감정을 낳게 한 '나'의 과거, 사실대로 말하면 가족과 학교"였다.10) 늘 냉소와 비꼼의 대상이 되었던 '나'는 자신처럼 소외되거나 상처받은 사람들에게 어느덧 호감을 갖게 되었다. 특히, 이성 관계에 있어서 '나'는 성불능자이거나 지능이 약간 모자라는 남자에게 매력을 느끼는 것이다.

> 나는 유키토에게 뿌리치기 힘든 매력을 느낀다. 이런 생각을 머리 속에서 말로 조립하고 있을 때 긴 머리를 싹둑 잘라 버렸을 때처럼 애달파졌다. 유키토와 나는 흠이 있는 사람들이다. 나는 다른 사람과 관계를 맺고 싶다고 생각하면서도 우정이나 애정 같은 뭔가를 보태려 하지는 않는다. 서로에게 부족한 것을 확인할 뿐이다. 그리고 상대의 흠에 집착하고 싶다. 흠을 찾으려 한 적은 한 번도 없다. 오히려 흠이 나를 발견해 소리 내어 말을 걸어 온다. 그 소리는 보통 가늘고 희미한 것이지만 유키토의 소리는 분명히 판별할 수 있었다.11)

<콩나물>의 주인공 '나'(다카주)는 가정에서나 학교에서 애정은 물론 사랑조차 제대로 접해 보지 못했다. 그런 '나'가 이성적인 사랑으로 매력을 느낀 상대는 지능이 모자라는 유키토이다. "유키토와 나는 흠이 있는 사람들이다." 서로가 흠이 있다는 동질감을 확인하자 '나'는 그에게 무작정 끌린다. 유키토와 만나는 동안 불안 없는 편안함을 맛본 '나'는 3년 간 사귀었던 유부남과의 관계를 정리하고 그와 결혼을 결심한다. "이 세상과 떨어진 채 땅에 발을 딛고 있지 않은 희미한 형체"의 성불능의 유부남보다 유키토에게 매료된 것은 그가 '나'처럼 근원적인 '흠', 즉 스티그마를 지니고 태어났기 때문이다.

유미리의 1인칭 소설들에 등장하는 '나'는 주로 성을 잃어버린 남자

---

10) 유미리, 『물고기가 꾼 꿈』, p.236.
11) 유미리, <콩나물>, 『풀하우스』, p.160.

에게서 성의 긴장으로부터 해방된 기분을 느낀다.[12] <돌에서 헤엄치는 물고기>에서는 아내에게 이혼당한 성불능의 감나무집 남자가 그렇고, <풀하우스>에서는 전신에 얇은 얼음처럼 죽음이 서린 일흔 살의 노인 후카미가 그렇다. 그들은 ‘나’와 타협할 수 있다. 현실감이 없는 사람이 아니면 끌리지 않는다.[13] 다시 말하면, 그들은 육체적 관계로서가 아니라 정신적 공감대의 형성을 본능적으로 체감할 수 있는 인물들이다.[14] 그러나 ‘나’는 이들 가운데서도 태생적인 스티그마를 지닌 유키토에게 무작정 끌린다. <돌에서 헤엄치는 물고기>에서의 ‘나’가 리화를 좋아하는 것도 마찬가지 이유에서이다. 이렇듯 ‘나’의 내면에 있는 스티그마는 가시화되지 않지만 보통의 사람들이 생각하는 인물과 다른, 사회의 중심에서 소외된 성불능자, 나이 많은 중년이나 노인, 지능이 낮은 남자에게 사랑을 느낀다는 점에서 그 실체를 구체적으로 찾아 볼 수 있다.

유미리의 1인칭 소설은 ‘나는 누구인가’ 하는 정체성 탐구를 스티그마적 존재로서의 ‘나’에서 출발하고 있다. 유미리의 1인칭 소설이 자전적 요소가 강하다는 점에서 볼 때, <돌에서 헤엄치는 물고기>, <풀하우스>, <콩나물>, <가족시네마> 등은 작가의 정체성을 알 수 있는 작품이라고 할 수 있다. 특히, <가족시네마>는 <풀하우스>의 속편[15]으로 “만약 우리 가족이 영화를 촬영하는 허구 속에서 가족을 연출한다면 어떨까 하는 발상”에서 출발한 작품으로, “허구와 현실을 넘나들면서 가족을 실체를 부각하고 싶었다.”[16]는 유미리의 말은 경험을 서

---

12) 유미리, 『돌에서 헤엄치는 물고기』, p.25.
13) 유미리, 『가족시네마』, p.115.
14) 유숙자, 『在日 한국인 문학 연구』, 월인출판사, 2002, p.141.
15) <풀하우스>와 <가족시네마>에 등장하는 주인공 ‘나’의 이름은 둘 다 ‘모토미’이다.
16) 유미리, 『물고기가 꾼 꿈』, pp.88-89.

사하는 가운데 스티그마적 존재인 재일한인의 정체성을 가족을 통해 지속적으로 탐색하고 있음을 단적으로 함의하고 있다. 이러한 맥락에서 보자면, 자전적인 1인칭 소설들에 등장하는 주인공 '나'('히라카'(양수향), '모토미', '다카주')는 유미리 자신의 '나는 누구인가'에 대한 응답을 향해 가는 변주된 인물임을 알 수 있다.

# 3 주변인을 통한 '자기' 응시

유미리는 1994년 <돌에서 헤엄치는 물고기>의 발표를 기점으로 하여 소설가로 등단하였다. 그는 1996년 첫 소설집 『풀하우스』로 24회 이즈미교카 문학상과 노마분케 신인상을 연달아 수상하였으며, 1997년에는 <가족시네마>로 아쿠타가와 상을 받았다. <가족시네마>에는 특수한 가족 관계와 동시에 부모 자식, 형제, 부부의 본질이 잘 나타나 있고, 인물 묘사와 결말도 성공적으로 형상화되어 있으며, 가족 간의 고독과 위화감이 인간세계의 정착지 상실로 잘 연결되어 있다는 등 호평을 받았다.17) 가족 소재의 작품들을 형상화함으로써 소설가로서 인정받은 유미리는 <가족시네마> 이후로는 사회의 문제에 관심을 두기 시작하였다. <타일>은 이 같은 경향의 신호탄인 셈이다.

　　남자는 턱 끝을 타일에 비벼댔다. 머릿속으로 이 방에 매달려 있는 자신의 육체가 떠올라도 불쾌하지 않았다. 남자는 더 바싹 타일에 몸을 밀

---

17) 이한창, 「아쿠타가와 상을 통해본 재일동포 문학」, 『재일한인 문학』, 솔출판사, 2001, p.78.

착시키고 바랐다. 죽을 때까지 이 방에서 외부의 어떤 간섭도 받지 않고 살고 싶다고. 현실은 살 만한 것이 아니다. 두 손을 불끈 쥐어 허리에 대고 타일 병사를 쏘아보자, 전투 개시 나팔소리가 울리고, 양군이 서로를 향하여 돌진하기 시작했다. 텔레비전도 냉장고도 방해물이다. 병사들로 다 메우지 않으면 안 된다. 남자는 적의 기습에 놀란 알렉산드로스 대왕처럼 옷을 몸에 걸치고, 텔레비전을 안아 올렸다. 잠시 대형 쓰레기 업자한테 가져가라고 할까, 일요일 관리인이 없는 틈을 타 쓰레기장에 버리는 편이 좋을까 망설이다, 역시 텔레비전과 냉장고는 있는 편이 낫다, 오히려 책상과 침대가 불필요하다는 결론에 도달하였다. 버린다면 아래로 내려가 누가 있지는 않은지 확인해야 한다, 그러나 저놈의 관리인이 누구 물건인지 모를 리가 없다.[18]

<타일>의 주인공 '남자'는 대형출판사의 장정 분야에서 15년 동안 근무하다가 3년 전에 퇴사하여 개인 사무실을 차렸다. 책이나 잡지의 삽화 디자인을 하는 '남자'는 아내에게 이혼당하고 원룸에서 혼자 산다. 이혼의 사유는 '남자'가 성불능자라는 것이다. '결혼도, 이혼도, 독신생활도, 가족도 별 볼일 없다.'고 생각하던 '남자'는 타일 작업에 집착하는데, 타일로 도배된 방에서 자살함으로써 마지막으로 삶의 의미를 찾으려는 것이다. 이에 '남자'는 방바닥에 이수스 전투 장면을 그려 타일로 붙이는 일에 몰두하고 있다. "죽을 때까지 이 방에서 외부의 어떤 간섭도 받지 않고 살다"가 이수스 전투 그림이 그려진 타일 위에서 죽고 싶은 '남자'는 쓰레기 분류를 지나치게 강요하는 관리인 부부를 '외부의 어떤 간섭'의 제일순위로 추정하고 있다. 하지만 이 같은 '남자'의 예상은 빗나갔다. '외부의 어떤 간섭'은 관리인이 아니라 비밀리에 방을 도청하고 있는 원룸 주인 에모토였다.

에모토는 일흔이 넘은 노인으로, 그는 도무지 종잡을 수없는 '남자'

---

18) 유미리, 김난주 옮김, 『타일』, 민음사, 1998, pp.102-103.

에게 호기심을 갖는다. 노인이 온통 타일로 도배한 방을 전부 벗겨내 겠다며 협박하자 '남자'는 그렇다면 살인도 불사하겠다고 대답한다. 노 인은 '남자'에게 타일 작업이 끝나면 자신도 '재미있어 할 수 있는 기 획에 한몫 끼어달라며 돈을 투자하겠다.'고 한다. '남자'가 타일로 도배 한 방에서 여류작가 나츠우미와 만나고 싶다고 하자, 노인은 그 제안 에 동참하고 둘은 그 계획을 실행에 옮긴다. 방에 갇힌 나츠우미는 '남 자'의 협박에 못 이겨, 불능에 빠진 남자와 극적인 섹스를 시도하는 여 자를 그리면서 자신의 소설을 마무리한다. 그리고 소설의 결말처럼 '남 자'는 그녀를 살해한다. 모자이크 바닥을 파내어 여류작가의 시체를 묻 고 그 위에 타일을 깔아 마무리한 '남자'는 성교 없이 지내는 여자와 그 위에서 나란히 잠을 잔다.

살인에 관련된 세 사람, 성불능의 '남자', 관음증의 '노인', 그리고 다 른 작가들과 거의 사귀지 않는 '여류작가', 그들은 모두 타인과 단절된 삶을 살고 있다. 스스로 '성'을 거세한 그들은 도시의 외진 밀폐된 공 간 안에서 자신만의 세계에 빠져 있다. 자아 혼란으로 인한 범죄는 자 신의 마음에 타일을 깔고 밀실을 만드는 것19)에 그 원인이 있다. 밀실 을 소유한 정체성의 혼란에서 비롯된 범죄는 그 양상은 다르지만 <골 드러시>에서도 반복적으로 나타난다.

"잘 들어라. 엄마는 내가 먹을 만큼 내 손으로 번다. 불필요한 돈을 갖 고 싶은 생각은 조금도 없어. 노후를 위해서 저금하겠다는 생각도 없고 나이를 먹어 일할 수도 없고 먹을 것을 살 돈도 없어지면 이 방에서 굶

---

19) 유미리, 한성례 옮김, 『세상의 균열과 혼(魂)의 공백』, 문학동네, 2002, p.141(『세상 의 균열과 혼(魂)의 공백』은 총 3장으로 이루어진 에세이집으로, 마지막 3장에서는 <돌에서 헤엄치는 물고기>의 출판금지 명령을 둘러싼 사건들을 서술하는 과정에서 유미리의 작가 의식을 살펴볼 수 있다).

어 죽을 거다. 돈의 힘에 굴복할 정도라면 차라리 죽음을 택할 거야. 돈
의 힘으로 성공한 인간은 돈의 힘으로 파멸한다. 왜냐하면 돈은 다른 어
떤 것으로도 변할 수 있으니까."

　　경을 외우는 소리처럼 들렸다. 끓어오르는 분노는 그 소리를 주파수가
맞지 않는 라디오의 잡음으로 바꿔버렸다. 끝내 이 여자는 설교라는 어설
프고 추악한 술수를 쓰기 시작했다. (…) 미키는 오른손으로 소년의 팔을
잡았지만 금방 옆으로 축 늘어졌다. 때리고, 머리채를 낚아채고, 벽에 머
리를 부딪쳐도, 미키는 비명을 지르거나 이를 악물지도 않았다. 그저 흔
들리는 대로 몸을 맡기고 있을 뿐이었다.

　　나는 눈에 보이지 않는 경계선을 넘어서고 말았다. 엄마를 때리는 것
은 아버지를 때리는 것과는 의미가 다르다. 소년은 자기가 엄마를 때렸다
는 사실에 공포감을 느끼고 망연히 서 있다. 미안해요. 돈 다발을 태우고
남은 재 같은 목소리였다.[20]

<골드러시>에 등장하는 '소년'은 금고 딸린 지하실에서 마주친 아
버지가 이곳에 잠입할 수 있었던 방법을 이야기하라라며 위협하자 아버
지를 살해한다. 살인 후, 자폐아인 히데키 형을 보호해 줄 사람이 필요
하다며 '소년'은 별거 중인 엄마를 찾아간다. 그러나 방문의 속셈은 아
버지 유산의 반이 엄마에게 상속된다는 점과 아버지를 살해한 자신을
옹호해 줄 사람이 엄마밖에 없다는 생각에서였다. '소년'은 아버지 금
고에서 꺼낸 돈다발을 엄마 앞에 내놓지만, 그녀는 그것이 돈밖에 모
르는 남편이 폭력과 탈세의 범법 행위로 축적한 것임을 알기에 받지
않는다. 돈의 힘에 굴복할 정도라면 차라리 죽음을 선택한다며 설교하
자 화가 난 '소년'은 엄마를 구타하기 시작한다. 그녀는 아들이 때리는
대로 몸을 맡기며 참아내지만, '소년'은 엄마를 때렸다는 사실에 공포
를 느낀다.

---

20) 유미리, 김난주 옮김, 『골드러시』, 솔출판사, 1999, pp.204-205.

‘소년’은 세상이란 힘으로 자리매김 되고, 그 힘은 돈에서 나온다는 아버지의 교육을 받으며 후계자로 성장하였다. 자신이 접하는 세계, 즉 가정이나 학교, 사회 어디에서나 아버지의 사고방식이 그대로 적용되고 있음을 발견한 ‘소년’은 자신도 모르는 사이 아버지를 닮아갔다. 14세의 나이답지 않게 파친코 회사를 더욱 확장하여 보다 많은 부를 축적하리라 야망에 불타던 ‘소년’은 뜻하지 않은 일로 아버지를 살해하고 그 시체를 금고 속에 밀어 넣었다. 그러나 ‘소년’은 아버지를 살해했다는 죄의식보다 아버지의 돈과 힘을 소유하여 어른이 될 수 있다는 욕망에 사로잡혀 사후 수습에 보통의 소년답지 않게 대담한 행동을 한다. 아버지를 경멸하면서도 한편으로는 충실히 모방하고 있는 ‘소년’의 일상은 성장의 참의미를 제대로 배울 수 없는 배금주의 사회의 이면을 반영하고 있다.

<골드러시>는 1997년에 일어난 “고베 소년살인사건”을 허구화한 작품으로, 유미리는 ‘골드러시’에 열광하는 사회적 병폐를 존속살인의 반윤리적인 ‘소년’을 통해 형상화하였다. 황금만능주의 사회에서 긍정적인 자아를 스스로 형성할 수 없는 청소년은 <여학생의 친구>에서는 원조교제를 하는 여학생으로 등장한다.

> 미나는 침대에 누워, <무죄 모라토리엄>을 듣고 있다. 그룹에서 빠질 생각을 하고 있으니 마유의 임신 따위 이미 관계없는 일인데, 원조교제란 네 글자가 머리에서 지워지지 않는다. 아버지의 회사가 도산하면, 수업료는 대체 누가 낼 것인가, 다달이 받는 송금이 끊어지면, 동생이 사립 중학교에 들어갈 수 없음은 물론이요 생활 자체가 성립되지 않는다. 사망자 보험으로 1억 엔을 남기겠다고 한 것은 공장 부지가 엄마 소유가 아니라는 뜻이 아닐까 싶은 의혹에 미나의 머리는 바짝바짝 타들어가고, 원조교제에 불이 붙을 것만 같았다. 뻔해, 우리 가족은 모든 것을 잃고 길거리

에 나앉게 될 거야. 미나는 그렇게 확신하고, 마유를 위해서가 아니라 자기 자신을 위해서 원조교제를 해야만 한다고 다짐하며 눈을 감았다.[21]

<여학생의 친구>의 주인공 미나는 고등학교 1학년 여학생이다. 그녀는 아버지가 정부(情婦)와 딴 살림을 차리는 바람에 어머니랑 동생과 함께 살고 있다. 미나는 마유가 낙태 비용 10만 엔을 원조교제로 마련하자는 제안을 떠올리면서 여러 가지 계산적인 생각을 한다. 원조교제 제안은 마유가 자신의 수술비를 그룹의 친구들에게 분담하고픈 의도에서 비롯되었다. 하지만 아버지의 도산으로 돈줄이 막힌 미나는 자신의 현안 문제를 해결할 방법으로 원조교제밖에 없다는 결론을 내린다. 결국 "마유를 위해서가 아니라 자기 자신을 위해서 원조교제를 해야만 한다"고 결심한 미나는 그 대상으로 언젠가 만났던 마유의 친구 아즈사의 할아버지를 떠올린다. 소녀 친구의 뜻하지 않은 전화를 받고 나온 아즈사의 할아버지 겐이치로는 곤경에 빠진 미나를 도와주고 싶어 한다.

겐이치로는 여학생들에게 소비욕을 부추기며 매춘을 조장하는 사회에 비판적이다. 그는 '가족의 붕괴'를 겁내고 있는 미나를 '원조'(援助)하고 싶어 한다. 고민 끝에 겐이치로는 자신의 아들(마유의 친구 아즈사의 아버지)을 호텔로 끌어들여 미나와 '원조교제'하는 장면을 카메라로 찍어 협박한 후 돈을 마련하자고 미나와 그의 친구들에게 제안한다. 계획이 성공하여, 겐이치로는 아들에게서 마유의 수술비와 그룹 구성원의 용돈, 그리고 미나의 수업료 등을 목돈으로 받아낸다. 세상에 대한 미련과 희망 없이 소멸만을 기다리고 있는 듯 보인다는 점에서 겐이치로가 자신과 닮았다고 생각한 미나는 쉰 살이나 차이나는 그를 친

---

21) 유미리, 김난주 옮김, <여학생의 친구>, 『여학생의 친구』, 열림원, 2000, pp.75-76.

구로 맞이하게 된다. '여학생의 친구'가 된 겐이치로는 미나가 자립할 수 있을 때까지 어떻게든 도와주고 싶은 생각에 조만간 그녀의 어머니를 만나서 아이 모르게 도울 수 있는 방법을 모색하리라 마음먹는다. 이처럼 겐이치로는 어려움에 처한 청소년을 '어른들이 지혜를 모아서' 원조(援助)하며 바른 길로 나아가도록 교제(交際)하는 방법, "그것이야말로 진정한 원조교제"라고 확신하고 있다. <여학생의 친구>는 현대 소비사회에서 소외된 주변인들이 사회 주류들과의 비정상적인 관계 혹은 '원조교제'를 넘어 서로 간에 긍정적인 관계를 형성할 수 있음을 보여주고 있다. 사회의 주류에 밀려난 노인 겐이치로와 여학생 미나가 나이 차이를 뛰어넘어 '친구'사이로 발전한 주변인들 간의 긍정적인 인간관계가 <루주>에서는 모델과 동생애자의 연인사이로 변주되어 나타난다.

다카유키는 부엌의 수납 서랍에서 조그만 병을 꺼냈다. 그리고 생수를 잔에 따라 정제 두 알과 함께 구로카와에게 내밀었다. "옷 갈아입고 올게." 구로카와는 안쪽 방으로 사라졌다. "어디 안 좋아?" 리사가 물었다. "우울증이랴. 간혹 가다 저렇게 침울해져. 하지만 오늘은 가벼운 편이야. 심할 때는 말도 한마디 하지 않으니까. (…) 리사는 구로카와가 가슴 속에 깊은 어둠과 슬픔을 품고 있다고 해서 놀란 것은 아니었다. 리사 자신도 고등학생 시절 자폐적인 나날을 보냈으니까. 구로카와를 처음 만났을 때, 그 시절의 꿈에 몇 번이고 나타났던 남자와 많이 닮았다는 것을 알았다. 자신이 고등학교에 들어간 이래 줄곧 그랬듯이, 구로카와 역시 상처와 아픔을 감추고 아무도 눈치 채지 못하게 처신하고 있는 것일까? 깊게 패인 상처가 그의 마음을 짓찧어 피를 흘리고 있는 것이라고 리사는 생각했다.22)

---

22) 유미리, 김난주 옮김, 『루주』, 열림원, 2001, pp.189-190.

　〈루주〉의 주인공 리사는 스무 살의 모델로, 본래는 화장품 회사의 홍보부 제작과 신입사원이었다. 그녀는 자사의 루주 제품을 선전하는 광고 모델이 펑크를 내자 어쩔 수 없이 대타가 되어 광고 감독 구로카와와 만난다. 자폐적인 심리증상을 겪은 적이 있던 리사는 우울증에 시달리는 구로카와를 보면서 '깊은 어둠과 슬픔'을 지닌 사람으로서의 동질감을 느낀다. 스무 살이 되도록 연애 경험 전무의 리사는 어느덧 구로카와를 사랑하게 된다. 구로카와 역시 리사를 사랑하고 있다. 하지만 구로카와는 리사와의 사랑으로 괴롭기만 하다. 그는 다카유키와 연인 관계에 있는 동성애자이기 때문이다. 이런 사실을 안 다카유키는 리사에게 구로카와는 자신처럼 선천적인 동성애자는 아니라면서 그와 결혼하라고 말한다. 구로카와는 자기의 미래와 행복을 위해 떠나려는 다카유키와 사랑하는 리사 사이에 고민하다가 결국 자살한다.

　구로카와가 자살한 이후 리사는 회사의 직원에서 직업 모델로 나서게 된다. 연인이 죽기 이전까지는 "유명해져서 얼굴이 알려지면 자유가 없어진다."며, 그녀는 평범한 삶이 최선이라는 뜻을 굽히지 않고 직원의 신분을 유지하려고 노력했었다. 그런 리사가 태도를 바꾸어 프로덕션과 계약한다. 그러나 극중에서 애인과 헤어지는 장면을 찍을 때, 그녀는 화장을 모두 지우고 맨 얼굴로 카메라에 나선다. 리사는 자신이 분한 '가오리'라는 역할로서 진짜 연인이었던 구로카와와 예전에 그랬던 것처럼 카메라 렌즈를 통해 만나고 싶었던 것이다. 그녀의 행동은 구로카와의 진정한 만남이란 거짓 없는, 맨 얼굴의, 있는 그대로의 모습으로써만 가능하다는 것을 암시한다. 외모와 소비중심의 사회에서 평범함을, 이성애 중심의 사회에서 동성애를 꿈꾸는 두 사람은 모두 주변인들이다. 이렇듯 〈루주〉는 주변인들 간의 진정한 이해와 사랑을 그렸다는 맥락에서 의미 깊은 작품이다.

위에서 살펴보았듯이 <타일>, <골드러시>, <여학생의 친구>, <루주> 등은 3인칭 서술의 작품들이다. 유미리의 3인칭 소설에 등장하는 주인공들, 즉 초점화자들은 대부분 성불능의 자폐적인 현대인, 존속살인의 비행 소년, 원조교제의 여학생, 동성애자 등이다. 이들은 돈 중심의, 소비 중심의, 성인 남성 중심의, 이성애 중심의 문화에서 소외된 소수자들이다. 유미리는 3인칭 소설의 일반적 특징인 스토리 밖의 서술자가 그 안에 있는 초점화자를 통해 사건들을 전달함으로써 생기는 객관적 거리를 이용하여 배금주의 자본체제의 병리적 현상을 고발하고 있다.

<타일>, <골드러시>, <여학생의 친구>, <루주>에서는 초점화의 주체가 한 사람에게 고정되는 내적 초점화로 일관하기보다는 초점화자는 있되 그와 밀접한 인간관계에 있는 또 다른 인물을 초점화자로 내세우거나 초점화자 이외의 등장인물의 내면세계를 잠시 보여주는 일시적인 초점 이동 전략을 취하면서, 서술자가 사건들을 전달하는 방법이 주로 사용되고 있다. 이러한 시점 전략은 <타일>과 <골드러시>의 서술자가 초점화자의 이름을 부르지 않고 불특정 다수인을 지칭하는 '남자'나 '소년' 등을 사용하고 있어 한층 효과적이다. 또한 <타일>의 초점화자 '남자'와 관음증의 노인 '에모토', <골드러시>의 초점화자 '소년'과 천사 같은 구원자 '쿄코'가 맺고 있는, 두 쌍의 관계는 상대적인 측면에서 중요한 전언을 함의하고 있다. 두 작품 모두 살인이라는 범죄를 다루고 있지만 스토리의 귀결은, 전자가 윤리 도덕적인 측면에서 구원과 해결책이 없는 반면, 후자는 그것이 있다는 점에서 다르다. 두 작품의 상대성은 현대 사회의 병폐에서 야기되는 개인의 자아 혼란이 범죄로 이어지지 않으려면 바람직한 관계 형성이 중요하다는 데 있다. 이 점은 <여학생의 친구>에서 초점화자가 겐이치로라는 점에서도 찾

아볼 수 있다. 정년퇴직한 겐이치로가 또 다른 초점화자인 '미나'의 친구가 될 수 있었던 것은 무엇보다도 겐이치로의 긍정적인 자아가 개입되었기에 가능하다. 그러므로 <여학생의 친구>는 일본사회의 '중심' 지향에서 비롯되는 병폐들을 드러내면서 그 해결의 방안을 소수자들 사이의 진정한 이해와 연대에서 찾은 작품이라고 할 수 있다. <루주> 또한 초점화자 리사와 동성애자 구로카와의 거짓 없는 사랑을 그렸다는 점에서 주변인의 인간적인 관계를 탐색한 <여학생의 친구>와 비슷한 맥락에 있다고 하겠다.

유미리의 초기 작품들이 대개 자전적인 1인칭 서술이었다는 점에 비추어 볼 때, <타일> 이후에 발표된 3인칭 소설의 의미를 어느 정도 가늠할 수 있을 것이다. 요컨대, 유미리는 <타일>, <골드러시>, <여학생의 친구>, <루주>에 등장하는 성불능의 자폐적 현대인, 비행 청소년, 생산과 소비에서 밀려난 노인, 동성애자 등, 주변인들을 응시함으로써 사회적 존재로서의 자신을 객관적으로 바라보았다. 주변인을 통한 '자기' 응시의 결과, 유미리는 재일한인이라는 또 하나의 주변인으로서의 자신을 구체적으로 인식할 수 있었던 것이다.

4 디아스포라로서의 정체성 확인

유미리는 1999년에 미혼모를 선언하였다. 아기를 갖은 이후 그는 <생명>과 <남자>를 발표하였다. 아기 아버지의 비협조적인 태도로 낙태와 자살의 기로에서 괴로워하던 유미리는 애인이자 스승이었던 히가시가 말기 암환자임을 알게 된다. 그는 아기의 생명이 히가시의 죽음과 연결선상에 있다는 생각에 정성과 노력을 다해 히가시를 간병하기 시작한다. 유미리는 이러한 1년여의 과정을 월간지에는 <남자>라는 이름으로, 주간지에는 <생명>이라는 이름으로 연재하여 그것을 각각 단행본으로 발간하였다.

<남자>는 포르노 소설을 써 달라는 편집자의 요청에 내키지 않게 수락한 '나'가 등장한다. '나'는 자신의 몸에 사로잡힌 여성을 찾아 헤매는 남자를 주인공으로 하여 에로스 교환 중심의 연애 이야기를 써보기로 작정한다.

> ㉮ 그 무렵 내 별명은 세균이었다. 손이 닿으면 세균이 옮아 버린다는 이유로 아이들은 이 술래잡기에 나를 포함시켜 주지 않았다. 그러나 점심 때의 휴식 시간에는 모두 교정으로 나가서 놀아야 한다는 규칙이 있었다. 할 수 없이 나는 은행나무 그늘에서 혼자 책을 읽고 있었다. 사실은 그저 글자를 멍하니 바라보고 있었을 뿐이고, 뒤좇아갈 수도 달아날 수도 없는 굴욕감으로 일그러진 얼굴을 책으로 가리고 있었던 것이다.

> ㉯ '섹스는 손으로 시작하여 손으로 끝난다.' 남자는 침대 옆 테이블 위에 놓여 있는 담배를 집으려고 손을 뻗었다. 손을 사용하지 않으면 섹스는 통 재미없는 일이 되어 버린다. '손이 페니스의 대리 역할을 하는 것일까'라는 생각을 하며, 담배가 끼워져 있는 자신의 집게손가락과 가운뎃손가락을 바라보았다.[23]

'나'는 자신의 체험을 소설의 내용과 교직(交織)하면서 사람의 인체에 따른 에로스 장면을 쓰고 있다. "눈", "귀", "손톱", "입술", "어깨"

---

23) 유미리, 김유곤 옮김, 『남자』, 문학사상사, 2000, pp.174-175.(인용문의 ㉮와 ㉯의 표기는 필자가 작품을 구체적으로 분석하기 위해 임의적으로 기재하였다).

등, 총 18 개의 항목별로 구성된 장(章) 가운데, 지금 '나'는 열여섯 번째 "손"의 장에서 자신의 경험담(㉮)을 토대로 평범한 "남자의 몸을 둘러싼 모험담"(㉯)을 쓰고 있다. ㉮는 '나'의 경험담으로 초등학교 시절의 이야기이다. 그때 당시 '손 이어 잡기'라는 술래잡기 놀이가 유행이었는데, 아이들은 "손이 닿으면 세균이 옮아 버린다는 이유로" '나'를 그 놀이에 끼워주질 않았다. 별 수 없이 '나'는 은행나무 그늘에서 책을 읽는 척 하지만 그것은 굴욕감으로 일그러진 얼굴을 가리기 위한 행동에 불과하였다. "세균"이라는 별명을 가진 '나'는 그 무렵 왕따(집단 따돌림)의 대상이었던 것이다. '손'은 '나'에게 집단 따돌림의 기억뿐 아니라 사귀던 유부남에게 애정이 식었음을 확인할 수 있는 매개체이다. 상대방이 애정이나 혐오감을 표현하려고 하지 않아도 '손'으로 그 마음을 숨기기는 어렵다. ㉮에서 "손"은 이처럼 '나'의 과거와 현재를 알 수 있는 중요한 신체이다. 슬픈 이야기를 담고 있는 '나'의 손은, 그러나 소설 속에 등장하는 '남자'의 그것으로 묘사될 때는 성적 자극을 일으키는 주요한 수단으로 나타난다. ㉯에서 '남자'는 손이란 페니스의 대리역할을 할 뿐만 아니라 성교의 시작과 끝이 손의 작용에 의해 이루어진다고 생각하고 있다. 다시 말하면, '나'가 현실(㉮)에서 만난 남자는 좀스럽고 믿음직스럽지 못한 육체와 정신을 가진 사람들이지만 소설(㉯)에서는 '남자'의 성격이나 육체를 신화성(神話性)으로 채색된 존재로 형상화하고 싶었던 것이다. 하지만 실제 경험과 다른, 나르시시스트도 마초도 아닌 신화적 존재로서의 남자를 허구(㉯)에서 구현하고자 했던 '나'는 도중에 단념하고 만다. 임신한 동안에 육체를 통해 남자의 실체를 탐구하던 '나'는 "아기를 낳자"고 결심하자, 좀스럽고 믿음직스럽지 못한 남자에 대한 부정은 아이의 존재에 대한 부정과 맞물려 있다는 생각에 소설의 집필을 그만 둔 것이다.

　'나'는 육체적으로나 정신적으로 미덥지 못한 남자라도 만났기 때문에 임신으로 마음이 멀어진 그와 이별여행에서 '니게미즈' 현상을 함께 볼 수 있었다. 그리고 신기루처럼 초원이나 아스팔트 길 멀리에 물이 있는 듯 보이지만 막상 가까이 가보면 사라져버리는 '니게미즈'가 지금 '나' 안에 들어와 있음을 깨닫게 된다. 지금까지 아이를 갖을 없다고 생각한 '나'가 생명을 잉태한 것이다. 하지만 '나' 안에 들어온 '니게미즈', 즉 아이가 세상 밖으로 나오는 일은 쉽지 않다. 태아의 국적이 문제가 되는 탓이다. 어머니 '나'가 재일한인이므로 태아 출생 전에 인지를 한다면 아이가 출생과 동시에 일본 국적을 취득하기에 체류자격을 갖출 필요가 없다. 하지만 아이의 국적 취득은 그렇게 간단하지 않다. 재일한인 미혼 여성이 일본인 기혼 남성에게 태아인지(胎兒認知)를 해달라고 하는 일은 보기 드문 경우이기 때문이다. <생명>에서는 이러한 일련의 사건들이 구체적으로 재현되어 있다.

　　어머니의 설명에 의하면, 출생 후에 일본 국적을 취득하기 위해서는 아버지의 성(性)을 따라야 하지만 태아인지만 받아 두면 한국 국적으로 할 수도 있고, 일본 국적으로 한다 해도 좋아하는 성을 선택할 수 있다고 했다. (…) 태어날 아이의 국적을 일본으로 하기로 결정한 것은 어머니의 의견에 따른 것도 아니고, 한국 국적으로 해달라는 그에 대한 반발심 때문에 결심한 것도 아니다. 내 자신이 한국 국적을 가지고 살아오면서 모순을 느끼고 갈등을 겪어 왔기 때문이다. 나는 일본어로 말을 하고 글을 쓰므로, 당연히 아이에게도 일본어로 이야기할 수밖에 없다. 내가 가진 것 가운데 아이에게 물려줄 수 있는 한국의 문화라고 할 만 한 건 아무 것도 없는 것이다.[24]

---

24) 유미리, 김유곤 옮김, 『생명』, 문학사상사, 2000, pp.126-127.

<생명>에 등장하는 '나'(유미리)는 태어날 아이의 국적 문제로 갈등이 많다. 고압적인 자세의 관공서 공무원들과 태아인지에 관한 서류 구비를 둘러싸고 여러 차례 신경전을 벌이는 데다 아기의 아버지 되는 사람이 태아인지에 대해 비협조적이어서 '나'는 이래저래 힘들다. 결국 태아인지를 받은 아이는 출생 후 일본 국적을 취득하게 되었다. 그러나 '나'는 아이의 국적을 일본으로 하는 데 아픔이 있다. '나'와 아이의 국적이 달라지면 아이는 홀로 새 호주가 되어야 한다. 그러나 언젠가는 나의 결단에 대해 아이도 고맙게 생각하리라 확신한다. 한국 국적으로 인해 부여된 스티그마가 너무도 오랫동안 '나'를 참기 어려운 수모와 차별을 받는 이방인으로 만들었기에 그 굴레에서 아이를 벗어나게 했다는 안도감 때문이다. 그러나 아이가 한국 땅이 아닌 일본 땅에서 '재일'(在日)하는 것은 자명한 사실이므로 이것은 어쩌면 불가피한 선택이었는지도 모른다. 그렇다고 하더라도 한인의 피가 흐르는 '나' 유미리의 자식인 이상, 아이 또한 어떤 형식이로든 아픔을 지니며 살 수밖에 없다.

'나'는 아들의 출생으로 인해 혈연과 국적에 대해 구체적으로 탐색하기 시작한다. 1996년 5월, 외할아버지 친구였던 손기정을 만남으로써 "재일한인 2세란 도대체 무엇인가"[25)]에 대해 심각하게 고민했던 유미리는 아들의 미래가 과거와의 대화 속에서 가능하다는 점을 새삼 절감하게 된다. 그는 자신이 단순히 조국 상실자가 아니라 전후 반세기가 지나도 매듭이 풀리지 않는 한일 역사와 이어져 있는 존재임을 깨닫는 동시에 가족의 역사를 이야기하려면 상상력이 필요하듯 민족이나 국가의 역사도 그것을 통해 접근할 수 밖에 없다는[26)] 사실에 도달하였다.

---

25) 유미리, 한성례 옮김, 『세상의 균열과 혼(魂)의 공백』, 문학동네, 2002, p.47.
26) 위의 책, p.16.

'전후 반세기가 지나도 여전히 숙제로 남아있는 존재', 즉 디아스포라로서의 자신의 정체성을 유미리는 외할아버지인 마라코너 양임득(이우철 분)을 주인공으로 하는 <8월의 저편>에 고스란히 형상화하였다.

<8월의 저편>은 유미리가 외할아버지 이우철의 혼을 불러 씻김굿을 하는 것으로 시작된다. 1장 "잃어버린 얼굴과 무수한 발소리"는 손녀딸 유미리가 이우철의 혼을 불러내어 그의 한을 풀어내는 이야기이다. 외할아버지의 혼을 불러 씻김굿을 진행하는 동안, 유미리는 외할아버지의 가족들, 아내 네 명과 동생 이우근 등을 만난다. 이 과정에서 위안부로 끌려간 김영희와도 조우한다. 김영희는 가족은 아니지만 외할아버지의 고향 밀양 출신으로, 그녀는 위안부로 끌려가기 전부터 이우근을 사모하였다. 29장 "영혼결혼식"은 장례도 제대로 못 치룬 이우근과 김영희의 명혼 장면이 묘사되어 있다. 이렇듯 1장은 29장과 형식적, 의미적 차원에서 긴밀하게 얽혀져 있다.

장거리 달리기 선수였던 외할아버지와 조우하기 위해 씻김굿을 한 후 다음날 새벽 곧 바로 밀양에서 서울로 올라온 유미리는 마라톤대회에 참가하였다. 2장 "42,195킬로미터 4시간 54분 22초"에서 유미리는 2002년 3월 17일 동아국제마라톤대회에 출전하여 완주한 경험을 서술하였는데, 이 장은 30장 "8월의 저편"과 병치(併置)되어 있다. 1장과 29장, 2장과 30장의 병치관계는 이우철이 주인공으로 등장하는 본 이야기의 주제를 암시하는 서사 전략이다.

병치된 1장과 29장, 2장과 30장을 중심으로 전체적인 구성을 살펴보면, 총 30장의 <8월의 저편>은 크게 세 부분으로 나눌 수 있다. 1장과 2장, 3장에서 28장, 그리고 29장과 30장이 그것이다. 1장과 2장은 프롤로그에 해당하는 부분이며(①), 3장에서 28장까지는 연대기식으로 서술된 본격적인 이야기 부분이고(②), 29장과 30장은 에필로그에 해당된다(③).[27] ①과 ③은 ②에서 일어난 일련의 갈등들을 해소하여 화합하는 중요한 문학적 장치이다. 하지만 ①의 1장과 ③의 29장, ①의 2장과 ③의 30장의 병치에서 무엇보다도 주목할 점은 작가로서의 유미리라는 존재가 직접적으로 개입되어 있다는 사실이다. 이 점은 본 이야기 ②는 물론, <8월의 저편>에 사실감을 부여하도록 작용한다. 특히 2장은 마라톤이라는 육체적 체험을 통해 유미리 자신의 존재를 부각시키고 있다.

언젠가 침묵의 벽이 무너진다면 그 터널을 빠져나가고 싶었어요 큐큐 파파 그런데 아들이 태어나서 그 벽을 무너뜨려야만 하게 되었어요 터널 저편 끝까지 가서 그곳에서 본 것을 아들에게 얘기해 주고 싶어요 큐큐 파파 큐큐 파파 할배! 찾을 수 있을까요? 시체가 묻힌 곳을 찾아 땅 냄새를 맡는 개처럼 큐큐 파파 나는 이을 수가 있을까요? 산산이 부서진 뼈를 큐큐 파파 나는 들을 수가 있을까요? 재갈을 물린 채 살해당한 사람들의 언어를 큐큐 파파 큐큐 파파 할배! 나는 할 수 있을까요? 땅을 뒤흔드는 전쟁의 굉음을 전할 수가 추궁당하기 전에 대답할 수가 불타오르는 거리를 끝까지 달릴 수가 한을 품고 가라앉은 혼을 아침처럼 환하게 웃게 할 수가 큐큐 파파 큐큐 파파 할배! 나는 당신의 발소리가 메아리치는 터널을 더듬더듬 빠져나갈 수 있을까요? 큐큐 파파 큐큐 파파 할배!
귀여운 내 새끼야! 너는 내가 이름을 지어주었으니 자기 이름을 불러보거라 큐큐 파파 큐큐 파파 유미리 길을 잃었거든 몇 번이고 외치거라 너 이름을 큐큐 파파 큐큐 파파
유미리
이야기는 아무 준비 없이 시작하거라 큐큐 파파 어쩌다가 잘못 튀어나온 것처럼 자 터널을 빠져나간다! 얼굴을 빛으로 향하고 하나 둘 하나 둘 하나 둘 하나 둘! 터널을 빠져나오자 그림자는 줄어들어 있었다.[28]

---

27) 작품의 구체적 분석을 위해 세 부분을 편의상 ①, ②, ③으로 구분하여 논의를 진행하고자 한다.
28) 유미리, 김난주 옮김, 『8월의 저편』 상, 동아일보사, 2004, p.76.

외할아버지가 달리면서 늘 그랬듯이 유미리는 "큐큐 파파 큐큐 파파" 호흡 소리를 내면서 뛰고 있다. 아이가 생긴 '지금' 유미리는 침묵의 벽을 혼자서 무너뜨려서라도 "터널 저편 끝까지 가서 그곳에서 본 것을 아들에게 얘기해" 주고자 아직도 끝나지 않은 '저편', 즉 8월 15일 이전에 일어났던 사건의 진실을 알고 싶어 한다. '자신은 한국 사람이고 아들은 일본 사람인' 디아스포라적 현실에서 비롯되는 정체성 문제를 해결하지 않으면, 모자(母子)는 과거, 현재, 미래 그 어디로부터도 자유로울 수 없기 때문이다. 그러므로 유미리는 '이편'(지금 여기)에서 '저편'(그때 그곳)을 만나야만 하는 것이다. 뛰다가 몰아의 경지에 이른 유미리는 마침내 외할아버지 이우철과 만난다. 바로 그때 유미리는 외할아버지의 요청대로 이우철이 12세 소년이었던 시절로 돌아갈 수 있었다. 이렇듯 2장 "42,195킬로미터 4시간 54분 22초"와 마지막 30장 "8월의 저편"의 병치는 유미리가 기억해 내려는 터널의 저편, 즉 8·15해방의 저편 끝에 도달하려면 현재와 과거의 대화 없이는 불가능하다는 것을 암시하는 의미 엮기의 방법이다.

<8월의 저편>의 3장부터 28장까지는 주요 스토리 라인으로 이우철의 가족사이다. 본 이야기는 3장의 제목처럼 '1925년 4월 7일'부터 시작되는데, 이 날에 이우철의 동생 이우근이 출생하였다. 4장과 5장에서는 이우근이 '아리랑'으로 유명한 '밀양강'의 아들이라는 점이, 6장, 7장, 8장, 9장에서는 세상에 태어난 그가 '초이레', '삼칠일', '백일잔치', '돌잡이' 등, 인간 일상의 관습적 의식인 통과의례를 거친 사회적 존재라는 사실이 제시되어 있다. 하지만 이우근은 사회구성원으로서 성인이 반드시 통과해야할 혼인식을 치루지 못하고 죽었다. 그는 공산주의자라는 이유만으로 국민보도연맹원 30여 명과 함께 생매장되었다. 일제 강점기에는 독립의 일환으로, 해방 후에는 분단을 현실화하려는 세력

에 맞서는 투쟁으로 공산주의 운동을 전개해 나갔던 이우근은 집단 학살을 당해 거리귀신이 되어 구천을 떠돌게 되었다. 그러므로 29장 "영혼결혼식"에서 생매장 당한 이우근과 바다에 몸을 던진 김영희를 부부의 연으로 맺는 일은 그들이 가족의 일원이 되었음을 의미한다.

유미리가 마라톤대회에서 외할아버지를 만난 시점이 '12세의 소년 이우철'이라는 점은 중요하다. 이우철이 12세 되던 해인 1925년은 동생 우근이 태어난 해로, 이우철이 동생의 출생일을 기억함으로써 시신은 물론, 호적에 사망일조차 기록할 수 없는 존재가 되어 가족의 일원에서 사라진 이우근을 기억의 대상이 될 수 있도록 하는 시간적 연결점이기 때문이다. 유미리가 이우철의 혼을 불러내지 않았더라면 외할아버지의 한이 동생 우근의 억울한 죽음에서 비롯되었음을 알 수 없었을 것이고 또한 가족의 일원으로서의 그의 존재조차 깨닫지 못했을 것이다. 유미리는 '역사'와 '가족'의 저편에 억울하게 죽은 사람들을 기억함으로써 그들의 한(恨)을 소설의 장(場)에서 풀어내고자 시도하였다.

<8월의 저편>은 외할아버지인 마라토너 양임득을 주인공으로 하는 자전적 이야기이다. 유미리는 4대에 걸친 애증의 가족사를 격동의 현대사와 교직해서 이야기함으로써 일제강점기, 해방, 분단과 전쟁 등, 역사의 소용돌이에 휘말려 한을 품고 죽은 외할아버지 형제를 통해 '나'의 가족의 이산이 현실적으로는 한국과 일본의 관계에서 비롯되었음을 형상화하였다. 외할아버지 양임득은 일제강점기에는 징용을 피해, 해방 후에는 국민보도연맹의 사건을 피해 일본으로 밀항하여 디아스포라가 되었고, 작은 외할아버지 양춘식[29]은 가족의 조상신이 될 수 없

---

29) 유미리, 『세상의 균열과 혼(魂)의 공백』, p.49.(<8월의 저편>을 집필하기 전에 밀양을 찾아 양임득에 관한 자료들을 수집하던 유미리는 호적을 통해 가족 구성원의 현황을 보게 된다. 외할아버지의 동생들은 모두 일곱 살이 되기 전에 사망한 것으로 기록되었는데, '양춘식(梁春植)'이라는 이름의 동생만 사망 연도가 적혀 있지 않고

는 이승과 저승 사이를 떠도는 디아스포라가 되었다. 유미리는 외할아버지 고향인 밀양을 찾아와 씻김굿과 마라톤을 통해 그들을 만남으로써 가족의 디아스포라적 상황을 이해하였다. '아름다운 마을'이라는 뜻의 '미리(美里)'가 밀양의 옛 이름 '미리벌'에서 외할아버지가 따온 이상, '유미리(柳美里)'라는 이름은 디아스포라적 존재임을 나타내는 표지가 되었다. 이렇듯 <8월의 저편>은 유미리가 4대에 걸친 가족의 이산을 통해 자신의 정체성을 이야기한 디아스포라 소설임을 알 수 있다.

5 상흔과 치유의 기록

유미리는 일본에 살고 있으면서도 한국 이름으로 창작활동을 하는 재일한인 소설가이다. 이 글에서는 유미리가 지금까지 발표한 작품 전체를 대상으로 하여 그것들을 1인칭 소설과 3인칭 소설, 그리고 디아스포라 소설로 나누어 구체적으로 분석하였다. 유미리는 1인칭 소설인 <돌에서 헤엄치는 물고기>, <풀하우스>, <콩나물>, <가족시네마> 등에서 가족을 소재로 하여 자신의 경험을 이야기하였다. 경험자아와 서술자아의 분리라는 1인칭 서술의 일반적 특징을 통해 그는 스티그마적 존재로서 '나'(자기)를 형상화하였다.

3인칭 소설 <타일>, <골드러시>, <여학생의 친구>, <루주> 등에서 유미리는 사회의 중심에서 소외된 주변인들을 응시함으로써 재일한인 2세인 자신 또한 주변인임을 발견할 수 있었다. 유미리는 3인칭 서

X표로 지워져 있다는 사실을 발견하였다).

술의 기본 전략인 스토리 밖의 서술자가 그 안에 있는 초점화자의 눈으로 사건들을 전달함으로써 생기는 객관적 거리를 이용하여 배금주의 자본체제의 병리적 현상을 드러내는 가운데 소수자로서의 자신도 직시할 수 있었던 것이다. 이러한 맥락에서 볼 때, 가족의 붕괴와 주변인의 실존을 이야기한 1인칭과 3인칭 소설들은 유미리의 재일한인으로서의 정체성을 가늠할 수 있는 작품들이다.

임신을 한 1여 년 동안 낙태와 자살의 기로에서 방황하며 괴로워하던 유미리는 이후 <남자>와 <생명>이라는 작품을 발표하였다. 두 작품과 더불어 탄생한 아이는 유미리가 자신의 뿌리를 찾는 데 도화선이 되었다. <8월의 저편>은 유미리의 뿌리 찾기가 외할아버지 양임득을 중심으로 시도된 작품으로, 그는 4대에 걸친 가족사와 격동의 현대사를 교직하는 글쓰기를 통해 디아스포라로서의 '자기'를 비로소 구체적으로 형상화하였다. 유미리는 자신의 디아스포라적 경험을 기록을 통해 이야기함으로써 마침내 디아스포라 소설의 본령을 표방할 수 있었다. <8월의 저편>에서 실명을 사용한 유미리가 디아스포라로서의 자신의 정체성을 통해 재일한인뿐 아니라 한국과 일본의 과거와 현재와 미래를 보여주었다는 점에서 디아스포라 소설의 의의를 지닌다고 할 수 있다.

이상에서 살펴 본 바와 같이 유미리는 자신의 위치(재일한인)와 생의 주기를 따라 다양하게 경험한 내용을 소설이라는 문학적 장치를 통해 형상화했음을 알 수 있다. 유미리는 개인적 경험을 단순히 서사하는 것이 아니라 글쓰기를 통해 디아스포라로서의 상흔을 스스로 치유해 나가고 있다. 물론, 그 경험의 기록은 재일한인의 자기 정체성이란 사회적 관계와 역사적 맥락 속에서 형성되고 유지 변화되고 있음을 함의하고 있다.

12. 일본 영주 조선계 일본명 작가의 문학에 새겨진 상흔과 극복 (1)

마츠모토 토미오松本富生의 경우

정대성

1 서 론

재일 코리언의 정주화·세대교체가 진행되어 동화·귀화, '국제'·민족 간 결혼, 혼혈 등의 경향이 진행되고 있는 가운데, 재일 코리언 문학에 일본 영주 코리언 일본명 작가를 포함하여 고찰하는 것이 한층 요구되고 있다. 본고에서는 출신을 밝히고 있는 작가에 고찰의 대상을 한정하되, 지금까지의 재일동포문학 개념의 외연을 넓히는 문제제기를 하고자 한다.

귀화자·일본명 생활자는, 일본인이 되었음에도 불구하고 일본 사회로부터 여전히 차별되는 반면에, 재일 코리언 사회에서는 '배반자', '민족 반역자', '비겁한 자', '패배자'로서 소외당한다는 이야기를 흔히 듣는다. 한편, 재일한국인에 대한 지방 참정권 부여나 국적 취득 특례법이 성립하면, 또 본국의 통일에의 걸음이 가속화하고 조선민주주의인민공화국과 일본과의 국교가 정상화하면, 일본 사회·재일 코리언 사회 그 자체가 한꺼번에 변하게 될 가능성이 있다. 그러한 가운데, 재일

코리언은 어떠한 이름으로 한국·조선 국적을 유지한다고 해도, 어떠한 이름으로 일본국적을 취득하든지 간에, 스스로의 출신 성분에 자신감과 긍지를 지니고, 일본 사회의 다문화 공생에 가슴을 펴고 공헌하여, 남북한과 일본과의 가교 역할, 동아시아 공동체를 향한 선구적인 역할을 많든 적든 해갈 수 있다는 의식을 기르는 것이 요구된다. 동시에, 일본 사회는 그러한 소수자(minority)에 대해 복지정책을 취할 수 있도록 사람들의 의식, 교육, 커뮤니케이션 시스템, 조직·행정 전반을 개혁해가는 일이 필요하다. 덧붙이자면, 본국의 재외 동포에 대한 접근 방식도 개선 되어가고 있다.

그러한 문제의식에서 볼 때, 스스로의 출신을 분명히 하고 있는 일본명 코리언 작가의 작품은 어느 정도 과거의 결과와 앞으로의 행방을 점치는데 있어서의 전조를 좋든 나쁘든 여실히 드러내 보이고 있다고 말할 수 있다.

원래 '민족 반역자'라고 하는 규정은 어디에서 오는 것인가?

첫째로서는, 전근대의 한은 제쳐두고서라도 일본이 메이지 유신·근대화에 성공한 것과는 반대로 조선은 성공할 수 없었다고 하는 역사적 배경이 있다. 일본은 이른바 '서남 웅번(雄藩)'이 일찍이 영학(英學)에 눈을 떠 근대 일본을 리드했지만, 조선에서는 개화파가 세력을 갖는 데에 실패했다. 이 시기에 청불전쟁 등과 더불어서 후쿠자와 유키치(福澤諭吉)의 방향 전환이 있었고 그것은 그 후 일본의 방향 전환을 리드하는 것이었다. 이른바 '민족 반역자=친일파'의 조선 민족에 대한 배반은 아니나 다를까 후쿠자와와의 이 방향 전환과 관계가 있다.

둘째로는, 그 후의 역사 전환에 있어서 일본이 조선을 침략했다고 하는 사실이 있다. 동학 농민 전쟁과 갑오개혁, 청일·러일 전쟁, 의병 전쟁, 105인 사건, 한국 병합, 무단 통치라는 전개가 있어, 3·1 운동으로 간신히 그나마 문화정치로 바뀌었다. 바뀌었다고 해도 그 평가는 대체로 부정적인데, 그러면서도 세부적으로는 수탈론과 식민지 근대화론으로 나뉜다.

셋째로는, 만주 사변 이후의 대륙 침략 정책, 그리고 대동아공영권 건설에 즈음하여 일본이 조선을 이용했다고 하는 사실이 있다. 특히 제2차 세계대전 때, 일본의 대동아전쟁에 협력한 많은 조선인 지식인·작가들이 있었다. 많은 경우 일본명으로 바꾼 그들은 극단적인 경우, 황국 신민화 교육을 받은 조선의 청소년들을 전장, 사지(死地)와 가혹한 전시 노동의 현장으로 내몰았다. 이른바 '친일파'라고 불리는 그들은 '해방' 후에는 애국자로 탈바꿈하여서 군사 정권에의 협력자로서 부활했다. 거기에는 국가를 위해서라는 나름대로의 논리가 일관되고 있는 것도 사실이다. 일본은 샌프란시스코 강화 조약 후, 재일 한국·조선인으로부터 일본국적을 박탈해 외국인으로서 취급하며 차별했다. 1965년의 한일 국교 정상화 때에는 재일한국인 문제는 왜소화되거나 무시되었다. 재일 한국·조선인의 자리라고 하는 것은, 그러한 국민 국가의 추태에 대한 안티테제의 의미가 있었지만, 그 안티테제가 퇴색되어도 좋을 만큼 동아시아의 국민 국가가 충분히 성숙, 또는 해체 했다고는 생각되지 않는다.

이렇듯 '민족 반역자=친일파'를 둘러싼 문제는 깊고 복잡하다. 본국의 한국인이 역사적으로 한을 갖고 있는 것과 마찬가지로 재일 동포들도 그러한 한을 공유하고 있다. 그럼에도 불구하고 한국에서는 재일 동포 작가가 일본 이름으로 일본어로 쓰는 것을 못마땅하게 생각하는 경향도 있다. 왜일까?

근대 조선 문학의 아버지라고도 일컬어지는 이광수가 처녀작부터 일본어 작품을 써, 제2차 세계대전 하에 이른바 '창씨개명'을 감행하여 일본명으로 일본어 문학을 실천한 것에서부터 풍겨나는 의미는 무겁다. 전후의 재일, 한국·조선계 일본인에게 있어서, 과거의 역사는 관계가 없다는 주장도 있지만, 결코 그렇지 않다. 오오무라 마스오(大村益夫)가 『상흔과 극복』·『친일 문학론』이라는 번역 책들을 내, 가와무라 미나토(川村湊)가 『'취한 배'의 청춘』·『아시아라는 거울』을 내고 나서 30년 이상 20년 전후가 되지만, '상흔'은 극복되지 않고, 우리는 아직 '취한 배' 속에 있는 것일지도 모른다. 최근, 사카나카 히데노리(坂中英德)[1]는 스스로의 「사카나카 논문」(1975년)의 승리 선언을 하고 있지만[2], 승패는 단순하지 않다. 정대균(鄭大均)·마츠모토 토미오(松本富生)는 "재일을 그만두어라"라고 공언하고 있지만, 그만두어 존재가 소멸하는 것도 아니다. 재일 민족 단체가 일본 국적 취득자들을 받아들이는 것이 추세가 되어가고 있어, 그러한 움직임은 남북한의 통일이라고 하는 내셔널(national)적인 움직임과 동아시아 공동체를 향한 인터내셔널(inter-national)적인 움직임사이의 길항(拮抗) 관계와 그 통합을 현출(現出)해 갈 것이다.

위와 같은 꼬이고 꼬인 역사 속에서 재일 동포가 일본명으로 일본어로 쓴다는 것에 대한 올바른 시각을 정립하는 일이 시급하다. 본고에서는 그 과제를 푸는 단서로서, 마츠모토 도미오 작가를 다루어보려고 한다.

---

1) 1945년 조선 청주생. 1975년 일본 입국관리국 논문모집에서 「금후 출입국관리행정의 방식에 관하여」가 우수작으로 뽑혀 「사카나카 논문」의 제언을 법제화해감. 오오사카 입국관리국 차장, 법무성 입국관리국 재류과장, 동경 입국 관리국장 등 역임. 2005년 퇴직. 탈북 귀국자 지원기구를 창설.
2) 坂中英德、「在日韓國·朝鮮人政策論の歸結」、『環』vol11, 2002 Autumn 등 참조.

 **쓸쓸한 들장미의 무상관**無常觀

　'마츠모토 도미오'를 필명으로 하는 김부생은 1937년 조선 경상남도 삼천포에서 태어났다. 부모는 1942년에 도일. 한때, 오사카의 조선인 집주 지구에 살았지만, 도치기(栃木)현에 이주해, 재일로서는 드물게 농업을 영위한다. 김부생은 메이지 대학 영문학과 졸업 후, 고등학교의 선생님을 목표로 했지만, 국적 조항 때문에 그 뜻을 이루지 못하고, 35세 나이 때 귀화했다. 볼링장이나 찻집의 경영 등을 하고, 1983년 왕문사(旺文社) 학예 장려상 수상, 1986년 「들장미의 길」로써 제63회 『문학계』(문예춘추사) 신인상을 수상, 1987년 도치기현 문화 장려상 수상. 일본 펜클럽 회원, 도치기현 문학 대상 전형 위원, 도치기현 문예가 협회 상임 이사 등을 지냈다.

　그의 소설은 차별이나 민족 문제를 취급한 것과 취급하지 않는 것으로 나눌 수 있다. 어떤 경우에도 그 특징은 인간 본성, 인세지사의 덧없음과 어리석음, 자본주의 사회의 정신적 황폐 등과 도치기의 자연의 아름다움, 은자·고대 한국 문화의 지혜 등을 대비시키며, 전자에 수라의 세계를 간취하고 후자에 진정한 인간의 화해와 평안을 추구한다는 주제의 보편성이 있다. 거기서 작지만 중요한 모티프가 되는 동식물이나 돌부처·도조신(道祖神) 등에 대한 세심한 묘사, 인간 심리의 변화·성장의 건전한 긍정에 있어서의 <와비·사비(わび·さび)>적인 체념·무상관의 순박하고 정직한 고백이 돋보인다.

　『통곡(慟哭)의 요사사가와(余笹川)』(1999), 『생명의 끝까지』(2003)는, 차별이나 민족 문제를 취급하지 않은 카테고리에 속한다. 『통곡의 요사사가와』는 단편집이다. 『생명의 끝까지』는 작가의 암 체험을 힌트로 했다고 생각되는, 20년간 교제하고 있는 불륜 남녀의 사랑을 취급한 장편 소설로, 암 체질이라고 선고된 중년 남자인 가사이 쿠사오(葛西草男)가 나스(那須) 고원의 자연을 무대로 삼아 병상에 누운 불륜 상대 구니코와 이별하고, 그리고 죽음에 이르게 될 스스로의 병까지도 서서히 받아들여 간다고 하는 이야기다. 이 작품에서도, <장미> 등 여러 가지 식물들이 중요한 모티프가 되어있다.

등장인물이 재일인 것이 명시되어 있지 않은 이 장편에 있어서, 그러나 한 군데, 작자의 재일성을 반영한 부분이 있다. 가사이 쿠사오가 스스로의 성장 과정을 회상하는 장면인데, 중학교에서 괴롭힘을 당해 돌아온 어린 쿠사오가 자신을 괴롭힌 골목대장에 대해서 더러운 욕을 내뱉자, 그의 모친이 자신의 고향의 속담 중에 "가는 말이 고와야 오는 말도 곱다"는 말이 있다고 말해 타일렀다고 하는 에피소드는, 그녀가 조선 출신의 여성인 것을 암시하고 있다[3]. 이 말은 작자의 와카(일본 단가)로도 만들어져 있어, 이 장면은 자전적 소설 『은애(恩愛)의 기반(羈絆)』에 이르러 보다 구체화되고 감동적으로 그려져 있다[4].

마츠모토 토미오의 소설에서 재일 코리언의 모습이 명백하게 표현된 것은, 출세작인 「들장미의 길」, 「쟈비강(蛇尾川)」, 문제작 『바람이 지나가는 길』, 최신작 『은애의 기반』이다. 말할 나위 없이, 동화·귀화가 진행되고 있는 가운데, 일본에 정주하는 생활자로서 일본어와 마주하는 것, 그것에 의해서 많은 일본인들과 공감해가는 일은 필요하다. 하지만, "아름다운 일본어라는 것의 세계에 빠져 버리고 있었다"라고 하는 말투에는, 뜻밖에 무의식적으로 마츠모토 토미오의 '후회스러움'을

---

3) 松本富生、『生命あるかぎりに』、下野新聞、2003、235쪽.
4) 松本富生、『恩愛の絆』、勉誠出版、2006、138~140쪽.

표현하고 있는 것은 아닌가? 이것은 주체 그 자체는 아니고 간(間) 주체적인 커뮤니케이션의 문제와도 맞닿아있다. 마츠모토 토미오 문학에 있어서 '죽은 부모의 주박(呪縛)'은 그 원인을 제공한 일본 사회를 향해 들이대어지는 일은 없다. 그것은 어디까지나 <나>개인의 문제로서 떠넘겨지고 있다. 거기에 매우 중요한 문제가 배태되어 있다고 본다.

　현실의 작가 마츠모토 토미오, 즉 김부생은 고등학교의 선생님이 되려고 했으나 실현되지 않았고, 그것이 귀화하는 동기의 하나가 되어 있어, 마음의 상처로서 남아 있을 것이지만, 그의 단편소설 군(群)의 주인공들은 사소설로서 작자의 모습을 비추면서도 아무 문제도 없이 학교의 선생님이나 공무원으로 설정되어 있는 경우가 대부분이다. 거기에, 모종의 씁쓸한 얼버무림=은폐를 느낀다. 그러나 그 얼버무림은 악의 어린 것은 아니다. 그것은 <일본어> 혹은 <일본 문학>에 내재된 전통의 압력일 것이다. 마츠모토 토미오의 필법은, 본국인이나 재일 한국·조선인이 보면 위선적이고 미지근한 것처럼 비쳐질지 모르나, 일본어 혹은 일본 문학의 통사법에 익숙해져있는 일본인들에게는 잘 통한다.

　이런 유의 커뮤니케이션 상황은 예를 들어 가와무라 지로오(川村二郎)의 「문예 시평」(『아사히 신문』)의 다음 말에 나타나 있다.

　　게다가 그것 〔자신의 말에 관해서 심각한 확집(確執)을 경험하고 있는 것-인용자〕을 남의 탓으로 돌리지 않고, 어디까지나 자기 개인의 과제로서 맡아 가려고 하고 있다. 그런 것만큼 더욱, 확집 〔갈등〕을 생기게 한 책임을 져야 할 우리 〔일본인들〕에 대해서 호소하는 힘을 강하게 가진다.5)

---

5) 상동, 222쪽에서 재인용.

여기에는, 재일 코리언의 말을 둘러싼 두 개의 문제가 표리일체가 되어 얽혀있다는 것, 양석일이 말한 것과 같은 "〔얇게 자신의〕 살을 베이게 해서 〔깊이 상대방의〕 뼈를 벤다"는 빠듯한 전략이, 의식해서든 아니해서든 마츠모토 토미오 속에서 싹트고 있는 것이 묘하게도 잘 이해되고 있는 것이다. 다시 말해, 조선어로부터의 단절로 인하여 일본어를 선택 하지 않을 수 없었던 마츠모토 토미오는 일본어를 선택함으로써, 그리고 일본인에 의해서 생긴 문제를 일본인의 탓으로 들리지 않고 나 홀로 맡음으로써, "책임을 져야 할" 일본인들에게 "호소하는 힘"을 얻고 있다. 그렇지만 "일본어의 아름다움"에만 탐닉해서 개인 속에만 폐색(閉塞) 침잠하는 것은 살만 베이고 뼈를 베지 못하는, 자칫 잘못하면 뼈만 베이고 살도 베지 못하는 본말(本末)이 전도되고 안타까운 측면을 생기게 할 수 있다는 것도 부정하기 어렵다.

소설집 『들장미의 길』에 수록되어있는 「쟈비가와」라는 작품이 있다(초출은 문예전문지 『군상』). 귀화 신청 후의 심사 과정에서 담당관과의 대화와 주인공 '나'의 조선인으로서의 회상을 교차시키고 있는 구조도 재미있지만, 장면 설정·테마 자체가 지극히 드문 것으로 평가되고 있다. 그 작품에서는 후미에(사상·신앙 신상조사)와 같은 작위적인 질문이 담당관으로부터 던져지고 '나'는 본심과 연기 사이에서 최대한 타협해 보인다. 이러한 현상은 일본어 그 자체의 자장이기도 하다. 물론 김석범과 같이 일본어의 주박을 의식적으로 극복하려고 하는 경우도 있지만, 말의 문제에 한정한다면, 민족성의 풍화에 노출되어 일본어로 창작하고 있는 다른 재일 조선인 작가와 많든 적든, 이러한 문제는 공통적이라고 말할 수 있다. 허나, 공통적이지 않은 것은 역시 귀화했는지 여부, 즉 법적 지위의 차이다.

마츠모토 토미오는 자신이 일본국적으로 바꾼 일, 즉 귀화한 것에 대해 꺼림칙함은 전혀 느끼지 않는다고 한다. 뒤가 켕기는 마음이 있다고 한다면, 일본에 대해 싫증을 느껴 한국에 영주 귀국한 여동생에 대해서 뿐이라고 한다. 「들장미의 길」은 그 여동생의 차별 체험으로부터 귀국까지의 가시밭길, 고난의 도정을 오빠의 시선으로 더듬어본 자전적인 작품으로 문학계 신인상을 받은 걸작이다. 이 작품에서, 차별 때문에 정신병을 앓은 여동생은 일본에 귀화한 오빠에 대해서도 복잡한 마음을 안은 채 한국에의 영주를 단행한다. 그 마음의 얽힘은, 『은애의 기반』에 이르러 어느 정도 풀린 것 같다. 이 작품에서는, 여동생은 아이를 낳고 싶다고 말하는데, 오빠는 그것을 기뻐하며 반겨준다. 즉 정신병을 앓은 바 있는 여동생의 심리상태는 본국에 돌아와서는 어느 정도 안정을 되찾아 자신의 2세의 생명을 산출하고 싶다는 자연스러운 욕구를 가질 수 있을 정도로 회복되었고, 작자는 그녀의 오빠로서 그러한 회복을 반갑게 생각하는 것이다. 그러나 이 문제는, 이러한 남매 사이의 화해라고 하는 <작은 이야기>에만 환원되는 성격의 것은 아니다.

그것은 마츠모토 토미오 자신도 눈치 채고 있어 그는 도치기현의 교육위원회나 강연회에서 인권문제 등에 대해서 적극적으로 발언하고 있다[6]. 남북한과 일본과의 외교 문제에 대해 이야기하기 한다고도 한다. 그러한 의미로, 가슴을 펴고 떳떳하게 '한국계 일본인'을 하고 있다는 그의 말에 거짓은 없다.

그렇다고는 하나 귀화자 마츠모토 토미오가 일본의 인권문제에 대해 참여하는 관점은 다른 재일 조선인 작가들과는 차이가 난다고 해야 한다. 귀화자로서 사는 것은 곧 답답한 일본 사회의 차별 구조 안에 들어가, 동시에 국제적인 해결방법보다는 일본 국내의 문제로서의 해

---

6) 松本富生、『愛は理解の別名なり』、雁塔舍、2004、참조

결 방법을 우선적으로 모색해 나가는 것도 의미하기 때문이다. 그러한 문맥에서 중요성이 부각되는 작품이 다테마츠 와헤이(立松和平)주로 하여금 '장렬한 소설'이라고 말하게 한 『바람이 지나가는 길』이라는 장편 소설이다.

이 소설은 찬합, 겹겹이 포개놓는 상자 구조, 내지 다중 나선 구조와 같은 체재를 취하고 있다. '나'='가나야'와 '나미'·'요오코' 사이의 연애 이야기, '나'='오빠'와 '스미코'라는 남매 사이의 우애 이야기, '나'와 '아버지'라는 부모와 자식의 이야기, 거기에 나스국(那須國)7)의 '도래인'(고대 한국인)의 역사 이야기, 신라·백제의 역사 이야기 등이, 겹겹이 차례차례 겹쳐지고, 혹은, 몇 겹이나 둘러싸이고 둘러싸이며 몇 바퀴나 회오리치면서 전개해 간다. 하지만, 가장 기본이 되는 것은 '나'와 '나미', '나'와 '아버지'·'여동생'의 관계이며, 그것들을 엮어주는 심(芯), 태풍의 눈으로서의 나스국의 자연·역사일 것이다.

나와 나미는 대학시절의 2년간 연애 관계로 사귀다 결혼까지 생각하지만, 나미의 부친이 반대한다. 이른바 부락 출신자인 나미의 집은, 그 차꼬를 과거의 것으로 만들어 완전히 잊어버리려고 하고 있어, 따라서 재일 조선인의 나와 나미와의 결혼은 반대를 당하여 좌절한다. "〔……〕 그러나 일본의 사회는……, 훌륭하게 살아 왔다고 하는 것만으로는 안 됩니다. 〔……〕 우리는 고향을 버리고 여기에 왔습니다. 그러니까 더 이상 과거에는 돌아가고 싶지 않습니다."라고 나미의 부친은 말하는 것이었다. 차별의 이유가 되는 고향을 버리지 않으면 안 되는 것은 재일 조선인만이 아니라고 하는 것이지만, "'부라쿠(部落)'

---

7) 일본 도치기현의 옛 이름. 고구려, 신라, 백제로부터 이곳으로 건너온 한국인들이 예로부터 많아 지금도 여기저기서 그 흔적을 찾아볼 수 있다. 김달수의 『일본 속의 한국문화』 등 참조.

〔사람〕과 '쵸오셍(朝鮮)'〔사람〕으로서, 서로 그 시대의 약자의 입장에 있으면서, 서로가 도망치고 있었던" 것에 불과했다[8]. 한편, 가족 내에서 대립하고 있던 나와 아버지는 아버지가 죽음에 따라 화해로 치닫게 되었고, 조국을 버린 나와 차별에 의해 마음이 병들어 한국에 영주 귀국한 여동생과의 사이도, 아버지의 죽음으로 인하여 화해를 향한 접근을 모색할 수 있게 되었다. 그리고 그러한 복잡하게 얽힌 신분 문제나 죽음을 통하지 않으면 해결 곤란했던 가족 관계의 이야기 사이사이에 삽입되는 것은, 고대 한국의 역사 이야기이다. 이야기로서의 역사는 나의 상처를 달래주고, 주위의 사람들과의 회복 불능의 틈(간격)을 좁혀주는 역할을 담당해주고 있다. 거기에는 소설가로부터 에세이스트로 변한 후의 후기 김달수의 낭만주의와의 공명(共鳴)이 뜻밖에도 들려오는 듯하다. 위안=치유로서의 역사를 리얼리즘의 입장에서 재단해 비판하는 것은 아주 쉽지만, 구제가 없는 리얼리즘보다는 위안=치유가 있는 낭만주의가 그래도 나은 일이 때로는 있는 것은 아닌가? '나'가 고대 '도래인'이라는 상상력에 의해서 재기(再起)해가는 과정이야말로 <바람이 지나가는 길> 그 자체일 것이다.

물론 그러한 마츠모토 토미오의 스탠스를 현실 도피라고 보는 리얼리스트들의 비판이 성립 할 수 있는 여지가 전무하지는 않다. 문예춘추사 문학계 신인상의 강평(심사평)에도 있듯이, 한국에 돌아간 스미코의 한층 더한 괴로움이 예상되는 아이덴티티 회복의 과정이야말로 <들장미의 길>일 것이다. 보기 좋은 허구를 벗어나 현실을 다시 한 번 확인하는 일 ——그 파상(破像)[9]의 도정은 최신작 『은애의 기반』에서 찾을

---

8) 松本富生、『風の通る道』、下野新聞社、1995, 275쪽.
9) 발터 벤야민은 상상력이라는 말의 허구성을 비판하고 새로운 리얼리즘을 창조해내기
   위해서 파상력이라는 말을 사용했다.

수밖에 없다.

이 책의 「해설」을 쓴 다카야나기 토시오(高柳俊男)는, "이 소설이 작가의 지금까지의 인생의 총결산으로서 평범치 않은 생각을 담아 쓰여진 것 같은 것이 감득(感得)된다"라고 말하고 있다[10]. 데뷔작 『들장미의 길』에서, 문학계의 심사평으로 지적된, 여동생의 앞으로의 진정한 고난의 길이 그려져 있지 않다는 비판이 숙제가 되어 있었을 텐데, 『바람이 지나가는 길』을 거쳐, 『은애의 기반』에서는 그것이 보다 구체적으로 그려지고 있어 오랜 세월의 숙제가 완수해진 셈이다.

『은애의 기반』은 과거와 현재, 허구와 사실이 자유자재로 왕래한다. 암수술을 기다리는 '나'는 '대동아전쟁' 때의 가족의 수난의 기억을 회상한다. 그러면서 다음과 같은 한마디가 튀어나오는 것이 주목된다.

> 쇼와 18년[1993년]에는 일가는 후쿠치야마시(福知山市)를 거쳐 마이즈루시(舞鶴市)로 이사를 가서 살고 있었다. 그 해의 11월에는 대동아공동선언이 발표되었다. 그 초안을 쓴 것이 철학자의 니시다 키타로오(西田幾太郎)였다. 전시하에 있어서의 지식인의, 피하기 어려운, 괴롭고도 슬픈 운명이었을지도 모른다.[11]

당시 일본을 대표하는 철학자의 한 사람인 니시다가 「대동아 회의 공동선언」에 관여되었다는 설은 전후에 오오야 소오이치(大宅壮一)가 캐낸 것이라고 한다. 물론 니시다가 관여하지 않을 수 없었던 배경은 복잡했던 것 같지만, 아무튼 제2차 세계대전 당시 많은 지식인·문화인들이 전쟁에 동원되고 협력을 강요당하는 가운데, 할 수 없이 소극적으로, 또는 적극적으로, 많든 적든 자의반타의반으로 당시 총동원 체

---

10) 高柳俊男、「解說」、松本富生、『恩愛の絆』、勉誠出版、2006, 295쪽.
11) 松本富生、『恩愛の絆』、勉誠出版、2006, 77쪽.

제 에 관여되었던 것은 사실이다. 여기에서는 상세하게 들어가지 않지만, 마츠모토 토미오가 그러한 <역사>를 회상하고, 니시다 키타로라고 하는 일본 지식인을 새삼스레 소환하고 있는 것이 흥미롭다. 지식인의 전쟁 협력은 젊은이를 사지에 내쫓는 일이어서, 계급·계층 구조에 있어서의 지배·피지배의 관계가 드러나는 사건이다.『은애의 기반』에서는, 작자가 평소에 강연활동 등에서 다루고 있는 이른바 부락·동화(同和) 문제12)도 정면에서 다루어지고 있지만, 위의 기억은 다음과 같은 기술과 호응해간다.

　　　"차별이란, 간접적인 살인 행위이다"라고 하는 것이 오늘의 키워드가 될까하고 생각합니다.13)

　그리고 이시카와 타쿠보쿠(石川啄木)의 단가(短歌) 몇 수가 소개되면서 근대 일본사에 대한 생각이 잠깐 펼쳐진다. 대역사건과 한국 병합, 고오토쿠 슈우스이(幸德秋水)의 수평사운동, 당시 때의 지주 제도와 이야기가 진행된다. 이것은 마츠모토 토미오가 강연회에서 이야기하는 레퍼토리 중의 하나이다. 하지만, 이야기는 6·25에 이르러, 민단·조총련의 대립까지 언급된다. 민단의 간부를 하고 있던 그의 아버지는 "질척질척한(끈적끈적한 느낌으로 끊을래야 끊을 수 없는 악연으로 얽히고설킨) 조선인끼리의 싸움 안에 있었다"가, 어머니도 아이들도 그 외중으로 휘말려 들어갔다. 그리고 초등학교에서 일본인들에게 당한 이지메(무시, 집단 괴롭힘) 등이 고백된다.

---

12) 부락차별에 개량주의적으로 대처하고 부락민들의 시민권을 보장함과 동시에 그러한 사회적 분위기를 조성해나가려고 하는 관점에서 접근할 때 '동화 문제'라는 용어가 사용된다.
13) 松本富生、『恩愛の絆』、勉誠出版、2006, 264쪽.

귀화의 이야기로는, "귀화라는 말은 별로 좋아하지 않는다"라고 하면서, 다음과 같은 진술이 그 뒤에 계속 되는 것이 눈에 띈다.

고대에 한반도나 중국 대륙으로부터 건너온 사람들을 도래인이라고 말했습니다. 그 사람들은 국적이고 뭐고 그런 것과는 전혀 관계가 없는 것입니다. 일본에 오고, 자신의 나라의 문화나 기술을 펼친 것입니다. 그리고 자연스러운 형태로 일본의 풍토나 문화에 녹아서 스며들어간 것이지요.

그러면 현실의 나는 어떤가라고 말씀드린다면, 조금 뇌꼴스러운 말이 되리라 생각합니다만, 자신의 모습은 귀화가 아니고, 승화(昇華)라고 생각합니다. 승화라는 말은 어떤 상황으로부터 순수한 것에 자신을 높여간다는 것이 본래의 의미라고 생각합니다.

나는 35년의 인생에서, 매우 혼돈된 생활을 해왔다고 생각합니다. 그 혼돈 가운데서 스스로의 마음을 순수한 것으로 높이려고 노력해왔습니다. 그 당연한 결과로서, 나는 일본인이 되었던 것이라고 생각합니다. 그러니까, 나는 동족 사회로부터 민족 반역자라든지, 비(非)애국자라든지, 기회주의자라든지와 같은 비난을 당해도 그것은 맞지 않는다고 하는 자신이 있습니다.

내가 오늘 살아 있는 모습은 바로 일본인입니다. 그러나 나의 신체에 흐르고 있는 피는 명명백백하게 한국인의 부모님의 것이며, 이른바 한국계 일본인이라고 하는 것이 나의 진짜 모습입니다.

오늘날에 있어서, 재일 조선·한국인의 1세나 2세는 <재일>이라고 하는 정관사(定冠詞)와 같은 것을 애지중지 소중하게 껴안고 있는데, 그러나 그런 것은 내던져버려라, 라고 하는 것이 나의 생각입니다. (그런 말은) 위선인 것은 아닌지, 의문을 가집니다. 왜냐하면, 그들에게 있어서 <재일>이라고 하는 것은 일시적인 모습이며, 그렇다면, 머지않아 스스로의 조국으로 돌아가는 것이 자연스러운 모습인 것은 아닌가라고 생각합니다.

전후 40 수년이 지났습니다만, 그들이 어째서 <재일>라는 말을 고집하는지, 나에게는 이해가 가지 않습니다. 나에게는, 오히려 그들은 일본계 조선인이며, 한국인과 다름없다고 생각됩니다.14)

일본인으로 승화한 사람의 입장에서 '재일'의 본연의 자세가 날카롭게 추궁당하고 있다. 그러나 <순수>라고 하는 말투가 걸리지 않는 것은 아니다. 다문화 공생을 내걸면서, <순수>를 절대 명제로 할 수 있을 리 없다. 동시에, '일본계 조선인'이라고 하는 것은 독특한 말투이지만, 여동생을 한국에 돌아가고 있는 그는 그 한계를 알고 있을 것이다. 그런데, 이러한 말투를 하는 것은 우익적인 담론에의 동화로도 잘못 이해될 수 있는 위험성이 없지 않다. 하지만, 마츠모토 토미오가 실로 주장하고 싶은 것은 일본 사회도 여러 민족들의 도가니(melting pot)로 화해가고 있고, 일본인이 된 조선인이 본명을 되찾는 시대가 되어, 출세 가도는 아닐지도 모르지만 공무원 등에의 취직의 길도 열리게 되어가고 있어 이러한 추세를 한층 더 추진해 가자고 하는 것이리라.

그렇다고는 해도, 마츠모토 토미오는, 조선명으로 시인 활동을 하여 현대 일본 문학계에서 가장 명망 높은 문학자의 한 사람이 된 김시종과의 생각의 차이를 일부러 확인하고 있다. "(재일조선인들이 귀화를 하지 않고 조선인으로서 떳떳하게 살아나갔으면 좋겠다는 생각을 가지고 있지만 그래도 귀화를 선택한다면) 나는 조선계 일본인이라고 단언할 수 있는 정도의 사람이 되어 귀화해 주었으면 하는 것입니다. 바꾸어 말한다면, 일본과 조선의 그나마 가교 역할 정도는 맡을 수 있을 만한 귀화인이었으면 한다"라고 하는 김시종의 말을 인용한 후, 마츠모토 토미오는 "김시종이 말하는, '흔들림 없는 긍지'라고 하는 부분에 있어서, 나는 어긋나 있을지도 모르는 것이다. / 하지만 나에게는, 일본은 이윽고 소자(少子) 고령화해감에 따라, 노동력을 구하기 위해서 다민족화(多民族化)하는 것은 아닐까라는 전망이 있다. 그렇다고 한다면,

---

14) 松本富生、『恩愛の絆』、勉誠出版、2006, 269~270쪽.

나와 같은 삶의 방식이 존재하여도 좋을 것이라고 생각한다.” “나는 시인인 김시종은 조선인으로서의 ‘흔들림 없는 긍지’를 가진 것이라고 생각한다. 하지만, 한국계 일본인으로서 지금을 살아가고 있는 나도 ‘흔들림 없는 긍지’를 가지고 살아왔다는 생각이다”라고 명언하고 있다.

일반적으로, 일본 사회의 다민족화가 자연히 평화적으로 ‘한국계 일본인’을 받아들여 준다고는 생각하지 않고 있다. 수백 년 동안 이어져 내려온 차별은 지속적으로 계속될 것이다. 동시에, 마츠모토 토미오가 지적했듯이, 차별은 풀솜으로 목을 조르는 ‘간접적인 살인 행위’이다. ‘한국계 일본인’이 ‘가교’가 되어야 한다고 하는 것은, 말은 쉽지만 그것을 실천에 옮기는 것은 지극히 어려운 일에 속한다. 적어도 마츠모토 토미오와 같이 역사·문화에 대한 탐구가 필수일 것이다.

『은애의 기반』에 이르러, 작가는 여동생과의 이별을 아까워하는 장면에서 조선의 옛 노래인 향가를 일본어로 ‘ひなうた’라 해서 소개해 인용하고 있다. 그것은 신라시대에 여동생의 죽음을 애도해 오빠인 명월사(明月師)가 노래한, 참으로 그윽하기 그지없는 「제망매가(祭亡妹歌)」이다. 그러나 <여동생>은 살아 있는 것이며, 시의 그윽함 속에 억지로 집어넣어 망각할 수는 없는 노릇이다. 언제라도 <우리>일 수 있는 <그들>은 살아있다. 한국에 체류 혹은 귀국하고 있는 재외 동포의 내재적·외재적 갈등을 확인해 가지 않으면 안 된다.

3 결 론

　본고에서는 일본 영주 조선계 일본명 작가로서 마츠모토 토미오를
다루었다.

　인상적인 것은 한국에 귀국한 <여동생>에 죄책감을 느낀다는 부분
이나, 그가 고대부터 미래에 이르는 기나긴 스팬으로 민족 융합의 이
상을 이야기하고 있다는 점 등이다.

　<여동생>의 이야기는 귀국 동포의 역사와 연관 지어 생각할 수도
있다. 1945년 8월 15일의 해방 이후 수많은 재일 동포들이 일본으로
귀국했다. 흔히 귀환하지 못하고 공사장 등에서 죽은 사람들의 유해
문제 등이 화제가 되기도 하고 연구주제로 떠오르고 있기도 하지만,
귀국한 동포의 역사에 대해서는 그다지 관심이 쏟아지지 않는 것 같다.
당시 2000만 동포 가운데 200만이 일본에 있었으니 10명의 1명꼴로
재일동포였던 셈이고, 이는 거의 모든 한국인이 멀거나 가깝다는 차이
는 있어도 재일동포를 친척으로 두었다는 의미가 된다. 귀국 동포가
비참한 생활을 한 것은 몇몇 문예작품에도 그려졌지만, 재조명되어져
야 할 현대사의 한 토막이다.

　북한의 김석형이나 재일 동포 작가 김달수의 글들을 인용할 나위 없
이 고대 한국과 일본은 아주 가까운 사이였다. 마츠모토 토미오는 그
것을 미래에 대한 전망에 대입한다. 그런데 거기서 한 가지 빠뜨려서
는 안 되는 것은 민족 융합의 주도권을 누가 갖는가 하는 점이다. 한
국명, 조선명을 지키려는 사람도 일본명으로 바꾸는 사람도 결국은 민
족 융합의 추세 속에서 살아가고 있는 것이고, 또 의식상에서도 그 추

세를 부정하는 것은 아니다. 다만, 현시점에서 볼 때 일본 주도의 융합이 이루어지고 있다는 것이 문제일 따름이다.

그것과 관련해서 현재는 먼 미래의 일로 그 가능성이 희박하다고 관측되고 있지만, 동북아시아 공동체를 향한 움직임이 조만간 어느 정도 이상의 가속도를 붙일 것으로 예상된다. '합중국'인 미국, 유럽 공동체, 동남아시아 공동체, 중동 이슬람 공동체 등을 볼 때 어느 정도의 블록화는 피할 수 없는 추세이다. 그 때 과거의 일본이 내건 '대동아 공영권'과 같은 슬로건이 부활할지도 모른다는 위구감이 없지 않다.

이런 저런 상황에서 놓고 볼 때 필자는 김시종의 '흔들림 없는 긍지'론과 '가교 역할'론에 찬성한다. 따라서 필자는 "차별은 간접적인 살인 행위"라고 말하는 마츠모토 토미오가 '흔들림 없는 긍지'를 가지고 '한국계 일본인'으로서 떳떳하게 살아가며, 도치기의 지방 명사로서 고대사 연구, 소설 창작과 강연 문예작품 심사, 교육위원회 등 여러 가지 활동을 적극 전개하고 있는 모습에 이의를 제기할 마음은 없다. 오히려 본국에서 이러한 일본명 동포도 재외 동포의 틀에 넣고 바라볼 수 있도록 시각을 바꿀 필요를 본고를 통해서 제기하고 싶은 바람이 있다.

다만, 마츠모토 토미오가 말한 본명 동포들은 '일본계 한국인'이다라는 발언에는 이의를 제기하고 싶다. 국민 국가를 규준 삼은 모종의 이분법이 간취되기 때문이다. 한국인이 되든, 조선인이 되든, 일본인이 되든, 또 어떤 나라의 국적 소유자가 되든, 동북아 공동체의 시민이 되어야 하고, 나아가서는 그야말로 세계시민으로 되어야 하는 시대이다[15]. 그런 방향성은 마츠모토 토미오 자신이 충분히 이해하고 있다고

---

15) 신민(臣民), 시민(市民), 민중, 인민, 공민(公民) 등의 개념 정의는 중요하다. 자본주의 사회의 발전과 인간의 법적 지위, 및 대중운동의 방향 등과 관련되는 개념이기 때문이다. 여기서 시민이라 함은 시티즌(citizen)이라는 뜻뿐만이 아니라, 민중, 인민, 공민, 마르크스가 말한 '시토와이언(citoyen)', 그리고 '시토와이엔' 등의 가능성

믿어지는 만큼, 그런 부주의한 발언이 아쉽다. 또 그가 사카나카 히데노리와 나란히 공연을 하는 경우도 있었다. 모두에도 언급했지만 사카나카 히데노리는 자신의 이른바 사카나카 논문의 승리선언을 했지만, 필자는 그와는 좀 다른 생각을 가지고 있다16).

즉 사카나카 논문은 재일 한국인이 몇 십년 후에는 다 일본인으로 귀화하고 동화하고 만다고 예측했는데, 지금 현재 60만 명 가량이 귀화하지 않고 있다. 동화되어가는 것이 자연스러운 추세라고 한다면, 또 뉴커머도 포함되어있겠지만, 상당히 경이로운 숫자라고 하지 않을 수 없다. 그리고 사카나카 본인이 지적하고 있듯이 일본 사회 자체가 다민족화로 나아가지 않을 수 없게 되었다는 것은 30년 전의 사카나카 논문에서는 예측하지 못했던 부분이었을 것이다. 물론 재일 코리언 내부에서도 극심한 변화를 겪고있는 것은 사실이다. 민족의식이 희박해지고 민족성이 나날이 희미해지고 있다. 민족명을 사용하는 동포들조차도 그러하다. 동시에 반면에 사카나카 논문의 예측과는 달리, 일본 국적으로 바꾸고 일본명을 사용해도 민족성을 소중히 여기고 싶다고 생각하는

과 함의를 지닌 자본주의 사회의 시민이라는 뜻이다. 예컨대, 1920년대에 프롤레타리아 운동, 국제 공산주의 운동의 유행과 함께, 민중, 인민이라는 말이 사용되었으나, 오늘날 그 운동의 오류에 대한 인식이 일반화되고 있다. 또 자본주의 사회에 대한 비판이 가능하다 할지라도 지금 시점에서 그것에 대체되는 사회제도가 충분히 성숙되었다고는 보기 힘들다. 우리는 아직 18~19세기의 시민이라는 개념에서부터 시작해야 하는 것인지 모르지만, 이것은 단순한 체념이 아니라 신중함을 잊어버리지 않는 희망에의 타진이라고 해석해주었으면 한다. 물론, <시민>이라는 개념만을 가지고는 재일 동포, 재외 동포 문제는 완전히 풀 수 없을 것이다.

16) 재일 민족단체는 물론, 일본국적으로 귀화한 정양이 씨 등도 일찍이 비판했다. 참고로, 오사카의 야간 고등학교 영어교사인 정양이 씨는 일본국적으로 바꾸어도 민족성은 유지되어야 하며 그것을 위한 민족학급 등의 교육적인 제도도 마련되어야 한다고 일찍부터 매스컴, 인터넷 등을 통해 주장해왔다. 또 참고로 그는 이미 귀화한 후였으나 고등학교 때 민족에 관한 책을 많이 읽고 대학에서는 조선어를 전공했으며 그 무렵에 민족명을 되찾는 소송을 가정재판소에서 일으켜 1987년에 민족 이름을 되찾은 경력을 가지고 있다.

사람들이 상당수에 달하고 있으며, 그들 가운데는 일본명을 다시 민족명으로 바꾸어달라는 소송 등을 일본 당국에 대해 일으켜 자신의 원래 이름을 되찾는 사람들도 있다. 그리하여 현재 일본에서는 민족명으로 일본 국적을 취득할 수 있도록 하는 법안도 검토 중이라고 한다.[17)]

그와 관련해서 앞서 인용한 다카야나기 토시오가 『국제정치사전』(홍문당)의 '재일 한국·조선인의 지위문제'의 항목에서 다음과 같이 쓴 것을 보겠다.

> 재일 한국·조선인은 전후, 일본혁명의 전위나 남북 양국의 내셔널리즘을 짊어지는 존재였던 시기를 거쳐, 국가보다 민족, 민족보다 개인이 중시되는 시대에 들어서고 있다고 말할 수 있겠다. 재일 한국·조선인의 위치를 특수성과 보편성 속에서 눈여겨보고 전환기에 알맞은 처우와 등신대의 재일상(像)의 형성이 요구된다.[18)]

그러면서 다카야나기 토시오는 강신자의 '월경', '방황', 유미리의 '작은 이야기'라는 예를 든다. 확실히, 현시대에 있어서 이제 재일 코리언은 일본혁명의 전위도 아니고, 남북 양국의 내셔널리즘을 짊어지는 존재도 아니다. 그렇다고 <등신대의 개인>이라는 것에서 어떤 생산적인 재일상을 끌어낼 수 있을지는 미지수이다.

일본과 같은 경제대국에서는 <등신대의 개인>은 모래알과 같이 흩어져 없어지는 존재일 수 있다. 또 경제논리로써 마츠모토 토미오가 지적한 것처럼, 소자화의 영향으로 노동력 보충을 외국에 의존하지 않을 수 없는 일본으로서는 가장 오래된 '외국인 노동자'인 재일 코리언

---

17) 최근에 와서는 사카나카 자신도 그런 현실을 긍정적으로 받아들이고 권장하는 발언을 하고 있다.
18) 高柳俊男、「解説」、松本富生、『恩愛の絆』、勉誠出版、2006, 299쪽에서 재인용.

을 모범 국민으로 만들 욕망을 지니고 있는 것처럼 보인다. 반대로, 재일 코리언 측에서 그러한 욕망에 동화하여 새로 온 외국인 노동자를 일본인이 그러는 것처럼 차별하는 사람도 있다. 그러한 재일 코리언은 북한을 차별하는 한국과 마찬가지로 추하다. 그것은 독일인에게 차별을 받고 대학살까지 당한 유대인들이 이스라엘을 건설한 다음에는 팔레스티나 사람들을 차별하게 되는 모순과 유사하며, 몹시 가슴 아픈 일이 아닐 수 없다. <등신대의 개인>은 모든 가능성으로 열려있는 반면에, 엉뚱한 방향성을 지닐 위험마저 있다 하겠다.

그리고 일본 국가나 사회 자체는 결코 무장해제를 한 적이 없다. 일본 국가나 사회가 원하고 있는 개인상이 있다. 또 예컨대 일본은 한국에 대해 돈이나 기술을 지원하고 있지만, 식민지의 근본적인 보상을 할 생각은 없고 선진국의 핵심적인 기술을 나누어 줄 정도로 바보는 아니다. <등신대의 개인>이란 것이 사막과 같은 자본주의 사회에서 어떻게 살아갈 것인가 하는 문제도 남는다.

국가와 민족이라는 것이 어떨 때는 자본주의의 독에서 개인을 지켜줄 힘을 가질 수도 있다. 국가와 민족은 이제 케케묵은 개념이 되어버렸지만, 자본주의가 존재하는 한 유효기간은 남아있는 것은 아닌지? 아니면, 폐품 처리장에서 다시 찾아서 재활용해야 할 것은 아닌지? 그 재활용의 철학이 시급한 시점이 아닌지……? 이것은 재일 동포 사회나 재일 동포 문학을 논할 때 흔히 세대론적인 시각에서 바라보고 동화 경향을 긍정적으로 보는 것에 대한 문제제기이기도 하다.

그런 문맥에서 마츠모토 토미오와 같은 일본명 동포 작가가 우리에게 보여주고 있는 바는 단순하지 않으며, 그 작품에는 재음미해보아야 할 홍미로운 부분들이 듬뿍 담겨져 있다.

끝으로 일언해두면, 본고는 2007년 6월 30일에 호세이 대학에서 있은 심포지엄 발표문의 일부를 발췌하여 한국어로 번역한 것인데, 그 글 자체가 하나의 서론에 불과하다. 그것을 계기로 지속적으로 '일본 영주 조선계 일본명 작가'의 계속할 예정인데, 본고는 그 제1탄인 셈이다. 마지막으로 필자가 그 글에서 서론에 쓴 부분과 심포지엄에서 도표를 그리면서 설명한 내용을 인용해놓겠다.

노구치 미노루(野口赫宙), 다치하라 마사아키(立原正秋), 이오 겐지(飯尾憲二), 기타 에이치(北影一), 이쥬인 시즈카(伊集院靜), 마츠모토 토미오(松本富生), 미야모토 도쿠조(宮本德藏), 츠카 고헤이(つかこうへい) 등으로부터 후카자와 가이(深澤夏衣), 사기사와 메구무(鷺澤萠), 가네시로 가즈키(金城一紀), 오츠루 기탄(大鶴義丹) 등등에 이르기까지 일본명 코리언 문학의 계보는 다양화되는 만큼이나 희박화할지도 모르지만, 확실히 확대 재생산되고 있다. 전쟁 전·전시 중·전후·고도 경제성장 후·포스트모던의 차이는 있다고 해도, 그들의 글쓰기는 일차적으로는 일본이라고 하는 국민 국가에의 동화인 점에서는 지금도 옛날도 변화는 없을 것이다. 하지만, 적어도 '해방' 후에 있어서는, 그곳은 재일 한국·조선인의 새로운 <자유>의 형태와 전후 일본의 새로운 식민지주의의 흔적이 둘 다 찾아질 수 있는, 포스트콜로니얼의 자장(磁場)이기도 하다. 그러한 자장은 지금까지 은폐되어 온 혐의가 짙다. 왜냐하면, 세로축에 조국 지향성, 가로축에 재일 지향성을 설정하여 아래의 표와 같은 좌표축을 작성했을 경우, 지금까지는 A1, A2, B, C의 논의가 주를 이루었기 때문이다. 조국 지향성도, 재일 지향성도, 제로 이하, 즉 마이너스의 D의 영역은 무시되거나 사상(捨象)되어 왔다.

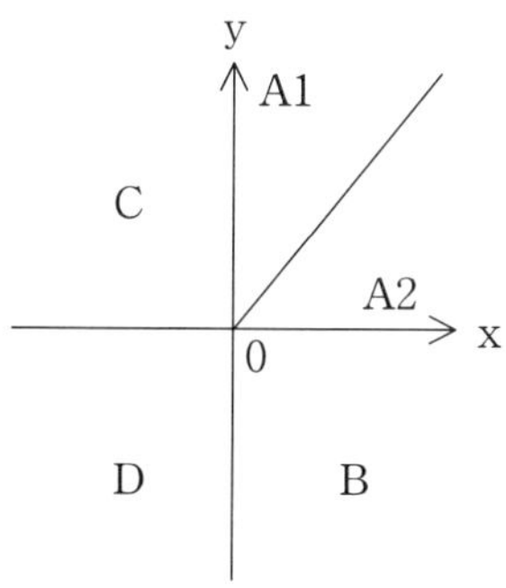

　필자는 이 D의 영역의 여러 가지 장르에 걸쳐서 몇 명의 작가에 한
정하여 그 양면을 짚어보면서 연구를 계속하고 있다. 그러면서 D에 드
는 카테고리 안에도, A나 B나 C의 요소가 혼합되어 있음을 알게 될
것이다.

13. 재일한국인의 연애와 정체성

가네시로 가즈키金城一紀의 『GO』

황봉모

 1 서 론

연애는 모든 청춘남녀의 이상이고 환상이다. 청춘 남녀들은 연애라는 과정을 통하여 자신의 인생을 한 단계 성숙시키기도 하고 일생일대의 아픔을 겪기도 한다. 남성들의 아름다운 여성에 대한 추구는 전 세계의 공통된 이야기로서, 무엇보다 아무런 조건이 없는 청춘 남녀의 연애는 아름답다. 고래(古来)로부터 이러한 청춘 남녀들의 순수하고 열정적인 연애에 대한 이야기는 세계 어디서나 변함없는 문학 테마가 되어 왔다.

청춘남녀들의 연애에 대한 이상은 일본사회에서도 똑같이 나타난다. 청춘 남녀의 연애이야기는 일본문학에서 가장 보편적인 테마의 하나이다. 또한 연애에 대한 이상은 일본의 주류집단뿐만이 아니고 소수집단의 사람들에게 있어서도 당연히 같은 감정으로 이해된다. 그런데 이러한 연애에 있어서 일본의 소수집단 사람들은 주류사회 사람들이 근본적으로 인식하기 어려운 장벽을 가지고 있다. 재일한국인의 경우, 그것은 국적의 문제이다. 요컨대 일본에 살고 있는 재일한국인은 아무런 조건이 없어야 할 남녀 간의 연애에 있어서도 반드시 뛰어넘어야 하는 국적이라는 장벽을 가지고 있는 것이다.

본고에서는 일본에서 활동하는 재일한국인 신세대작가 가네시로 가즈키(金城一紀)의 문학을 통하여 재일한국인의 '연애'에 대하여 고찰한다. 여기에서는 가네시로 가즈키의 대표작인 『GO』(講談社, 2000년 3월)에 나타난 연애과정을 통하여, 재일한국인의 연애와 정체성과의 관련성에 대하여 생각해보고, 잘못된 고정관념에 대처하는 일본의 구세대와 신세대의 차이를 구체적으로 비교해 보고자 한다.

2 사쿠라이 桜井라는 일본인여성

권보드래는 『연애의 시대』에서 '연애'에 대하여 "'연애'라는 말은 'Love'중에서도 남녀 사이의 사랑만을 번역한다. 신에 대한, 인류에 대한, 부모에 대한, 친구에 대한 사랑은 모두 'Love'이지만 '연애'는 아니다."라고 하면서, "그것은 '연애'라는 말이 다양한 관계 가운데 남녀의 관계를 도드라지게 한다는 발상이 언어 자체에 배어 있었기 때문이다."[1]라고 설명한다. 이렇게 '연애'라는 말은 여러 가지의 사랑 가운데 남녀 간의 관계만을 나타내는 의미로 사용된다고 할 수 있다.

가네시로 가즈키의 『GO』는 연애소설이다. 가네시로는 2000년 나오키(直木)상 수상작인 『GO』를 '이 소설은 나의 연애를 다룬 것이다'라

---

1) 권보드래, 『연애의 시대-1920년대 초반의 문화와 유행』(현실문화연구, 2003년 11월) p.15

는 문장으로 시작한다. 그리고 그는 '그 연애는 공산주의니 민주주의니 자본주의니 평화주의니 귀족주의니 채식주의니 하는 모든 "주의"에 연연하지 않는다'라고 부연한다. 요컨대 가네시로는 『GO』라는 작품은 주인공인 스기하라(杉原)의 연애이야기이고, 이러한 남녀 간의 관계는 다른 모든 요소들을 초월한다고 설명하고 있는 것이다. 그는 이 작품에서 일본에 사는 재일한국인 청년이 어떠한 연애과정을 거쳐야하는지를 이야기한다.

스기하라는 민족학교에서 일본의 삼류 고교에 진학한 재일한국인 학생이다. 아버지는 파친코에서 경품교환소를 하고 있고 어머니는 평범한 주부이다. 스기하라의 가족은 스기하라가 고교에 진학할 때 북조선에서 한국으로 국적을 바꾸었는데 국적을 바꾸어도 그에게 달라진 것은 아무것도 없었다. 이렇게 국적이라는 것은 그에게 간단하게 바꿀 수 있으며 바꾸어도 아무 것도 달라지지 않는 존재에 불과한 것이었다. 이것은 그가 국적을 한국에서 일본으로 바꾸어도 역시 똑같이 해당될 이야기였다. 그에게 국적이라는 것은 중요하지 않았다. 그에게 중요한 것은 국적보다 연애였다.

스기하라는 일본인 여학생 사쿠라이(桜井)를 친구인 가토(加藤)가 카페<Z>에서 주최하는 생일 파티 모임에서 만난다. 그는 이곳에서 자신의 앞자리에 앉은 사쿠라이에게 한 눈에 반하게 되는 것이다. 가네시로는 『GO』에서 스기하라가 사쿠라이를 처음 만나는 장면을 다음과 같이 묘사한다.

나의 동태시력은 정확하게 회전하는 그녀의 목덜미와 후두부와 등의 미세한 부분까지 포착하고 있었지만, 그 어느 것에도 기억이 없었다. 한 바퀴 여행을 끝낸 그녀는 '있지 있지 굉장하지?' 라는 느낌을 갖는 미소

를 얼굴에 띠고 있었다. 입에서 혀가 살짝 나와 있었다. 내가 옛날에 길
렀던 개는 새끼였을 때 언제나 혀를 살짝 내밀고 잠잤었다. 나는 그 기억
을 떠올렸다. 그녀는 무척이나 귀여웠다.
　　나는 물었다.
　　"너는, 누구?"2)

　스기하라는 자신 앞에 앉은 여자에 대하여 전혀 기억에 없었다. 그
런데 사쿠라이는 카페에 들어와 스기하라의 테이블에 앉은 뒤 아무 말
도 하지 않고 자신이 앉아있던 스툴을 있는 힘껏 돌린다. 그리고 스툴
이 멈춰진 후 사쿠라이는 스기하라에게 사이코메트링(サイコメトリン
グ)3)이라는 심리테스트를 시도하는 것이다.
　사쿠라이는 사이코메트링을 통하여 스기하라가 어떠한 사람인지 맞
추어간다. 그녀는 스기하라가 농구를 하고 있고 몇 명을 때려눕힌 적
이 있다는 등 말하는데, 자신이 어떠한 사람인지를 맞추어가는 것에
그는 놀란다. 하지만 사쿠라이가 초능력을 지닌 여자는 아니었다. 스기
하라는 사쿠라이를 처음 보지만 그녀는 이전부터 스기하라라는 인물을
알고 있었던 것이다. 요컨대 사쿠라이는 스기하라가 올 지도 모른다는
생각에 카페 <Z>의 모임에 왔던 것이었다. 그녀는 스기하라를 만나기
위하여 일부러 이곳에 찾아온 것이었다. 자신이 좋아하는 사람을 만나
러 일부러 먼 곳까지 찾아오는 사쿠라이는 소위 신세대 여학생이라고
할 수 있다. 사쿠라이는 여자임에도 불구하고 먼저 남자인 스기하라가
있는 곳을 찾아간다. 신세대다운 행동이라고 생각된다.
　사쿠라이는 신세대다울 뿐만이 아니고 보통의 일본인과 다른 여성

---

2)　金城一紀, 『GO』, 講談社, 2000년 3월, p.39
3)　사이코메트링(psychometrying)은 사람에 직접 접촉하거나 그 인물의 소유물에 접촉하
　　는 것에 의하여 그 인물에 관계하는 과거와 미래에 관한 정보를 파악하는 초능력이다.

이었다. 그녀는 전교학생이 같은 시간에 같은 음식을 먹는다는 것은 끔찍한 느낌이 든다고 급식을 싫어한다. 그리고 일본인임에도 일본 음악을 별로 안 듣고, 남자와 둘이서 하늘을 올려다보다가 별똥별을 보는 것만큼 부끄러운 일이 없다고 생각하는 여자이다. 이러한 그녀는 눈이 내리는 크리스마스 이브에 남자를 만나는 것을 최악이라고 생각한다. 요컨대 사쿠라이는 기존의 정해진 틀에 자신을 맞추는 것을 무엇보다 싫어하는 여성이라고 생각할 수 있다.

이렇게 사쿠라이는 사람들이 생각하는 일반적인 관점에서 사물을 판단하지 않고, 자신이 직접 사물을 보고 판단하는 여성이었다. 그녀는 자신이 옳다고 생각하는 가치관을 가지고 행동하는 사람이었다. 사쿠라이의 친구들은 스기하라가 삼류 고교에 다닌다는 사실만으로 그녀에게 스기하라를 만나지 말라고 말한다. 하지만 사쿠라이에게 삼류 고교라는 것은 남자를 만나는 판단 대상이 아니었다. 사쿠라이는 자신이 반한 남자를 만나고 싶어 하는 여성이었다. 그리고 그녀는 그 남자를 만나기 위하여 먼 길을 찾아오는 용기 있는 여성이었던 것이다. 사쿠라이는 이렇게 보통 학생과 다른 신세대 여성이었기에 스기하라를 만날 수 있었다고 생각된다.

카페에서 나온 스기하라와 사쿠라이가 간 곳은 아무도 없는 학교 운동장이었다. 두 사람은 학교운동장에 들어가 함께 별똥별이 떨어지는 광경을 본다.

사쿠라이의 이마에서 '내 천'자가 없어졌다. 대신 매우 부드러운 미소가 얼굴에 떠올랐다.

'부끄러우니까, 별똥별 이야기는 누구에게라도 하지 마, 두 사람만의 비밀이야.'

이럴 때, 나 이외의 다른 남자라면 어떻게 할까.

나는 사쿠라이를 만지고 싶었다. 어떤 부분이라도 좋았다. 만졌을 때, 사쿠라이가 내 손을 받아준다면, 가슴에 충만하고 있는 초조감을 지워 없앨 수 있을 것 같았다. 나는 눈앞에서 미소 짓고 있는 여자를 절대로 잃어버리고 싶지 않았다. 만난 지 아직 몇 시간도 안 되어 거의 정체도 모르는 여자에 대하여, 놀랄 만큼 강렬하게 그렇게 생각하고 있었다. 그리고 그녀라면 내 손을 받아줄 것처럼 생각되었다.[4]

스기하라는 만난 지 몇 시간밖에 되지 않아서 정체조차 모르는 사쿠라이를 '절대로 잃어버리고 싶지 않다'고 생각한다. 바야흐로 스기하라에게 사쿠라이에 대한 연애의 감정이 시작되어 버린 것이다. 스기하라는 매력적인 사쿠라이를 행여 잃어버리지 않을까하는 초조감으로 그녀를 만지고 싶어 하는데, '그녀라면 자신의 손을 받아줄 것이라고 생각'한다. 그녀를 만지는 것, 즉 신체를 접촉한다는 행위는 서로간의 친밀감을 표시하는 가장 유력한 수단이다. 상대방의 손을 잡는다는 행위는 단순히 신체적인 접촉만의 의미가 아니다. 손과 손을 마주 잡는다는 것은 서로의 마음과 마음을 연결시키는 행위라고 생각할 수 있다. 또한 이렇게 신체를 접촉한다는 것은 상대방에게 자신의 마음을 허용하고 있다는 의미이기도 하다.

그런데 실제로 사쿠라이는 이러한 스기하라의 마음을 헤아리고 있었다. 사쿠라이는 스기하라가 생각하고 있듯이 그의 손을 받아줄 줄 아는 여자였다. 사쿠라이는 먼저 교문을 나간 스기하라를 교문철장으로 오라고 하고는 교문철장을 사이에 두고 스기하라와 키스를 나누는 것이다. 두 사람은 이렇게 처음 만난 날 키스를 한다. 신세대 젊은이답게 만난 지 불과 몇 시간도 지나지 않았지만 마치 영화를 찍는 것처럼

---

4) 같은 글, p.50

두 사람은 첫 키스를 나눈다. 이 키스도 역시 사쿠라이가 스기하라를 끌어당겨 하는 키스였다. 이렇게 두 사람의 연애가 시작된다. 스기하라와 사쿠라이의 연애는 사쿠라이의 적극적인 행동으로 인하여 시작된 연애였다고 생각할 수 있다.

그러면 여기에서 가네시로는 어떠한 '연애'관을 가지고 있는지 살펴보기로 하자.

가네시로의 연애관은 『대화편(対話篇)』에서 볼 수 있다. 그의 연애관은 한 마디로 말하여 목숨을 건 사랑이라고 할 수 있다. 그는 『대화편』에 세 편의 연애 이야기 소설을 수록하였는데, 여기에서 그는 사랑하는 사람들은 계속 만나야 하며, 절대로 좋아하는 사람의 손을 놓아서는 안 된다 라고 쓰고 있다. 손을 놓아버리면 그 사람은 죽어버리기 때문이다. 즉 그에게 있어서 연애는 '손을 잡고 있는 것(살아 있는 것)', 아니면 '손을 놓는 것(죽음)' 둘 중의 하나인 것이다.

가네시로는 연애란 '사랑하는 사람의 손을 놓지 않는 것'이라고 정의한다. 그는 『대화편』에 수록된 「연애소설(恋愛小説)」을 다음과 같은 문장으로 끝맺고 있다.

> 나는 지금 분명하게 생각한다.
> 언젠가 나는 소중한 사람을 만날 것이라고 그리고 그 사람을 계속 살아 있게 하기 위해서 결코 그 손을 놓지 않으리라고 그렇다, 설사 사자가 덮쳐온다고 하여도
> 결국 소중한 사람의 손을 찾아 언제까지나 그 손을 잡고 있기 위해서, 오직 그러기위해서 우리는 이 싱겁게 흘러가는 시간을 그럭저럭 살고 있다.
> 그렇지 않은가요?5)

---

5) 金城一紀, 『対話篇』, 講談社, 2003년 1월, p.68

가네시로는 사랑이 없는 나머지 시간들은 모두 사랑할 시간을 위한 부수적인 것에 불과하다고 인식한다. 그에게 있어, 사랑이 없으면 흘러가는 시간은 아무런 의미가 없고, 사랑 없이 싱겁게 흘러가는 시간들은 살아있는 시간이 아니다. 흘러가는 시간이 의미가 있기 위해서는 사랑(연애)이라는 것이 있어야 한다. 그리고 그 소중한 사람을 지키기 위해서는 사자도 두려워하지 않아야 한다는 것이다. 즉 가네시로가 추구하는 연애는 사자가 덮칠지라도 서로의 잡은 손을 놓지 않는, 즉 어떠한 경우라도 상대방의 손을 놓지 않는 필사적인 행동이라고 할 수 있다.

사랑(연애)에 있어서 이러한 상대방을 위한 필사적인 노력은 가네시로의 다른 작품을 보아도 분명하다. 가네시로의 데뷔작인 『레벌루션 NO 3(レウオリューション NO 3)』과 『플라이 대디 플라이(FLY DADDY FLY)』는 주류사회에서 밀려난 주변인의 이야기이기도 하지만, 상대방에게 순정(純情)을 가지고 노력하는 사람들을 묘사하고 있는 작품이기도 하다. 『레벌루션 NO 3』에서 '더 좀비스'들은 목숨을 건 교문침입을 통하여 성화(聖和)여고의 여학생들에게 그들의 순정을 보여준다. 또 『플라이 대디 플라이』에서 주인공 스즈키 하지메(鈴木一)는 폭행을 당한 딸의 복수를 위하여 목숨을 건 극기 훈련에 들어간다.[6]

요컨대 가네시로의 연애관은 상대방을 위하여 목숨을 걸 정도의 순정을 가진 연애관이라고 할 수 있다. 그런데 이러한 스기하라가 사쿠라이라는 여성을 만난 것이다. 지금까지 스기하라가 흘려보낸 모든 시간들은 두 사람의 연애를 위한 부수적인 시간들이었고, 두 사람에게는 이제부터의 시간만이 살아있는 시간이 될 것이었다.

---

6) 가네시로의 연애관은 한 마디로 말하여 순정(純情)이라고 할 수 있다. 이것에 대해서는 황봉모 「『레벌루션 NO 3』『플라이 대디 플라이』의 주변인」, 『일본학연구』(단국대 일본연구소, 2005년 10월)를 참조할 것.

 ## 3 재일한국인의 연애과정

신세대인 스기하라와 사쿠라이의 연애과정은 역시 신세대다운 연애과정을 거친다. 두 사람은 그림감상을 하거나 음악 CD나 읽을 책을 함께 고르면서 데이트를 즐긴다. 또한 오페라를 보러가기 위한 시간을 기다리고 공부를 같이 하며, 대학입시를 대비하는 모의시험을 함께 보기도 한다. 그리고 두 사람은 여행을 가기위하여 아르바이트를 하기도 한다.

사이가 가까워진 사쿠라이는 스기하라를 집에 초대한다. 이후 두 사람의 데이트 장소는 사쿠라이의 집이 되었다. 사쿠라이의 가족에게 공개된 두 사람의 연애는 더욱 공공연하게 진행된다. 이러한 스기하라와 사쿠라이의 연애과정은 일본의 일반적인 젊은 청춘 남녀가 겪는 연애과정과 비슷하다고 생각할 수 있다.

사쿠라이는 일본의 명문고교에 다니는 여학생이었다.

그리고 사쿠라이 가족은 전형적인 일본의 주류사회에 속한 사람들이었고, 사쿠라이 아버지는 전형적인 지배계층의 일본인이었다. 그녀의 아버지는 일본의 최고명문인 도쿄(東京)대학을 졸업했고, 과거 학생운동 투사출신이며 대기업에 다니는 유능한 회사원이었다. 그는 흑인을 '아프리칸 아메리칸', 그리고 인디언을 '네이티브 아메리칸'이라고 이해할 수 있는 엘리트였다. 그런데 이러한 사쿠라이 아버지도 자신의 딸의 남자친구로서 스기하라라는 존재를 인정한다. 또한 그녀의 가족들도 모두 스기하라를 환영한다. 이제 두 사람의 앞을 가로막는 장애물은 없을 리였다. 서로 좋아하는 두 사람 사이에는 아무런 문제도 없을 것이었다.

재일조선인에서 재일한국인으로 국적을 바꾼 스기하라는 일본인에 대하여 근본적으로 자신이 차별당하고 있다는 선입관념을 가지고 있었다. 그러므로 그는 일본인과는 연애는커녕 제대로 된 만남을 할 수 있다고 생각하지 않았다. 일본고교에 진학하여 만난 야쿠자 두목의 아들인 가토가만이 그의 유일한 일본인 친구였다. 하지만 가토 역시 일본의 주류사회에서 벗어나 있는 소외된 존재였다. 이제까지 스기하라는 일본의 주류사회의 사람들과 만날 수 있다는 생각을 해본 적이 없었다. 그런데 이러한 스기하라가 일본의 주류사회의 여학생을 만난 것이었다. 사쿠라이는 스기하라가 처음으로 만난 일본 주류사회에 속한 사람이었다.

두 사람의 연애는 일견 순조롭게 진행되는 듯이 보였다. 하지만 두 사람의 만남에는 애초부터 넘지 않으면 안 되는 장벽이 존재하였다. 그것은 스기하라의 국적 문제였다. 스기하라는 일본인이 아니었다. 사쿠라이를 좋아하는 스기하라는 자신이 재일한국인이라는 사실에 대하여 고민한다. 그는 자신이 일본인이 아니라는 사실을 사쿠라이에게 말해야한다고 생각한다. 물론 자신은 국적이 아무런 문제가 아니라고 생각하고 있었지만 그것은 그의 생각일 뿐이었고, 문제는 사쿠라이가 그것을 어떻게 받아들이는가에 있을 리였다. 친구인 정일도 이러한 스기하라를 걱정한다. 그만큼 일본에서 재일한국인이라는 사실은 아무런 조건도 없을 청춘남녀의 낭만적인 연애에 있어서도 반드시 뛰어넘어야 할 장벽이었던 것이다.

스기하라는 자신이 일본인이 아니라는 사실과 사쿠라이와의 만남과는 아무런 관련이 없을 것이라고 확신하고 있었다. 자신은 일본인은 아니지만, 일본에서 태어나고 일본에서 자랐고 일본어를 사용하며 무엇보다 두 사람은 서로 무척이나 좋아하는 사이였기 때문이었다. 그러나 현실은 그렇지 않았다. 스기하라가 재일한국인이라는 사실은 이미

두 사람의 만남에 가로막혀진 커다란 장벽이 되어 있었다.

스기하라는 정일의 죽음을 위로받기 위해 만난 사쿠라이에게 자신의 국적이 한국이라는 것을 말하게 된다. 스기하라는 사쿠라이를 사랑하고 있기에 서로의 모든 것을 받아들이기 전에 자신의 국적을 말해야만 한다고 생각하고 있었기 때문이다. 자신이 정말로 좋아하는 사쿠라이와 첫 섹스를 하기 전에 자신이 꼭 해야만 하는 이야기를 하는 것은 순수하고 깨끗한 사랑(순정)을 꿈꾸는 스기하라로서는 당연한 일이었다고 생각된다. 그는 침대 위에 정좌를 하고 이야기를 시작한다. 침대 위에 정좌를 하고 이야기를 시작할 정도로 스기하라에게 있어 국적 문제는 사쿠라이를 만나면서 내내 가지고 있던 부담감이었다. 그리고 마침내 그는 사쿠라이에게 자신의 국적이 한국이라고 말하는 것이다. 스기하라는 가장 중요한 순간에 자신이 가지고 있던 국적이라는 족쇄를 벗어버리는 것이다.

무엇보다 그는 사쿠라이를 믿고 있었다. 사쿠라이라면 자신의 존재를 이해해주리라고 생각하였다. 스기하라는 자신이 무슨 말을 하든지 사쿠라이가 외면하지 않고 받아줄 것이라고 생각하였다. 처음 만났을 때 사쿠라이가 그의 손을 잡아주었듯이, 두 사람의 만남에 국적은 아무 문제도 아니라고 생각하고 있었던 것이다. 이러한 스기하라의 생각은 사쿠라이와의 연애과정을 통하여 확신으로 바뀌어 있었을 리였다.

그러나 자신의 국적이 어디이든 신경 쓸 것 같지 않았고, 자신을 있는 그대로 받아줄 것으로 믿었던 사쿠라이가 전혀 다른 반응을 보인 것이었다. 일본의 주류사회에서 자란 사쿠라이는 재일한국인에 대하여 잘못된 인식을 가지고 있었다.

사쿠라이는 무엇인가를 말하지 못하는 느낌으로 몇 번인가 입을 작게 벌리고는 닫았다. 그것이 어떠한 말이든 하여간 사쿠라이의 목소리가 듣고 싶었다. 나는, 머? 하고 부드럽게 말하며 사쿠라이를 재촉하였다. 사쿠라이는 눈을 내려 깔고 말했다.

'아버지가.........., 어릴 때부터 쭉 아버지가 한국이든가 중국의 남자와 사귀면 안 된다 하셨어........'

나는 그 말을 겨우 몸속에 집어넣은 뒤, 물었다.

'거기에 무슨 이유가 있어? '

사쿠라이가 잠자코 있었기 때문에 나는 계속했다.

'........ 아버지는 한국이든가 중국 사람은 피가 더럽다고 말했어.'

충격은 없었다. 그것은 단지 무지와 무교양과 편견과 차별에 의해 뱉어진 말이었기 때문이다.[7]

사쿠라이는 스기하라가 재일한국인이라는 사실에 놀란다. 그녀는 스기하라가 당연히 일본인이라고 생각하였고, 그가 다른 나라의 국적을 가지고 있다고는 생각조차 하지 않았던 것이다. 왜냐하면 스기하라는 일본이름이고 일본어를 말하고 일본사람같이 생겼기에 사쿠라이는 그가 다른 나라 사람이라고 하는 것은 생각할 수 없었기 때문이었다.

사쿠라이는 어릴 때부터 자신의 아버지로부터 '한국이든가 중국 사람은 피가 더럽기 때문에 한국과 중국 남자를 사귀어서는 안 된다'는 말을 들으면서 컸다. 그녀는 한국과 중국 사람에 관하여 자신의 아버지가 말한 이야기를 그대로 믿고 자랐다. 그러므로 사쿠라이가 자신이 좋아하는 스기하라의 국적이 자신의 아버지가 평소에 피가 더럽다고 한 한국이라는 사실에 놀란 것은 당연한 일이었다고 생각된다. 아버지에게 들은 이 잘못된 인식은 오랜 시간에 걸쳐 주입되면서 사쿠라이에게 이미 고정관념으로 자리 잡고 있었던 것이다.

---

7) 金城一紀, 『GO』, 講談社, 2000년 3월, p.179

적극적인 성격의 사쿠라이는 '아버지가........, 어릴 때부터 쭉 아버지가 한국이든가 중국의 남자와 사귀면 안 된다'고 했던 이야기를 눈을 내려 깔고 말한다. 그녀가 이렇게 눈을 내려 깔고 말하는 것은 자신이 말하면서도 자신의 말이 정당하지 못하다는 것을 알고 있기 때문이다. 요컨대 이것은 스기하라가 생각하는 '무지와 무교양과 편견과 차별에 의해 뱉어진 말'에 다름 아니었다. 앞에서 언급했듯이 스기하라는 사쿠라이의 아버지를 알고 있다. 한 마디로 그는 일본의 주류사회의 사람이라고 할 수 있다. 그런데 일본의 주류사회를 형성하고 있는 사쿠라이 아버지 같은 사람이 한국인과 중국인의 피가 더럽다는 '무지와 무교양과 편견과 차별'에 싸여 있는 것이다. 재일한국인에 대한 일본의 주류계급의 의식이 어떠한지를 알 수 있는 것이다.

한국과 중국인에 대한 이러한 사쿠라이 아버지의 인식은 일본에서 소수집단인 재일한국인과 재일중국인을 일본국이라는 자신들의 세계에서 소외시키는 것으로, 이러한 차별에는 자신의 민족만이 우월하다는 일본인의 민족적 우월감이 숨겨져 있다고 볼 수 있다. 타자를 자신보다 아래에 둠으로써 단일민족 일본인이라는 민족적 정체성을 주장하려고 하는 태도가 바로 사쿠라이 아버지의 모습이다. 일본의 지배계급인 사쿠라이 아버지는 일본에 사는 소수집단인 재일한국인과 중국인이 자신과 같은 세계에 산다는 것을 인정하지 않는다고 생각할 수 있다.

순탄하게 진행되던 스기하라와 사쿠라이의 만남은 결국 재일한국인인 스기하라의 국적 문제라는 장벽에 부딪혀서 깨져버린다. 스기하라는 사자가 덮칠지라도 잡고 있으려고 생각했던 사쿠라이의 손을 놓지 않을 수 없게 되는 것이다. 이렇게 가네시로의 『GO』는 스기하라의 연애이야기이지만, 그 연애는 스기하라의 정체성 문제와 떼어내어 생각할 수가 없다. 스기하라가 일본에서 차별받고 있는 재일한국인이기 때문이다. 재일한국인은 일본에서 태어나고 일본에서 자랐고 일본어를 사용하지만 일본인과 다르다. 연애에 있어서, 즉 남녀 간의 만남에 있어서 일본인은 꺼릴 것이 아무것도 없다. 그러나 재일한국인은 이러한 연애에 있어서도 국적이라는 조건이 따라붙는 것이다.

한편, 정일 사건의 경우도 스기하라와 같은 의미로 볼 수 있다.

일본인 학생은 치마저고리를 입은 여학생을 좋아하였다. 그는 그녀에게 말을 붙이고 싶었지만 어떻게 해야 하는지 방법을 모르고 있었다. 무엇보다 그녀는 일본인이 아니었다. 그는 자신과 다른 민족인 재일조선인 여학생이 왜 일본에서 사는지도 몰랐고 그녀가 왜 자신을 피하는지도 몰랐다. 그가 알고 있었던 것은 치마저고리를 입은 여학생에게 차이면 부끄럽다 라는 그저 주위에서 그의 친구들이 말하는 잘못된 고정관념뿐이었다.

정일은 아무런 잘못이 없는 데도 일본인 학생의 칼에 찔려서 죽는다. 물론 일본인 학생도 정일을 찌르고 싶어서 찌른 것은 아니었다. 일본인 학생이 정일을 찌른 것은 오해에서 비롯된 것이었다. 일본인 학생은 정일이 자신을 친다고 오해를 했기에 엉겁결에 그를 찔렀던 것이다. 그 오해의 배경에는 재일조선인에 대한 잘못된 인식이 있었다. 스기하라의 경우와 마찬가지로, 정일사건도 잘못된 인식과 오해로부터 일어난 사건이었다.

정일과 일본인 학생, 그리고 스기하라와 사쿠라이는 좋은 친구가 될 수 있었고 또 당연히 그렇게 되어야 했다. 그러나 재일조선인에 대한 잘못된 인식과 오해로 인하여 정일은 죽고, 정일을 찌른 일본인 학생도 죽는다. 또 스기하라와 사쿠라이는 서로 좋아하고 있으면서도 헤어진다. 그런데 재일한국인(조선인)에 잘못된 인식으로 서로를 오해하게 만든 이러한 상황은 일본의 주류사회에서는 오해가 아닌 인정된 사실로써 기능한다. 즉 정일을 죽인 일본인 학생과 스기하라와 헤어진 사쿠라이는 그렇게 오해를 할 수 밖에 없는 사회에서 자랐고, 또 오해를 할 수 밖에 없는 교육을 받았던 것이다. 일본인 학생과 역시 일본인인 사쿠라이가 치마저고리의 여학생과 스기하라에게 한 행동은 오해가 아니고 그들의 사회에서는 인정된 사실이었다.

이러한 일본사회에서 가장 큰 피해자는 아무런 잘못이 없는 치마저고리의 여학생과 정일, 그리고 스기하라라고 할 수 있다. 그러나 정일을 죽인 일본인 학생과 자신이 좋아하는 스기하라를 받아들이지 못하는 사쿠라이도 모두 잘못된 일본 사회의 희생자라고 할 수 있다. 정일을 죽인 일본인 학생은 죄책감에 못 이겨 병원에서 뛰어내려 자살한다. 사쿠라이도 자신이 좋아하는 스기하라를 잃는다. 잘못된 고정관념과 오해에서 비롯된 이러한 상황을 되돌아보면 모두에게 아무것도 남는 것이 없는 것이다. 요컨대 잘못된 일본의 사회시스템은 소수집단인 재일한국인뿐만이 아니고, 일본인들까지도 피해자로 만들고 있는 것이다.

일본의 주류사회는 자신들의 영역을 유지할 목적으로 일본에 거주하는 외국인을 관리하기 위하여 소위 외국인등록법이라는 법률을 만들어 놓았다.[8]

현실적으로 외국인등록법은 재일한국인에게 자유로운 활동을 제한시키는 역할을 한다. 그러므로 『GO』에서 수세미선배는 구청에 가서 지문날인을 하고 오면서, '드디어 잡혀버렸어…. 권력은 무서운 거야. 발이 매

---

8) 1952년에 공포되는 외국인등록법은 1947년의 외국인등록령으로부터 비롯된다. 외국인 등록령은 1947년 5월 2일 '천황의 이름으로 공포된 마지막 칙령'으로, 11조에서 "대만인 가운데 내무대신이 지정하는 자 및 조선인은 이 칙령의 적용에 있어서 당분간 이를 외국인으로 간주한다."고 했다. 이 칙령을 공포하는데 있어 GHQ는 단지 새로 입국하는 이들을 등록하도록 지령을 내렸을 뿐임에도 불구하고, 일본정부는 1952년 이전 당시 일본국적을 보유하던 재일조선인을 '외국인'으로 규정하여 등록을 강요하였다.(최창화, 『쟁취하는 인권이라는 것은(かちとる人権とは)』초풍관, 1996년, p.123)

우 빠르지 않는 한, 도망칠 수 없어'라고 말하는 것이다. 외국인등록법이 일본에 사는 재일한국인에게 어떻게 받아들여지고 있는 제도인지 알 수 있다. 요컨대 일본인들은 '외국인은 나쁜 사람들이기 때문에 목에 목줄을 매달아놓자'라는 발상의 법률을 만들어 놓고, 일본에서 태어나고 일본에서 자란 재일한국인에게도 '일본에 거주하는 외국인'이기 때문에 외국인등록을 의무화시키고, 증명서를 발급한다. 일본의 주류사회에 있어서 일본에 거주하는 외국인은 나쁜 사람인 것이다.9)

이렇게 일본의 주류사회는 자신의 영역을 만들어 놓고 여기에 일본인 이외에는 인정하지 않는다. 그들은 자신들과 다른 곳에 속한 사람들을 이해하지 않는다. 일본의 주류사회는 자신들과 다른 민족 사람들을 구별하여, 그들을 무시하고 차별한다. 그리고 자신의 영역에 넘어오려는 사람들을 경계한다. 외국인등록법이 그 대표적인 증거이다.

스기하라는 그날 하루에 가장 친한 친구인 정일을 보내고 또 자신이 좋아하는 사쿠라이와도 헤어진다. 스기하라는 집까지 걸어가다가 일본경찰을 만나는데 그는 옥신간신을 하다가 친해진 젊은 일본경찰에게 자신의 처지를 한탄하게 된다. 그는 사쿠라이가 재일한국인인 자신을 '무섭다'라고 말한 것에 대하여 자신도 상당히 충격을 받았다고 하면서 다음과 같이 말한다.

---

9) 1952년에 도입된 지문날인제도는 재일한국인(조선인)에 대한 억압과 관리체제를 더욱 강화시켰다. 이것은 열 손가락 모두에 대하여 일본에서는 범죄자만의 의무인 회전 지문날인을 강요하는 것으로, 재일외국인을 범죄자 취급하며, 치안대책의 대상으로 삼는 제도였다. 이 제도는 재일한국인(조선인)의 20년에 걸친 폐지 투쟁에 의하여 1999년 8월에 성립된 개정법에서 폐지되었다. (佐藤信行, 講演資料 「在日韓国朝鮮人の法的地位をめぐる二十年の闘いと現在」『外登法の抜本的改正を求める全国キリスト者1・13全国集会』, 外登法問題と取り組む全国キリスト者連絡協議会編, RAIK, 2001년, p.35)

난 지금까지 차별을 당하고서도 아무렇지도 않았어요. 차별을 하는 놈은 대체로 무슨 말을 해도 알아듣지 못하는 놈이니까. 한 대 쳐주면 그만이고 싸움은 자신이 있었으니까 전혀 아무렇지도 않았어요. 앞으로도 그런 놈들에게는 차별을 당해도 아무렇지도 않을 거예요....(중략) 그런데 그녀를 만나고부터는 차별이 두려워졌어요. 그런 기분 처음이었어요. 나는 지금까지 정말로 소중한 일본 사람을 만난 적이 없거든요. 그것도 내 취향에 딱 맞는 여자애는. 그래서 처음부터 어떤 식으로 사귀면 좋을지도 몰랐고, 게다가 내 정체를 밝혔다가 싫다고 하면 어쩌나 하고 내심 걱정스러워서 줄곧 털어놓을 수가 없었어요. 그녀는 차별 같은 거 할 여자가 아니라고 생각하면서도. 하지만 난 결국은 그녀를 믿고 있지 않았었나 봐요... 가끔 내 피부가 녹색이나 뭐 그런 색이면 좋겠다고 생각해요. 그러면 다가올 놈은 다가오고 다가오지 않을 놈은 다가오지 않을 테니까 알기 쉽잖아요.....10)

스기하라는 지금까지 어떠한 차별도 두렵지 않았다. 그는 '차별을 하는 놈은 대체로 무슨 말을 해도 알아듣지 못하는 놈이니까' 라고 하는 자신이 있었고, 이러한 놈은 어차피 자신과 그다지 관계가 없는 사람이었다. 그러나 스기하라는 사쿠라이와의 만남을 통하여 이러한 영역에 속하지 않는 일본인이 있을 수 있다고 생각하게 되었던 것이다. 그는 자신이 좋아하는 사쿠라이는 절대로 차별 같은 시시한 것을 하지 않을 여성이라고 믿고 있었다. 하지만 사쿠라이도 재일한국인에 대하여 이미 잘못된 고정관념을 가지고 있었다. 사쿠라이 같은 여자고교생이 이 정도이면, 일본사회에서 재일한국인에 대한 잘못된 고정관념이 얼마나 심한가를 엿볼 수 있는 것이다.

스기하라는 젊은 경찰에게 자신의 피부가 녹색이었으면 좋겠다고 말한다. 이 문장으로 스기하라가 일본에서 재일한국인의 차별에 대하

---

10) 金城一紀, 『GO』, 講談社, 2000년 3월, p191

여 얼마만큼 깊은 상처를 받아오고 있었는가를 알 수 있다. 인간의 피부가 녹색이 될 리는 없다. 하지만 사실 스기하라의 피부는 녹색이었다고 할 수 있다. 일본에서 소수집단인 재일한국인은 일본 사람들에게 피부가 녹색인 인간 취급을 받았다고 생각할 수 있기 때문이다. 일본에서 재일한국인은 녹색인간이었다.

스기하라는 사쿠라이라는 인간 그 자체만을 좋아했다. 마찬가지로 그는 사쿠라이도 자신을 스기하라라는 인간 자체만으로 좋아하고 있다고 생각하였다. 그리고 자신이 좋아하는 여자인 사쿠라이라면 자신의 국적이 한국이어도 아무런 말도 없이 자신을 받아줄 것처럼 생각하고 있었다. 국적은 그리 중요하지 않는 것이고, 좋아하는 사람을 만나는 데에 있어서 국적은 관계가 없는 것이다. 무엇보다 그동안의 연애과정을 통하여 스기하라는 사쿠라이가 '무슨 말을 하면 알아듣는 여자'라는 것을 알고 있었기 때문이었다. 물론 그에게도 혹시 사쿠라이가 자신을 받아들여주지 않을지도 모른다는 일말의 불안한 감정이 있기도 하였다. 하지만 스기하라는 기본적으로 사쿠라이를 믿고 있었다. 만약 스기하라가 사쿠라이를 믿고 있지 않았다면 그는 결코 자신의 국적이야기를 하지 않았을 것이다.

하지만 스기하라가 믿었던 사쿠라이는 재일한국인에 대하여 잘못된 고정관념을 가지고 있었다. 사쿠라이는 자신의 아버지의 잘못된 인식을 그대로 받아들이고 있었던 것이다. 그러므로 스기하라가 충격을 받은 것은 당연한 일이었다. 스기하라가 두려워하는 것은 이제 더 이상 사쿠라이같은 여자를 만날 수 없다는 것도 있지만, 무엇보다도 자신이 믿었던 사람에 대한 믿음이 깨진 데에 있다고 생각된다. 이러한 두려움으로는 앞으로 스기하라는 어떠한 일본인도 만나지 못할 것이었다.

 **4 구세대 일본인과 신세대 일본인의 차이**

스기하라는 일본에서 태어나고 일본에서 자랐고 일본어를 사용한다. 그는 사실상 일본인이라고 볼 수 있다. 그런데 일본인들은 자신을 '재일'이라고 분명하게 이름 붙여 차별한다. 스기하라는 왜 그들이 자신에게 '재일'이라는 꼬리표를 붙이며 차별하는지 모른다. 단지 스기하라는 자신은 자신일 뿐이라고 생각하고 있는 것이다. 차별은 재일한국인이 일본인들과 같이 변호사나 의사가 될 수 없다는 것만이 아니었다. 재일한국인은 좋아하는 일본인과의 연애조차도 불가능하였던 것이다. 이렇게 국적이 문제가 되어 스기하라와 사쿠라이는 헤어졌다.

하지만 사쿠라이는 구세대인 자신의 아버지 세대와 달랐다. 그녀는 젊은 여성이었다. 무엇보다 그녀는 일류고교라든가 별똥별, 그리고 눈 내리는 크리스마스이브의 의미 등 일반적인 틀에 얽매이지 않는 신세대 여성이었다. 그녀는 기존의 잘못된 가치관을 아무런 의심 없이 받아들이는 구세대인 자신의 아버지와 달랐다. 그녀는 자신이 이해할 수 없는 지식을 스스로 찾아서 이해하여 가는 여성이었다. 사쿠라이는 스기하라와 만나지 않는 동안 여러 가지 생각도 많이 하고, 책도 많이 읽고 하여 자신이 가진 '한국인과 중국인의 피가 더럽다'라는 오류를 정정하게 되는 것이다.

사쿠라이는 일찍이 체육관에서 농구를 하던 스기하라가 드롭킥을 하는 장면을 본 뒤로 스기하라를 만나려고 생각한다. 그녀는 '무슨 일이 있어도 꼭 스기하라를 만날 수 있다고 믿고 있었고' 그것은 확신에 가까웠다고 말한다. 그리고 친구가 스기하라가 다니는 고교에서 주최

하는 파티 티켓을 보여주었을 때, 반드시 가야한다고 생각하고 그녀는 자신이 좋아하는 사람을 만나기 위하여 클럽<Z>에 찾아왔던 것이다. 사쿠라이는 자신이 좋아하는 사람을 자신이 찾아가서 만나는 신세대 여성이었다.

이러한 사쿠라이이기에 스기하라와 헤어진 후, 그녀는 그녀 나름의 많은 생각을 했다고 생각할 수 있다. 우선 그녀는 여러 가지 책들을 통하여 왜 한국인이 일본에서 살게 되었는지에 대해서부터 공부했을 것이다. 또 과연 자신의 아버지 말대로 한국인의 피가 더러운지에 대하여 공부하였을 것이다. 신세대인 사쿠라이로서는 자신이 좋아하는 스기하라가 단지 한국인이라는 이유로 그의 피가 더럽다는 사실은 용인하기 어려운 일이었던 것이다.

한국인과 중국인, 그리고 일본인의 피가 다르다는 것은 기존의 지배민족인 일본인이 피지배민족인 한국인과 중국인을 멸시하고, 일본민족의 우월성을 강조하기 위하여 만들어 놓은 잘못된 인식이었다. 구세대인 사쿠라이의 아버지는 이러한 잘못된 인식을 그대로 받아들여 사쿠라이에게 '한국인과 중국인의 피가 더럽다'는 자신의 잘못된 인식을 주입시켰던 것이다. 사쿠라이가 이러한 문제들을 풀기위하여 머리 싸매고 책들에 둘러싸여있는 모습을 상상하기는 어렵지 않다. 왜냐하면 두 사람의 헤어짐은 두 사람이 좋아하지 않아서가 아니고, 두 사람의 존재와는 전혀 관계없는 국적이라는 특이한 상황으로 헤어졌기 때문이다. 신세대 여성인 사쿠라이가 자신이 이러한 비상식적인 이유로 헤어지는 것을 이해할 수 없었던 것은 당연한 일이었다.

결국 사쿠라이는 스스로의 공부를 통하여 한국인과 중국인의 피가 더럽다는 것은 잘못된 인식이라는 사실을 깨닫는다. 말할 것도 없이 한국인과 중국인, 그리고 일본인의 피는 모두 같은 종류의 피인 것이다. 신세대 여성인 사쿠라이는 자신이 좋아하는 스기하라의 피가 더럽다 라는 자신의 아버지의 말을 이해할 수 없어서 스스로 열심히 책을 읽고 공부하여, 한국인과 중국인과 일본인의 피는 모두 같은 종류라는 올바른 지식을 깨우치는 것이다. 그리고 이렇게 사쿠라이는 공부를 통하여 한국인과 중국인에 대한 잘못된 인식을 바로 잡음으로써 비로소 자신이 자신의 주인이 된다. 지금까지 사쿠라이는 자신이 그녀의 주인이 아니었다. 사쿠라이의 주인은 그녀의 아버지였다. 아버지의 '한국인과 중국인의 피는 더럽다'는 말은 사쿠라이에게 잘못된 고정관념으로 주입되어 그녀는 자신이 좋아하는 스기하라까지 버리게 되었던 것이다. 그녀의 주인은 아버지였다.

그러나 사쿠라이는 많은 책을 읽고 생각하는 이러한 공부를 통하여 주체적인 삶을 사는 인간으로 다시 태어난다. 사쿠라이가 많은 책을 읽고 깊게 생각하는 공부를 통하여 그동안의 잘못된 인식을 바로잡는 것은 무엇보다도 그녀가 신세대 여성이기에 가능한 일이었다. 사쿠라이는 기존세대에 물들지 않은 신세대 여성이기에 스스로의 공부를 통하여 재일한국인에 대한 잘못된 고정관념을 깨뜨릴 수 있었다. 또 그것은 사쿠라이가 스기하라를 정말로 좋아하기 때문에 가능한 일이었다고 생각된다. 이제 사쿠라이는 국적으로 사람을 판단하지 않고, 그 사람만이 가지고 있는 매력으로 자신이 좋아하는 사람을 선택할 수 있게 되는 것이다.

이러한 사쿠라이의 변화는 같은 일본인인 가토가 변한 것과 같은 과정이다.

가토는 스기하라를 통하여 야쿠자의 아들이 아닌, 한 사람의 일본인으로 거듭난다. 그는 자신이 일본에서 야쿠자라는 사회적 소수집단이기에 그 안에서의 삶을 생각하고 있었다. 그러나 스기하라와의 만남을 통하여 가토는 '야쿠자의 아들이란 것만으로는 안 돼, 이제. 그것만 가지고는 모자란다고. 그것만 가지고는 너를 따라잡을 수 없어. 무언가를 찾지 않으면 안 돼. 그것도 있는 힘을 다해서. 나도 상당히 힘들어. 일본 사람이란 것도 말이야'라고 말하며, 소수집단이지만 기득권을 가진 야쿠자라는 세계에서 벗어나 새로운 길을 모색하려고 한다. 가토도 사쿠라이와 같이 스기하라와의 만남을 통하여 스스로 많이 공부하고 생각하여 자신이 가지고 있었던 고정관념을 바꾸는 것이다. 신세대의 모습인 것이다. 가토는 나름대로 안락한 소수집단에서의 지위를 포기하고 개인(個人)으로 선다. 이렇게 일본의 신세대들은 사쿠라이 아버지와 같은 구세대가 지니고 있던 잘못된 인식을 바로 잡아간다.

국적문제를 둘러싸고 스기하라와 사쿠라이는 헤어졌다. 그러나 두 사람의 만남은 그것이 마지막이 아니었다. 크리스마스이브 날 스기하라의 집에 사쿠라이에게 전화가 걸려오고 스기하라는 사쿠라이를 다시 만난다.

사쿠라이의 목소리가 머리에 내려왔다.
'이제 스기하라가 어느 나라 사람이어도 상관없어. 때때로 날아와 쏘아 보아준다면 일본어를 하지 못해도 상관없어. 스기하라처럼 날거나 쏘아 보거나 할 수 있는 사람은 어디에도 없는걸.' '정말?' 나는 사쿠라이의 가슴에 머리를 묻은 채 물었다.
'정말이야. 나 겨우 그것을 깨달았어. 어쩌면 스기하라를 본 처음부터 알았었는지 모르지만' 사쿠라이는 그렇게 말하고 나의 정수리에 키스를 3번 하여 주었다. 사쿠라이의 손에서 힘이 풀렸기에 나는 천천히 얼굴을 가슴으로부터 떼었다. 사쿠라이는 내 얼굴을 바라보고 물었다.
'왜 울고 있어?'
'거짓말 하지 말아'라고 나는 말했다. '나는 사람 앞에서 울 수 없는 남자야.'

사쿠라이는 눈부신 것이라도 보는 것처럼 눈을 가늘게 뜨고 웃은 뒤,
또 내 볼에 양손을 대고 엄지손가락을 부드럽게 움직여 눈물을 닦아주었
다.11)

사쿠라이는 '스기하라처럼 날거나 쏘아보거나 할 수 있는 사람은 어
디에도 없'다며 스기하라만이 가지고 있는 매력을 이야기한다. 이 세상
에 하나밖에 없는 사람, 그것은 국적과 관계가 없다. 사쿠라이는 겨우
그것을 깨달았다고 하면서, 눈 오는 크리스마스 이브날 스기하라를 만
나러 왔던 것이다. 이러한 사쿠라이의 말에 스기하라는 눈물을 흘린다.
스기하라의 눈물은 그 동안의 차별에 대한 감정으로부터 나온 눈물이
기도 하지만, 사쿠라이가 자신의 손을 잡아줄 수 있는 여자임을 확인
하였기 때문에 흘리는 눈물이었다. 무엇보다 스기하라에 대한 사쿠라
이의 변화는 지배계급인 일본인의 변화를 나타낸다. 스기하라의 눈물
은 이러한 지배계급의 변화를 보고 있는 눈물이기도 하였다.

스기하라는 '나는 사람 앞에서 울 수 없는 남자야'라고 말하지만, 하
지만 이제 그는 울어도 되는 것이다. 그의 옆에는 흐르는 눈물을 닦아
줄 사쿠라이가 있기 때문이다. 사쿠라이가 있음으로 스기하라가 흘리
는 차별의 눈물은 새로운 의미로 다가올 수 있는 것이다. 이렇게 스기
하라와 사쿠라이는 다시 만난다.

이 두 사람이 다시 만났다는 사실은 중요하다. 즉 두 사람의 만남으
로 주류일본인과 소수집단인 재일한국인의 만남이 이루어지는 것이다.
이것은 스기하라 가족과 사쿠라이 가족의 만남을 거쳐 또 다른 일본인
과 재일한국인의 만남으로 발전해 갈 것이다. 물론 두 집단이 소통하
는 길은 멀고 험하다고 생각된다. 신세대인 사쿠라이가 겨우 그것을

---

11) 같은 글, p.239-240

깨달을 정도로 그 과정은 어려울 것이지만, 무엇보다 스기하라와 사쿠라이가 앞장서서 그 길을 개척하여 갈 것이다. 그리고 가토 등 두 사람의 주위에 있는 사람들이 그 뒤를 따라갈 것이다. 요컨대 사쿠라이의 변화에 의하여 사쿠라이 친구가 변하고 그녀의 가족이 변할 것이다. 그리고 더 많은 사람들의 노력이 필요하겠지만 이러한 일본 지배계급의 변화는 다수집단과 소수집단이 차별 없이 살아가는 공정한 사회시스템의 변화로까지 이어질 수 있을 것이다.

가네시로의 『GO』의 의미는 오랫동안 내려와 그대로 굳어져버린 재일한국인에 대한 잘못된 고정관념이 두 사람의 만남을 통하여 변화하여 가는데 있다. 이 작품의 의의는 주류계급의 일본인 여학생과 소수집단인 재일한국인 남학생이 만남을 통하여 소통한다는 것이다. 즉 다수집단 사람과 소수집단 사람이 '연애'를 통하여 소통하는 것이다. 그리고 이러한 소통을 통하여 다수집단 사람들의 잘못된 인식이 바뀌어 가는 것이다.

이러한 소통의 배경에는 구세대가 만들어놓은 일반적인 틀을 무시하고 자신만의 개성을 가진 신세대 여학생 사쿠라이라는 인물이 있었다. 사쿠라이는 스스로의 공부를 통하여 기존사회에 뿌리내린 재일한국인에 대한 잘못된 고정관념을 깬다. 재일한국인에 대하여 기존사회에 뿌리내린 잘못된 고정관념, 즉 '무지와 무교양과 편견과 차별'의식을 깨는 일은 쉬운 일이 아니다. 고정관념으로 굳어진 '무지와 무교양과 편견과 차별'의식을 깨는 데는 막연한 두려움을 동반하기 때문이다. 그러나 이러한 '무지와 무교양과 편견과 차별'의식은 올바른 지식을 받아들이는 것을 통하여 깨어진다. 여기에서 중요한 것은 사쿠라이가 누구의 강요도 없이 그녀 스스로 변한다는 사실이다. 그녀는 많은 책을 읽고 생각하고 하면서 그녀 스스로 자신을 둘러싸고 있던 재일한국인에 대한 잘못된 인식을 깨닫는다. 그녀는 공부를 통하여 순수혈통의 일본인이라는 벽을 스스로 깨부수는 것이다.

한편, 정일을 죽인 일본인 학생도 신세대의 청년이었다고 할 수 있다.

무엇보다 그가 재일조선인 여학생에게 말을 건다는 것은 우선 재일조선인을 자신과 같은 세계의 인간으로 인정한다는 의미가 숨어져 있다고 볼 수 있다. 만일 그가 재일조선인을 같은 세계의 인간으로서 인정하고 있지 않았다면, 그는 결코 그녀에게 말을 걸지 않았을 것이다. 자신과 다른 세계의 사람을 여자 친구로 하고자 하는 사람은 없다. 그는 재일조선인 여학생에게 말을 걸음으로써 그녀를 자신과 같은 세계의 사람으로 이해하고 있었던 것이다. 자신과 다른 민족의 사람을 열린 마음으로 이해하는 그도 역시 신세대 학생이었다. 신세대 학생인 일본인 학생은 자신의 잘못된 행동에 대하여 자살을 함으로써 책임을 진다.

그러나 구세대의 사람들은 그렇지 않다. 그 일본인 학생이 사쿠라이의 아버지였다면 그는 결코 재일조선인 여학생에게 말을 걸지 않았을 것이다. 재일한국인과 중국인의 피가 더럽다고 생각하는 그가 재일조선인 여학생에게 말을 걸 리가 없는 것이다. 무엇보다 사쿠라이의 아버지와 같은 구세대의 사람들은 재일조선인 여학생을 자신과 같은 세계의 사람이라고 생각하지 않기 때문이다.

이것은 지하철역에서 정일이 죽어가는 데도 모른 체 하고 있던 일본인들에게도 마찬가지로 적용된다. 그들은 피를 흘리며 쓰러져있는 정일이와 재일조선인 여학생을 본 체 만 체 하며 그 자리를 피해간다. 자신들 옆에 사람이 다쳐 피를 흘리고 있어도 그들에게는 상관없는 다른 세계의 일이었다. 치마저고리를 입은 재일조선인 여학생은 그들과 다른 세계의 사람이었다. 지하철역의 일본인들은 치마저고리를 입은 여학생을 자신들과 같은 세계의 사람으로 인정하지 않는 것이다. 하지만 만일 기모노를 입은 여학생이 이러한 사건에 말려들었다면 그들은 결코 이 상황을 모른 체 하지는 않았을 것이다. 그들과 같은 세계의 사람이기 때문이다. 이렇게 지하철역에 있던 사람들은 사쿠라이의 아버지처럼 닫힌 마음의 구세대 사람들이라고 할 수 있다. 그들은 기존 사회에 물든 사람들이다. 일본에 이러한 사람들만이 존재하는 한 일본의 미래는 없다. 그러나 사쿠라이와 일본인 학생과 같은 신세대가 있으므로 일본의 미래는 밝다고 할 수 있다.

다시 만난 사쿠라이는 스기하라에게 '가자'라고 말한다. 사쿠라이가 스기하라에게 '가자'라고 말하는 의미는 스기하라에게 문제가 되는 차별을 일본인인 자신과 함께 극복해가자는 목소리인 것이다. 이것은 이제부터 일본인인 자신이 재일한국인인 스기하라를 지켜주겠다는 약속의 말이라고 생각할 수 있다. 가네시로는 사쿠라이의 '가자'라는 말을 통하여 재일한국인의 차별을 극복하는 방법을 제시하고 있다고 생각할 수 있다. 즉 차별의 극복은 차별받는 사람의 저항도 중요하지만, 사쿠라이가 울고 있는 스기하라의 눈물을 닦아주는 것처럼, 근거 없는 차별을 무시할 수 있는 다수집단의 동반자가 필요하다는 사실이다. 가네시로가 좋아하는 사람의 손을 절대 놓아서는 안 된다고 하였듯이, 이제 사쿠라이는 결코 스기하라의 손을 놓지 않을 것이다. 사쿠라이는 스기하라가 자신과 같은 세계의 사람이라는 것을 알았기 때문이다.

사쿠라이 아버지는 닫힌 마음의 일본 구세대를 대표하는 인물이고, 사쿠라이는 열린 마음을 가지고 있는 일본 신세대를 대표하는 인물이라고 할 수 있다. 무엇보다 재일한국인에 대하여 잘못된 인식을 가지고 있는 일본의 구세대 사람들은 시간의 흐름과 함께 사라져 갈 것이다. 구세대는 변하지 않고 신세대는 변한다. 하지만 사쿠라이 아버지와

지하철역의 사람들과 같은 구세대의 사람들도 조금씩 변해갈 것이다. 스기하라를 만나는 사쿠라이와 재일조선인을 좋아하는 일본인 학생, 그리고 사쿠라이와 헤어진 스기하라를 이해하는 젊은 경찰처럼 그들도 젊은 일본인들을 이해하고 인정해 가지 않을 수 없기 때문이다. 결국 일본사회도 재일한국인과 같은 다양성을 인정하는 열린 사회로 나아갈 것이다. 그것이 시대적 흐름이고, 여기에는 사쿠라이와 가토와 젊은 경찰, 그리고 일본인 학생 같은 신세대들이 있기 때문이다.

5 결 론

이상, 가네시로 가즈키의 『GO』를 통하여 재일한국인의 연애와 정체성과의 관계에 대하여 고찰하여 보았다.

일본에서 소수집단으로 차별을 받고 있는 재일한국인은 연애에 있어서도 일본인과 다르다. 스기하라는 일본에서 태어나고 일본에서 자랐고 일본어를 사용한다. 그런데 일본사람들은 자신을 '재일(在日)'이라고 이름 붙여 차별한다. 차별은 단지 일본사람들과 같이 변호사나 의사가 될 수 없다는 것만이 아니었다. 재일한국인은 좋아하는 일본인과의 연애조차도 불가능하였던 것이다.

스기하라와 사쿠라이는 국적 문제로 인하여 헤어진다. 그러나 구세대인 자신의 아버지와 달리, 신세대 여성인 사쿠라이는 스스로의 공부를 통하여 자신이 지금까지 가지고 있었던 한국인과 중국인의 피는 더럽다고 하는 잘못된 인식을 바로잡는다. 사쿠라이 아버지는 닫힌 마음의 일본 구세대를 대표하는 인물이고, 사쿠라이는 열린 마음을 가지고 있는 일본 신세대를 대표하는 인물이라고 할 수 있다. 구세대 사람들은 잘못된 고정관념을 아무런 생각 없이 받아들이지만, 신세대 사람들은 올바른 지식을 통하여 잘못된 고정관념을 깨뜨린다.

사쿠라이와 가토, 그리고 죽은 일본인 학생 등 신세대 학생들은 잘못된 고정관념에 대하여 스스로 깊은 사고를 거쳐 자신의 잘못된 인식을 바로잡는다. 이렇게 가네시로의 『GO』는 변화하는 신세대 모습에서 일본의 미래를 발견한다. 또한 사쿠라이와 가토, 그리고 일본인 학생과 같은 신세대가 있음으로 일본에 사는 재일한국인의 미래도 밝다고 보고 있다. 『GO』에서 사쿠라이는 스기하라에게 '가자'라고 말한다. 일본인과 재일한국인, 두 사람은 서로가 잡은 손을 절대 놓지 않을 것이다.

저자 소개

김학동	충남대학교 인문과학연구소 전임연구원 교수
김환기	동국대학교 일어일문학과 교수
변화영	전북대학교 인문과학연구소 전임연구원
사가와 아키佐川亜紀	시인, 문학평론가
양명심	일본 고베대학 대학원 문화학 연구과 박사과정
오은영	일본 나고야대학 박사과정
이소가이 지로磯貝治良	소설가, 문학평론가
이한창	전북대학교 인문과학대학 일어일문학과 교수
정대성	동원대학 전임강사
추석민	신라대학교 일어일문학과 교수
황봉모	전북대학교 인문학연구소 전임연구원

재일동포 연구총서 3

재일 동포문학과 디아스포라 3

초판인쇄 2008년 9월 17일   초판발행 2008년 9월 26일

저자 전북대학교 재일동포연구소 편
발행 제이앤씨
등록 제7-220호

주소 서울시 도봉구 창동 624-1 현대홈시티 102-1206
전화 (02)992-3253(代)   팩스 (02)991-1285
전자우편 jncbook@hanmail.net
홈페이지 http://www.jncbook.co.kr
책임편집 김연수